Rosa Ventrella

Im Schatten des Oleanders

GOLDMANN

Buch

Carbonara, ein Dorf in Apulien, in den 30er Jahren: Margiala, eine starke Frau von außergewöhnlicher Schönheit, hat drei Töchter: Rosetta, schön und furchtlos wie sie selbst, Cornelia, die das honigfarbene Haar und die hellen Augen ihres tragisch verstorbenen Vaters besitzt, und Diamante, die jüngste, mit ihren ungezähmten Locken und ihrem rebellischen Geist. Die vier Frauen sind eine eingeschworene Gemeinschaft, mutig gehen sie gemeinsam durchs Leben. Doch dann heiraten Rosetta und Cornelia, und Diamente beginnt eine freie Beziehung zu ihrer großen Liebe Antonio. Vor der größten Herausforderung ihres Lebens stehen die vier allerdings, als der große Krieg nach Apulien kommt …

Informationen zu Rosa Ventrella
und ihren Romanen
finden Sie am Ende des Buches.

Rosa Ventrella

Im Schatten des Oleanders

Roman

Aus dem Italienischen
von Christiane Burkhardt

GOLDMANN

Die Originalausgabe erschien 2018
unter dem Titel »Il giardino degli oleandri«
bei Newton Compton Editori, Rom.

MIX
Papier | Fördert gute Waldnutzung
FSC® C014496
FSC
www.fsc.org

Penguin Random House Verlagsgruppe FSC® N001967

1. Auflage
Deutsche Erstveröffentlichung Juli 2023

Umschlaggestaltung: UNO Werbeagentur München
Umschlagfoto: © Getty Images/Béla Török; FinePic®, München
Redaktion: Viktoria von Schirach
BH · Herstellung: ik
Satz: Uhl + Massopust, Aalen
Druck und Einband: GGP Media GmbH, Pößneck
Printed in Germany
ISBN: 978-3-442-49047-9

www.goldmann-verlag.de

Dieses Buch ist den Frauen meiner Kindheit gewidmet, die ich geliebt habe und die leider nicht mehr unter uns sind …

Dieses Buch ist auch meiner Mutter gewidmet, die zum Glück nach wie vor an meiner Seite ist …

Der strahlende Mittelpunkt: Diamante im Kreis ihrer Frauen …

Anstelle eines Vorworts

Wenn ich mich zurückerinnere und überlege, was meine von Frauen geprägte Welt am besten beschreibt, eilen meine Gedanken sofort in die Kindheit zurück. Denn ein einziges Bild überstrahlt alles andere, mühsam Heraufbeschworene: Es zeigt die Frauen meiner Familie, die bei uns zuhause zusammengekommen sind, um für Weihnachten zu backen. Darf ich kurz vorstellen? Da ist meine Oma, Königin ohne Krone und Herrscherin ohne Thron – der Dreh- und Angelpunkt meiner Kindheit, ja meiner gesamten Welt. Da ist meine Mutter, eine sanftmütige Frau ohne große Erwartungen, die stets nur Zweitbeste ist, wenn es darum geht, etwas vorzubereiten oder zu kochen. (Die Beste ist meine jüngste Tante, das eigentliche kulinarische Genie unserer Familie). Und da sind die vielen anderen Tanten, die wegen ihres fortgeschrittenen Alters etwas mehr zu sagen haben. Ich weiß noch genau, wie es war, wenn die jüngste Tante eintraf: Ihren triumphalen Einzug schienen sogar noch die auf den Backpulvertütchen aufgedruckten Engel zu bejubeln. Sie kam stets als Letzte, herbeigesehnt wie ein Geschenk des Himmels – auch weil sie küchentechnisch am besten ausgestattet war. Sie brachte die »Eischneemaschine« mit, gegen die meine Oma allerdings eine tiefe, aufrichtige Abneigung hegte. Aus ihrer Sicht gab es keine Höllenmaschine, die es mit ihrem Paar Hände aufnehmen konnte. Daher ignorierte die Matriarchin das funkelnde Gerät, umschlang stattdessen die weiße Schüssel mit dem blauen Rand und vollbrachte das Wunder: Direkt vor meinen verzückten, wenn auch leicht glasigen Augen (weil es wirklich lange dauerte) verwandelte sich literweise klebrigflüssiges Weiß in weiche Wattewolken. »Du musst immer in dieselbe Richtung rühren«, flüsterte sie mir stolz zu, wobei sie verstohlen nach links und rechts sah, als verriete sie mir ein Staatsgeheimnis. Ich sollte sie jedoch enttäuschen: Als moderne, emanzipierte Frau benutze ich stets einen elektrischen Handmixer. Aber noch habe ich nicht erklärt, welche Rolle ich in diesem Tohuwabohu aus Mehl, Eiern, Zucker und Zuwendung hatte:

Gar keine.

Es war mir bloß erlaubt zuzusehen. Denn das war die Regel Nummer eins für Frauen. Je früher ich lernte, mich mit einer reinen Statistenrolle abzufinden, desto besser. Jeder Versuch, sich in diese komplizierte Erwachsenenwelt vorzuwagen, und sei es nur auf Zehenspitzen, war von vornherein zum Scheitern verurteilt – und wenn ich mir noch so sehr einbildete, ein Meisterwerk geschaffen zu haben. Die jüngste Tante spähte mir mit Argusaugen über die Schulter und wies mich unweigerlich darauf hin, dass ich noch nicht so weit sei und dass mein Gebäck noch einmal von vorn gemacht werden müsse.

»Du kannst das einfach nicht!«, beschied sie nicht ohne eine Portion Sadismus. »Aber wenn du erst mal groß bist, wird es so aussehen wie das hier.« Hämisch hielt sie mir reihenweise Ricotta-Täschchen, Butterplätzchen und apulische *cartellate* unter die Nase – eines perfekter als das andere.

Denn das war die Regel Nummer zwei für eine tadellose Hausfrau: Nachahmung. Als ich endlich alt genug war, mich nicht mehr auf Zehenspitzen stellen zu müssen, um bei der Zubereitung zuzusehen, begriff ich, dass ich nicht aufmerksam genug gewesen war: Völlig verzaubert vom Duft der frischgebackenen Plätzchen, hatte ich gar nicht mitbekommen, dass das, was sich da vor meinen Kinderaugen abspielte, ein grausamer Initiationsritus war.

Endloses Getuschel, verstohlene Blicke, spitze Zungen, dazu fleißige, niemals ruhende Hände: Die Frauen meiner Familie tuschelten, kicherten und tratschten wie verrückt. Und bei all dem Trubel war mir gar nicht aufgefallen, dass ihre ahnungslosen, ja sogar ganz zufriedenen Opfer ausschließlich die Männer waren.

»Die Kerle sind doch alle gleich«, murmelte meine Oma mit ergebener Leidensmiene.

Regel Nummer drei.

»Man muss sie austricksen, damit sie zufrieden sind«, bekräftigte meine Mutter.

Regel Nummer vier. Die jüngste Tante nickte, wobei sie sich keine Mühe gab, den mitleidigen Blick auf meine Wenigkeit zu verbergen: Ich ging hier schließlich nicht nur in die hohe Schule des Backens, sondern erhielt auch so etwas wie Einblicke in die Welt der Ehe.

»Der Mann ist ein Jäger«, lautete die Lieblingsweisheit der Königin.

Regel Nummer fünf.

»Man darf den Männern niemals die Wahrheit sagen. Sie würden sie gar nicht verstehen«, verkündete meine Mutter.

Regel Nummer sechs.

Da begriff ich, dass das gemeinsame Weihnachtsbacken ihre Methode war, mich auf meine Zukunft als Hausfrau und Mutter, als Herrscherin über mein kleines Reich vorzubereiten. Mein Opa, mein Vater und mein Onkel ahnten nichts von diesem Aufstand gegen das männliche Geschlecht, der gerade mal so lang dauerte, wie man sich einbildete, die eigenen Gefühle, das eigene Schicksal selbst in der Hand zu haben. Und der ein klägliches Ende fand, sobald mein Vater klirrend den Türriegel aufschob und die Küche ansteuerte. Dann erbleichte meine Mutter und sorgte rasch wieder für Ordnung.

»Psst, psst!«, flüsterte sie, »er kommt.«

Die Hausfrauen verstummten. Mein Vater warf einen Blick auf das Gebäck, genoss den köstlichen Plätzchenduft und gab mir einen zärtlichen Klaps auf die Wange – nicht ahnend, dass sich die braven Frauen wieder in Teufelinnen zurückverwandeln würden, kaum dass er gegangen war.

Denn dann begann Tante Diamante damit, ihre traurige Lebensgeschichte zu erzählen, und das war das Schönste an unserem Familientreffen – der Moment, den ich von Anfang an herbeigesehnt hatte.

Dazu gehörten zahlreiche Anekdoten. Manchmal waren sie leicht abgeändert, andere Male klangen sie genau gleich – doch alle begannen 1938, in ferner Vergangenheit, und erzählten von einem Haus mit Garten und von einem blühenden Oleander.

TEIL I

DER TOD

1

Frühling 1938

Es versprach, ein heißer Frühling zu werden – einer, in dem man sich nichts Schöneres vorstellen kann, als durch die bunten Felder zu toben, um bei Sonnenuntergang erschöpft und verdreckt nach Hause zurückzukehren.

Gleichzeitig hätte es nicht schlimmer sein können, weil alles klebte vor Schweiß, zu dem sich ein unangenehmes Jucken von den Blütenpollen gesellte.

Trotzdem war das für mich die schönste Zeit des Jahres: Vorfreude lag in der Luft, alles konnte kaum erwarten, zu neuem Leben zu erwachen. Wir verabschiedeten uns vom Winter wie von einem alten Griesgram, der sich gegen die neue Zeit sträubt. Nur dass keiner mehr auf ihn hörte, sobald der Frühling in der Luft lag.

Bei Compare Bertoni verabschiedete man sich mit einem ganz bestimmten Ritual von der Kälte. Das geschah Ende Februar, wenn der Winter nur noch eine ferne Erinnerung war und die ersten Sonnenstrahlen für Wärme sorgten. Man konnte sie regelrecht schmecken!

Dazu trommelte uns der alte Uberto alle vor dem großen Feigenbaum zusammen, der vor seinem Haus aufragte. Er war wirklich majestätisch, und ich musste mir den Hals verrenken, um ihn in seiner ganzen Pracht bewundern zu können. Der knotige Stamm hatte sich x-fach um sich selbst geschlungen, eine Schlinge für jedes Jahr, das er hier schon stand, um über das Haus von Signor Bertoni und die vorigen Generationen zu wachen.

Warum sich dieses bedeutungsvolle Ritual Jahr für Jahr ausgerechnet unter dem Feigenbaum dieses kauzigen Alten abspielte, weiß ich nicht. Für mich war ein Feigenbaum so gut wie der andere. Wäre es nach mir gegangen, hätte man auch den in unserem Garten nehmen können. Doch in meinem Dorf bekam alles einen festen Platz zugewiesen im Leben, alles und jeder hatte eine Rolle zu erfüllen, die Dingen wie Menschen übergestülpt wurde wie eine zweite Haut. Und die Aufgabe des alten Bertoni und seines Feigenbaums bestand nun einmal darin, den Winter zu verjagen.

Zu diesem Zweck schwang der alte Brummbär eine dicke Gerte, mit der er den armen Feigenbaum gründlich auspeitschte. Bei jedem Schlag mischte sich ein heiseres Röcheln in das Blätterrauschen, so als stöhnte das Gewächs tatsächlich unter den Peitschenhieben.

Aus Mitleid mit dem alten Baum kniffen mein Freund Pietro und ich jeweils ein Auge zu. Mit dem anderen schauten wir uns gründlich um. Der alte Uberto behauptet nämlich, der Geist des Winters würde durch seine kräftigen Hiebe in den Himmel auffahren. Mit wachsamem Blick erwarteten wir jeden Moment, ein übernatürliches, aus Wind bestehendes Wesen zu sehen, das, nach Renetten und Moos duftend, emporschwebte, um dem heiteren Frühling zu weichen. Die eine oder andere Frau ließ sich sogar dazu hinreißen, ein Kreuz zu schlagen und »Amen« zu murmeln, während Uberto das Wunder vollbrachte – ein bisschen heidnische Religion kann schließlich nie schaden. Diesmal hatten die Hiebe von Signor Bertoni ganze Arbeit geleistet, denn seit seinem Ritual waren Eis und Kälte ausgeblieben. Stattdessen hatte sich erst schüchtern, dann immer dreister ein sengend heißer Frühling breitgemacht, was meinen Vater von früh bis spät fluchen ließ. Er begnügte sich nicht damit, die Sonne zu verwünschen, sondern auch noch den Mond, weil seiner Meinung nach alle beide dafür verantwortlich waren, dass alles von diesen glühend heißen Strahlen durchbohrt wurde.

Pietro und ich hingegen genossen unbeschwert die Vor- und Nachmittage sowie die Sonnenuntergänge – mit dem gebräunten Teint, an dem man Bauernkinder angeblich erkennt. Und tatsächlich gehörten wir ja auch zur Landbevölkerung, worauf ich sehr stolz war.

Damals gab es nichts Schöneres, als die Hände beim Heimkommen in die Zinkwanne mit frischem Wasser zu tauchen, die Mama vor die Haustür gestellt hatte. Ich spritzte es mir mehrmals ins Gesicht, bis mir ein Schauder den Rücken hochkroch und die Tropfen an Hals und Brust herabrannen. Selig seufzte ich auf, so sehr genoss ich diesen Kontrast.

Ich war schon von klein auf von Gegensätzen fasziniert – daher auch meine Vorliebe für besonders grelle oder fahle Farben, für zu kalte oder zu heiße Jahreszeiten, für Weiß und Schwarz. Die vielen Zwischentöne hingegen waren mir völlig gleichgültig, als gingen sie mich nichts an.

»Du bist ein seltsames Mädchen«, sagte meine Mutter immer, wenn ich – ganz im Gegensatz zu meinen Altersgenossen, denen es schwerfiel, sich eindeutig für oder gegen etwas zu entscheiden, und die lieber noch Raum für Zweifel oder für eine Kehrtwende ließen – immer gleich wusste, was ich wollte beziehungsweise wozu mich keine zehn Pferde bewegen würden. Das galt auch für Marmeladesorten.

Ich liebte diejenigen, die schwarz waren wie Januarerde, aus festen violetten Pflaumen oder aus den wilden Blaubeeren, die Pietro und ich ganz in der Nähe des großen ausgepeitschten Feigenbaums pflückten. Pflaumen- und Blaubeermarmelade waren meine Lieblingssorten, und Mama konnte mich um keinen Preis dazu bringen, etwas anderes zu essen. Eben wegen meiner Vorliebe für Kontraste kombinierte ich das Januarschwarz am liebsten mit Zitronenkompott.

Dazu legte die Margiala – denn so hieß meine Mutter bei uns im Ort – die Zitronen tagelang ein, bis ihre Schale ganz weich wurde.

Dann entfernte sie sorgfältig die weiße Haut und kochte die Schalen in reichlich Wasser – eine Prozedur, die sie so lange wiederholte, bis diese ihren bitteren Geschmack verloren hatten. Anschließend wurden sie mit den Früchten und mit Zucker zu einer köstlichen Marmelade eingekocht. Mama bereitete große Mengen davon zu, weil der ganze Ort verrückt nach den Marmeladen der Margiala war. Sie kochte zig Gläser davon ein, die dann im Winter gegessen wurden – »um das Aroma des Sommers zu schmecken«, wie sie so schön sagte.

Man muss wissen, dass bei uns im Ort alle einen Spitznamen hatten. Das war eine Art Trophäe, die einem zuerkannt wurde, sobald man alt genug war, um eine Persönlichkeit entwickelt zu haben.

Deshalb hieß meine Mutter »die Margiala«, auch wenn das in ihrem Fall nicht nur ein Spitzname war, sondern auch eine Art Charakterbeschreibung. Und das hat wiederum mit den Rollen zu tun.

In unserem Dialekt ist die »Margiala« eine Frau mit magischen Kräften, eine weise Frau, die weiß, wann man welche Heilkräuter anwendet, wie man den bösen Blick abwehrt, wie man das Geschlecht eines ungeborenen Kindes erkennt, wie man Bauchweh bei kleinen Kindern kuriert und vieles mehr. Aufgrund dieser und anderer Fähigkeiten war meine Mutter im ganzen Ort bekannt.

Alles Gaben, die sie von ihrer Mutter Diamante geerbt hatte, die ihrerseits in ganz Cerignola als weise Frau respektiert wurde.

Pietro und ich liebten es zu angeln. Wir kannten eine Abkürzung über die Felder, die an dem tiefen Graben entlangführte, der während des Faschismus ausgehoben worden war und bis ans Meer reichte. Eine kilometerlange Senke aus aufgeworfener Erde, die einem, wenn man ihr folgte, das Gefühl gab, etwas ganz Aufregendes, Abenteuerliches zu tun. Es hieß, der Duce habe sie mit Meerwasser fluten wollen, und wir Kinder malten uns gerne aus, wie schön es doch wäre, darin zu planschen. Das Meer direkt im Dorf – eine herrliche Vorstellung!

Nicht wir hatten diese Abkürzung entdeckt, auch wenn wir uns mit dieser harmlosen Lüge jahrelang brüsteten. Tatsächlich waren wir eines schönen Tages nur Tommaso gefolgt und zu unserer großen Überraschung am Hafenbecken wieder herausgekommen. Tommaso war mein Kater oder besser gesagt der Kater von all meinen Nachbarn. Er war einfach nicht dafür gemacht, nur einen Besitzer zu haben. Stattdessen war er ein gewitzter Landstreicher, der gern zu uns kam, wenn es etwas zu fressen gab, einen aber jederzeit mit Fremden betrog, wenn diese etwas noch Leckereres zu bieten hatten.

»Pah, Katzen sind wie Frauen!«, behauptete mein Vater. »Sie kennen keine Treue.«

Ich prägte mir sämtliche Ermahnungen und Vorwürfe ein, die Papa so von sich gab, in der festen Überzeugung, dass mir diese Weisheiten im Leben noch mal weiterhelfen würden.

Auch das mit der Treue faszinierte mich – genauso wie die Sache mit den Gegensätzen. Doch während es mir leichtfiel, Vaters Worte in Bezug auf Katzen für bare Münze zu nehmen, tat ich mich deutlich schwerer, sie mit den Frauen in Zusammenhang zu bringen, die ich kannte. Und schon gar nicht mit meiner Mutter. Ich sah förmlich vor mir, wie Tommaso maunzend vor der Haustür hin und her strich, einen Buckel machte und sich mit bebenden Schnurrhaaren aufplusterte, um jede noch so leise lautliche oder emotionale Regung aufzufangen. Er wusste genau, wie er sich verhalten musste, wenn er etwas zu fressen haben wollte, und das hatte nichts damit zu tun, dass er ein Weibchen war – was ich erst viel später feststellen sollte und was meinem Vater zufolge durchaus von Bedeutung war –, sondern nur damit, dass er ein Wildtier war, das gelernt hatte, auf diese Weise zu überleben.

Mein Vater behauptete also, auch Frauen, die etwas erreichen wollen, würden auf dieses abartige Herumschwänzeln und Maunzen zurückgreifen.

»Es ist ein schlechtes Zeichen, wenn Frauen dir Aufmerksamkeit schenken, mein Sohn. Das kann nur zwei Dinge bedeuten: Entweder sie wollen etwas von dir, und zwar etwas Wichtiges oder Teures. Oder aber sie haben vor, dich hinterrücks zu erdolchen«, hörte ich ihn oft zu meinem Bruder Giuseppe sagen. Ich lauschte ebenso angestrengt wie aufmerksam, wenn mein Vater solche Weisheiten zum Besten gab – vermutlich auch mit offenem Mund, denn ein paar Mal flogen mir Fliegen hinein, so andächtig lauschte ich seinen Worten. Anschließend kehrte Papa wieder stolz hinter seine Werkbank zurück, von wo aus er die Welt jahraus, jahrein in Gestalt von unzähligen Blicken und Gesten fremder Leute an sich vorbeiziehen sah. Vielleicht kannte er ja deshalb so viele Weisheiten, weil er im Leben eine Zuschauerrolle einnahm?

Doch wie immer, wenn Eltern ihre Kinder ermahnen, tat ich das genaue Gegenteil. Ich bin mir sicher, dass auch Pietros Vater, der bäuerlicher Herkunft war wie Mama, seinen Sohn vor den Gefahren des Lebens warnte. Genau wie ich bekam auch mein Freund gute Ratschläge – nur um dann zu tun, was *er* für richtig hielt. In dem Alter ist man überzeugt, dass es genügt, ein Kind zu sein, um von den Zumutungen und Gefahren des Lebens, die nur in den Köpfen der Erwachsenen existieren, verschont zu bleiben.

2

Das Meer war aufgewühlt und hatte etwas Bedrohliches. Der Strand war zerfurcht und mit einem grünlichen Schlamm überzogen.

»Dieser Ort ist einfach perfekt zum Fischefangen«, schwärmte Pietro und zückte seine rudimentäre Angel. Wir hatten sie uns einfach genommen – wohl wissend, dass unsere Väter das niemals gutgeheißen hätten. Aber wie sollte man da widerstehen? In den tosenden Wellen wimmelte es nur so von Fischen! Mein Freund zeigte auf eine kleine Untiefe zwischen zwei Sandbänken, die zum Meer führten. Wir waren von dichtem Gestrüpp umgeben, dessen Zweige sich so weit vorstreckten, dass sie beinahe das Wasser berührten. Sie schienen guten Halt zu bieten und ein ideales Versteck für unsere Ausrüstung zu sein. Es war nicht weiter schwer, Umbern zu fangen. Die beste Methode bestand darin, den Angelhaken in die Tiefe hinabzusenken, wo die Fische nicht vom Wellengang weggetrieben wurden.

Pietro hob einige glitschige Steine hoch, die unter den höchsten Sträuchern lagen. Ein Gestank nach Verwesung und nach fauligem Obst stieg auf, kaum dass er den ersten Stein umgedreht hatte. Ein Paradies für Würmer, die sich hervorragend als Köder eigneten. Pietro griff nach einem ziemlich langen, der sich hektisch wand, um seinem traurigen Schicksal zu entgehen. Ich nahm einen schönen trockenen kleinen Stein, der auf einer Seite spitz zulief, und zerteilte den armen Wurm damit. Sein Rumpf bewegte sich immer noch, so unermüdlich sträubte er sich gegen sein Los. Schon seltsam, dass man seine Feinde im Krieg als elende Würmer verunglimpft. Eigentlich ist das gar keine Beleidigung, wenn man bedenkt, wie tapfer diese kleinen Tiere bis zum Schluss um ihr Leben kämpfen.

Aber wenn man neun Jahre alt und ganz versessen darauf ist, mit Unmengen von Fischen triumphierend nach Hause zurückzukehren, macht man sich nicht groß Gedanken über den Tod der Köder. Zu derartigen Überlegungen kommt es erst viel später, wenn man erwachsen wird und gezwungen ist, sich näher mit dem Tod zu befassen.

Es herrschte eine seltsame Stille, die beruhigend und verstörend zugleich war. Zwei gerade mal Neunjährige kauerten auf einer schmalen Sandbank, weit weg von der zivilisierten Welt. Hier würde uns bestimmt niemand stören – aber auch niemand über uns wachen.

»Los, befestige den Köder gut am Haken«, forderte mich Pietro auf, der sich gern wie ein größerer Bruder aufführte, obwohl ich zwei Monate älter war als er. »Du musst ihn ganz lang ziehen, damit der Fisch ihn gut sehen kann«, fuhr er fort.

Ich gehorchte widerspruchslos – auch weil mein Freund ein geborener Anführer war, jemand, der dafür bestimmt ist, Großes zu vollbringen, wenn er erst mal erwachsen ist, und der dann mit einer treuen Anhängerschar rechnen kann.

Zu der ich sicherlich ebenfalls gehören würde.

»Und jetzt lässt du ihn energisch hinunter, ohne lange zu fackeln, damit die Fische die Falle nicht wittern.«

Mama war noch nie am Meer gewesen, ganz so, als läge es am anderen Ende der Welt.

»Das wird eine Art Fluss sein, nur ein bisschen größer«, sagte sie immer, wenn ich wissen wollte, ob sie nicht neugierig darauf sei. Doch sie hielt sich nicht lange mit philosophischen Betrachtungen über seine Größe und unsere Bedeutungslosigkeit angesichts seiner enormen Weite auf wie andere, sensiblere Gemüter.

Die Margiala war keine Frau, die sich von Wortgeklingel beeindrucken lässt, sie stand mit beiden Beinen fest auf dem Boden.

Grundbesitz, Geld und die Familie – nur darauf kam es für sie im Leben an. Der Rest war Unsinn, gefährlicher Unsinn, der bloß unzufrieden machte, und jede Unzufriedenheit konnte Unfrieden stiften.

Pietro und ich hielten die Angeln und beugten uns leicht nach vorn, wobei wir in die Knie gingen – nicht zu viel und nicht zu wenig.

»Die Beine müssen ganz locker sein und der Arm fest. Wenn du zu starr stehst, hast du keine ruhige Hand.«

Pietro beherrschte die Kunst des Angelns perfekt – nicht umsonst hatte ihn sein Vater unzählige Male mitgenommen und ihm die richtige Technik gezeigt. Jetzt war er so gut darin, dass er sein Wissen weitergeben konnte. An Wissbegier fehlte es mir jedenfalls nicht, hinzu kam eine Sturheit und Beharrlichkeit, die auch etwas mit meiner bäuerlichen Herkunft zu tun haben dürften.

Ich sah, dass die Schnur leicht zitterte, als sie von der Strömung hin und her gewiegt wurde.

»So ist es perfekt«, rief Pietro begeistert. Für einen Lehrer gibt es nichts Schöneres, als mitzuerleben, dass sein Schüler genauso gut wird wie er. Keine Ahnung, wie lange ich mit lockeren Beinen und starren Armen so dastand, bis eine Umber anbiss. An diesem Tag war ich die Erste, die etwas fing, und ich kann gar nicht sagen, wie sehr es mich freute, meinen Lehrmeister übertrumpft zu haben. Als Nächstes war Pietro an der Reihe; ein Fisch nach dem anderen schien einem mächtigen Trieb zu folgen, der ihn unweigerlich in den Tod jagte. Wir hatten keine Eimer dabei, in denen wir unseren Fang hätten verstauen können, doch Pietro hatte so seine eigenen Methoden, die ebenso brutal wie effizient waren. Ungerührt packte er den Fisch, auch wenn er noch so glitschig war und zappelte wie ein Aal. Am Ufer ragten spitze Wurzeln aus der Erde, messerscharf und bestens dazu geeignet, den Fisch zu durchbohren. Pietro hielt ihn mit beiden Händen fest und spießte ihn energisch auf die Wurzel. Innerhalb kürzester Zeit wackelte ein Dutzend Fischköpfe hin und her – makabre Trophäen zweier herzloser Fischer.

Jedes Mal, wenn Pietro einen Fisch aufspießte, bekam ich einen bitteren Geschmack im Mund und musste schlucken – vor lauter Angst, das Ritual demnächst selbst vollführen zu müssen. Ich war mir nicht sicher, ob ich dazu in der Lage wäre. Aber für Pietro war es eine Art Initiationsritus, der ihn zu einem richtigen Erwachsenen machte – und zu meinem großen Glück fand er nicht, dass ich auch schon so weit wäre.

3

Jedes Mal wenn Pietro einen Fisch aufspießte, spuckte er auf den Boden, als wäre das der einzig richtige Abschluss einer kühnen Tat – wie ein richtiger Mann eben. Ich tat es ihm mehrmals nach, sodass im Umkreis von einem Meter alles voll ekliger Spucke war.

Entweder weil inzwischen viel Zeit verstrichen war oder aber weil die Haltung so ungewohnt war – irgendwann war ich jedenfalls tief erschöpft.

Es waren vielleicht eine oder auch zwei Stunden vergangen. Wenn man angelt, vergeht die Zeit immer viel zu schnell oder viel zu langsam. Das dahinströmende Wasser tut ein Übriges, sodass man jedes Zeitgefühl verliert.

Meine Beine fühlten sich ganz dick an und mein Magen leer. Ich hatte Hunger, und mein Interesse am Angeln ließ nach. Meine Gedanken schweiften ab, und ich achtete nicht mehr darauf, wie ich die Arme, geschweige denn den Oberkörper, hielt. Ich hoffte, dass die Beute so dazulernen, die Unaufmerksamkeit des Jägers spüren und ihm von nun an ausweichen würde. Eine Taktik, die auch zu funktionieren schien, denn bei mir biss nichts mehr an. Pietro dagegen stand nach wie vor völlig reglos da, seine Beine gaben keinen Millimeter nach.

»Pietro, ich bin müde. Wollen wir nach Hause gehen?«, quengelte ich wie ein kleines Kind. In den Jahren danach sollte ich mich unzählige Male fragen, was wohl passiert wäre, wenn ich das nicht gesagt und noch ein klein wenig länger durchgehalten hätte.

Es gibt einen entscheidenden Wendepunkt im Leben, nach dem nichts mehr so ist wie zuvor. Das ist der Moment, bevor etwas Unerwartetes geschieht, mit dem man nie gerechnet hätte. Danach ist alles anders.

Pietro hörte auf mich und holte schon bei meinen ersten Worten die Angel ein. Nun vollzog sich das makabre Ritual in umgekehrter Reihenfolge, und wir zogen die Fische von den Wurzeln. Anschließend wickelten wir sie in ein Tuch. Bei dem jetzt schon widerlichen Gestank, den sie verströmten, drehte sich einem der Magen um. Doch wir ertrugen ihn beide klaglos, alles andere wäre wirklich weibisch gewesen.

Wir schauten uns tief in die Augen, mit dem triumphierenden Blick von Menschen, die glauben, ihr Schicksal selbst in der Hand zu haben. Mein Freund nahm mir die Angel ab, und seine zuvorkommende Geste ließ bereits den liebenswürdigen Mann erkennen, der er einmal werden würde. Er sah mich unverwandt an, ein Strahlen im Gesicht. Ich lächelte zerstreut zurück, weil ich in Gedanken längst woanders war und weil mich Männerangelegenheiten wie der Fischfang nur insofern interessierten, als sie eine außergewöhnliche Herausforderung für eine Frau darstellten. Hätte ich gewusst, was als Nächstes kam, hätte ich sein Lächeln länger genossen und versucht, mir seine Fischfanglektionen besser einzuprägen. Aber vielleicht verwiesen meine abrupten Stimmungsschwankungen auch schon auf die Frau, die einmal aus mir werden würde.

Ich weiß nicht mehr, wann genau Pietros Bein nachgab. Ich weiß nicht mal mehr, wie das überhaupt passieren konnte, war er über eine der hervorstehenden Wurzeln gestolpert? Tatsache ist, dass sich mein Freund auf einmal im Wasser wiederfand, den starken Wellen hilflos ausgeliefert. Noch war mir gar nicht klar, wie gefährlich das war. Ich ging davon aus, dass er sich schon noch an einem Felsen festhalten oder meine Hand umklammern würde, mit der ich versuchte, ihn zu packen. Im schlimmsten Fall würde er pitschnass nach Hause zurückkehren und eine Standpauke von seinem Vater bekommen.

Vielleicht lag es auch an meiner kindlichen Naivität, die Gefahren klein werden und Hoffnung wachsen lässt, die einen in dem Glauben wiegt, dass immer alles gut ausgeht, dass sich im Leben alles reparieren lässt wie ein kaputtes Spielzeug.

Kurz fielen mir die unzähligen Geschichten von Menschen wieder ein, die das Meer verschlungen hatte, von Ertrunkenen, die von der Strömung hinausgetragen, von unsichtbaren Schlingpflanzen festgehalten, im Schlick versunken oder von geheimnisvollen Fischen verschluckt worden waren – von Seeungeheuern, die niemand je gesehen, aber von denen jeder mindestens einmal geträumt hat.

Sofort verdrängte ich diese negativen Gedanken wieder, die meinen kindlichen Optimismus bedrohten. Das war doch das Gerede alter Leute! Stattdessen redete ich mir ein, dass ein schlimmes Ende nur in der Fantasie längst vergangener Generationen vorkommen konnte.

Ich zwang mich, mich noch weiter vorzubeugen. Dass

Pietro es nicht bis zu mir schaffte, verhieß nichts Gutes. Ich sah, wie er sich abstrampelte, mit den Händen eines Neunjährigen, die viel zu klein waren, um der Gewalt des Meeres etwas entgegenzusetzen. Ich spürte, wie sich mein Gesicht zu einer Grimasse verzog, die reines Entsetzen ausdrückte. Gleichzeitig irrlichterte mein Blick zwanghaft von links nach rechts, in der Hoffnung, jemand könnte uns zur Hilfe eilen. Doch mein Schrei blieb mir in der Kehle stecken, weil ich kaum noch Luft bekam.

Als ich begriff, dass niemand kommen würde, versuchte ich noch angestrengter, mich zu ihm vorzubeugen. Ich klammerte mich an eine Wurzel und verlagerte das Gewicht auf den rechten Fuß, während ich mich gleichzeitig bemühte, die Hand auszustrecken, um seine zu fassen zu bekommen. Auch Pietro mobilisierte seine letzten Reserven und versuchte, zu mir zu schwimmen. Aber inzwischen bekam er nicht mehr genug Luft, und es war offensichtlich, dass die Strömung zu stark für ihn war, der Seegang zu heftig und sein Körper zu schmächtig. Das Wasser schlug mehrmals über seinem Kopf zusammen, der zum Glück wieder auftauchte. Aber in diesem Moment wurde mir mit Entsetzen klar, dass da gerade etwas ganz Schreckliches passierte, und ich begann, aus Leibeskräften zu schreien. Auf einmal war meine Kehle wieder frei. Ich schrie seinen Namen und dann um Hilfe, anschließend wieder seinen Namen, nach wie vor das Bild von Pietro und mir vor Augen, wie wir uns tief in die Augen sahen, wie Pietro die Angel meisterhaft über der Wasseroberfläche schweben ließ.

Ich schrie und schrie immer lauter, und ein Schluchzen mischte sich in meine Schreie. Ich spürte, wie die nackten Füße immer tiefer im seidig-kühlen Sand versanken. Wäre ich doch nur sofort ins Wasser gesprungen, dann hätte ich ihn vielleicht noch herausziehen können. Gemeinsam wäre es uns vielleicht gelungen, gegen die Strömung anzukämpfen und wieder ans Ufer zu gelangen. Hätte ich Pietro nicht für unbesiegbar gehalten, hätte ich vielleicht nicht mit ansehen müssen, wie er ertrank. Alles Gedanken, die mir leider erst viel später kamen, als ich wieder bei klarem Verstand war.

»Pietro!«, schrie ich inzwischen völlig verzweifelt, »Pietro«, als dort, wo er zum letzten Mal aufgetaucht war, nur noch ein paar Zweige von den tosenden Wellen hin und her geworfen wurden.

Im Rückblick habe ich mir stets eingebildet, dass ich etwas hätte tun können, um meinen Freund zu retten. Aber in diesem Moment ging einfach alles viel zu schnell, und in meiner kindlichen Fantasie war es schlichtweg unvorstellbar, dass es auch Geschichten gab, die nicht gut ausgingen.

Ich schwieg eine Weile, während die Füße immer tiefer einsanken und die Arme schlaff an mir herabhingen.

»Pietro«, flüsterte ich, mit einer Stimme, die kaum mehr war als ein Hauch, als ich begriff, dass ich meinen Freund nie mehr wiedersehen würde.

Die Fische waren inzwischen leblos – auch der letzte Fang, den wir sofort in das Tuch eingewickelt hatten, um wenigstens ihm das Aufgespießtwerden zu ersparen. Ich sah mich um, um mir alles genau einzuprägen – meinen letzten

Nachmittag mit Pietro –, damit er zu einer dieser unauslöschlichen Erinnerungen wurde, die einem in einsamen Momenten Gesellschaft leisten.

Was ich empfand, als ich zuerst aufs Meer starrte, das weiterhin tosend seine Macht demonstrierte, und anschließend auf die Fische, in der Hoffnung, doch noch irgendwo eine Spur von meinem Freund zu entdecken, ist schwer zu beschreiben. Es war, als klaffte eine Riesenlücke in mir, die von einem stechenden körperlichen Schmerz begleitet wurde.

Erst viel später sollte ich erkennen, was das war: ein ebenso heftiger wie unstillbarer Verlustschmerz. Und zwar nicht nur, weil Pietro gestorben war, sondern auch, weil ich dem Tod ins Gesicht geschaut hatte.

Denn wenn Pietro gestorben war, hieß das, dass auch ich sterblich war, und Mama ebenfalls. Dass ich jeden Tag Leuten begegnete, die eines Tages sterben würden.

Das war der erste schwere Schlag, den mir das Leben verpasste, und Pietro der erste uneingeschränkte Held, den ich verlieren sollte.

4

Vor der Beerdigung meines Freundes wurden die Margiala und meine älteste Schwester Rosetta zur Totenwache gerufen. Sie hatten die Aufgabe, drei Tage hintereinander neben der Leiche zu sitzen und ununterbrochen zu weinen, um so die Mutter des armen Jungen und seine anderen Verwandten zu trösten. Es gehörte zu den Pflichten der Margiala, an fast allen Totenwachen im Dorf teilzunehmen. Für diesen Anlass war eine ganz besondere Kleidung vorgesehen, die schwarz sein und bis zu den Knöcheln reichen musste. Im Sommer war das bei der Margiala eine Baumwollbluse zu einem Stufenrock, der ihre schmale Taille betonte – Mamas ganzer Stolz, obwohl sie vier Kinder geboren hatte –, im Winter ein Flanellrock mit Wollpulli, den man mit einer spitzenbesetzten Stola verhüllte. Auch die Haare wurden mit einem kostbaren Schleier bedeckt, den verheiratete Frauen ihrer Aussteuer entnahmen. Das mit der Totenwache war also nur etwas für Erwachsene, denn dafür brauchte man Kleidungsstücke, die man zur Aussteuer bekam.

Meine Schwester Rosetta war einundzwanzig und damit im heiratsfähigen Alter. Doch die Margiala hatte nicht vor, sie irgendeinem feurigen Verehrer zu überlassen, der ihre Tochter zum Altar führen wollte, bevor alles ordentlich geregelt war. Deshalb lag Rosettas Aussteuer schon seit zwei Jahren, fein säuberlich zusammengefaltet und nach Mottenkugeln duftend, bereit – und zwar in der großen Nussbaumtruhe am Fußende des Ehebetts, die nur die Margiala öffnen durfte. Sie hatte sich von meinem Vater extra ein Schloss dafür machen lassen, damit die kostbare Aussteuer vor neugierigen Blicken und Händen geschützt blieb. Meine Mutter hatte darauf bestanden, dass Rosettas Aussteuer bestickt wurde. Die Stickereien besaßen einen symbolischen Wert, der weit über die bloße Verzierung hinausging.

Dort, wo die Margiala herkam, nämlich aus der Gegend von Foggia, konnten sich nur Landbesitzer eine bestickte Aussteuer leisten. Die Stickereien standen für einen gewissen Status, außerdem waren sie das Erste, was man von Bettwäsche und Handtüchern sah, wenn die Aussteuer präsentiert wurde. Dazu wurde jedes einzelne Teil vorsichtig über ein Möbelstück im Schlafzimmer der Brauteltern gelegt. Die Handtücher wurden über Stühle und Spiegelkommode drapiert, während die zusammengelegte Bettwäsche auf die Tagesdecke kam und die Unterwäsche auf den Kissen ausgebreitet wurde.

Wichtig war, dass man die Borten sah, den feinen Muschelsaum und die zarten Fransen der Leinenhandtücher. Letztere wurden niemals zum Abtrocknen von Händen oder Gesicht benutzt, sondern waren ein reines Vorzeigeobjekt, das, frisch gestärkt, im Bad zu hängen hatte. Wenn überhaupt, wurden sie zur Geburt eines Kindes hervorgeholt – aber nur weil man dann davon ausgehen konnte, dass die vielen wegen des freudigen Ereignisses herbeigeeilten Leute sie auch würdigen würden.

Die Margiala stammte nicht aus einer Familie von Landbesitzern. Ihre Eltern waren einfache Pächter, die das Land eines so genannten »Barons« bearbeiteten, der vor dem neuen Regime in Ungnade gefallen war – in einer Zeit, in der jemand auf die Idee gekommen war, dass auch die Armen auf dem Land Rechte besäßen. Der Vater der Margiala war als Pächter geboren worden und als solcher gestorben, obwohl er ein Leben lang behauptet hatte, er werde dem Baron irgendwann noch ein Stück Land abkaufen, um seiner Tochter eine bestickte Aussteuer zu ermöglichen.

»Eines Tages wirst du heiraten wie eine feine Dame«, pflegte er zu ihr zu sagen, seit sie ein kleines Mädchen war. »Eine Kutsche wird uns direkt vor der Kirche von Cerignola absetzen, während deine Mutter die Gäste zu Fuß dorthin geleiten wird – voller Stolz, die Frau eines Landbesitzers zu sein. Du wirst eine Aussteuer mit Muschelsaum bekommen, mit lauter Spitzen und Rüschen, und alle werden dir mit Hochachtung begegnen.«

Meine Mutter erzählte oft von ihrem Vater, einem ewigen Träumer. Von Ruhm und Ehren, zu denen der Ärmste nie gelangt war. Sein Leben war nicht so verlaufen wie geplant, und das mit dem Landbesitzerwerden und die Tochter wie eine feine Dame Verheiraten hatte erst recht nicht geklappt. Noch bevor er zu diesem großen Sprung ansetzen konnte, war er gestorben, was vielleicht besser so war, weil er in dem Glauben gestorben war, seinen Plan eines Tages doch noch in die Tat umsetzen zu können. Eine Lungenentzündung hatte ihn dahingerafft. So nannte man das, wenn die Leute monatelang von hartnäckigem Husten gequält wurden, bis sie bleich wie der Mond waren und von einem galoppierenden Fieber ins Jenseits befördert wurden.

Eines schönen Tages, als die Margiala noch um ihren verstorbenen Vater trauerte, sah sie Agostino Ventrella, einen jungen, gutaussehenden Mann ohne einen Heller in den Taschen, durch Cerignola spazieren. Wie es ihn, der von der Küste stammte, ausgerechnet dorthin verschlagen hatte, wusste er selber nicht. Fest steht nur, dass sein Cousin und er beschlossen hatten, eine Landpartie zu unternehmen. Ein entfernter Verwandter des jungen Mannes wohnte ausgerechnet in Cerignola, und so packten die zwei Burschen etwas Proviant in ihre Kalesche – man konnte schließlich nie wissen, was die Reise so bringen würde – und wagten sich in das von nackter roter Erde geprägte Hinterland vor.

Für Agostino war es Liebe auf den ersten Blick.

Die Margiala war wunderschön. Ihre Schönheit beruhte nicht nur auf ihren feinen Zügen und einzigartigen Augen, die in ihrem bernsteinfarbenen Gesicht funkelten wie Juwelen, sondern auch auf ihrer stolzen, fast hochmütigen Art. Die machte zwar auch keine richtige Adelige aus ihr, verlieh ihr aber eine entsprechende Vornehmheit.

Als die beiden Burschen mit ihrer Kalesche anhielten, um sie nach ihrem Namen zu fragen, sah die Margiala sie nur mit blitzenden Augen an. Ihr gnadenloser Raubtierblick durchbohrte den zahmen Agostino regelrecht.

»Wie heißt Ihr?«, fragte der Ärmste tapfer.

Meine Mutter musterte ihn streng und runzelte nur die Stirn angesichts der Dreistigkeit dieses Kerls, der es wagte, eine junge Frau zu belästigen, die Trauer trug. Es war die

Freundin meiner Mutter, die an ihrer Stelle antwortete. Ein kokettes, dralles Ding, das, wie viele im Dorf prophezeiten, mit achtzehn schwanger werden und eine Riesenschar Kinder bekommen würde, die genauso ungehobelt sein würden wie ihr Vater. Bestimmt würde sie einmal extrem dick werden und ihr Mann enden wie alle Säufer, die die Tavernen bevölkerten: mit einem Rülpser vom vielen Essigwein, zwischen den willigen Schenkeln einer Dirne.

»Ich bin Anna, und das ist Anita, die aber von allen Diamante genannt wird.«

»Diamante …«, sagte mein Vater und kratzte sich am Kinn. »Einen besseren Namen kann man sich gar nicht vorstellen.« Dann nahm er seinen Hut ab, denn obwohl er mittellos war, wusste er sehr wohl, was sich gehörte.

»Diamante heißt meine Mutter. Wollt Ihr auch sie belästigen? Ihr müsst nämlich wissen, dass sie gerade erst Witwe geworden ist«, erwiderte die Margiala frech.

Die beiden jungen Männer weckten eine unbegründete Wut in ihr – ein Gefühl, das sie allerdings allen Männern gegenüber hegte. Hätte die Margiala woanders gelebt – in England vielleicht oder in irgendeiner modernen französischen Stadt –, wäre möglicherweise eine Feministin aus ihr geworden. Vielleicht hätte sie auch nur nach Mailand oder Rom gehen müssen, um die Dinge von einer anderen Warte aus zu sehen.

Aber in dem Dorf, in dem sie geboren und aufgewachsen war, änderten sich manche Dinge eben nie. Bestimmte Wahrheiten und Überzeugungen wurden ausschließlich mündlich überliefert, und keiner hatte es je gewagt, sie zu hinterfragen – schon gar nicht die Frauen, deren Rolle als Statistinnen, Zuschauerinnen, dumme Hühner oder Giftnattern längst feststand – je nachdem, was gerade gebraucht wurde. Auch das gehörte sozusagen zur Aussteuer.

Die Margiala hatte sich schon immer anders gefühlt, was bestimmt nicht einfach für sie war, wenn man an das übliche Verhalten der Frauen in ihrem Dorf denkt. Manchmal wurde meine Mutter von einem Unbehagen befallen, das tief aus ihrem Innern aufstieg, um ihr dann wie ein dicker Kloß in der Kehle stecken zu bleiben. Dann hätte sie am liebsten laut geschrien, heiser und wild, um ein Unbehagen zu äußern, das unmöglich nur sie empfinden konnte – eines, das sich vielleicht schon seit Jahrhunderten aufstaute.

Und manchmal tat die Margiala das sogar.

Wenn sie sich sicher sein konnte, dass niemand sonst draußen auf den Feldern war, an einem von diesen heißen Sommernachmittagen, wenn alles zirpt, ohne dass der laute Zikadengesang auch nur vom kleinsten Lufthauch begleitet wird. Dann sah sich die Margiala gründlich um, breitete die Arme aus, die Ärmel bis zu den Ellbogen hochgekrempelt, und schrie. Sie schrie, bis ihr die Luft ausging, breitbeinig und das Gesicht zum Himmel gewandt. Anschließend verharrte sie noch eine Weile so, um den Gefühlsausbruch zu genießen, beide Beine fest auf dem Boden und die Hände in die Seiten gestemmt.

In diesem Moment verzogen sich die vollen Lippen der Margiala zu einem hämischen Grinsen, und sie nahm sich auf einmal ganz anders wahr: mit sich und der Welt im Reinen.

5

Als die Nachricht von Pietros Tod bis zu uns gelangte, saß ich längst weinend zu Hause, mit ganz verquollenen Augen und zitternden Händen.

Comare Antonietta war diejenige im Ort, die immer alles zuerst erfuhr, und daher die Überbringerin guter wie schlechter Nachrichten. Mama begrüßte sie stets freundlich, doch jeder außer ihr merkte, dass die Margiala sie in Wahrheit nicht ausstehen konnte.

Bei ihr hieß sie bloß »die alte Klatschtante«, weil sie stets den Mund aufriss, ohne vorher nachzudenken, weil sie es mit der Wahrheit nicht so genau nahm und diese lieber mit eigenen Geschichten ausschmückte.

»Der kleine Pietro ist tot«, hatte sie aufgeregt gegackert und dabei unablässig gegen unsere Haustür getrommelt. »Er ist vom schwarzen, unheimlichen Meer verschluckt worden. Vielleicht hat ihn ja ein großer Fisch hinabgezogen, meinten die Fischer am Hafen.« Damit machte sie ihrem Spitznamen alle Ehre und ließ wieder mal ihrer blühenden Fantasie freien Lauf – vermutlich weil ihr die nackte Wahrheit nicht interessant genug vorkam.

Natürlich gab es keinen Fisch mit so einem Riesenschlund, auch wenn man in schäumenden Wellen mit viel gutem Willen ein schreckliches Seeungeheuer mit weit aufgerissenem schwarzen Maul erkennen könnte.

Meine Schwester Rosetta war zur Tür gestürzt, um ihr aufzumachen, während die Margiala nach wie vor damit beschäftigt war, mich zu beruhigen – zusammen mit meiner anderen, mittleren Schwester Cornelia.

Als wir noch kleiner waren, hatte ich Cornelia immer die Haare kämmen dürfen. Weich und kupferfarben wie dunkler Honig fielen sie ihr in langen Wellen auf die Schultern. Cornelia war die Einzige, die nicht die markanten Züge der Margiala geerbt hatte. Ihre Schönheit war eleganter und glich eher der von Papa.

Alle im Dorf sagten, dass Vater, wäre er denn woanders zur Welt gekommen, längst für eine von diesen romantischen, patriotischen Heldenrollen verpflichtet worden wäre, wie sie in den Propagandafilmen eines Luigi Freddi vorkommen. Jemand behauptete sogar, dass er Osvaldo Valenti ähnlich sehe, den arroganten Schauspieler aber an Schönheit und vor allem an Freundlichkeit übertreffe. Immer wenn das Kinomobil auf den Dorfplatz fuhr, stolzierte Papa zwischen den grobschlächtigen, nicht gerade von Schönheit gekrönten Kerlen umher und spielte den Filmstar. Er fühlte sich als etwas Besseres als diese armen Teufel. Dann murmelte er unverständliches Zeug in einem Italienisch, das gebildet klingen sollte, und ließ den Zahnstocher von einem Mundwinkel in den anderen wandern. Lässig an die Mauer eines der niedrigen Häuser an der Piazza gelehnt, die Hände in den Hosentaschen, sah er aus wie ein ewiger Jugendlicher – eine echte Künstlerpose, fand die Margiala, die er sich tatsächlich von Valenti abgeschaut hatte. Er gefiel den Frauen im Ort sichtlich, die sich zu einem koketten

Lächeln hinreißen ließen, sich gegenseitig in die Seite knufften und es sogar wagten, leise Bemerkungen über meinen Vater zu machen.

Die Margiala wusste, dass sie für ihn schwärmten, weil er der klassische Schönling war. Doch da sie wusste, dass Papa nur an ihren Lippen und an ihrem Rockzipfel hing, kümmerte sie das nicht weiter.

Aber jetzt, wo Comare Antonietta anklopfte, war es Cornelia, die mich kämmte. Mit langsamen, behutsamen Bewegungen, als würde sie einem Neugeborenen über den Kopf streichen – auch so etwas, was sie von der Margiala gelernt hatte. Wir waren alle ihre gelehrigen Schülerinnen, wenn es darum ging, andere zu manipulieren, Kräutermischungen oder Rezepturen zusammenzustellen. Etwas, worauf Mama besonders stolz war, war ihre Gabe, körperliche wie seelische Beschwerden mit den Händen zu lindern. Eine Art primitive Pranotherapie, die die Margiala mit dem Begriff bezeichnete, den auch alle in Cerignola für die Fähigkeiten ihrer Mutter Diamante verwendeten, nämlich als »Magie«.

»Mach du auf, Cornelia! Das ist die alte Klatschtante.« Sie verdrehte die Augen und verfluchte diesen schrecklichen Tag.

Comare Antonietta stürmte ins große Schlafzimmer, in dem ich auf einem einfachen Holzstuhl saß und wie betäubt in den in die Schranktür eingelassenen Rauchglasspiegel starrte.

Eine zerzauste Strähne fiel mir auf die linke Schulter, während die andere bereits zu einem dicken Zopf geflochten war, aus dem jedoch noch widerspenstige Haare hervorstanden wie dornige Ähren.

Niemand schaffte es, sie zu bändigen. Nicht einmal der Margiala gelang das, deren Öle gegen meine wilde Mähne einfach nicht ankamen.

»Das muss tiefer liegende Ursachen haben«, brummte sie, nachdem auch der x-te selbst gemachte Haarbalsam versagt hatte. »Das sind nicht nur deine Haare … Da ist etwas, tief in deinem Herzen, das nie jemand zähmen wird.«

Wenn sie solche Sachen sagte, machte mir die Margiala fast ein wenig Angst. Dann waren ihre kühlen blauen Augen ins Leere gerichtet, als schaute sie in eine andere Dimension.

Vielleicht war es ihre Augenfarbe, ein unvergleichlich helles, fast schon kristallklares Blau, die ihr etwas Engelhaftes verlieh, so als wäre sie nicht ganz von dieser Welt. Eine Art Gleißen, das von ihrem langen, lockigen rabenschwarzen Haar allerdings wieder ausgeglichen wurde. Letzteres bekamen nur wir Mädchen zu Gesicht, alle anderen kannten sie nur mit einem ordentlichen Dutt im Nacken.

Ein schwarzer Engel, genau das war meine Mutter!

»Ein paar Fischer haben ihn am Hafen gefunden. Wer weiß, wie lange er schon tot ist«, plapperte die alte Comare aufgeregt.

»Seit etwa einer Stunde«, erwiderte die Margiala trocken.

»Seit einer Stunde? Woher weißt du das?«, fragte Comare Antonietta fast schon vorwurfsvoll, dass vor ihr schon jemand anders diese Neuigkeit überbracht hatte.

Ich schluchzte noch eine Weile leise vor mich hin, dann

musste ich wieder laut und vollkommen unkontrolliert weinen – dicke Tränen, die ich mit der Zungenspitze auffing, wenn sie mir nicht auf die Haare und die feine Bluse kullerten, zwischen den Falten meiner Kleidung verschwanden oder auf die zitternden Hände tropften, auf die ich verzweifelt starrte.

Comare Antonietta sah mich fragend an.

»Diamante war dabei. Sie hat alles mit angesehen«, sagte die Margiala schließlich und drehte sich zur offenen Haustür.

6

Während Mama und Rosetta bei Pietro Totenwache hielten, hatten Cornelia und ich die Aufgabe, zu kochen und uns um den Haushalt zu kümmern.

Die Margiala wollte nicht, dass ich meinen Freund in seinem weißen Sarg liegen sah.

»Der Tod ist nichts für Kinder«, urteilte sie knapp, um jede weitere Frage im Keim zu ersticken.

Aber der Drang, trotzdem hinzugehen, war einfach stärker – vermutlich eher eine verquere Form von Selbstbestrafung und weniger das Bedürfnis, ihm die letzte Ehre zu erweisen. Wenn man mit dem Tod konfrontiert wird, weckt das den archaischen Wunsch auszuprobieren, wie viel Schmerz man aushalten kann.

Wie so oft, vielleicht wegen meiner rebellischen Art, auf die schon meine störrischen Locken verwiesen, hörte ich nicht auf meine Mutter. Unter dem Vorwand, irgendwas besorgen zu müssen, schlüpfte ich aus dem Haus und rannte atemlos bis zu dem von Pietro – ohne auch nur einmal kurz innezuhalten und über das nachzudenken, was ich da vorhatte. Und schon gar nicht darüber, wie Mama wohl auf meinen Ungehorsam reagieren würde.

Als ich dort ankam, war ich völlig aufgelöst und mein Kopf leicht und leer – vermutlich auch aus dem Grund, dass ich schon seit über einem Tag nichts mehr gegessen hatte.

Pietros Haus wirkte auf einmal so anders! Die Tür stand weit offen, und davor hing ein großer lila Samtvorhang, als wäre das der Eingang zu einer mittelalterlichen Burg. Zwei Aufpasser standen davor und überwachten das Kommen und Gehen von Neugierigen, Freunden der Familie und ganz normalen Passanten. Zwischen den einzelnen Begrüßungen rauchten sie oder redeten über Privates.

Vor der Tür hatten sich Grüppchen aus alten Frauen gebildet, die ganz in ihr leises Palavern vertieft waren.

Ich trat näher, da ich mich auf die Zehenspitzen stellen und gucken wollte, wie es da drin aussah. Da merkte ich, dass das Gerede der Frömmlerinnen kaum etwas mit Pietros Tod zu tun hatte. Es war nur der übliche weibliche Tratsch über andere Frauen – aus Neid oder Boshaftigkeit oder einfach nur weil man die Zeit ja irgendwie totschlagen musste.

Ich entdeckte einen Blumenkranz. Er lag auf einem Tisch und war von weiteren Kränzen umgeben. Ihr Duft war so intensiv, dass ich fast ohnmächtig wurde beziehungsweise mich beinahe übergeben musste – wenn nicht sogar beides auf einmal.

Ich erkannte die Margiala und Rosetta, beide hatten den Kopf gesenkt. Man sah nur ihre Spitzenschleier und die bestickten Taschentücher, die sie an die Lippen pressten, wie es bei einer Totenwache Brauch ist.

Auf der anderen Seite des Sarges saß Pietros Mutter.

Ich konnte einfach nicht anders. Ich spürte, wie mir das Herz bis zum Halse schlug, war fest davon überzeugt, dass es mir gleich aus der Brust springen würde. In meinen Ohren dröhnte es, und meine Nase war ganz verstopft von den vielen Blütenpollen und dem schon leicht fauligen Duft.

Ich machte auf dem Absatz kehrt und rannte direkt nach Hause, während der warme Frühlingswind meine Tränen trocknete.

Cornelia hatte bereits mit der Vorbereitung des Abendessens begonnen.

Ich wischte mir die Nase ab, zog zwei, drei Mal hoch und trat neben sie, um ihr zu helfen.

Meine Schwester machte Kalbsrouladen mit Salbei und Pecorino. Der Salbei stammte aus unserem Garten. Wir hatten einen dicken Strauch, der im Schatten des großen Oleanders üppig gedieh, wie auch der ebenso kräftige Rosmarin- und der Majoran-Strauch.

Die Sauce köchelte im Topf auf dem Kohlenherd.

Nachdem die Rouladen gefüllt worden waren, mussten sie mit einem Faden verschnürt werden. Das Geheimnis der Margiala bestand darin, etwas Peperoncino in die Füllung zu geben, um sie noch schmackhafter zu machen. Auch diese kleinen scharfen Chilischoten wuchsen bei uns im Garten.

Mama pflegte die schlecht verdaulichen, extrem pikanten Samen zu entfernen und den Rest anschließend in kleine Stücke zu hacken. Dabei nahmen ihre Hände Peperoncino-Aroma an und färbten sich rot. Waren die Rouladen verschnürt, kamen sie in die soeben zum Kochen gebrachte Sauce, um darin mindestens zwei Stunden zu schmoren. Immer wieder wurde Wasser hinzugefügt, damit sie nicht anbrannten, und energisch umgerührt, damit der Pecorino, der aus den Rouladen quoll, nicht am Topf kleben blieb.

Bei mir im Ort hießen diese köstlichen Kalbsrouladen *braciole* – normalerweise der Mittelpunkt eines festlichen Sonntagsmenüs. Nahrhaft und würzig, wie sie waren, bildeten sie den zweiten Gang, während die Sauce über Orecchiette gegeben und als erster Gang gegessen wurde. Auch die Nudeln waren selbstverständlich hausgemacht und eine Spezialität meines Dorfes, einer kleinen Ansammlung von weißen und gelben Häusern, etwa zwei Kilometer von Bari entfernt. Es heißt Carbonara – vielleicht weil dort vor langer Zeit einmal viele Köhler gearbeitet haben. Das hat mir zumindest mein Vater erzählt, dessen Familie bereits seit Generationen in diesem Dorf lebte und es gegen keinen anderen Ort auf der Welt eingetauscht hätte.

Die Margiala dagegen hatte genau das getan: Sie hatte das Hinterland und Cerignola verlassen, um »Meeresluft zu schnuppern«, wie sie sagte, auch wenn sie das Meer – wie bereits erwähnt – nie hatte sehen wollen.

Cornelia und ich hatten zwei Stunden Zeit. Obwohl kein Sonntag war, hatte meine Schwester beschlossen, diese Köstlichkeit zuzubereiten – nicht zuletzt, weil sie wusste, dass es die Leibspeise der Margiala war. Cornelia wollte es Mama stets recht machen.

Papa war noch nicht von der Arbeit zurück, und auch mein Bruder Giuseppe nicht. Wir waren eine große Familie, sodass ordentlich Nudeln gemacht werden mussten. Während unsere Hände flink zugange waren, war unser Denken wie verlangsamt. Eine willkommene Lethargie hatte uns erfasst. Für eine Weile konzentrierten wir uns nur auf den Teig und den Druck, den man mit dem Daumen ausüben musste, damit aus kleinen, unförmigen Teigstückchen kleine »Öhrchen« wurden.

Jede Frau in meiner Familie bereitete die Orecchiette auf ihre Art zu – der ganze Stolz von Generationen von Hausfrauen. Cornelia und Rosetta benutzten dazu die Gabel, während Mama und ich ausschließlich mit den Fingern arbeiteten. Das Schöne daran war, dass jede die überlieferte Methode auf ihre Art interpretierte, auch wenn Papa stets behauptete, die seiner Mutter sei die beste. Und seine Mutter benutzte die Gabel. Vielleicht hatte die Margiala gerade deshalb gelernt, sie mit den Fingern zu formen.

Während wir uns ganz auf die Handbewegungen konzentrierten, war für alles andere kein Platz mehr. Nicht dass die Erinnerung an Pietro oder der Schmerz nachgelassen hätten – sie hatten sich einfach nur in einen entlegenen Winkel zurückgezogen, bis sie ihre unheilvolle Wirkung aufs Neue entfalten würden.

So lange genoss ich den Aufschub meines Urteils und widmete mich fast ausschließlich der Zubereitung des Essens.

Ich musste schon als Kind begriffen haben, welch enorme therapeutische Kraft das Kochen hat, und daher rührt sicherlich auch meine Leidenschaft für selbst gemachte Köstlichkeiten.

7

Beim Abendessen wurde kaum gesprochen. Giuseppe ließ sich zu einer anerkennenden Bemerkung über die Sauce herab. Auch Papa fühlte sich verpflichtet, etwas Entsprechendes zu sagen, aber die Frauen des Hauses waren alle in sich gekehrt und blieben stumm.

Die Margiala brummte nur irgendwas und hatte die linke Faust geballt. Wir alle wussten, dass sie das nur tat, wenn sie extrem ungehalten war. Dann wagte es nicht mal ihr Mann, sich mit ihr anzulegen. Wir wussten auch, dass Mama ein wenig seltsam war, sodass wir davon ausgingen, es hätte etwas mit ihren besonderen Fähigkeiten zu tun.

Manchmal erzählte sie von schrecklichen Kopfschmerzen, die sie dazu zwangen, sich vom Tisch zu erheben und kurz ins Schlafzimmer zurückzuziehen. Dort mischte sie sich irgendeine seltsame Salbe zusammen, und wenn sie dann zu uns zurückkehrte, sah sie aus, als könnte ihr nichts etwas anhaben.

An diesem Abend schien ihr Schmerz jedoch nicht körperlicher Natur zu sein, sondern im Stillen noch mehr Entrüstung oder Verzweiflung auszubrüten.

Ich wusste nicht, ob Pietros Tod dafür verantwortlich war oder meine Dreistigkeit, mich bis ans Meer vorgewagt zu haben, obwohl ich doch ganz genau wusste, dass meine Mutter eine Riesenangst davor hatte.

Oder steckte noch etwas viel Schlimmeres dahinter?

Zu den besonderen Fähigkeiten von Nonna Diamante gehörte es, Katastrophen vorherzusehen – zumindest erzählte man sich das so in Cerignola. Nicht in die Zukunft zu schauen, das nicht, denn das durfte nur Gott, aber doch zu spüren, wenn etwas Schreckliches bevorstand. Nonna Diamante behauptete auch, dass sich diese Fähigkeit in der Schwangerschaft verstärkt, und meine Mutter war bereits im siebten Monat.

Doch was konnte noch schrecklicher sein als Pietros Tod, als das bedrückende Gefühl, irgendwie mit daran schuld zu sein. Wenn ich bloß nicht angefangen hätte zu quengeln … Wenn ich die Entscheidung zum Aufbruch ihm überlassen hätte … Nicht umsonst war ich berüchtigt für meine Ungeduld, für meine Neigung, hastig und überstürzt zu handeln. Rosetta warf mir das immer vor, und auch Cornelia. Nur die Margiala nicht: Es war, als hätte alles, was ich tat, seine Berechtigung – und zwar im Guten wie im Schlechten. Ich wusste, dass ich seit eh und je ihr Liebling war, aber dass sie mich zu Unrecht vorzog, hinterließ bei mir immer auch einen bitteren Nachgeschmack, wie bei einem unverdienten Sieg.

»Schmeckt's dir nicht, Mama?«, fragte Cornelia vorsichtig.

Die Margiala sah sie mit ihren hellen Augen an.

»Nicht die Ellbogen aufstützen«, bemerkte sie trocken, ohne auch nur im Geringsten auf ihre Frage einzugehen. Meine Schwester schaute sich verstohlen zu uns um und musste mit Bedauern feststellen, dass Rosetta die Ellbogen dort hatte, wo sie hingehören, und dass sie kerzengerade dasaß, so wie Mama das gern hatte.

Es war nicht so, dass Cornelia das absichtlich getan oder sich keine Mühe gegeben hätte, den Anweisungen der Margiala Folge zu leisten. Aber irgendwo im bitteren Buch des Lebens stand nun mal geschrieben, dass sie bei unserer Mutter deutlich wahrnehmbar stets an letzter Stelle kommen würde.

Erst viel später sollte ich verstehen, dass es an der streitlustigen Art der Margiala lag. Nicht, dass meine Mutter boshaft gewesen wäre – vermutlich konnte sie einfach nicht anders. Sie war leicht reizbar und reagierte sich zuverlässig an der armen Cornelia ab.

Papa verließ als Erster den Tisch, vielleicht weil er die gedrückte Stimmung leid war.

Giuseppe tat es ihm nach. Beide gingen hinaus in den Hof, um eine Zigarette zu rauchen. Manchmal beneidete ich meinen Bruder, weil niemand in der Familie es wagte, ihm zu sagen, was er zu tun und zu lassen hatte. Mit achtzehn galt man als erwachsen genug, um Verantwortung zu übernehmen – für das, was gut lief, ebenso wie für die Fußtritte, die einem das Leben nun mal so verpasst.

Für Frauen galt das nicht. Bis sie der Familie ihres zukünftigen Mannes übergeben wurden, durften sie rein gar nichts selbst entscheiden. Willensfreiheit? Das war ausschließlich etwas für Männer.

Rosetta stand auf, um den Tisch abzudecken, so wie es sich für die Erstgeborene gehörte. Mama stocherte noch eine Weile in den längst weich gewordenen Nudeln, als suchte sie nach irgendeinem Hinweis darin. Wenn sie sehr nervös war, begann ihr rechtes Augenlid zu zucken, was ihr etwas leicht Diabolisches verlieh. In solchen Momenten machte sie mir Angst, weil dann die dunkle Seite des schwarzen Engels zum Vorschein kam.

»Räum alles ab«, sagte sie fast schon stöhnend zu Rosetta und schob den Teller von sich, als hätte er ihr tatsächlich ein unaussprechliches Geheimnis enthüllt.

Die Margiala war auch sehr gut darin, im Kaffeesatz zu lesen. Viele Frauen – wir nannten sie alle Comari – machten sich das gerne zunutze. Auf diese Weise wurde ein aromatischer, am frühen Nachmittag genossener Kaffee zu einer guten Gelegenheit, Erkundigungen über die eigene Ehe oder über die – meist miserablen – finanziellen Aussichten einzuholen.

Auch Comare Antonietta war deswegen schon bei uns gewesen. Nicht, dass sich ihr Besuch nur darauf beschränkte: Sie verbrachte mehr Zeit bei uns als mit ihrer eigenen Familie, weshalb wir so sehr an ihre Anwesenheit gewohnt waren, dass wir sie kaum noch bemerkten. Die alte Klatschtante war wie eine Art Nippesfigur, die einem gar nicht mehr auffällt, selbst wenn man unzählige Male daran vorübergeht, und die man erst dann vermisst, nachdem man sie schon weggeworfen hat.

Seit die Margiala ihr aus dem Kaffeesatz gelesen hatte, wollte Antonietta jedenfalls nicht mehr, dass man in ihre Tasse schaute.

Um das zu verhindern, pflegte sie rasch aufzustehen und den Kaffeesatz in die Spüle zu schütten. Anschließend wusch sie die Tasse gründlich aus, damit auch nicht der kleinste Tropfen brauner Flüssigkeit darin zurückblieb.

»Ich sehe ein Schiff«, hatte ihr meine Mutter damals gesagt. »Ich sehe eine Reise, eine Reise zu einem fernen Kontinent.«

Erst hatte die Comare dem keine große Bedeutung beigemessen und ganz normal weitergelebt, weitergetratscht, als wenn nichts wäre.

Wenige Monate später war ihr Mann allerdings nach Amerika aufgebrochen. Drei Jahre waren vergangen, ohne dass die arme Klatschtante je wieder von ihm gehört hätte.

Spitze Zungen, an denen es in keinem Dorf fehlt, hatten rasch das Gerücht in Umlauf gebracht, der gute Tadino habe auf dem fernen Kontinent eine neue Frau gefunden, eine Amerikanerin.

Wenn sie das sagten, dann natürlich nur mit großem Bedauern, mit Formulierungen wie »Die arme Antonietta, so ganz allein und kinderlos« oder »Zum Glück leben ihre Eltern noch, die können sie wenigstens finanziell unterstützen«.

Doch solche Mitleidsbekundungen machten ihr das Leben auch nicht gerade leichter.

»Eine Gehörnte ist und bleibt eine Gehörnte«, kommentierte die Margiala, die keine Beschönigungen mochte.

Sie war eine Frau, die nicht viele Worte machte, damit aber stets ins Schwarze traf. Auch das war typisch für meine Mutter.

TEIL II

DIE KÜCHE

1

Zu Beginn des darauf folgenden Monats beruhigte sich die Lage. Pietros Tod war nach wie vor präsent, doch mit der Zeit verblasste die Erinnerung und ging im Alltag unter.

In unserer Familie war so einiges los, und das Chaos bei uns zu Hause half mir dabei, mich abzulenken. Die größte Sorge galt der Margiala.

Dass sie überraschenderweise mit über vierzig noch mal schwanger geworden war, kostete sie viel Kraft. Sie hatte zugenommen, auch wenn niemand, der sie von hinten sah, je gedacht hätte, dass sie ein Kind erwartete. Von der Wespentaille einmal abgesehen, die sie jetzt natürlich nicht mehr aufweisen konnte, war ansonsten alles perfekt proportioniert. Sie hatte ihre gute Figur behalten – und das trotz der vielen Schwangerschaften, die einfach kein Ende nehmen wollten.

Sie schlief schlecht und kam auch tagsüber nicht zur Ruhe. Dass es schon zu Beginn des Sommers so heiß war, machte es ihr nicht gerade leichter, den dicken Bauch vor sich her zu tragen: Sie war inzwischen im achten Monat.

Wenn die Margiala schlechte Laune hatte, verfluchte sie den Herrgott, den Himmel mitsamt seinen Heiligen und zu guter Letzt meinen Vater. Für ihn sparte sie sich die schlimmsten Schimpfworte auf, ohne sich darum zu kümmern, dass wir Kinder (vor allem ich, die ich ja noch wirklich klein war) sie auch mitbekamen.

»Wenn du es wagst, auch nur eines dieser Wörter zu wiederholen, bekommst du eine Woche lang nichts zu essen!«, drohte sie mir.

Dabei hätte ich es niemals gewagt, vor ihr oder sonst wem zu fluchen. Zum einen, weil ich fürchtete, die Margiala könnte mich tatsächlich dafür umbringen, zum anderen, weil ich Angst vor dem Zorn Gottes und der Heiligen hatte.

Unsere zweite Sorge galt der Fertigstellung des Hauses. Papa hatte zwanzig Jahre für den Bau gebraucht, zu dem er 1918 den Grundstein gelegt hatte. Gleich nachdem er Mama, die mit Rosetta schwanger gewesen war, ins Dorf geholt hatte. In Cerignola hatte niemand die beiden aufnehmen wollen, nachdem dieser »dahergelaufene Kerl« ihnen die schöne Anita, die noch um ihren Vater trauerte, weggenommen hatte. Schon gar nicht meine Oma, Nonna Diamante, die zehn Jahre brauchte, bis sie sich wieder dazu herabließ, mit ihrer Tochter zu sprechen, vielleicht erst als sie spürte, dass ihr nicht mehr viel Zeit blieb: Wenige Monate später sollte sie sterben.

Niemand hatte der Margiala verziehen, dass sie sich von einem fremden Schönling hatte betören lassen, und keiner konnte sich vorstellen, dass meine Mutter das keineswegs aus Liebe – zumindest damals noch nicht –, sondern aus Angst getan hatte.

Als einziges Kind einer verwitweten Mutter ahnte sie, dass ihr Schicksal darin bestehen würde, die Ärmste bis zu ihrem Tod zu betreuen und mit zunehmender Verbitterung dahinzuwelken, ohne je die Hände eines Mannes auf ihrem Körper spüren zu dürfen.

Mein Vater Agostino war der Erste, der es gewagt hatte, so etwas Verrücktes vorzuschlagen, nämlich mit ihr durchzubrennen – mit seiner Kalesche im Rahmen einer heimlichen, genauestens geplanten Entführung.

Natürlich hatte die Margiala jede Menge Krokodilstränen vergossen, damit sich überall herumsprach, die Ärmste sei gegen ihren Willen entführt worden.

Doch meine Oma, Nonna Diamante, wusste sehr wohl, dass die Tochter eingeweiht gewesen war. Dieser alten Hexe entging so schnell nichts!

Doch war sie selbst nicht auch eine Hexe? War man als junge Frau eine Nacht in Begleitung eines Mannes fortgeblieben, wollte es der Brauch, dass dieser um ihre Hand anhielt. Da die Frau jetzt keine Jungfrau mehr war, hatte sie jedes Recht verwirkt, in den Schoß ihrer Familie zurückzukehren.

Als Strafe für diesen sündigen Akt durfte das junge Paar keine große Hochzeit feiern.

Wer sich so eines Vergehens schuldig gemacht hatte, dem blieb nur eine einsame, stille Messe um fünf Uhr früh, ausschließlich in Anwesenheit der Trauzeugen und Eltern – ein weißes Brautkleid war ausgeschlossen.

In Wahrheit gab es viele, die eine Entführung vortäuschten, um sich die Kosten für das Hochzeitsfest, das Mittagessen und alles andere zu sparen, das mit so einem Tag einhergeht. Vor allem die Kinder von Tagelöhnern oder Kleinpächtern griffen bereitwillig zu diesem Vorwand.

Gleichzeitig war es Brauch, dass sich die Familie der Braut beschämt und entrüstet zeigte angesichts der Schamlosigkeit der Tochter und dass die Familie des Bräutigams sie von Anfang an als jemand mit lockeren Sitten wahrnahm.

»Du wirst schon noch sehen, ich bau dir ein Haus, wie es sich für eine echte Dame gehört«, hatte ihr mein Vater, der Herausforderungen liebte, damals versprochen. Außerdem liebte er es, ein Lächeln auf das Gesicht der Menschen zu zaubern, die er verehrte.

Schwer zu sagen, ob das für Mama damals wirklich so etwas wie Liebe auf den ersten Blick gewesen war. Ob ihre Gefühle für ihn wirklich aufrichtig gewesen waren. Aber für einen Ehrenmann wie ihn bedeutete das Versprechen, die junge Frau zu einer echten Dame zu machen, ernsthafte Verpflichtungen.

Und tatsächlich hatte sich mein Vater nicht mit einer Tagelöhnerhütte zufriedengegeben und auch nicht mit einem dieser niedrigen, weiß getünchten Häuschen, wo er aufgewachsen war. Stattdessen hatte er ein zweistöckiges Haus mit einer prächtigen grauen Marmortreppe errichtet, die zu den beiden Zimmern im Obergeschoss hinaufführte.

»Für unsere Kinder«, hatte er der Margiala zwanzig Jahre zuvor gesagt – vielleicht auch weil er ahnte, dass es davon reichlich geben würde.

Im Erdgeschoss dagegen gelangte man durch die Haustür in eine lange, quadratische Diele, die auch als Empfangsraum diente. An der langen Wand stand eine niedrige Anrichte, die mein extravaganter Vater mit irgendwelchen Pigmenten in einem seltsamen Braunrot gestrichen hatte und in der Mama Gläser für Besuch und das bisschen Porzellan aufbewahrte, das Nonna Diamante ihr noch geschenkt hatte, bevor sie gestorben war. Es folgte eine lange Reihe von Stühlen mit einer Sitzfläche aus Strohgeflecht. Darauf nahm der Besuch Platz – alles ausnahmslos Frauen, die tagein, tagaus nicht etwa zur Familie Ventrella, sondern nur zur Margiala wollten.

Rechts ging das Elternschlafzimmer ab, der schönste Raum des ganzen Hauses. Da Mama gern schon am frühen Morgen aufstand, um frische Luft zu schnappen, führte eine Tür von dort direkt in den Hof. Die Küche hingegen befand sich im Freien, und zwar in der Mitte des überdachten Teils des Innenhofs. Sie war das eigentliche Reich der Margiala – vielleicht mit ein Grund, warum unser Vater dafür gesorgt hatte, dass sie vom übrigen Haus getrennt und doch gut geschützt war wie ein Nest im Inneren einer Festung.

Mein Lieblingsort war allerdings der Garten, der streng genommen aus zwei Gärten bestand. Diese wurden durch einen schmalen Pfad getrennt, der zur Sickergrube führte.

Mein Reich lag auf jeden Fall draußen im Freien, so wie es sich für ein wild gelocktes, rebellisches Mädchen gehörte, das viel lieber ein Junge gewesen wäre. Für ein Mädchen, das bei jeder Gelegenheit in der Erde wühlte und es genoss, wie ihm die winzigen Krümel zwischen den Fingern hindurchrannen, um sich anschließend wieder mit dem Erdreich zu vereinen.

Aber wie dem auch sei – nun war die Residenz meines Vaters und der Margiala endgültig fertig, und das musste ordentlich gefeiert werden!

2

Voller Begeisterung hatte Mama schon vor Tagen damit begonnen, alles für dieses Fest vorzubereiten.

Die Verwandtschaft war relativ klein, denn es gab bloß meine Großeltern (Papas Eltern natürlich) und eine alte, stocktaube Tante. Letztere wurde bei Familientreffen von meiner mürrischen Oma allerdings eher wie eine in Ehren ergraute Trophäe herumgereicht, anstatt wie ein tatsächlicher Gast behandelt zu werden. Die Brüder meines Vaters waren alle in ferne Länder ausgewandert – nach Venezuela und in die Vereinigten Staaten –, und ihre Spuren hatten sich mehr oder weniger verloren. Papa war der Einzige, der nicht fortgegangen war, wenn auch nur der Margiala zuliebe, die fremde Länder fast so sehr hasste wie ihre Schwiegermutter. Die hätte ihr eigentlich die Füße dafür küssen müssen, dass sie den letzten, jüngsten Sohn davon überzeugt hatte, seine alten Eltern nicht im Stich zu lassen. Doch meiner Oma ging jede Dankbarkeit völlig ab, und sie hatte meine Mutter noch nie leiden können.

Zum einen, weil sich das für eine Schwiegermutter so gehörte, aber auch weil die Margiala eine Frau war, die sich so schnell nichts sagen ließ und die ihrem Mann an Intelligenz und Auffassungsgabe deutlich überlegen war. Und auch aus dem Grund, weil sie mit einem Sohn, der daheimgeblieben war, nicht die einsame, verlassene Mutter spielen konnte:

Auch das gehört zu den Absurditäten des Südens, krampfhaft nach Anlässen für Unglück zu suchen. Das mag vielleicht seltsam klingen, aber für manche Frauen aus meiner Heimat existiert ein regelrechter »Katastrophen-Wettstreit«: Wer von besonders viel Unglück heimgesucht wird, darf sich Freunden und Verwandten gegenüber damit brüsten. Kann sein, dass auch das eine Folge von bitterer Armut ist.

Neben den Verwandten wurden auch Bekannte und Nachbarn zu unserem Fest erwartet. Die Frauen waren für uns alle Comari, die Männer Compari. Selbst wenn sie keine wirklichen Taufpaten waren, sorgte das dafür, dass man sich einander gleich viel verbundener fühlte. Sie gehörten praktisch mit zur Familie.

Meine Schwestern und ich hörten, wie Mama sich in ihrem Reich zu schaffen machte. Töpfe und Küchenutensilien klirrten, begleitet von einer langsamen Melodie, die an ein Schlaflied erinnerte und die die Margiala nur zu besonderen Anlässen anstimmte – solche, bei denen die gute Laune jede Falte in ihrem Gesicht glättete und sie erneut wie einen Engel, wie einen schwarzen Engel aussehen ließ.

Der Duft von gerösteten Mandeln breitete sich aus, dazu der stechend süße nach karamellisierter Zitrone – ein köstliches Mus, mit dem Mama leckere Butterplätzchen füllte. Nach dem Rösten wurden die Mandeln sorgfältig in einem Mörser zerrieben, um anschließend mit einer Handvoll Zucker zum Zitronenkompott gegeben zu werden.

Natürlich war das Zerreiben der Mandeln meine Aufgabe, weil ich die Jüngste war, während die Zubereitung des Teigs ausschließlich Rosetta vorbehalten war, da sie es als

Einzige mit Mamas Geschick aufnehmen konnte. Cornelia dagegen kümmerte sich um die restliche Füllung.

Die Margiala war nicht so leicht zufriedenzustellen, und die Herstellung der Plätzchen sowie jede andere kulinarische Zubereitung waren Aufgaben, die mit extremer Sorgfalt angegangen werden mussten.

»Das ist eine Kunst, die eine gute Hausfrau beherrschen muss«, verkündete sie, wenn sie uns mal wieder eine von ihren Weisheiten mit auf den Weg gab. Cornelia gab nämlich aus ihrer Sicht stets zu viel oder zu wenig von der Füllung auf den Löffel.

Die Ärmste senkte den Blick und wurde noch röter. Sie schluckte schwer und hoffte inständig, irgendwann einmal doch noch Gnade bei der Margiala zu finden.

Nach den Plätzchen mit der Mandel-Zitronen-Füllung befahl Mama Rosetta, sich um den Teig für die *zeppole* zu kümmern, eine echte Spezialität, die auch unter dem Namen *tortelli di San Giuseppe* bekannt ist, weil man sie in meiner Heimat zum Fest des Heiligen Josef am 19. März isst.

Schon mehrmals hatte sich meine große Schwester um ihre schwierige Herstellung bemüht, war aber meist gescheitert.

Die Margiala beaufsichtigte sie streng, gab ihr aber auch Tipps, dank derer Rosetta inzwischen zur Expertin geworden war.

Das Schwierigste war die richtige Zusammensetzung des Brandteigs: Mehl, Eier, Wasser und ein Stich Butter mussten auf dem Herd energisch miteinander vermengt werden – zuerst das Wasser und die Butter, bis Letztere vollständig geschmolzen war. Dabei musste man extrem aufpassen, denn wenn das Wasser kochte, würden sich scheußliche Mehlklümpchen bilden, die den ganzen Teig ruinierten. Kurz bevor es zu heiß wurde, galt es, in einem Schwung energisch das Mehl unterzurühren, bis sich der Teig von der Topfwand löste.

Sobald die Konsistenz eines festen Klumpens erreicht war, gab man ihn auf ein Holzbrett und walkte ihn energisch, um ihn abkühlen zu lassen. Dann konnte er zu handtellergroßen Kringeln geformt werden, die anschließend frittiert und mit Vanillecreme gefüllt wurden.

Eine Kunst, die ich erst noch lernen musste, denn es war mit das Komplizierteste, bei dem ich Mama und Rosetta je beobachtet hatte. Ich bewunderte sie auf Zehenspitzen und mit offenem Mund, ließ mir keine ihrer energischen Gesten entgehen, die etwas unglaublich Weibliches hatten.

Noch immer musste ich oft an Pietro denken, und dann zog sich mein Magen schmerzhaft zusammen und zwang mich, mehrmals zu schlucken.

Die Margiala spürte, was mit mir los war, und sah mich liebevoll an – so wie ihr das mit ihren eisblauen Augen überhaupt möglich war.

Das genügte, um mich zu trösten. Worüber ich allerdings wirklich traurig war, waren all die Dinge, die Pietro nie mehr erleben würde. Wenn ich darüber nachdachte, erschien mir sein Tod als eine himmelschreiende Ungerechtigkeit, zugleich bekam ich aber auch eine Riesenwut auf den Zufall, auf das Schicksal oder wie man es sonst nennen will, das für all das Leid verantwortlich war.

»Die gestorbenen Kinder sitzen jetzt zwischen den Engeln«, tröstete mich Rosetta, und das beruhigte mich ein wenig, weil ich mir vorstellte, dass mein Schutzengel Pietro auf seinem Himmelsthron über mich wachte.

»Fang schon mal an, den Teig für den Calzone zu machen«, forderte mich die Margiala auf, während sie die *tortelli* mit luftiger Creme bestrich.

»Meinst du wirklich mich, Mama?« Ich riss ungläubig die Augen auf, weil mir bisher nur einfache Handlangertätigkeiten übertragen worden waren, nie Aufgaben einer echten Köchin.

»Das kannst du doch, oder? Wie oft hast du mir schon dabei zugeschaut?« Sie zwinkerte mir ebenso liebevoll wie streng zu.

»Cornelia, du schneidest die Zwiebeln.« Sie sah kurz zu meiner Schwester hinüber.

Die gehorchte widerspruchslos, obwohl das eine ziemlich unangenehme Tätigkeit war, die sie viele Tränen vergießen ließ.

Innerhalb kurzer Zeit war die Küche von unterschiedlichsten Gerüchen erfüllt. Der süße Duft der Creme vermischte sich mit dem scharfen, stechenden Geruch von frisch geschnittenen Zwiebeln sowie mit dem alles überlagernden Aroma frischer Bierhefe.

Die Margiala musste überstürzt hinauseilen, um frische Luft zu schnappen, da sie trotz ihres dicken Bauchs noch nicht ganz immun gegen die Launen ihres Magens war, der wie in den ersten Schwangerschaftsmonaten wieder verrücktspielte. Es fiel meiner Mutter nicht leicht zuzugeben, dass sie Probleme hatte: Sie war eine von den Frauen mit extrem harter Schale, die keine Schwäche zeigen können.

Wir Töchter dagegen, die in einer Art Symbiose mit ihr zusammenlebten, bekamen allerdings jede ihrer Stimmungsschwankungen oder körperlichen Veränderungen hautnah mit. Deshalb merkten wir gleich, wenn mit ihr etwas nicht stimmte.

Als Mama in den Garten stürmte, bedeutete Rosetta mir und Cornelia, mit unseren Aufgaben fortzufahren, und wir gehorchten.

Die mit Zwiebeln gefüllte Calzone war eines meiner Lieblingsgerichte. Besonders gern aß ich sie, wenn sie noch schön warm war und einem die Füllung regelrecht auf der Zunge zerging. Von meiner Mutter hatte ich gelernt, den Teig mit geballten Fäusten zu kneten.

»Du musst ihn richtig verprügeln«, erklärte mir die Margiala, um mir zu veranschaulichen, mit wie viel Kraft ich die Mischung aus Mehl, Wasser, Hefe und Öl walken sollte.

Mit meinen kleinen Fingerknöcheln durchlöcherte ich die Teigmasse. Ich mochte es, wenn dieses unförmige Etwas auf dem Holzbrett langsam die Gestalt eines gelblichen Brotes annahm, das fest und weich zugleich war.

Danach musste es hochgehoben und energisch fallengelassen, mit den Fäusten auseinandergezogen werden, damit es auch wirklich ganz durchgeknetet wurde. Erst dann wurde ein Kreuz eingeschnitten, woraufhin es, in warme Tücher gewickelt, mehrere Stunden ruhen musste.

Die Margiala kam genau in dem Moment zurück, als mein Meisterwerk beinahe fertig war. Ich sah sie gespannt an und wartete auf Lob. Doch sie musterte mich nur spöttisch wie eine, die weiß, wie es geht – aber auch wann der richtige Moment gekommen ist, anderen das Feld zu überlassen. Ich wusste, dass das das größte Lob war, das ich von ihr erwarten konnte, und strahlte zufrieden.

3

Alle konnten sehen, dass der Blick der Margiala weicher wurde, wenn sie mit mir sprach, so als hellte sich ihre Miene auf, als leuchteten ihre Augen intensiver.

Vielleicht weil sie schon ahnte, was auf uns zukam? Weil sie das Schicksal ihrer Töchter lesen konnte wie den Kaffeesatz? Ich hatte stets das Gefühl, dass Cornelia, Rosetta und ich wie ein offenes Buch für unsere Mutter waren, dass sie uns stets einen Schritt voraus war und unsere Gedanken lesen konnte – egal wie vage oder unfertig sie noch waren.

Cornelia bereitete gerade die Füllung zu, als eine schrille Stimme jenseits der Hofmauer nach uns rief. Genauer gesagt, rührte sie gerade im Topf mit den Zwiebeln, die vorher mit Salz, Kirschtomaten und Peperoncino in Milch gekocht worden waren. Am Schluss kamen noch saftige, entkernte grüne Oliven dazu.

Selbstverständlich erkannten wir Comare Nannina sofort an der Stimme. Von allen Nachbarinnen war sie mir bei Weitem die liebste, sodass ich sie auf ihren Wunsch hin sogar Tante nannte. Auf den ersten Blick wirkte sie eher abstoßend, mit ihrem langen Pferdegesicht und dem spitzen Kinn. Eine Adlernase, die sich beinahe bis zu den schmalen Lippen krümmte, ließ es noch kantiger wirken.

Sie behauptete, nicht immer so ausgesehen zu haben. Aber eine schlimme Zahnfleischentzündung hatte einen

Zahn nach dem anderen ausfallen lassen, bis sie mit der Zeit tatsächlich aussah wie eine zahnlose Hexe. Vielleicht tat mir Comare Nannina deshalb leid.

Was mir an ihr am besten gefiel, war ihr weißes, seidig weiches Haar, das ihr ovales Gesicht wie lauter Wattekügelchen umgab. Sie trug keinen Dutt wie Mama, sondern ließ zu, dass eine dicke, silberne Mähne ihr Gesicht umrahmte – die einzige Koketterie, die ihr noch geblieben war.

»Dem Kind geht es nicht gut«, schrie die Ärmste ganz heiser vor Verzweiflung. Die Margiala folgte der Stimme der Comare und rannte in den Hof hinaus. Es gab einen kurzen Wortwechsel über das Mäuerchen hinweg, das unsere beiden Häuser trennte, bevor Mama die Nachbarin schnell hereinholte.

Immer wenn ich Gelegenheit hatte, der Margiala beim Wirken ihrer Wunder zuzusehen, zog sich mein Herz schmerzhaft zusammen, und ich bekam Gänsehaut. Es war, als würde ich Zeugin eines Zaubertricks, den Mama meisterhaft beherrschte. Sie war bei allen im Ort hochangesehen, und bevor man sich an den Hausarzt wandte, ging man lieber schnell zur Margiala, die »magische Hände« hatte, wie es hieß.

Comare Nannina machte einen sehr aufgeregten Eindruck. In ihren Augen stand die nackte Panik, sodass es um mehr zu gehen schien als nur um normales Bauchweh, das kleine Kinder manchmal dazu zwingt, sich zu winden wie ein Aal in einem zu kleinen Gefäß. Das Kind krümmte sich in den Armen seiner Oma, und seine kleinen Halsvenen pochten wie von einem Blasebalg bearbeitet.

Mamas Gesicht hingegen war wie versteinert, auch wenn das Zittern in ihrer Stimme eine gewisse Nervosität verriet.

Das dürften allerdings nicht viele mitbekommen haben, weil die Margiala ihre Gefühle ausgezeichnet verbergen konnte.

»Ich leg ihn aufs Bett«, flüsterte die Comare kaum hörbar und bahnte sich schon einen Weg zwischen den Stühlen hindurch zum Schlafzimmer.

»Nein«, sagte meine Mutter knapp. »Leg mir den Kleinen in den Arm.« Dann setzte sie sich auf den safrangelben Sessel neben der Anrichte. Ein Erbstück, das Papa von seiner alten, dementen Tante bekommen hatte, die sich – vielleicht weil sie es gewohnt war, in Fantasiewelten zu leben – stets damit brüstete, dass der Sessel mit den mit Schnitzereien versehenen Armlehnen und der samtbezogenen Lehne einmal einem Adeligen gehört hätte.

Ob das nun stimmte oder nicht – Mama hatte jedenfalls eine richtige Reliquie daraus gemacht. Das ging sogar so weit, dass es verboten war, darauf Platz zu nehmen. Der Sessel war ihr ganz persönlicher Thron, auf dem sie ihre Kunst ausübte.

Sie zupfte ihren Stufenrock zurecht, um den Kleinen besser auf den Schoß nehmen zu können, und nahm ihn der zitternden Comare aus den Händen. Das Kind schien gar nicht mit seinem makabren Tanz aufhören zu können, und seine tiefviolette Gesichtsfarbe verhieß nichts Gutes.

»Schnell, schnell«, rief unsere Nachbarin nervös.

Cornelia und ich hatten auf den Treppenstufen Stellung bezogen, um das Ganze zu beobachten. Irgendwann konnte sich auch Rosetta nicht mehr beherrschen und ließ die Töpfe stehen, um der Mutter zuzuschauen. Schließlich würde sie als Erstgeborene einmal ihre Nachfolgerin werden, sollte sie diese Fähigkeit denn von ihr geerbt haben.

»Das ist eine Gabe, die man irgendwann an sich wahrnimmt«, sagte die Margiala, als Rosetta sich bereits einbildete, sie wäre dafür vorherbestimmt.

Dabei warf Mama mir einen verschwörerischen Blick zu – vielleicht weil sie glaubte, in meinen Augen das gleiche seltsame Leuchten zu sehen, das sie einst an sich wahrgenommen hatte. Eine ähnliche Art, die Welt mit einer Mischung aus Skepsis und Hochmut zu betrachten. Für sie war das ein Geschenk, für mich eher eine Strafe.

Mit der linken Hand unterbrach Mama die Zuckungen des Kindes, während sie ihm mit der anderen das Hemdchen hochschob, um sie dann auf den angespannten Bauch zu legen.

»Ruhe jetzt!«, forderte ihr durchdringender Blick, damit wir aufhörten zu tuscheln. Der Mund der Margiala murmelte Unverständliches, hörbare, aber nicht zu deutende Laute: Gebete, Litaneien und Zaubersprüche in einer geheimnisvollen, fremden Sprache. Keine von uns hatte diese aneinandergereihten Worte bereits entziffert, die ihre energischen Gesten begleiteten.

Nachdem die Margiala den Bauch des Kindes kreisförmig massiert hatte, begann sie, mit dem Daumen über jeden Zentimeter Haut kleine Kreuze zu ziehen, während sie nach wie vor unverständliche Worte raunte und irgendeinen Punkt im Gesicht des Kindes zu fixieren schien.

Comare Nannina beruhigte sich langsam, weil sie sah, wie sich die Züge des Kleinen entspannten – genauso wie seine Fäuste sich lösten, die er bisher vor Schmerz geballt hatte. Etwa eine Viertelstunde dauerte es, bis das Wunder geschah und die Gesichtszüge des Kleinen wieder fröhlich aussahen, woraufhin er mehrmals mit den Lidern klimperte und schließlich einschlief. Staunend sah ich Cornelia an, die mich ihrerseits mit weit aufgerissenen Augen anschaute. Nur Rosetta wirkte seltsam gefasst, während sie dem Ganzen mit verschränkten Armen beiwohnte und sich dabei an den Treppenlauf lehnte.

Erst da zupfte Mama das Hemdchen wieder zurecht und legte das Kind seiner Oma in die Arme.

»Danke!«, rief diese ebenso freudestrahlend, »ich bring dir Eier und Käse.«

Die Margiala nahm nämlich aus Prinzip kein Geld für ihre Dienste. Höchstens Geschenke, denn Dankbarkeit hat man genauso zu akzeptieren wie Schmerz und Liebe. Das waren die Gefühle, die den meisten Respekt verdienten, fand sie.

4

Mama blieb noch eine Weile auf dem Sessel meiner Großtante sitzen, in sich zusammengesunken wie eine leere Hülle. Sie fasste sich an die Schläfe und bedeutete uns, sie allein zu lassen, denn wenn ihre heftige Migräne wieder zuschlug, wollte sie niemanden um sich haben, dann waren ihr andere so lästig wie ein Schwarm Fliegen.

»Geht zurück in die Küche«, sagte sie erschöpft. Rosetta nickte und gab ihr mit einem Blick zu verstehen, dass sie die Situation unter Kontrolle hatte.

»Macht die *zeppole* fertig, und du Cornelia, achtest bitte darauf, dass die Calzone-Füllung nicht zu trocken wird. Ach, und Diamante: Walzt den Teig höchstens fingerbreit aus«, fühlte sie sich genötigt noch hinzuzufügen, um die Aufgaben genau einzuteilen. »Rosetta, achte darauf, dass deine Schwestern ihre Aufgaben ordentlich erledigen. Ich leg mich ein bisschen hin. In einer Stunde könnt ihr mich wecken. Und Diamante, stell mir bitte ein Glas Wasser mit einer großen Scheibe Zitrone auf den Nachttisch.«

Wir wandten uns zum Gehen, um unsere Aufgaben zu erfüllen. Die Margiala machte eine Kopfbewegung, als wollte sie noch etwas hinzufügen, ließ es aber dabei bewenden und wedelte nur ein paar Staubteilchen beiseite.

Ihre Stimme war leise, und in solchen Momenten kam mir meine Mutter unglaublich wehrlos vor.

Als ich am Ende des Flurs angelangt war, drehte ich mich ein letztes Mal zu ihr um. Sie saß noch genauso da wie vorher, eine Hand an der Schläfe, die andere auf der Sessellehne. Sie hatte die Beine gespreizt, als wollte sie all ihre Kraft zusammennehmen, um aufstehen zu können. Ich wäre ihr gern zur Hilfe geeilt und hätte sie gestützt, zum Bett geführt, wusste aber nur zu gut, dass sie das niemals dulden würde. Mama äußerte generell keine Bitten, sondern erteilte Befehle, damit alles so lief, wie sie sich das vorstellte. Zumindest bei uns zu Hause, denn das war ihr Reich, in dem Mama mit strenger Hand regierte.

Als ich mit dem Glas Wasser zu ihr ins Zimmer kam, legte sie sich gerade hin. Ihre Hände zitterten sichtlich, und ihre Augen glänzten beinahe fiebrig.

Ich schaute sie mitleidig an, doch sie tötete mich beinahe mit ihrem funkelnden Blick. Alles, was auch nur entfernt an Mitleid erinnerte, machte sie wütend.

»Und Vorsicht mit der Calzone! Achte darauf, dass sie richtig gebacken wird. Sag deiner Schwester Rosetta, dass sie die Kohlen überwachen und immer wieder wenden soll, damit nichts anbrennt. Ach so, und noch etwas … bestreiche sie sorgfältig mit einer Mischung aus einem Teil Öl und zwei Teilen Wasser, damit sie eine schöne Farbe bekommt.«

Jetzt keuchte sie beinahe, rang förmlich nach Luft und konnte kaum noch sprechen.

»Mama, bist du sicher, dass es nicht schon so weit ist?«, fragte ich vor lauter Angst, das Baby könnte gleich auf die Welt kommen und ihre Beschwerden wären auf die unmittelbar bevorstehende Geburt zurückzuführen.

»Wie kannst du es wagen?«, stöhnte sie, die mich falsch oder aber genau richtig verstanden hatte. »Ich habe schon Dutzende Kinder zur Welt gebracht, Frauen jeden Alters bei der Geburt geholfen. Und jetzt soll ich nicht wissen, wann es bei mir so weit ist?«

Ihre Stimme klang schon wieder deutlich fester und kräftiger. Es war, als müsste das Temperament der Margiala in regelmäßigen Abständen von glühender Wut geschürt werden. Ich hatte ihr einen Vorwand geliefert, und das hatte genügt, um sie erneut auflodern zu lassen wie ein erloschenes Stück Holz, das durch ein neues Scheit wieder zum Glühen gebracht wird.

»Mach die Fensterläden zu«, murmelte sie schließlich und ließ das Thema auf sich beruhen – vielleicht um sich wieder zu beruhigen. Mit angehaltenem Atem ging ich zum Fenster, immer noch ganz verblüfft von meinem eigenen Wagemut. Dann huschte ich aus dem Zimmer, ohne mich noch einmal nach ihr umzusehen. Ich schloss so leise wie möglich die Tür und eilte mit hastigen, unsicheren Schritten durch den Flur, glaubte, die Wände auf mich zukommen zu sehen. Ich zitterte vor Angst, dass meine Mutter nach dem Aufwachen immer noch böse auf mich sein könnte.

Ich wusste – oder besser gesagt, ahnte, damals war mir das noch gar nicht so klar –, dass unsere Stimmung allein von der Margiala abhing, vor allem die von uns Töchtern, da mein Bruder von Anfang an mehr Freiheiten genoss. In gewisser Weise hätte man meinen können, dass meine Mutter sich nicht so für ihn interessierte, ganz so, als wäre das

Männersache – etwas, worum sich Papa kümmern musste. Aber vielleicht lag es auch daran, dass ein Mann stets frei entscheiden und selbst über sein Leben bestimmen konnte. Bei uns Frauen war das völlig anders, bei uns hing die gesamte Erziehung und Bildung von der Mutter ab. Was für eine Ehefrau und Mutter einmal aus uns werden würde, war ausschließlich ihr zuzuschreiben, und das belastete unsere Mutter sehr.

»Hör auf zu wimmern«, ermahnte Rosetta Cornelia streng, die wie immer, wenn sie nervös war, leise weinte. Sobald sie etwas erschütterte oder verwirrte, schien sie sich keinen anderen Rat mehr zu wissen. Ich warf ihr einen flüchtigen Blick zu, aber weil ich meine Schwester kannte, maß ich ihren Klagen keine große Bedeutung bei.

Rosetta war da ganz anders, manchmal kam sie mir vor wie das Ebenbild unserer Mutter, und zwar nicht nur rein äußerlich – sie war genauso schön wie sie –, sondern auch von ihrem ganzen Wesen her.

Beide geizten mit Liebenswürdigkeit und Freundlichkeit, als stünden ihnen nur ganz geringe Mengen davon zur Verfügung. An jemanden wie Cornelia oder andere Schwächlinge galt es sowieso keine netten Worte zu verschwenden; gegen Letztere hegten sowohl die Margiala als auch meine Schwester heftige Abneigung.

Ich erkundigte mich nicht nach dem Grund für ihre Tränen, die mehrere Ursachen haben konnten. Vielleicht war Cornelia noch erschüttert von der Sache mit dem Kleinkind, das von Krämpfen gebeutelt wurde. Vielleicht konnte sie wegen ihrer empfindsamen Art auch Schmerz generell schlecht ertragen. Oder aber sie hatte Angst wegen Mamas ständigem Unwohlsein. Von uns drei Schwestern hing sie am meisten an der Margiala, obwohl diese sie so kühl behandelte – ja vielleicht gerade deswegen. Eben weil es viele Gründe geben konnte, kümmerte ich mich nicht weiter darum und überließ meine Schwester ihrem Kummer. Ich band mir erneut die Schürze um und achtete nicht weiter auf Rosettas Ermahnungen und Cornelias Schluchzen, sondern rollte den Calzone-Teig aus und sang ein Lied vor mich hin – ein Liebeslied vielleicht? –, das ich im Radio gehört hatte.

»Was gibt es denn da zu trällern?«, stauchte mich die Älteste von uns zusammen.

»Na und? Ist das etwa verboten?«, erwiderte ich schulterzuckend.

Rosetta musste laut lachen, vielleicht weil ihr meine Dreistigkeit gefiel. Gleich darauf merkte ich, dass auch Cornelias Weinen verstummt war. Auch sie lächelte schniefend.

»Sehr gut, du solltest lieber lachen, denn Tränen haben in der Vanillecreme nichts zu suchen«, sagte ich grinsend zu ihr. Während Mama im großen dunklen Schlafzimmer vor sich hin litt, hatten wir einen Weg gefunden weiterzumachen, uns gegenseitig zu ermutigen, jede auf ihre Art. Während ich meine Schwestern beobachtete und sorgfältig den Teig ausrollte, ihn mehrmals drehte und wendete, damit er schön rund wurde, spürte ich, wie ein böser Gedanke in mir aufstieg. Ich versuchte ihn abzuschütteln, doch er nistete sich immer wieder bei mir ein und schaffte es, sich in den Vordergrund zu drängen.

Ich musste daran denken, wie fröhlich wir waren, wenn die Margiala nicht drohend hinter uns aufragte und uns mit Vorwürfen, Flüchen und verletzenden Vorwürfen bombardierte. Wie seltsam frei ich mich fühlte, wenn sie mir nicht im Nacken saß.

Ich senkte den Blick, wusste genau, was für ein ungehöriger Gedanke das war – auch dass ich am Abend zahlreiche Gebete würde aufsagen müssen, damit mir vergeben würde. In diesem Moment hörten wir laut die Tür ins Schloss fallen – ein Zeichen, dass Papa und Giuseppe nach Hause gekommen waren. Mein Bruder hatte die schlechte Angewohnheit, die Tür mit einem Tritt zu schließen, obwohl er ganz genau wusste, wie sehr meine Mutter das hasste. Er schien es jedoch mit Absicht zu machen, wie um sie zu provozieren – auch weil er wusste, dass mein Vater relativ taub für solche Vorwürfe war.

Bestimmt spielte es auch eine Rolle, dass Giuseppe in jeder Hinsicht bereits als erwachsen galt. Bei Rosetta war das anders, obwohl sie älter war als er. Giuseppe war erwachsen und ein Mann. Das genügte, damit er mehr oder weniger tun und lassen konnte, was er wollte. Er arbeitete und trug mit seinem Lohn zum Familieneinkommen bei. »Der Junge kann ordentlich zupacken«, sagte mein Vater immer, weil er abwechselnd zu Kelle und Hacke griff, je nach Saison als Maurer oder Bauer schuftete. Giuseppe wiederum genügte es, genug Geld für Zigaretten in der Tasche zu haben, denn damit fühlte er sich erst wirklich erwachsen. Alles andere interessierte ihn nicht, und er trug gerne dazu bei, die große, aus vielen Frauen bestehende Familie zu unterstützen. Schwer zu sagen, ob das, was Giuseppe für uns empfand, brüderliche Zuneigung war. Wenn er mich begrüßte, dann kniff er mich höchstens schmerzhaft in den Arm – so fest, dass ich blaue Flecken davon bekam. Das war mit Sicherheit ein Liebesbeweis, das will ich auch gar nicht infrage stellen – aber eben einer von der merkwürdigen, unangenehmen Sorte, die raue Männer so zu vergeben haben.

Nur Rosetta gegenüber verhielt er sich anders, was sicherlich nicht nur daran lag, dass sie älter war als er. Ich bin fest davon überzeugt, dass es auch an dem Respekt lag, den Männer angesichts großer Schönheit empfinden. Noch dazu besaß Rosetta dieselbe herrische Schönheit wie die Margiala, eine extreme, ja fast schon gefährliche, raubtierhafte Sinnlichkeit. Das lag an dem besonderen Blick ihrer eisblauen Augen, die etwas Ungerührtes, Ungreifbares hatten.

Auch ich könnte nicht sagen, ob das, was ich damals für meinen Bruder empfand, Zuneigung war. Neid schon eher, einen Riesenneid auf seine zerrissenen Hosen, dafür, dass er keine verhassten rosa Schleifchen im Haar tragen musste und kommen und gehen konnte, wann er wollte. Außerdem war er der Einzige im Haus, der ein Fahrrad besaß, was für mich damals noch viel mehr als Hosen ein Symbol für Freiheit war.

5

»Wo ist eure Mutter?«, fragte Papa und biss in eine große gefüllte *zeppola*, wobei er genüsslich aufseufzte. Giuseppe tat es ihm nach, obwohl Rosetta ihm einen spielerischen Klaps auf die Hand gab, um ihn davon abzuhalten. Er zuckte bloß mit den Schultern und ließ sich kein bisschen beirren.

»Im Bett«, erwiderte ich, ohne mir die stumme Auseinandersetzung zwischen meiner Schwester und meinem Bruder entgehen zu lassen. »Es geht ihr nicht gut. Mal wieder einer von ihren Migräneanfällen.«

»Hat sie sich heute Vormittag überanstrengt?«, fragte Vater mit vollem Mund.

»Ich glaube nicht«, fuhr ich fort.

»Ach so, Comare Nannina war da«, fühlte sich Rosetta verpflichtet zu sagen. »Ihr Enkel hatte furchtbare Bauchkrämpfe. Mama hat ihn geheilt«, fügte sie nicht ohne Stolz hinzu.

Papa murmelte etwas wie, dass es ihr jedes Mal schlecht gehe, nachdem sie ihre »Kunst« ausgeübt hatte.

»Das zehrt an ihren Kräften«, fluchte er, ohne das Kauen einzustellen. »Wenn sie wenigstens Geld dafür nehmen würde!« Er biss in eine weitere warme *zeppola*.

Die »Kunst«, von der mein Vater sprach, konnte alles Mögliche sein, und oft fragte auch er sich, welche seiner drei Töchter dieses schwere Erbe wohl antreten würde. Vielleicht war es ja auch dem Ungeborenen vorbehalten, das bestimmt wieder ein Mädchen sein würde, wie mein Vater glaubte. Er hielt diese Gabe jedenfalls für einen echten Fluch und ließ kein gutes Haar an dem, was die Margiala da tat. Aus dem Kaffeesatz lesen, den bösen Blick abwehren, Bauchweh vertreiben und das Geschlecht eines Ungeborenen bestimmen – er konnte mit solch merkwürdigen Gaben nichts anfangen. Eine normale Frau wäre ihm deutlich lieber gewesen, eine, die brav die Schürze umbindet und sich ansonsten bescheiden im Hintergrund hält. Aber so war die Margiala nun mal – hart wie eine Nuss.

»Ich schau mal nach ihr.« Mein Vater wischte sich mit dem Hemdärmel die Creme vom Mund.

Rosetta warf ihm einen wütenden Blick zu, weil sie wusste, dass Mama es nicht leiden konnte, wenn er noch schmutzig von der Arbeit das Schlafzimmer betrat. Trotzdem wagte sie nicht, etwas zu sagen.

Giuseppe hingegen ließ sich auf einem Stuhl bei uns im Garten nieder, um den blühenden Oleander auf dem größeren Stück Wiese zu genießen. Den hatte mein Vater schon vor vielen Jahren gepflanzt, und der üppige Baum war sein ganzer Stolz. Gesäumt wurde er von ordentlichen Hecken aus Buchsbaum und Liguster. Sie trennten den Zier- vom Nutzgarten, in dem Majoran, Rosmarin und Salbei wuchsen. Der andere, kleinere Garten war der Gemüsegarten. In seiner Mitte ragten wie zwei knotige Trophäen ein Zitronenbäumchen und ein majestätischer Feigenbaum auf.

Wenn Erntezeit war, liebte ich es, in seinen Wipfel zu klettern, um die größten und reifsten Früchte zu pflücken, die am weitesten oben hingen. Dabei sonderten diese eine milchige Flüssigkeit ab, als wollten sie sich gegen das Abtrennen von der Mutterpflanze wehren. Nach einer Weile brannten mir die Hände und waren ganz rot von der ätzenden Flüssigkeit. Doch ein Biss in die süßen Früchte machte das schnell wieder wett.

Giuseppe hatte ein Plätzchen mit Mandel-Zitronen-Füllung in der Hand. Dass es ihm schmeckte, hörte man an dem genüsslichen Stöhnen, das er bei jedem Bissen ausstieß. Diesmal musterte Rosetta ihn stolz, schließlich betrachtete sie sich als alleinige Urheberin all dieser Köstlichkeiten. Ich sah sie schief an und spürte die leise Feindschaft zwischen uns.

Sie wusste natürlich ganz genau, wie naiv und harmlos Cornelia war (zumindest in unseren Augen). Sie hatte etwas Reines, Unbeflecktes an sich – so, als wäre sie zu gar keinem bösen Gedanken fähig. Ich dagegen konnte es durchaus mit unserer ältesten Schwester aufnehmen. Rosetta wollte die nächste Margiala werden, und die Einzige, die ihr diesen Thron streitig machen konnte, war ich. Dass wir noch dazu so unterschiedlich aussahen, verstärkte den Konflikt erst recht.

Bei meinem olivfarbenen Teint, dem widerspenstigen Haar und den pechschwarzen Augen konnte man sich gut vorstellen, dass ich in wenigen Jahren zumindest äußerlich eine gute Hexe abgeben würde.

Wenn Rosetta etwas an mir nicht leiden konnte oder

wenn ich es wagte, ihr zu widersprechen und sie dadurch zu provozieren, beschimpfte sie mich als »Wölfin« und sagte, dass ich sie eines Tages, wenn mein bösartiges Naturell endgültig zum Vorschein gekommen wäre, noch beißen würde wie ein wildes Raubtier.

»Du bist gefährlich, eine böse, gefährliche Wölfin«, sagte sie und wandte sich ab.

Mit blitzenden Augen sahen wir uns an, bis ich sie schulterzuckend vor der Küchentür stehen ließ. Dort hatte sie sich breitbeinig aufgebaut und die Hände in die Hüfen gestemmt, während ihr rechter Fuß nervös auf den Boden klopfte. Ich sah sie nur schief an, um sie zu provozieren.

»Hast du mir noch was zu sagen?«, meinte sie, die Hände nach wie vor in die Hüften gestemmt.

Ich verneinte nur mit einem Schnalzen – eine verächtliche, unverschämte Geste, die ich mir von meinem Bruder abgeschaut hatte.

Anschließend drehte ich mich zum Hof, auf den auch das Fenster des großen Schlafzimmers hinausging. Mit inzwischen schmutzigen Schuhspitzen kickte ich ein paar Steinchen vor mir her wie ein echter Junge. Immer wieder schaute ich mich nach meinem Bruder um, der mir mit einem spöttischen Grinsen nachschaute.

Der Hof hatte etwa acht Meter lange Mauern und war weiß gekalkt. An einer Wand lehnten Ölschläuche, und weiter hinten standen ein paar Fässer, in denen Papa den neuen Wein aufbewahrte. Gegenüber davon befanden sich zwei Holzbottiche, die Mama für die große Wäsche benutzte, also für Decken, die nur drei Mal im Jahr gewaschen wurden. Das war etwas, was ich gerne tat – nicht wegen der Heidenarbeit, die nötig war, um sie wieder sauber zu schrubben, sondern weil am Schluss auf die Fleißigste eine Belohnung wartete –, zumindest in der warmen Jahreszeit. Nachdem die Sachen gründlich gewaschen worden waren, verwandelten sich die Bottiche nämlich in Badewannen für uns Kinder.

Dann plantschte ich in der Aschenlauge wie ein glitschiger Aal. Die Asche trocknete die Haut aus und hinterließ ein ganz sauberes Gefühl, so als hätte sie sämtliche toten Hautschuppen gleich mit entfernt. Danach fühlte ich mich wie neugeboren, ja wie verwandelt.

An die Wand des großen Schlafzimmers schloss sich eine kleine Loggia an, an der knorriger Luglienga-Wein emporrankte, mit Trauben, die in zwei Monaten reif sein würden. Sie schienen es kaum erwarten zu können, bei uns auf den Tisch zu kommen. Ich weiß noch, wie sehr ich die vielen grünen, auf halber Höhe hängenden Trauben liebte, als ich noch klein war. Wegen ihrer länglichen Form erinnerten sie mich an lauter kleine Kuhzitzen. Ich konnte eine halbe Stunde damit verbringen, den Kopf in den Nacken zu legen und das Schauspiel an Formen und Farben zu genießen, jede Windung des Weins zu bestaunen und die raffinierte Art, mit der er an den Balken hochrankte, als würden sich unzählige winzige Hände daran festhalten. Er war schön und wild, und in seiner Perfektion erkannte ich das Temperament der Margiala wieder, die ganz genauso ungestüm und unerreichbar war.

Hüpfend näherte ich mich dem Fenster von Mamas

Schlafzimmer. Die Fensterläden waren einen Spalt geöffnet, und im Zimmer erkannte man ein flackerndes Leuchten – vielleicht von einer Kerze, die die Margiala entzündet hatte.

Die Versuchung hineinzuspähen war riesengroß, Mama und Papa in einem intimen Moment zu beobachten, ihre Blicke zu studieren, um so etwas wie Menschlichkeit in ihrer abweisenden Art zu entdecken. Ich war bereits in einem Alter, in dem man anfängt, sich über das andere Geschlecht Gedanken zu machen. Über Dinge, die sich nur in der eigenen Fantasie abspielen, ohne dass man sie mit der Wirklichkeit abgleichen könnte. Gedanken, die natürlich ausschließlich die Erwachsenenwelt betrafen und zum Glück nichts mit Jungen in meinem Alter zu tun hatten, die für mich bloß Spielkameraden waren.

Ich drehte mich vorsichtig um, um mich davon zu überzeugen, dass keines meiner Geschwister meine Versuchung mitbekam. Im Hof war niemand. Ich näherte meine Nase den Fensterläden und zog sie mit angehaltenem Atem auseinander, in dem Gefühl, etwas Verbotenes zu tun. Aber das Brechen von Regeln fühlte sich einfach schrecklich schön an.

Die Gestalt meines Vaters ragte vor dem großen Bett auf, und ein leises, rhythmisches Murmeln war zu hören. Ich konnte die Worte nicht unterscheiden, aber es war eindeutig ein lebhaftes Gespräch. Mama hatte ihre Kleider abgelegt, die sie so finster aussehen ließen wie eine Fledermaus. Nichts als Grau- und Schwarztöne! Ich fragte mich immer, ob sie noch wegen ihres Vaters Trauer trug oder ob sie ihre Schönheit nur vor der Welt verbergen wollte. Sie hatte ein dünnes Leinenhemd an. Ein Träger war ihr heruntergerutscht und gab die Schulter frei. Sie hatte auch den Dutt gelöst, sodass ihr Haar in schwarzen seidigen Wellen bis fast zum Po fiel. Die Margiala erlaubte uns nie, sie so zu sehen, so als wollte sie ihre wahre Natur vor uns allen verstecken. Tatsächlich war das das Schlimmste an meiner heimlichen Geste – dass ich so etwas wie Verletzlichkeit an meiner Mutter wahrnahm.

Irgendwann reichte mein Vater ihr das Glas Wasser, das ich auf den Nachttisch gestellt hatte. Sie trank es auf einen Zug leer.

Das Herz schlug mir so laut in den Adern, dass meine Schläfen pochten. Trotzdem blieb ich stehen, als wüsste ich, dass das Beste erst noch kommen würde.

Dann beugte sich mein Vater zu ihr, um ihr das Glas abzunehmen. Sie schauten sich kurz in die Augen, und er gab ihr einen Kuss auf die Stirn. Gleich drauf ging er zur Tür, um das Zimmer zu verlassen.

Enttäuschung stieg in mir auf, als wäre da etwas unvollendet geblieben. Stirnrunzelnd starrte ich die Margiala weiterhin an, denn das, was ich in den paar Sekunden mitbekommen hatte, stellte mich noch lange nicht zufrieden. Stöhnend warf sie sich zwischen den Laken hin und her. Dann schlug sie die leichte Decke zurück und setzte sich abrupt auf, als hätte sie keine Zeit mehr zu verlieren. Bevor sie aufstand, zog sie sich noch den Träger zurecht.

Ich hielt die Luft an und kniete mich hin – aus Angst, sie könnte mich entdeckt haben. Ich weiß nicht, wie lange ich so verharrte, bis ich regelrecht davonkroch. Schwer zu sagen, wie sehr ich mich in diesem Moment schämte. Ich hatte nichts gesehen, was auch nur im Entferntesten unanständig gewesen wäre, aber auch dem dunklen Drang, die mir gesetzten Grenzen zu überschreiten, nicht widerstehen können. Und das war auf jeden Fall ein schweres Vergehen.

Auf allen vieren erreichte ich die Ölschläuche, und erst da richtete ich mich wieder auf, klopfte mir den Staub ab und zwang mich, wieder normal zu atmen. Ich hörte Rosetta nach mir rufen. Ich schluckte mehrmals und eilte zur Küche. Das Herz zog sich mir schmerzhaft zusammen, in der festen Überzeugung, ein böses Mädchen gewesen zu sein, von tausend schlimmen Gedanken getrieben.

6

Als ich in den Innenhof zurückkehrte, holte Cornelia gerade Wasser von der Zisterne. Laut Papa konnten wir froh sein, uns nicht mit dem Krug in der Hand am öffentlichen Brunnen anstellen zu müssen. Wir besaßen eine eigene Regenwasserzisterne – ein echter Luxus. Man musste jedoch sparsam mit dem Wasser umgehen, vor allem in den Sommermonaten wurde es knapp. Dann mussten auch wir zum Dorfbrunnen gehen. Ich meldete mich stets freiwillig, weil ich gern durch die belebten Gassen streunte und mich freute, andere Frauen zu treffen, die sich mit ihren Krügen an den Straßenecken drängten.

Es war nicht nur eine lästige Pflicht, sondern auch ein kostbarer Moment, bei dem der neueste Klatsch und Tratsch ausgetauscht wurde, und außerdem eine gute Gelegenheit, über den eigenen Ehemann oder die Schwiegermutter herzuziehen. Alles Probleme, die man gut öffentlich machen konnte, weil jede davon betroffen war. Ich lauschte auf die Flüche der flinken Zungen und fragte mich, ob Mama sich wohl zu ähnlichem Geläster hinreißen ließ, wenn sie zum Wasserholen ging.

Die Via Bonifacio, die Straße, die zum Brunnen führte, war lang und schmal und endete bei brachliegenden, gelbverdorrten Feldern. Und genau vor diesen verlassenen Hügeln öffnete sich ein kleiner Platz mit einem Bronzebrunnen in der Mitte. Ich kannte die Leute, die in dieser Straße lebten, ziemlich gut. Hier reihten sich niedrige, weißgekalkte Häuschen aneinander, die meisten hatten Keller, in denen Lebensmittel gelagert wurden oder in denen man in heißen Sommermonaten etwas Abkühlung suchte. Die meisten der hier wohnenden Menschen waren schon älter – auch weil es sich um eines der ältesten Viertel im Ort handelte.

Die alte Frau, die mich am meisten faszinierte, war die »verrückte« Paolina, eine unverbesserliche alte Jungfer, die vorzeitig ergraut war und schon mit vierzig sämtliche Zähne verloren hatte. Deshalb waren ihr Kiefer und das übrige Gesicht seltsam verformt, was sie ziemlich entstellte. Zu ihrem hexenhaften Äußeren gehörte eine flinke Zunge, die verrücktes Zeug von sich gab, begleitet von einem seltsamen Zischen, das ertönte, wenn ihre Zunge an das nackte, glatte Zahnfleisch stieß. Sie wohnte in einer verfallenen Bruchbude, auf die jedoch ihre beiden Neffen ganz wild waren. Diese konnten es kaum erwarten, dass Gott die alte verrückte Tante zu sich holte. Doch entgegen allen Erwartungen und Behauptungen wurde die »verrückte« Paolina immer älter und trotzte Krankheit, Unwetter und Elend. Irgendeine alte Comare behauptete sogar, die Alte nehme keine Nahrung mehr zu sich, sie habe ihre Seele dem Teufel verkauft, weshalb Paolina unsterblich sei. Ein paar Bengel machten sich einen Spaß daraus, sie zu verhöhnen und Steine nach ihr zu werfen, oft auch nur faules Gemüse. Paolina lief dann stundenlang mit welken Salatblättern herum, die ihr wie ein Helm auf dem zerzausten silbergrauen Haar saßen, bis eine fromme Seele sich ihrer erbarmte und sie davon befreite.

Einmal hatte mir die Margiala anvertraut, Paolina habe eine Mutter, die immer noch lebe und das ganze Jahr im Haus bleibe, weil sie die Sonne scheue wie eine Fledermaus. Hin und wieder sehe man ihren Schatten in den niedrigen Küchenfenstern vorbeihuschen.

Deshalb hatte ich eine Riesenangst vor Paolina und ihrer uralten Mutter. Ich hütete mich davor, an ihrem Haus vorbeizugehen. Stattdessen nahm ich die andere Straßenseite, um weder ihrem Blick noch ihrem Gebrabbel ausgesetzt zu sein.

Dann war da noch der alte »Kugelblitz«, der ohne jede Rücksicht auf Passanten vor seiner Tür laut furzte.

Man muss nämlich wissen, dass es in meinem Dorf Brauch war, sobald die Frühlingssonne herauskam, den ganzen Tag draußen vor dem Haus zu verbringen. Das galt vor allem für die Älteren, die sich nicht mehr krummlegen mussten. Die saßen dann auf einem Stuhl mit einer Sitzfläche aus Strohgeflecht, wo sie im Frühling Mandeln oder Lupinen knabberten und im Sommer an einer kühlen Limonade nippten. Die Straße war der reinste Laufsteg, auf dem das ganze Dorf vorbeidefilierte. Dort erfuhr man von Problemen und lüftete Geheimnisse, grüßte alte Freunde und knüpfte neue Bekanntschaften, sodass das gesamte Dorfleben praktisch vor der Haustür stattfand.

»Kugelblitz« war einmal Mechaniker gewesen, bevor ihn die Arthritis zum Aufgeben zwang. Jetzt verbrachte er seine Tage damit, die an ihm vorbeiziehende Welt zu beobachten, die bissigen Bemerkungen seiner Frau über sich ergehen zu lassen, die von früh bis spät fegte, und damit, die Kinder mit seinen lauten Fürzen zu erheitern, die der Alte dadurch ankündigte, dass er den Hintern leicht anhob, so als empfehle er den Umstehenden, sich schon mal zu wappnen. Immer wenn er wieder einen ließ, drohte ihm seine Frau wütend mit dem Reisigbesen. Doch er lachte nur laut und freute sich, sie wieder einmal geärgert zu haben.

»Pass auf, dass du das Wasser nicht verschüttest«, ermahnte mich Mama, als sie aus dem Schlafzimmer kam.

Man sah ihr an, dass sie sich noch nicht wieder erholt hatte. Sie war blass und ihr Gesicht von blauen Äderchen durchzogen, die aussahen, als könnten sie jeden Moment platzen.

Cornelia hatte den Eimer sorgfältig auf die geflieste Terrasse zurückgestellt, um die Zisterne mit ihrer hölzernen Abdeckung zu verschließen.

»Man sollte ein Schloss anbringen«, sagte die Margiala zu Papa, »sonst fällt der Kleine eines Tages noch hinein.«

»Der Kleine?« Er biss in ein weiteres Plätzchen. »Du kannst ruhig ›die Kleine‹ sagen, denn ich bin mir sicher, dass es wieder ein Mädchen wird.«

Sie funkelte ihn böse an, weil er es wagte, ihr auf einem Gebiet zu widersprechen, auf dem sie sich für die absolute Expertin hielt. Wie viele Frauen in anderen Umständen hatten sie schon gebeten, ihnen das Geschlecht des Ungeborenen vorherzusagen? Und nicht ein einziges Mal hatte sie sich getäuscht! Sie musste nur die Form des Bauches und die Gesichtsfarbe der Schwangeren betrachten, um eine Prognose abgeben zu können. Und sie wusste genau, dass es ein Junge werden würde, auch wenn ihr Mann das anders sah.

Der beschränkte sich darauf, genüsslich auf seinem Plätzchen zu kauen und verzückt aufzustöhnen. Dann wischte er sich mit dem Hemdärmel über den Mund. Mama sah ihn vorwurfsvoll an – sie hasste es, wenn er sich so ungehobelt benahm.

»Morgen möchte ich zusammen mit der Marmortafel auch das hier anbringen«, fuhr er fort, ohne auf die Sache mit dem Ungeborenen zurückzukommen. Begeistert hielt er das fröhliche, rotviolette Gesicht eines Windgotts hoch, der gleich lospusten würde. In die Tafel hatte Papa die Jahreszahl 1918 eingraviert, für den Beginn des Hausbaus, sowie die Zahl 1938 für die Fertigstellung. Daneben wollte er noch das Terrakottarelief des pausbäckigen Gottes befestigen.

»Wer ist denn das? Ein Engel?«, fragte Cornelia. Papa zuckte nur mit den Schultern, im Grunde war es ihm egal, wer das war.

»Den hab ich in Cerignola gesehen, als ich eure Mutter abgeholt habe. Er hat die schönste Villa im Dorf geschmückt. Damals hab ich mir geschworen, dass mein Haus auch so einen bekommen soll!« Er hielt das Relief hoch wie eine Trophäe.

Die Margiala verdrehte nur die Augen, denn manchmal benahm sich ihr Mann wirklich wie ein kleines, stures Kind. Sie breitete ergeben die Arme aus und ließ das Thema auf sich beruhen. Sie wusste, dass ihn ohnehin nichts mehr davon abbringen würde.

»Man merkt, dass du von Bauern abstammst!«, schnaufte sie verächtlich.

»Und darauf bin ich stolz!« Er erhob sich abrupt, als hätte er auf einmal etwas Dringendes zu erledigen.

So war er, unser Papa – ein flüchtiger Gast, der nur kurz auftauchte, um gleich darauf wieder zu verschwinden. Trotzdem war er für mich so etwas wie ein Anker. Ich wusste, dass es ihn gab, und das genügte mir – ganz unabhängig davon, wie viel Zeit er tatsächlich mit mir unter einem Dach verbrachte.

»Los, Mädchen, geht zurück in die Küche, wir haben bis morgen noch einiges zu tun!«, mahnte die Margiala und schnalzte mit den Fingern, um uns zur Ordnung zu rufen. Ich folgte Cornelia, die ihrerseits Rosetta hinterhereilte. Bevor ich in der dunklen Küche verschwand, warf ich noch einen Blick auf meinen Bruder, der sich nach wie vor in der Sonne rekelte, direkt neben dem großen Oleander.

Ich beneidete und hasste ihn ein letztes Mal inbrünstig, bevor ich mich wieder den weiblichen Pflichten zuwandte.

TEIL III

DAS FEST

1

Wir drei Mädchen standen am Ende einer langen Reihe von guten Köchinnen, die es unserer Mutter zufolge schon seit Generationen in unserer Familie gab.

Die Margiala erzählte, dass ihre Ahninnen damals, als die Araber Apulien besetzt hatten, auch für die kriegerischen Mauren hatten kochen müssen.

Bei dieser Gelegenheit hatten sie sich kostbares Wissen über die Verwendung von Kräutern und Gewürzen angeeignet. Diese dienten nicht nur dazu, die Speisen schmackhafter zu machen, sondern konnten auch ganz besondere Wirkungen entfalten. Doch nicht immer sei die kulinarische Kunst ihrer Ahninnen für gute Zwecke genutzt worden: Mama erzählte uns regelmäßig von einer Großtante, die es verdient gehabt hätte, aus dem Kreis unserer Vorfahrinnen verstoßen zu werden, da sie Speisen für böse, abseitige Zwecke genutzt hatte – zum Beispiel dafür, dass sich junge Männer kurz vor der Hochzeit entliebten, um dann in den Fängen von verbitterten alten Jungfern oder von Frauen mit lockerem Lebenswandel zu landen. Oder dafür, Ehemänner ihren rechtmäßig angetrauten Frauen abspenstig zu machen, um sie anschließend zwischen die Schenkel einer wollüstigen Hure zu schicken: Liebestränke, das war ihre Spezialität.

Von solchen Dingen hatte die Margiala noch nie etwas

wissen wollen. Sie halte nichts davon, andere zu überlisten, sagte sie. Das Maximum an schwarzer Magie, das sie sich gestattete, war, eine arme Seele vom bösen Blick zu befreien.

Ich weiß noch, wie einmal eine Frau zu uns kam – ich dürfte damals ungefähr sieben Jahre alt gewesen sein –, eine Wildfremde, wie unser Vater sagte. Sie machte großen Eindruck auf mich wegen ihrer markanten Wangenknochen und der schwarzen Mähne, die sie offen und zerzaust trug wie eine von diesen Brigantinnen, von denen Papa mir erzählt hatte. Das waren wilde, rebellische Frauen, die zur Waffe gegriffen und Seite an Seite mit ihren Männern gekämpft hatten. Frauen, die Pferde und manchmal sogar Menschen getötet hatten. Wenn Papa diese Geschichten erzählte, hörte ich ihm mit Herzklopfen und großen Augen zu, auch wenn ich nicht immer davon überzeugt war, dass sich alles wirklich genauso zugetragen hatte. Nicht zuletzt, um nicht durch die dunkle Faszination, die diese stolzen Frauen auf mich ausübten, von meinem Weg als anständiges Mädchen abbringen zu lassen. Papa war ein guter Geschichtenerzähler, der in einem anderen Leben sicherlich so etwas wie ein Dichter hätte werden können, der die Menschen mit seiner Fabulierkunst verzaubert. Wäre er gebildeter gewesen, hätte er vielleicht sogar Romane schreiben können. Er sagte stets, dass er gern studiert hätte. Deshalb nahm er es Giuseppe sehr übel, dass der von Büchern nichts wissen wollte. Hätte mein Bruder nur gewollt, hätte er eine gute Ausbildung bekommen, und dann hätte vielleicht richtig was aus ihm werden können. Für uns Mädchen war das ausgeschlossen.

»Bücher!«, brummte die Margiala nur. »Die setzen einem bloß Flausen in den Kopf. Schaut mich an! Ich kann weder lesen noch schreiben, aber alle respektieren mich.« Damit war das Thema Schulbildung mehr oder weniger erledigt. Von uns dreien hätte sich Cornelia am meisten gewünscht, mehr lernen zu dürfen, was nicht weiter verwunderlich war, denn sie war so ganz anders als wir. Ich dagegen war schon von klein auf fest davon überzeugt, dass einem das Leben mehr beibringt als jedes Buch, aber das lag an meiner lausbubenhaften Art. Zumindest mit dieser Ansicht stimmte ich mit meiner Mutter überein.

Die Margiala sagte immer, ich sei eine Rebellin, das sehe man schon an meinen wilden Locken, am Funkeln meiner schwarzen Augen und an vielen anderen Dingen, die einer Hexe wie ihr unmöglich entgingen. Und wenn Mama das sagte, dann musste es wohl stimmen. Deshalb versuchte ich, diese Eigenschaften mit aller Macht zu ignorieren, als könnte ich sie dadurch loswerden, dass ich nicht mehr daran dachte.

Damals jedenfalls war die fremde Frau mit dem pechschwarzen Haar und dem Bernsteinteint mit einem Sack klimpernder Münzen zu meiner Mutter gekommen. Sie hatte ein Mädchen dabei, das kaum älter als fünfzehn gewesen sein dürfte, vermutlich ihre Tochter, denn die Ähnlichkeit zwischen den beiden war verblüffend. Mich beeindruckten ihre zierlichen Rehbeine und mandelförmigen Augen. Ich fand sie in ihrer Zartheit wunderschön. Die Unbekannte und die Margiala tuschelten irgendwas im Hof, dann begaben sich die beiden fremden Frauen in den

Flur, wo die Anrichte mit den Gläsern stand. Cornelia und ich musterten sie verstohlen – aus Angst, eine der beiden könnte sich in ein seltsames, übernatürliches Wesen verwandeln. Vielleicht war es eher die Angst vor Fremden überhaupt, die uns solch böse Gedanken eingab, sowie die Furcht vor Geschöpfen aus dem Jenseits, die – wie die Margiala behauptete – uns Sterblichen hin und wieder einen Besuch abstatten und dabei Menschengestalt annehmen. Und da zumindest die Ältere so gar nichts Vertrautes hatte, rechnete ich vor allem bei ihr damit, dass sie sich in etwas anderes verwandeln würde.

Um ehrlich zu sein, glaubte ich mitunter, dass auch die Margiala sich in ein bizarres, geflügeltes Wesen verwandeln könnte. Comare Antonietta alias die alte Klatschtante hatte mir mal erzählt, dass Hexen früher einmal die Fähigkeit besaßen, die Gestalt von seltsamen Vögeln mit spitzen Schnäbeln und riesigen Schwingen anzunehmen. Damit erhoben sie sich dann in die Lüfte, um sich die Welt von oben anzusehen. Ich hatte schwören müssen, Mama nichts davon zu sagen. »Denn die wird fuchsteufelswild, wenn sie das hört«, zischte sie zwischen zusammengebissenen Zähnen hindurch. Dennoch war sie fest davon überzeugt, dass das, was sie über Hexen gehört hatte, der Wahrheit entsprach. Dieses Geheimnis, das mir die alte Comare enthüllt hatte, machte die Margiala in meinen Augen noch furchterregender. Deshalb schwor ich, niemandem etwas davon zu erzählen – nicht einmal meinen Schwestern. Cornelia war so sensibel, dass ihr bei einer solchen Enthüllung womöglich das Herz stehen blieb. War diese Fremde etwa auch eine von diesen bösen Hexen? Cornelia und ich passten genau auf. In unserem Versteck hinter der Anrichte warteten wir auf die übernatürliche Erscheinung.

Ab und an tauschten wir ängstliche Blicke, wenn irgendein Luftzug oder unsere Fantasie uns dazu hinreißen ließ zu denken, dass die Verwandlung unmittelbar bevorstand. Währenddessen musterten wir die Hände des Mädchens, das seltsame Zittern ihrer Finger, als würde sie sich an allem verbrennen, als quälte sie ein störendes Jucken. Ihre Mutter dagegen hielt die Hände ganz still. Sie hingen seitlich so starr an ihr herab, dass sie aussah wie eine Wachsfigur. Dann hatte die Margiala ihren Auftritt. Sie hielt eine Wanne in der Hand. Darin befanden sich dampfendes Wasser, ein Lorbeerblatt, ein Rosmarinzweig und ein paar Peperoncini von denen, die wir selbst im Garten zogen. Außerdem ein Rosenkranz.

Ich schluckte mühsam, voller Angst vor dem, was da auf uns zukam. Sie sah zwar aus wie meine Mutter, wirkte in diesem Moment aber wie eine Heilige. Sie bat die beiden Frauen ins große Schlafzimmer und entzündete vier Kerzen neben dem großen Bett, das in der Mitte des Raumes thronte. Dann begab sie sich mit langsamen, sorgfältig gesetzten Schritten zur Tür und schloss sie energisch, wobei sie uns bedeutete, keinesfalls hereinzukommen.

In solchen Momenten brauchte die Margiala kein Wort zu verlieren, dann genügte es, dass sie uns mit ihrem kalten, drohenden Blick ansah, der einen regelrecht erstarren ließ. Keine von uns würde es wagen, sich ihr zu widersetzen.

Ein paar Mal war ich versucht, durchs Schlüsselloch zu

spähen, doch ich war noch so klein, dass ich befürchtete, Mama könnte Gedanken lesen und meine neugierigen Blicke spüren. Cornelia war zwar ein paar Jahre älter als ich, hätte das aber sowieso nie getan. Es war einfach nicht ihre Art, Regeln zu brechen.

Später sollte ich erfahren, dass diese besondere Zeremonie der Margiala dazu gedient hatte, den bösen Blick abzuwenden, eine heimtückische Verwünschung, mit der jemand das arme Mädchen mit den mandelförmigen Augen und dem Bernsteinteint belegt hatte. Wie konnte man einem so schönen Geschöpf nur so etwas Grausames antun?

Den Rest des Tages verbrachten wir damit, über die Riesenhitze zu schimpfen, während wir in der großen Küche im Haus eingesperrt waren.

Zwei von uns hantierten an einem rechteckigen Tisch gleich neben der Tür, gegenüber stand ein großer Herd. Die Mauern waren rauchgeschwärzt, und an der langen Wand stand ein noch größerer Tisch, an dem die Margiala auch ihre Mischungen ansetzte. Darüber hingen Töpfe aus Kupfer und Ton, Schöpflöffel, Holzlöffel sowie von einem Seidenband gehaltene Kräutersträuße, Knoblauchzöpfe und Pachino-Tomaten, dazwischen Bilder von Heiligen und Madonnen, die über jeden Handgriff der Margiala wachten. Die einzige Abkühlung bot ein kleines Fenster nach Westen hinaus, das Mama aber nur selten öffnete – aus Angst, Mäuse könnten in ihr Reich eindringen, oder Eidechsen oder andere unwillkommene Besucher.

Gegen drei Uhr nachmittags ging ich hinaus, um frische Luft zu schnappen. Mein Vater und Giuseppe schliefen unter dem Feigenbaum, jeder einen kleinen Zweig im Mund, von denen ich ein paar Mal hoffte, mein Bruder möge daran ersticken. Natürlich wollte ich nicht wirklich, dass ihm etwas Schlimmes zustieß. Der Grund dafür war eher eine auf Neid beruhende Abneigung gegenüber allen Männern. Und da ich meine Wut schlecht an meinem Vater auslassen konnte, blieb nur noch er als Sündenbock übrig. Giuseppe stand für alles, was ich gern gewesen wäre und was ich mir gewünscht hätte, für größere Freiheiten, die mir, nur weil ich einen Rock trug, verwehrt blieben.

Ich blieb stehen und atmete die feuchtschwüle Luft, als ich aus der Ferne die Schnurrhaare und das weiße Fell von Tommaso sah. Seit Pietros Tod hatte er sich nicht mehr blicken lassen. Ich ging auf ihn zu und sah, dass Tommaso in der Zwischenzeit einen dicken Bauch bekommen hatte. Er kam miauend zu mir und drängte sich gegen mein Kleid, um gestreichelt zu werden. Da begriff ich, dass er nicht böse auf mich war wegen des Todes unseres Freundes, und auch, dass der Kater, den Pietro und ich Tommaso getauft hatten, in Wahrheit ein Weibchen war, das Junge erwartete.

Ich liebkoste die Katze mit feuchten Augen, traurig darüber, dass mir so eine Verwandlung verwehrt blieb.

2

Am nächsten Morgen wachte ich schon in aller Frühe auf. Es war der Tag des Fests. Wir hatten den ganzen Vortag geschuftet, und alles, was wir zubereitet hatten, würde in weniger als einer Stunde verschlungen sein. Wie viel verschwendete Liebesmüh! Beim Anblick von Tommaso – oder sollte ich sie lieber Tommasa nennen? – hatte ich wieder an Pietro denken müssen. Das hatte den unbezähmbaren Drang in mir geweckt, ans Meer zu gehen, an den Ort zurückzukehren, an dem ich erstmals diese schreckliche, unerwartete Begegnung mit dem Tod gehabt hatte. Das quälende Gefühl, sterblich zu sein, das mich seitdem erfasst hatte, ließ sich einfach nicht mehr abschütteln und kam in dunklen Momenten immer wieder hoch.

Ich schlüpfte barfuß aus dem Zimmer, damit Rosetta nichts merkte. Ich wollte die Abkürzung nehmen und dem Graben bis zu den Meeresklippen folgen. Aber nur ganz kurz, anschließend würde ich nach Hause zurückkehren und mich in die letzten Vorbereitungen stürzen. Ich trat in den Hof, um die frische Morgenluft zu genießen, ließ die Füße tief in die Erde einsinken und ging zum Oleander. Um diese Uhrzeit herrschte eine unglaubliche Stille. Der Himmel war fahl und schimmerte grünlich, ein paar weiße Wattewölkchen standen tief am Horizont. Der feucht-süßliche Duft der Nacht war noch zu riechen.

»Kannst du nicht mehr schlafen?«

Mamas Stimme ließ mich zusammenzucken. Sofort fühlte ich mich wie eine Maus in der Falle, schuldig an etwas, was ich noch gar nicht begangen hatte. Ich wirbelte herum und hielt die Luft an.

»Was ist denn? Hast du ein Gespenst gesehen?«

Ich schüttelte heftig den Kopf, doch sehr überzeugend war das nicht. Die Margiala streifte ihre Holzpantinen ab und kam zu mir zum Oleander.

»So früh am Morgen sieht alles viel schöner aus, nicht wahr? Kein störender Lärm, keine Sorgen, und man ist noch angenehm verschlafen.«

Während sie das sagte, kamen mir ihre Züge viel weicher vor. Erst da merkte ich, dass sie das Haar noch nicht zu ihrem üblichen strengen Dutt gebunden hatte, sondern dass es ihr weich und sinnlich auf die halbnackten Schultern fiel.

Meine Güte, war Mama schön! Ich biss mir auf die Unterlippe, war wie geblendet von so viel Perfektion, die mich ganz verlegen machte. Im Vergleich zu ihr kam ich mir ganz klein und unbedeutend vor, wie eine kleine Kröte mit quakender Stimme. Ich sah ihr kein bisschen ähnlich, und das machte mich wahnsinnig. Ich hatte weder ihr ovales Gesicht noch ihre feinen Züge geerbt, schon gar nicht ihre durchscheinende Haut. Dicklich und ungelenk – das waren die Adjektive, die mich am besten beschrieben.

Ich schaffte es, meine Atmung wieder zu beruhigen, als mir klar wurde, dass die Margiala ja keine Gedanken lesen konnte, also nicht wusste, warum ich tatsächlich schon im

Morgengrauen aufgestanden war. Ich hätte mir denken können, dass Mama wegen ihres dicken Bauches, der damit einhergehenden Übelkeit und schlechten Laune schon sehr früh das Bett verließ.

»Ja, es sieht schön aus«, erwiderte ich und versuchte, meine Nervosität zu verbergen. »Heute habe ich Tommaso wiedergesehen. Und entdeckt, dass er eine sie ist. Sie erwartet Junge.«

»Natürlich ist das ein Weibchen!«, erwiderte die Margiala, als wäre das offensichtlich. »Und das hast du erst jetzt bemerkt?« Sie lächelte, und dann begann sie, zärtlich über die Blätter des Oleanders zu streichen.

»Bald werden hier lauter schöne rosa Blüten sprießen«, sagte sie zerstreut, als ginge ihr alles Mögliche durch den Kopf.

»Warum hast du sie dann weiterhin Tommaso gerufen? Mit einem Jungennamen?«

Sie drehte sich zu mir um und sah mich zärtlich an, fast liebevoll. Ihre hellen Augen leuchteten wie Glühwürmchen, winzige Lichtpunkte in der Dämmerung.

»Weil das ihre wahre Natur ist. Ihr Freiheitsdrang ist viel zu groß für einen Mädchennamen.« Mir gefiel die Vorstellung, dass diese Worte vielleicht auch für mich galten und nicht nur für unsere Katze.

Die Margiala kam näher, so nah, dass ich den Lavendelduft ihrer Haut riechen konnte. Ihre Kommodenschubladen waren voller Lavendelsträußchen, die die Wäsche mit ihrem wunderbaren Duft imprägnierten.

Kurz glaubte ich, dass sie mich berühren, vielleicht sogar streicheln würde. Das hätte ich dann mit geschlossenen Augen so richtig ausgekostet und sämtliche Sorgen und Zweifel, ja jeden Groll vergessen. Ich hätte zugelassen, dass ihre rauen Hände meine Kinderhaut liebkosten und mir so zu verstehen gaben, dass sie mich auf ihre Art sehr wohl liebte – so wie es der Margiala eben möglich war, bei der man immer nur ganz am Rande ihrer Gedanken vorkam.

Mit flatternden Lidern bereitete ich mich innerlich auf diese sanfte Berührung vor. Ich hätte mich ja auch selbst in die Arme meiner Mutter schmiegen können, wie man das so macht als Tochter, ohne dass man es groß erklären müsste: eine beidseitige Liebeserklärung, nichts als aufrichtige, tröstliche Liebe. Doch selbst wenn ich das gemacht hätte, hätte die Margiala bestimmt nicht gewusst, wie sie darauf reagieren sollte, und die Geste nicht erwidert. Vermutlich hätte sie dann zerstreut so getan, als wenn nichts wäre, eine Miene aufgesetzt oder Worte gesagt, die mir bloß dumm vorgekommen wären.

Als ich die Augen wieder aufmachte, lief Mama barfuß zur Hecke mit den Kräutern und saugte den Duft von Rosmarin und Minze in sich auf.

»Das hilft mir gegen die Übelkeit.« Sie führte die Minze an die Nase.

Damit war der Moment unwiederbringlich vorbei. Ich sah sie bedauernd an, einen bitteren Geschmack auf der Zunge. Doch ich blieb stumm. Nie hätte ich es gewagt, die Margiala nach ihren wahren Gefühlen zu fragen. Warum sie immer so wirkte, als sei sie eine harte Nuss und wollte ihre Schale nicht öffnen. Wann und warum sie bloß so abweisend geworden war.

Ich ging zu ihr und beugte mich vor, um am Rosmarin zu schnuppern – so angestrengt, dass mir die Kehle brannte.

»Gehen wir, Diamante! Heute ist ein besonderer Tag.«

3

Wir bereiteten alles Notwendige für die Gäste im Garten vor, stellten Stühle im Halbkreis auf, damit sich die Leute beim Reden ins Gesicht schauen konnten. Papa hatte extra ein Schloss für die hölzerne Zisternenabdeckung konstruiert – nur falls es einem Kind einfiele, sich der Gefahrenquelle zu nähern. Der große braune Tisch, der an der langen Küchenwand stand, wurde in den Garten getragen, damit wir alle Köstlichkeiten, die wir für diesen Anlass zubereitet hatten, darauf präsentieren konnten. Mama brauchte gar keine direkten Einladungen auszusprechen: Alle wussten, dass wir die Fertigstellung unseres Hauses feierten, und es war zu erwarten, dass viele Leute kommen würden – in erster Linie Nachbarn, aber auch Leute, die auf unterschiedliche Weise von den besonderen Fähigkeiten der Margiala profitiert hatten.

Um zehn Uhr vormittags war alles fertig: Die Calzone mit der Zwiebelfüllung thronte auf einem schönen, extra auf Hochglanz polierten Brett, zusammen mit Pizzabrot, Tomaten, Salami und Käse. Papa hatte sich um den Wein gekümmert, der ein richtig guter sein sollte, wie er am Morgen groß und breit verkündet hatte. Tatsächlich kam er dann mit sechs Flaschen dunkelrotem Primitivo zurück, von dem man schon nach dem ersten Schluck wacklige Beine bekam.

»Und heute trinkst auch du einen Tropfen!«, hatte er es gewagt, zu Mama zu sagen, die – seit sie wusste, dass sie ein weiteres Kind erwartete – auf alles verzichtete, was diesem irgendwie schaden konnte. »Ja, heute lassen wir sogar Diamante einen Schluck probieren. Ich finde, das ist ein guter Anlass, unsere Kleine damit vertraut zu machen.« Er schnalzte vielsagend und stupste mich an.

Ich war allerdings noch so klein, dass mich sein Ellbogen an der Schläfe traf. Trotzdem hatte ich es in seinen Augen verdient, von nun an auch zu den Großen gezählt zu werden, und das freute mich natürlich. Ich warf Rosetta und Cornelia einen herausfordernden Blick zu, wie um ihnen zu sagen, dass sie von nun an aufhören konnten, mich wie ein Kleinkind zu behandeln.

Die Margiala hatte befohlen, die süßen Sachen bis kurz vor dem Servieren kühl zu stellen, sonst wäre die Cremefüllung der *tortelli di San Giuseppe* in der Sonne nur so dahingeschmolzen. Dafür, dass der Sommer erst gerade anfing, war es sehr heiß, aber um diese Jahreszeit konnte es schon mal einen Vorgeschmack auf die Hundstage im August geben. Angesichts all der Köstlichkeiten wurde mir ganz wehmütig zumute. Wenn doch Pietro heute mit uns hätte feiern können! Seine Eltern waren natürlich nicht gekommen, aber Mama, die wusste, was sich gehörte, hatte ihnen extra einen Korb gepackt. Man hatte mich gebeten, ihn zu überbringen, aber da ich wiederum nicht wusste, was sich gehört, hatte ich mich geweigert. Ich wurde das ungute Gefühl einfach nicht los, schuld an dem Unglück am Strand zu sein.

Mama hatte nicht weiter insistiert, und Giuseppe hatte sich angeboten, den Korb abzugeben. Nicht nur aus Höflichkeit, sondern auch weil er … na ja … gewisse Sympathien für Pietros große Schwester Anna hegte und auf eine Gelegenheit hoffte, sie zu sehen. Anna war siebzehn und hatte einen wirklich einzigartigen Teint mit so rosigen Wangen, als hätte sie teure Schminke verwendet. Dabei war ihre Schönheit rein natürlichen Ursprungs und wurde von ein paar Sommersprossen noch betont.

Die Margiala sah das gar nicht gern, weil Anna eine wilde rote Mähne besaß und Mama nach wie vor die absurde Vorstellung hatte, rote Haare wären ein Beleg für einen schwierigen Charakter – genau wie zu Zeiten der Hexenverfolgung. Und das, obwohl sie sich doch eigentlich mit dem Thema hätte auskennen müssen!

Als Erstes kamen die Großeltern, mit ihrer üblichen hochmütigen Art – das traf zumindest auf meine Oma zu, die regelrecht Ausschau nach Dingen hielt, die sie bemängeln konnte. Es war nicht leicht zu verhindern, dass sie eine Serviette am falschen Ort entdeckte, einen wackeligen Stuhl, den sie sich unweigerlich für ihren dicken Hintern aussuchen würde, eine Olive mit Kern und solche Sachen mehr. Willkommene Gelegenheiten, über ihre Schwiegertochter herzuziehen, die von ihrer erhöhten Warte als Gastgeberin großzügig darüber hinwegsah und die Alte stattdessen von oben bis unten musterte, um ihr zu zeigen, dass sie angesichts ihrer lächerlichen Vorwürfe höchstens Mitleid für sie empfand. Aus meiner Sicht herrschte zwischen ihnen nichts als Hass, und die seltsamen Funken, die stoben, sobald sich Mamas und Omas Blicke begegneten, beeinflussten auch meinen Blick auf die Großmutter: Für mich war sie noch nie eine Verwandte gewesen, auf deren Schoß ich mich gesetzt oder an deren Brust ich mich geschmiegt hätte, um mich in den Schlaf wiegen zu lassen. Dafür war sie auch gar nicht der Typ. Für uns Mädchen war sie seit jeher das genaue Gegenteil unserer Mutter, und keiner von uns wäre es je eingefallen, uns gegen unsere Mutter zu stellen. Papa dagegen schien diese Feindseligkeit zwischen Frauen ganz normal zu finden. Für ihn war das nur die natürliche Fortsetzung jahrhundertealter Gegensätze und erbitterter Kämpfe zwischen Schwiegertöchtern und Schwiegermüttern, die Stoff für unzählige Geschichten, Legenden und heftigsten Aberglauben lieferten. Etwas, das aus seiner Sicht einfach zum weiblichen Naturell gehörte. Deshalb schaute er einfach nur zu, manchmal sogar fast belustigt, wenn Ehefrau und Mutter sich mal wieder mit Worten duellierten. Um bloß mit den Schultern zu zucken, wenn seine Mutter, die Giftnatter, eine wirklich böse Spitze austeilte. Dann sah er seine Frau nur an und hielt sich ansonsten aus allem raus.

Die Oma war gerade dabei, die Calzone mit Zwiebelfüllung zu untersuchen. Dazu beugte sie sich so weit vor, dass sie ihre weiche Konsistenz fast schon riechen konnte. Man sah, dass sie nach etwas suchte, was sie kritisieren konnte. Doch die Ankunft weiterer Gäste konnte Schlimmeres verhüten.

Das waren Comare Nenna und ihr Mann, Annina samt Tochter und Enkel sowie Compare Salvatore mit seiner

Frau und den zwei Kindern, sodass es in unserem Garten innerhalb kürzester Zeit nur so wimmelte von Comari, Compari und Gören jeden Alters, die sich barfuß auf die Suche nach Tommaso machten. Wie immer aßen wir Kinder nur wenig und hastig – so sehr waren wir von unseren Spielen, Wettrennen und Verfolgungsjagden zwischen den Pflanzen gefesselt.

Rosetta hingegen saß bei den Erwachsenen – kerzengerade und die linke Hand in den Schoß gelegt. Ich sah mich ein paar Mal nach ihr um, während wir mit Cornelia um den Oleander tanzten. Ich fragte mich, ob auch ich eines Tages so werden würde, ob ich meine jungenhafte Art jemals verlieren und bereit dazu sein würde, mich auf so eine anmutige Weise unter die Erwachsenen zu mischen.

Doch dieser Gedanke war im Nu verflogen, und gleich darauf überließ ich mich wieder dem Stimmengewirr und dem Chaos, das ich so liebte.

Die Margiala hatte sich vor der Küche niedergelassen. Sie sah erschöpft aus und saß breitbeinig da – vielleicht um den Bauch besser abzustützen. Immer wieder betupfte sie sich Schläfen und Stirn mit einem Taschentuch, und es war ihr deutlich anzusehen, wie sehr sie litt. Dennoch beklagte sie sich kein einziges Mal – sei es nun aus Stolz, aus Stärke oder einfach nur, weil sie die Margiala war.

4

Im Nu bildeten sich kleine Grüppchen. Die Frauen flüsterten sich irgendwelche Geheimnisse zu oder, was wahrscheinlicher war, tratschten über irgendeinen anderen weiblichen Gast. Die Männer dagegen brachen immer wieder in lautes, schallendes Gelächter aus und hoben dazu ihr Weinglas.

Als es Zeit für die Süßspeisen wurde, hörten wir Kinder auf, im Garten herumzutollen, und griffen mit erdschwarzen Fingern in die süßen Sachen. Da warf uns die Margiala einen strengen Blick zu und befahl uns, die schmutzigen Hände in die Zinkwanne mit Wasser zu tauchen. Wir gehorchten ohne Ausnahme, denn niemand setzte sich über eine Anweisung von Mama hinweg. Dann stürzten wir uns erneut auf die *tortelli di San Giuseppe.*

Papa begann, Mundharmonika zu spielen, und wir Gören drehten uns fröhlich im Kreis, während wir in die Köstlichkeiten voller Vanillecreme und Zucker bissen.

»Wagt euch vor, schöne Frauen! Wie wäre es mit einem Tanz?«, fragte Papa, der sein Instrument kurz von den Lippen gelöst hatte. Einige erröteten, andere konnten kaum an sich halten, weil der Wein und die Süßspeisen sie so richtig in Stimmung gebracht hatten. Giuseppe eröffnete den Reigen, indem er eine drollige Verbeugung vor der Margiala machte. Die willigte lächelnd ein und hielt sich mit beiden Händen den dicken Bauch.

Rosetta lächelte mit der Hand vor dem Mund. Sie ließ sich nie gehen. Es dauerte nicht lange, und die Ehemänner forderten ihre Frauen auf, zum Rhythmus der fröhlichen Melodie das Tanzbein zu schwingen.

Ich kannte das Lied, es handelte von einem Seemann und einer schönen jungen Frau, die er in irgendeinem Hafen zurückgelassen hatte, von Liebe, die vergeht und wiederkehrt. Das war kein Kinderlied, aber ich hatte es Papa oft singen hören, vor allem bei der Arbeit. Also wischte ich mir wenig damenhaft den Mund sauber und begann zu singen.

»Los, Cornelia, sing mit!« Ich stieß sie an, aber schüchtern wie sie war, hätte es meine Schwester nie gewagt, vor all den Leuten ihre Stimme zu erheben. Da sang ich eben allein, während Papa mit dem Fuß den Rhythmus dazu schlug. Die anderen drehten sich ausgelassen im Hof, und ich wirbelte gedankenverloren durch den Garten, den Rest meiner *zeppola* in der Hand, während Rosetta zum Sohn von Compare Nardino hinüberschielte, ein gutaussehender junger Mann um die zwanzig mit schwarzem Strubbelhaar und olivfarbenem Teint, dazu Augen von der Farbe des winterlichen Meeres.

Mittlerweile herrschte reine Freude. Ich spürte weder die Hitze noch den Schwindel von den zwei Fingerbreit Primitivo, die ich getrunken hatte. Ich hatte keine Schuldgefühle mehr, und auch die seltsame Wehmut, die mich manchmal unerklärlicherweise befiel, war verflogen.

Ich sang und tanzte um den Oleander und fühlte mich dabei wie im Märchen.

Und eben weil es im Leben leider nicht so ist wie im Märchen, wo immer alles gut ausgeht, geschah etwas, das den Zauber verfliegen ließ. Von mir aus hätte es immer so weitergehen können, da ich tatsächlich das Gefühl hatte, dass das einer von den magischen Momenten war, wie sie nur selten vorkommen. Ich wollte ihn mir genauestens einprägen, um ihn nie wieder zu vergessen. Doch da hörte Papa auf zu spielen. Das Lied war zu Ende, und die Paare machten einen erschöpften, verschwitzten Eindruck.

»Es ist so weit«, verkündete er mit getragener Stimme und räusperte sich wie jemand, der gleich eine feierliche Rede halten wird.

Einige Compari schlugen mit Löffeln gegen ihre inzwischen leeren Gläser, und alle Kinder verstummten. Die Margiala nahm wieder in der Ecke Platz, die sie sich für diesen Tag ausgesucht hatte, und Rosetta hörte auf, den Tisch abzuräumen. Sie nahm wieder die gefasste Haltung an wie am Vormittag, während die grauen Augen des gutaussehenden jungen Mannes unablässig auf ihr ruhten.

»Wir sind heute hier zusammengekommen, um mein Haus und meine Familie zu feiern«, hob mein Vater an, »sowie die bevorstehende Geburt meines nächsten Kindes. Ich bin mir sicher, dass es wieder ein Mädchen wird, und ich möchte es gern Francesca nennen.« Er schaute kurz fragend zu Mama hinüber, ob sie damit einverstanden war, doch die Margiala sah ihn nur mit lachenden Augen an – so wie sie uns Kinder nie anschaute.

»Es ist jetzt zwanzig Jahre her, dass ich den Grundstein zu diesem Haus gelegt habe. Ich habe lange dafür geschuftet, in brütender Hitze wie in Eiseskälte, aber jetzt …« – seine Stimme brach vor lauter Rührung –, »… jetzt ist die Schinderei vorbei, und unser Haus ist fertig. Danke, liebe Freunde, dass ihr das mit uns gefeiert habt.« Dann hob er das Glas, das er nachgefüllt hatte, und forderte alle zum Anstoßen auf.

»Auf euch!«, sagten die Gäste im Chor, und eine Schar von Comari und Compari folgte Papa zum Ausgang. Jetzt war der feierliche Moment gekommen, die Marmortafel an der weißen Fassade unter der mit Zinnen geschmückten Dachterrasse anzubringen. Für mich war sie auch so schön genug, aber Papa war stur, der sture Sohn eines ebenso sturen Bauern, und nichts konnte ihn davon überzeugen, dass sein Palast keine weiteren Verzierungen brauchte.

Und dann war da noch der pausbäckige Windgott, den er in seiner Sturheit ebenfalls anbringen wollte, damit unser Haus es mit dem schönsten Haus von ganz Cerignola aufnehmen konnte. Aus seiner Sicht bewies das, dass er, Agostino, der wegen seiner Ähnlichkeit mit dem großen Leinwandhelden Valenti genannt wurde, ein Ehrenmann war, der hielt, was er versprach. Er wusste ganz genau, dass sich die Margiala weder für das rote Gesicht des Windgottes noch für die Marmortafel interessierte. Aber irgendwie hatte auch Papa, genau wie wir, ständig das Gefühl, Mama etwas schuldig zu sein, ihr etwas beweisen zu müssen, auch wenn sie das gar nicht verlangte.

Ich kann mich nicht mehr genau an den Moment erinnern, vielleicht war ich auch zu abgelenkt von dem Stimmengewirr oder dem Lärm der Straße, von unbekannten Passanten, die stehen blieben und ihren Kommentar abgaben. Vielleicht rief auch eines der anderen Kinder nach mir, die in der Ferne Tommaso entdeckt hatten. Ich habe nur noch Papas gutmütige Stimme im Ohr, der witzelte, wie viele ihn schon gewarnt hätten, er solle gut aufpassen und sich nicht den Hals brechen auf diesem Gerüst, das er eher schlecht als recht errichtet hatte.

In dem spöttischen Ton, den Papa immer anschlug, wenn er der Meinung war, die Sorge der Umstehenden sei übertrieben. Es war seine Art, so aufzutreten, als hätte er stets noch ein Ass im Ärmel oder einen Plan B.

Ich weiß nur noch, dass Papa sich zu weit vorbeugte, sehe noch sein Bein in der Luft hängen und höre Mama »Agostino!« schreien. Dann lag Papa auf einmal leblos auf den spitzen Metallstäben des grünen Haustors.

Auf halber Höhe, während ihm einer dieser spitzen Stäbe mitten aus der Brust ragte.

Ich weiß noch, wie mir der makabre Gedanke kam, dass Papa genauso aussah wie die toten Fische, die ich mit Pietro gefangen hatte, genauso traurig und leblos.

Ich weiß noch, wie mir die Stimme versagte, als hätte ich einen Kloß im Hals, an dem ich zu ersticken drohte. Nicht ein Schrei entfuhr mir inmitten des Tumults, des Stimmengewirrs, der hysterischen Schreie, inmitten der vielen Comari und Compari, die meinen Vater stützten, der inzwischen aussah wie ein erschlaffter Aal, der mit abgehacktem Kopf noch tapfer weitergekämpft hat.

Wie konnte es sein, dass innerhalb kürzester Zeit alles vorbei war? Dass keiner die Uhr bis zu dem Moment zurückdrehen konnte, bevor die Tragödie ihren Lauf nahm?

Wo war Mama? Wo waren Rosetta, Giuseppe und Cornelia? Ich schaffte es nicht mal, mich nach einem vertrauten Gesicht umzusehen, nach einem anderen schmerzverzerrten Gesicht, mit dem ich mein Entsetzen hätte teilen können.

Ich war wie gelähmt, während die stärksten Gäste den reglosen Körper des armen Agostino hielten, als wollten sie seine Seele festhalten, verhindern, dass sie aus ihm entwich.

Wenn jemand stirbt, so hatte uns die Margiala erklärt, dann bleibt sein inneres Wesen, also das, was wir Seele nennen, noch kurz im inzwischen leblosen Körper, bevor es zum Himmel aufsteigt. Und zwar, um die Scherben seines Lebens aufzusammeln und rasch wieder zusammenzufügen. Um die Summe der schönen und der nicht so schönen Dinge zu bilden und anschließend mit einer klaren Vorstellung vor den lieben Gott zu treten.

»Er lebt noch!«, schrie Compare Salvatore, verschwitzt und mit glasigem Blick.

Das riss mich aus meiner Erstarrung. Ich entdeckte Mama neben Salvatore, die ebenfalls den Körper ihres Mannes stützte.

»Wir müssen ihn da rausziehen!« Sie rief nach Verstärkung. Da eilten alle herbei, um die schreckliche Aufgabe zu erledigen.

Aber ich konnte das nicht. Wie damals, als Pietro gestorben war, schlugen meine Füße Wurzeln, und meine Beine wurden ganz schwer – zu schwer, um auch nur einen einzigen Schritt zu machen.

»Und jetzt alle auf einmal, heben wir ihn hoch!«, schrien

mehrere im Chor. Anschließend legten sie ihn auf die Straße, wo sich bereits Schaulustige versammelt hatten.

»Das ist ja Valenti!«, hörte ich jemanden flüstern, »ja genau, Agostino Ventrella.«

»Der Ärmste. Was für ein schrecklicher Tod!«, sagten andere. »Und dann kriegt die Frau auch noch bald ihr Kind.«

Diese Worte drangen an mein Ohr wie ein störendes Geräusch, das mich in die Wirklichkeit zurückholte. Während ich doch weiterhin nichts wissen, im Reich der Kindheit bleiben wollte, in dem die Wirklichkeit immer auch ein bisschen Einbildung ist und in dem am Ende stets eine Überraschung wartet.

»Los, komm mit!«, sagte eine Stimme hinter mir, während mich eine energische Hand am Arm packte. Das war Rosetta. Sie hörte nicht auf, mir zuzuflüstern, dass ich noch zu klein sei, um so etwas mit anzusehen. Dass der Tod nichts für Kinder sei. Genau das, was damals die Margiala gesagt hatte.

»Der Tod ist nichts für Kinder.«

Warum war ich ihm dann schon so früh im Leben begegnet? Was hatte der arme Pietro verbrochen, um das zu verdienen? Und was der arme Agostino?

Für mich war der Tod stets so etwas wie ein Racheakt von Gott, dem Allmächtigen, gewesen, der einen für seine Sünden bestrafte. Nie hatte ich ihn als dunkle Gestalt betrachtet, die hinter der nächsten Ecke lauert, um einen zu packen, wenn man es am wenigsten erwartet.

Was dann passierte, nachdem Rosetta mich in den Hof,

neben den nach wie vor gedeckten Tisch geführt hatte, weiß ich nicht. Die *zeppole* waren matschig geworden und die Vanillecreme dunkelgelb. Der Wein war warm und hatte sich unten in den Gläsern abgesetzt.

Ich bemerkte diese unwichtigen Dinge, saß in mich zusammengesunken auf einem der Stühle, während Rosetta neben mir leise schluchzte. Ich sah mir jeden der nach wie vor im Halbkreis stehenden Stühle nacheinander an, bis ich auf einem Papas Mundharmonika liegen sah.

Erschöpft stand ich auf und ging langsam darauf zu, nahm das kleine Instrument und sah es schwarz in der Sonne schillern. Ich umklammerte es, so fest ich konnte, um meinen Schmerz abzureagieren – in der Hoffnung, er ginge mir so tief unter die Haut, dass ich wenigstens ansatzweise spürte, was Papa hatte durchmachen müssen.

Ich schloss die Augen und ließ zu, dass dieser Schmerz ganz von mir Besitz ergriff wie eine reinigende Kraft.

Dann weinte ich verängstigt, schluchzte immer wieder laut auf – nach wie vor ganz ungläubig, dass das alles tatsächlich passiert war, noch immer mit der kindlichen Hoffnung, dass die Sache doch noch gut ausgehen würde.

5

Am Tag von Papas Beerdigung waren so viele Leute da, dass ich kaum noch Luft bekam. Er musste also ein guter Mensch gewesen sein, dachte ich, wenn so viele um ihn trauerten.

Meine Oma war neben ihrem Mann zu einem winzigen Etwas zusammengeschrumpft. Sie weinte ohne Unterlass – so sehr, dass sie immer wieder nach Luft rang, um nicht in Ohnmacht zu fallen.

Ich ließ die Margiala, die, nur einen Schritt von mir entfernt, von Giuseppe gestützt wurde, keine Sekunde aus den Augen. Ich konnte nicht eine einzige Träne bei ihr entdecken, keinen einzigen Klagelaut. Und genau damit verbrachte ich diese schreckliche Stunde – nicht so sehr damit, den Worten des Priesters zu lauschen oder zu überlegen, was von meinem Vater mir wohl am meisten fehlen würde, sondern damit, Mamas Gesicht zu studieren. Ich war wütend auf sie. Wieso war sie nicht einfach so wie alle anderen? Rosetta und Cornelia weinten. Comare Annina und Comare Nenna weinten. Ich weinte. Sogar Giuseppe – leise und gefasst, so wie es sich für einen Mann gehört. Warum nicht auch sie? War sie wirklich so hart, dass sie gar nichts mehr spürte? Hätte ich sie schmerzgebeugt erlebt, die Hände vors tränennasse Gesicht geschlagen, hätte ich sie nicht so unmenschlich und damit viel liebenswerter gefunden.

Ich weinte ebenso verzweifelt wie wütend und ballte die Fäuste vor Zorn.

Erst viel später sollte ich begreifen, wie schwer es tatsächlich war, die Margiala zu verstehen. Dass das, was für alle anderen selbstverständlich zu sein schien, nicht für sie galt. Und dass man die Margiala entweder liebte oder hasste – ja, vielleicht sogar beides gleichzeitig.

Nachdem der Priester das letzte Abschiedsgebet gesagt hatte, ging das Geschluchze in eine Art lang gezogenes Röcheln über. Die Stimmen wurden schriller, unter die Schreie mischte sich das Gehüstel der Männer, die versuchten, die Fassung zu bewahren. Dann ließ das Gedränge langsam nach, während die gehauchten Abschieds- und Beileidsworte ungehört verhallten.

Rosetta und Cornelia schmiegten sich an Mama, doch ich hielt lieber Abstand, um mich noch ein bisschen mehr in den Hass auf sie hineinzusteigern, der meinen Schmerz etwas zu lindern schien.

Die Margiala musterte mich verstohlen. Ich wusste nicht, was sie damit meinte … Vielleicht wünschte sie sich auch nur, dass ich mich ebenfalls an ihren schwarzen Rock schmiegte, dass ich fühlte, was sie in diesem Moment empfand – was auch immer das sein mochte. Ich reagierte nicht, sondern setzte mich langsam in Bewegung. Gleich darauf wandte sie den Blick ab und wirkte fast ein bisschen enttäuscht. Da kam mir der Gedanke, dass wir gar nicht so unterschiedlich waren. Dass auch ich anstelle des Herzens nur einen harten Kern hatte. Dass auch ich aus einem anderen Holz geschnitzt war und dass sich das nun einmal nicht ändern ließ: Das war einfach so, wie sie immer zu sagen pflegte.

»Agostino war ein guter Kerl«, hörte ich plötzlich eine Stimme hinter mir sagen.

Da hatte ich auf einmal wieder das Bild von meinem Vater vor Augen. Ich war schließlich seinetwegen gekommen, stattdessen konzentrierte ich mich auf meine Mutter!

»Agostino«, dieses von einem Fremden ausgesprochene Wort genügte, um lieb gewordene Bilder bei mir heraufzubeschwören. Viele waren es nicht, und bis dahin hatte ich ihnen nie große Bedeutung beigemessen: Ich sah ihn wieder vor mir, wie er das Lied von dem verliebten Seemann und der schönen, in irgendeinem Hafen zurückgelassenen jungen Frau sang. Die Melodie hatte etwas Beschwingtes, war aber zugleich wehmütig, verwies bereits auf den nahenden Abschied.

Ich sah vor mir, wie er mich als kleines Kind zum Angeln mit zum Hafen genommen und mir gezeigt hatte, wie man die Rute hält, ohne dass sie zittert. Wie groß und rau seine Hand im Vergleich zu meiner gewesen war! Ich konnte seine Berührung immer noch spüren, die trotz seiner schwieligen Haut ganz zart gewesen war.

Ich sah vor mir, wie er mich im Garten herumwirbelte, dabei meine Arme gut festhielt, bis meine Füße das Gras streiften und ich den Tau auf der nackten Haut spürte. Wie er sich amüsiert Filme mit Osvaldo Valenti ansah, sich räkelte, wie er die jungen Frauen neckte, die ihm schöne Augen machten. Wie er die Margiala beobachtete, um zu gucken, ob es ihm gelungen war, sie eifersüchtig zu machen.

Wie er mir gleichzeitig beruhigend zuzwinkerte und mir so zu verstehen gab, dass er nur schauspielerte und nicht mit dem Herzen dabei war.

Agostino, mein Papa: Ich war fest davon überzeugt gewesen, dass er immer für mich da sein würde, wenn ich ihn brauchen sollte.

Mein Vater: noch so ein unbestrittener Held, den ich jetzt verloren hatte und ohne den ich jetzt lernen musste weiterzuleben.

TEIL IV

DIE GEBURT

1

Mama verlor kein Wort mehr über das, was vorgefallen war – weder nachdem wir wieder zu Hause waren noch während des Abendessens. Noch am nächsten Tag, noch sonst irgendwann. Und niemand von uns wagte es, die heilige Stille zu durchbrechen, in die alles gehüllt war.

Stumm erledigte sie den Haushalt und machte uns zu essen, rührte aber so gut wie nichts davon an. Nervös trommelte sie mit den Fingern auf den Tisch und suchte zwanghaft nach Krümeln, die sie auftupfen konnte. Als keine mehr da waren, kratzte sie an der Tischdecke, bis der Stoff zerfranste, als verberge sich darin irgendeine Brotkrume. Sie benahm sich, als hätte sie den Verstand verloren, und ich war mir nicht sicher, ob ich das wirklich bedauerte.

»Geht's dir gut, Mama?«, wagte es Rosetta, am dritten Tag des Schweigens zu fragen.

Die Margiala schaute auf – nach wie vor tief über das Tischtuch, über die Krümel oder über ihre Finger gebeugt, die im Rhythmus ihres Herzens oder ihrer Wut immer energischer trommelten. In ihren Augen stand die nackte Wut – ein Blick, der mir Angst einjagte und auch meine Schwester erschreckt haben dürfte, da sie mitsamt ihrem Stuhl zurückwich, als befürchtete sie, Mutter könnte sie schlagen.

Doch sie tat nichts dergleichen und sagte auch nichts. Sie

sah sie nur an. Dann wartete sie, bis wir fertiggegessen hatten, und räumte träge und schwerfällig den Tisch ab. Man sah, wie angespannt sie war, wie schmerzverzerrt ihr Gesicht. Doch sie sprach kein Wort und ließ sich auch nicht dazu herab, andere um Hilfe zu bitten.

Am Morgen des vierten Tages stand sie sehr spät auf. Rosetta und ich waren im Hof und hängten Wäsche auf, da das Leben ja irgendwie weitergehen musste. Je mehr wir so taten, als wäre alles wie vorher, desto besser kamen wir mit unserer Verlorenheit und Angst zurecht: eine Panik, die mich seit dem Tag des Unglücks immer mehr erfasste und die meinen Bauch schmerzhaft zusammenzog. Dort hatte sich die Angst eingenistet und drückte auf meine Eingeweide. Je mehr ich mich bemühte, sie zu verdrängen, desto heftiger kehrte sie allen Versuchen zum Trotz zurück.

Wir sahen, wie die Margiala in ihrem dünnen Leinenhemdchen an uns vorbeiging. Sie sah aus wie ein Gespenst, das Haar fiel ihr zerzaust auf die Schultern, sodass an ihrer wahren Natur, sprich der einer echten Hexe, nicht mehr zu zweifeln war.

War sie gerade dabei, sich in einen Furcht erregenden Vogel zu verwandeln, so wie es Comare Antonietta einst vorhergesagt hatte? Ich vermied es sogar, sie anzuschauen, denn das Schweigen der Margiala war noch schlimmer als ihre spitze Zunge.

»Mama, wohin willst du?«, fragte Rosetta nervös.

»Ist es so weit?«, hakte sie nach, während ihr der Zipfel des Lakens entglitt. Mama drehte sich nicht mal zu ihr um. Sie schien mit den Gedanken ganz weit weg zu sein, an einem wer weiß wie schrecklichen Ort. Ich sah, wie sie in der Abstellkammer verschwand, hörte, wie sie dort in dem Werkzeug herumwühlte.

Rosetta machte sich Sorgen und wollte zu ihr gehen, doch da war die fürchterliche Erscheinung, die die Margiala abgab, schon wieder herausgekommen. Starr und blass umklammerte sie eine dicke Axt.

»Mama, was hast du damit vor?«, fragte Rosetta mit zittriger Stimme.

Ich beobachtete das Ganze von Weitem.

Cornelia war Brot kaufen gegangen, und Giuseppe arbeitete schon wieder. Er hätte es keinen Tag länger in dem Haus ausgehalten, aus dem seit dem Unfall jegliche Farbe gewichen war. Ich hätte irgendetwas tun sollen, stand aber wie angewurzelt vor dem Laken, das Rosetta fallen gelassen hatte.

Wenn ich mich recht erinnere, habe ich es nicht mal aufgehoben und in den Weidenkorb gelegt. Aus der Ferne beobachtete ich die Margiala, versuchte zu erraten, zu welcher Wahnsinnstat sie sich als Nächstes hinreißen lassen würde.

Ich ging an Rosetta vorbei, die es nicht wagte, sie aufzuhalten, und lief barfuß in den Garten, der am frühen Morgen noch taufrisch war.

»Mama, Mama …«, schrie meine Schwester noch einmal, doch diese blieb nicht stehen, sondern lief wie ferngesteuert weiter. Sie schwang die Axt über ihren Kopf, und in diesem Moment kam mir ihr Blick nicht mehr kalt und leer vor wie der einer Verrückten, sondern völlig klar. Als wüsste sie genau, was sie da tat. Mit aller Macht schlug sie auf den blühenden Oleander ein, den wir in den letzten Jahren so oft bewundert hatten.

»Mama, hör auf! Tu's nicht, ich flehe dich an.«

Rosetta hatte angefangen zu weinen. Sie weinte und schrie bei dem Versuch, sich ihr in den Weg zu stellen. Vor der Tür der Abstellkammer fiel sie zu Boden und schlug die Hände vors Gesicht.

»Du Mistkerl, du verdammter Mistkerl!«, fluchte die Margiala, während sie mit ihrem makabren Ritual fortfuhr, ihm einen Hieb nach dem anderen versetzte, bis der Ärmste umknickte, während die zarten Blütenzweige den Axtschlägen wichen.

In diesem Moment richtete sich Rosetta wieder auf und rannte hinaus – vermutlich, um Hilfe zu holen, da kurz darauf Frauen aus der Nachbarschaft in unseren Garten stürmten und den ebenso wahnsinnig gewordenen wie ausladenden Leib unserer Mutter festhielten. Zu spät für den armen Oleander, denn um sicherzugehen, dass er auch ganz vernichtet wurde, hatte die Margiala auch die Wurzeln herausgerissen.

Als Comare Nenna ankam, hielt sie gerade den toten Stamm mit den Wurzeln in den Händen.

»Anita, was ist los mit dir?«, rief die Comare.

Es war schon lange her, dass ich das letzte Mal gehört hatte, wie Mama bei ihrem richtigen Namen gerufen wurde – für mich war sie einfach nur die Margiala.

Andere nannten sie bloß »Comare« und wieder andere Diamante wie mich. Darüber hatte ich ganz vergessen, dass sie auch noch jemand anderes war, nämlich Anita. Aber vermutlich hatte ich daran gar nicht denken wollen – auch weil es deutlich einfacher war, die Margiala zu hassen als Anita.

Vier Arme zerrten sie gewaltsam hoch und schleiften sie zum Bett im großen Schlafzimmer. Ich folgte den Frauen, zusammen mit Rosetta, die nach wie vor weinte.

Beim Hereinkommen sah ich, dass das Bett unberührt war. In den letzten drei Nächten hatte eindeutig niemand mehr darin geschlafen. Wo hatte Mama die endlosen Stunden dann zugebracht? Es fiel mir immer schwerer, meine blinde Wut gegen sie zu hegen, den Hass auf sie zu nähren und ihr Dinge vorzuwerfen, die sie gar nicht getan hatte. Aber wenn ich damit aufhörte, wütend auf sie zu sein, würde ich mich dem tiefen Schmerz stellen müssen, den ich so mühsam verdrängte.

Es war allerdings einfach herzzerreißend, kein Mitleid mit ihr haben zu dürfen, nicht mal bei dieser Wahnsinnstat!

Als die Comare sie dazu brachte, sich auf dem Bett auszustrecken, war Mama ganz verschwitzt und rot im Gesicht.

»Nein!«, brüllte sie schließlich dumpf, aus tiefstem Innern.

Kurz darauf fasste ihr Comare Nenna unters Hemd.

»Die Fruchtblase ist geplatzt. Los, Rosetta, ruf die Hebamme.«

Zitternd trat ich ans Kopfende und sah, dass eine farblose Flüssigkeit zwischen ihren Schenkeln hervorsprudelte und die geblümte Tagesdecke befleckte.

»Schnell, hol Handtücher und setz Wasser auf!«, befahl mir die Comare aufgeregt.

»Ich?«

Die Margiala sah mich an. Sie wartete auf meine Reaktion, auf irgendeine Antwort, auf irgendein Anzeichen von Besorgnis, aber ich war noch nicht so weit. Vielleicht war ich wirklich genauso eine Margiala wie sie.

Es war, als würde sie mich bitten: »Ich flehe dich an, tu, was man dir sagt, das würde mich glücklich machen.« Man sah es in ihren zitternden Augen, an ihrem Gesicht, das sich zu einem Lächeln verziehen wollte, hinter dem sich in Wahrheit Schmerz verbarg. Auch ich antwortete ihr mit einem Blick. Ich würde es tun. Ich würde ihr helfen. Ich würde meine Pflicht erfüllen.

2

»Los, leg dich hin«, sagte Comare Nenna, aber Mama schien das genaue Gegenteil tun zu wollen, denn sie sträubte sich wie verrückt und wollte aufstehen. Ich kehrte mit drei weißen Handtüchern und einer Zinkwanne voller Wasser zurück.

»Das ist zu kalt. Es muss kochen. Los, hol neues!«

Die Margiala hörte den Tadel der Comare an, ohne sich einzumischen. Vermutlich hatte sie in diesem Moment einfach keine Kraft mehr dazu.

»Nur Mut! Du hast schon vier Kinder zur Welt gebracht, das wird der reinste Sonntagsspaziergang.« Sie strich ihr mit der Hand über die Stirn. Als ich mit dem kochend heißen Wasser zurückkehrte, kam die Hebamme. Ich hatte sie noch nie gesehen: eine dickliche Frau mit zwei kräftigen Händen und Wurstfingern. Sie war ganz außer Atem, bestimmt hatte meine Schwester sie zur Eile angetrieben. Die Haare klebten ihr an Wangen und Hals, und sie hob ungeniert das Kleid, um sich mit dem Saum den Schweiß aus dem Gesicht zu wischen.

»Und, Diamante, wie geht's?«, fragte sie, immer noch keuchend.

»Wie soll es mir schon gehen? Wie geht es einer Witwe mit vier Kindern, die gleich ihr fünftes bekommt? Ich habe doch gewusst, dass dieses Kind kein Glück bringt«, stieß sie wütend hervor, während sie immer wieder nach Luft rang.

Comare Nenna bedeutete Rosetta und mir, still in einer Ecke des Flurs zu warten.

»Nein!«, rief Mama laut, »meine Töchter sollen mir beistehen. Sie sollen ruhig sehen, welche Schmerzen eine Mutter erleiden muss.«

Ich schluckte schwer, da ich noch nie bei einer Geburt dabei gewesen war und keine Ahnung hatte, was mich erwartete.

»Tut das denn weh?«

Rosetta sah mich verblüfft an.

»Na klar! Für einen Menschen gibt es keinen größeren Schmerz, heißt es.«

Ich riss die Augen auf, um besser zu sehen, wie sich Mamas Miene unter den Qualen veränderte.

»Und es tut nicht nur weh: Das ist noch längst nicht alles.«

»Was soll das heißen? Dass es ganz arg wehtut?«

»Nein, du Dummerchen! Sondern dass eine Frau dabei auch ihr Leben lassen kann. Es sind schon viele bei der Geburt gestorben.«

Das hatte mir die Margiala noch nie erzählt. Wenn sie anderen Schwangeren beigestanden hatte, bis das Kind auf der Welt war, so wie es die Hebamme jetzt bei ihr tat, war sie noch nie mit einer Todesnachricht zurückgekehrt. Vielleicht hatte sie immer alles für sich behalten, um uns Kinder nicht zu verstören.

Diese Nachricht erschütterte mich tief. Auf so etwas war

ich nicht vorbereitet. Ich kam mir dumm vor und schrecklich böse, weil ich so eine Wut auf sie gehabt hatte.

»Du bist ein böses Mädchen«, flüsterte ich leise.

»Was hast du da gesagt?«

»Nichts, Rosetta. Nichts. Ich will nur nicht, dass der Mama was passiert.«

»Keine Sorge, die ist hart im Nehmen.«

»Es ist noch früh«, hörte ich die Hebamme rufen, während ihre Finger doch tatsächlich bis zu den intimsten Stellen von Mama vordrangen.

Ich hatte Blut gesehen. Mir schwindelte, und ich stand kurz davor, in Ohnmacht zu fallen.

»Bist du sicher, dass du dabeibleiben und zuschauen willst?«, fragte mich Rosetta, die mich stützte.

Sie hatte Mama schon früher beigestanden und ihr im Wochenbett geholfen. Sie kannte sich bereits mit gewissen Dingen aus und war außerdem im heiratsfähigen Alter.

Ich nickte und versuchte, genauso tief zu atmen wie meine Mutter.

»Wenn irgendwas passiert, möchte ich, dass Cornelia und Diamante ins Kloster kommen – und dass auch dieses Kind zu den Nonnen gegeben wird. Nenna, das musst du mir versprechen! Lass nicht zu, dass sie in die Fänge dieser Hexe von meiner Schwiegermutter geraten, versprich es mir!«, brüllte Mama mit einer schrecklichen Stimme und klammerte sich an den Arm der Comare. Die nickte nur und strich ihr über die Stirn.

Ich riss meine braunen Augen auf und starrte in das intensive Blau der von Rosetta.

Zu den Nonnen?

Ich wollte nicht zu den Nonnen. Mit meiner jungenhaften Art würde ich es inmitten von so viel frommem Gehorsam keinen einzigen Tag aushalten. Außerdem würde ich dann das Meer nicht mehr sehen, nicht mehr angeln gehen und nicht mehr mit Tommaso spielen können. Alles, was ich verlieren würde, falls ich ins Kloster käme, stand mir deutlich vor Augen. Auch, wie schrecklich mein Leben wäre, wenn es die Margiala nicht mehr gäbe. Ich war abhängig von ihr, und zwar mehr denn je zuvor – jetzt, wo Papa nicht mehr unter uns weilte.

»Und Rosetta soll einen anständigen Mann heiraten«, fuhr Mama fort. »Einen, der sich um sie kümmert.«

Meine Schwester sagte nichts dazu. Sie lehnte nur mit verschränkten Armen im Türrahmen, aber an ihren angespannten Zügen erkannte ich, dass auch sie große Angst hatte.

»Jaja«, sagte Comare Nenna, »aber jetzt beruhige dich endlich. Du wirst schon sehen, alles wird gut.«

Die Hebamme begann Mamas dicken Bauch abzutasten. Die Haut um den Nabel war fast durchsichtig und so dünn, dass sie jeden Moment zu reißen drohte.

»Das Kind hat die richtige Lage, aber du bist noch nicht weit genug geöffnet. Nicht pressen, unterdrück den Schmerz.« Währenddessen tupfte sie ihr mit dem Handtuch Hals, Stirn und Gesicht ab.

Es verging ungefähr eine halbe Stunde, und Mama wurde immer kurzatmiger.

»Lasst mich aufstehen«, sagte sie irgendwann oder schrie es vielmehr.

»Wo willst du denn hin?«, fragte die Hebamme verärgert.

»Zum Nachttopf. Bring ihn mir.« Sie zeigte auf das Gefäß mit der langen Tülle, das meine Eltern nachts verwendeten.

»Meiner Meinung nach solltest du liegen bleiben«, bemerkte die Hebamme.

»Lasst mich«, entgegnete die Margiala mit blitzenden Augen.

Sie unterdrückte einen Schrei und atmete tief durch. Dann setzte sie sich breitbeinig auf den Nachttopf und stützte sich mit einem Arm aufs Bett.

Ich klammerte mich ganz fest an Rosetta, weil ich spürte, dass etwas anders war als vorher, dass der Moment vielleicht tatsächlich gekommen war. Die Hebamme ließ sie schließlich gewähren und stellte sich hinter sie, stützte ihr den Rücken. Comare Nenna dagegen trat vor sie und beugte sich leicht nach vorn, um zu gucken, was da genau zwischen ihren gespreizten Schenkeln vor sich ging.

Da begann Mama zu brüllen. Sie stieß einen markerschütternden Schrei aus, wie ich ihn noch nie in meinem Leben gehört hatte. Sie schrie und weinte. Dann keuchte sie. Und je mehr sie schrie, desto schlimmer wurde ihre Atemnot. Ich hatte Angst, sie könnte ersticken. Am liebsten hätte ich die beiden Frauen angefleht, ihr zu helfen, etwas zu tun, damit sie nicht so litt. Doch ich hatte das Gefühl, dass diese auch nichts ausrichten konnten.

Wie lange würde das denn noch dauern?

Mir war, als wäre es bereits Abend, so lange waren wir

schon in diesem Zimmer eingeschlossen. Doch es konnte noch nicht viel Zeit vergangen sein, denn in diesem Moment kam Cornelia zurück, die unmöglich so viele Stunden fort gewesen sein konnte.

Sie eilte zu uns, und Rosetta gab ihr zu verstehen, dass es nun so weit war. Da stürzte sie sich in die Arme unserer Schwester und weinte laut.

Die Schreie der Margiala gingen inzwischen ineinander über. Ihre Stimme hatte jetzt eine andere Färbung angenommen, war rauer und tiefer geworden.

»Jetzt ganz fest pressen, los, pressen!«, befahl die Hebamme.

»Ich sehe es. Ich sehe es, Diamante«, sagte Comare Nenna mit Tränen in den Augen.

»Fester, fester!«, riefen beide.

Ich spürte einen dicken Kloß im Hals und hätte ebenfalls gern gerufen, dass sie pressen solle, mit all der Kraft, die ihr noch geblieben war. Mamas Züge verkrampften und verzerrten sich zu einer Schmerzgrimasse. Ich konnte nicht glauben, dass so etwas überhaupt möglich war, und fiel fast in Ohnmacht angesichts solcher Qualen. Dann mischte sich noch etwas anderes in ihren Schrei. Ein Seufzen, fast so, als wäre sie erleichtert: die letzte Anstrengung, der heiß ersehnte Moment.

»Das ist es, da ist es!«, rief die Hebamme und streckte die Hände zwischen Mamas Schenkel, um dem zarten Geschöpf auf die Welt zu helfen. Mama fiel in sich zusammen, während die Hebamme mit einer Schere hantierte.

Comare Nenna stellte sich vor uns, damit wir nicht zusehen konnten. Dann sahen wir ihn. Klein und ganz rot und runzlig zappelte er in den Armen der Hebamme.

»Es ist ein Junge«, flüsterte Mama immer noch ganz erschöpft, aber ihre Stimme hatte schon wieder menschlichere Formen angenommen. Sie horchte kurz in sich hinein, wischte sich den Schweiß von der Stirn und sagte dann: »Wir werden ihn Francesco nennen.«

3

In den nächsten Tagen herrschte bei uns ungewohnte Aufregung. Trotz der Trauer um Papa war es einfach unmöglich, sich nicht über die Geburt des Kleinen zu freuen. Wieder gaben sich die Leute wochenlang die Klinke in die Hand, ohne dass wir sie daran hindern konnten, unserer Mutter zur Last zu fallen.

Die Margiala selbst verhielt sich seltsam, war hin- und hergerissen zwischen Erschöpfung und Wut. Sie kümmerte sich nicht groß um den kleinen Francesco, dessen ständiges Wimmern sie eher irritierte.

Ich pflegte morgens sehr früh aufzuwachen, weil ich seit dem Unfall Albträume hatte. Ins Bettlaken gewickelt, blieb ich liegen, obwohl die Hitze immer unerträglicher wurde, und lauschte auf die Geräusche aus dem Zimmer nebenan. Kurz nach dem Wachwerden schien noch alles ruhig und von angenehmer Schläfrigkeit erfüllt zu sein. Doch dann drang plötzlich das Gurgeln, ja öfter noch das verzweifelte Geschrei des Neugeborenen zu mir herüber, woraufhin die Stimme der Margiala durchs ganze Haus hallte. Sie stand auf und begann gereizt mit dem Stillen.

Obwohl es Mama durchaus gewohnt war, in aller Herrgottsfrühe aufzustehen, gelang es ihr wegen der Erschöpfung oder wegen ihrer noch frischen Trauer nicht, sich wirklich hingebungsvoll um das Kind zu kümmern.

»Du wirst die Mama schon bald kennenlernen«, flüsterte ich ihm eines Morgens zu, vollkommen hypnotisiert von seinem runden Babygesicht, von seinen winzigen, perfekten Fingernägeln und von seinen rundlichen Füßchen.

Wie konnte man so ein kleines Wesen nicht über alle Maßen lieben? Und sei es nur wegen seiner außergewöhnlichen Schönheit. Trotzdem hatten alle den Eindruck, dass die Margiala ihre Wut und Enttäuschung über ihr Schicksal an dem armen, wehrlosen Geschöpf ausließ, so als hätte sie keine Liebe mehr zu geben.

»Schau dir nur seine Wangen an«, flüsterte Cornelia. »Wie rund die sind. Am liebsten würde man ständig hineinkneifen.«

Wir achteten streng darauf, dass Mama nichts von diesen Bemerkungen mitbekam, weil wir ganz genau wussten, dass sie nichts von so einem Getue hielt. Ich für meinen Teil war fest davon überzeugt, in einen neuen Lebensabschnitt einzutreten. Dass ich bei der Geburt dabei gewesen war, hatte mir vieles über das Frausein beigebracht, zu dem ich mir schon oft Fragen gestellt hatte, die ich nicht laut auszusprechen wagte – schon gar nicht Mama gegenüber. Ich hätte Rosetta fragen können, die mich mit ihrer strengen Art aber viel zu sehr an die Margiala erinnerte. Außerdem hatte man mir mehrmals zu verstehen gegeben, dass man zu bestimmten Themen lieber keine Fragen stellte.

»Die Natur wird dich lehren, wie es bei Frauen so läuft«, sagte Mama immer, wenn meine Neugier die Oberhand gewann.

Mit wachsender Neugier hatte ich damit begonnen, bestimmte Körperregionen zu erkunden – heimlich, damit Cornelia nichts mitbekam. Ich fragte mich, ob sie, die drei Jahre älter war als ich, wohl dasselbe tat, wenn sie sich im Spiegel betrachtete.

Was sich bei Francescos Geburt da vor meinen Augen abgespielt hatte, war einfach nur schrecklich gewesen. Doch wenn ich sein kleines Gesicht ansah, war die Erinnerung an diesen Moment im Nu verflogen.

Obwohl er ein Junge war, versicherten Cornelia und ich uns immer wieder, dass er wie ein Mädchen aussah. Vielleicht wegen seines dichten Haares und der langen Wimpern.

»Wenn du ein Mädchen wärst, wärst du wunderschön«, wiederholte Cornelia.

»Was für ein Unsinn!«, schimpfte die Margiala. »Bringt ihn bloß nicht durcheinander, die Welt ist schon schräg genug.«

Eine Woche nach der Geburt nahm Mama die Zügel wieder in die Hand und wurde erneut zu der strengen Feldmarschallin, die wir gewohnt waren. Vielleicht aus Ärger über ihre Erschöpfung in der letzten Zeit wachte sie eines Morgens mit der Idee auf, das Haus von oben bis unten auf Vordermann bringen zu wollen – in der festen Überzeugung, jede Ecke wäre voller Staubmäuse.

»Cornelia, du kümmerst dich um das Obergeschoss. Ich will, dass du alles auf Hochglanz bringst … und apropos Glanz: Ich will auch, dass du dich um das wenige Silber in der Anrichte kümmerst.«

Meine Schwester nickte eifrig – hochzufrieden, dass die Margiala sich zuerst an sie gewandt hatte.

»Diamante, du kümmerst dich um mein Zimmer, um den Flur und um die Küche. Alle Töpfe müssen eingefettet und der Kamin gesäubert werden. Wenn du damit fertig bist, widmest du dich dem Garten. Sammle Kräuter, binde sie zu Sträußen und lege sie zum Trocknen in den Hof. Bei der starken Sonne dürften sie im Nu fertig sein.«

Ich hätte gern erwidert, dass das zu viel war. Dass ich bestimmt zwei Tage brauchen würde, um alles zu erledigen, was sie mir aufgetragen hatte.

»Und Rosetta?«, wagte ich zu fragen.

Mama sah mich schief an, und ich rechnete schon mit einer Ohrfeige. Ich trat einen Schritt zurück und schloss die Augen, bereit für den Schlag.

»Deine Schwester muss sich um das Baby kümmern. Ich bin für ein paar Stunden weg. Ich muss zu einer Frau, die ein Kind bekommt.«

»Aber wenn es weint, weil es Milch will?«, erwiderte Rosetta.

»Es wird schon nicht verhungern. Wenn ich zurückkomme, bekommt es genug zu essen.« Türenknallend verließ sie das Haus.

Ich tobte vor Wut. Nicht nur wegen ihres Tonfalls, sondern auch weil sie das Problem des hungrigen Kleinen einfach so abgetan hatte, fast so, als ginge sie das gar nichts an. Wenn die Margiala sich so unmöglich verhielt, weckte das in mir den unwiderstehlichen Wunsch, das genaue Gegenteil von dem zu tun, was sie mir auftrug. Nicht etwa aus Bosheit oder Desinteresse. Es gab diesen Drang in mir, der stets auf der Lauer lag und in bestimmten Momenten meine niedrigsten Instinkte in gefährliche Bahnen lenkte. Ich beschloss zu rebellieren, auch wenn mich das teuer zu stehen kommen würde. Deshalb suchte ich ohne jede weitere Erklärung in der Abstellkammer nach der Angelrute. Ich trug ein ausgeschnittenes Kleid mit rosavioletten Blumen und sagte zu Rosetta, dass ich bald wieder zurückkäme.

»Bist du verrückt geworden? Mama wird dich umbringen!«

Sogar Cornelia trat auf den Treppenabsatz, um meiner Flucht beizuwohnen, sagte aber nichts dazu. Ich zuckte nur mit den Achseln und beschränkte mich darauf, provozierend zu schnalzen, damit auch Rosetta begriff, dass mich nichts mehr umstimmen würde. Dass ich keine Angst vor Mama hatte. Ich schob energisch das Kinn vor, während Rosetta winkte, als wollte sie einen Schwarm Fliegen verscheuchen.

»Mach doch, was du willst. Du wirst schon sehen, was du davon hast.«

Bevor ich ging, drückte ich dem Kleinen einen Kuss auf die Stirn und verschwand dann pfeifend, so wie Pietro es mir beigebracht hatte.

4

Der Graben hatte sich in eine gelbliche Senke voll trockenem Gestrüpp verwandelt. Er sah so anders aus als beim letzten Mal, als ich ihm mit Pietro gefolgt war! Noch vor wenigen Monaten waren die grünen Hänge hier von Mohn und Vergissmeinnicht gesprenkelt gewesen und unsere Füße im hohen, frischen Gas versunken.

Jetzt sah alles ganz trist aus, fahl und farblos. Eine dornige Brombeerranke schob sich unter mein Kleid und zerkratzte mir die Waden. Auch dafür würde ich mich vor der Margiala rechtfertigen müssen.

Doch in diesem Moment war mir das egal. Das Gefühl von Freiheit, das mir dieser aufmüpfige Akt schenkte, ließ jeden unangenehmen Gedanken im Nu verfliegen. Ich war von Natur aus stur und rebellisch, aber in dieser Lebensphase verstärkte sich das noch.

Später hat mir mal jemand erklärt, dass das manchmal passiert, wenn man einen Elternteil verliert, vor allem wenn es sich um den Vater handelt. Doch ich war fest davon überzeugt, dass diese Theorie nicht auf mich zutraf – ganz einfach, weil bei uns zu Hause schon immer die Margiala die Hosen angehabt hatte. Deshalb war das ganz allein mein Problem. Es hatte etwas mit meinem Charakter, meinem Kopf zu tun. Vielleicht auch mit meinen wilden Locken, wie meine Mutter immer sagte.

Ich begegnete ein paar streunenden Hunden, und kurz gefror mir das Blut in den Adern. Wenn sie mich in diesem einsamen Graben zerrissen, würde das niemand mitbekommen. Dann würde mich niemand finden. Nur Pietro und ich kannten diese Abkürzung – und Tommaso natürlich, aber der konnte keine Hilfe holen. Stattdessen würde ich in der Sonne verdorren, während sich Tiere an meinen Eingeweiden gütlich taten. Ich würde neben meiner Angelrute sterben, und die Welt würde diesen dummen, rebellischen Hitzkopf von einer Diamante rasch wieder vergessen haben. Ich versuchte, ein wenig zu pfeifen, um meine Anspannung zu überspielen – auch weil ich dann mehr wie ein Junge wirkte.

Die Sonne war inzwischen ein großer Feuerball direkt über meinem Kopf, aus dem die Strahlen hervorloderten. Mir war, als würde das Gestrüpp immer gelber, noch während ich daran vorbeilief, so als würde es sich unter der sengenden Sonne verflüssigen. Ich blieb stehen, um kurz zu verschnaufen, und merkte, dass ich keinen Tropfen Wasser dabeihatte und auch weder Köder noch Proviant. Inzwischen schleppte ich mich nur noch mühsam vorwärts.

Wie anders es gewesen war, wenn ich mit Pietro angeln ging! Da war alles sorgfältig geplant gewesen, sodass für Überraschungen kein Platz war.

Ich blieb abrupt stehen und beobachtete eine Eidechse. Sie raschelte im trockenen Gras. Ich versuchte, sie mit bloßen Händen zu fangen, aber sie war schneller als ich und meine von der Hitze verlangsamten Reflexe. Dennoch gab ich mich nicht geschlagen und führte gewissermaßen einen

Privatkrieg gegen dieses unschuldige grünschillernde Geschöpf.

Ich legte die Angelrute weg und rannte der Eidechse nach. Sie beging den Fehler, mitten auf dem Weg zu laufen. Kein Gestrüpp konnte sie vor meiner Bosheit beschützen. Instinktiv zerquetschte ich sie unter meiner Sandale. Ein fester Tritt auf ihren Kopf genügte. Eine klebrige Flüssigkeit tropfte von meiner Sohle, als ich sie anhob.

Sofort bereute ich mein sadistisches Vorgehen. Warum hatte ich das bloß getan? Hatte auch ich das Bedürfnis gehabt, meine unkontrollierte, wachsende Wut an einem unschuldigen Geschöpf auszulassen?

»Du bist böse«, wiederholte ich mehrmals laut – in dieser Einsamkeit konnte mich ohnehin niemand hören. Ich hob die Angelrute auf und kehrte um, war die Wendung, die mein Akt der Rebellion genommen hatte, jetzt schon leid. Ich grüßte das Meer von Weitem und versprach, unsere Versöhnung bald nachzuholen.

Noch einmal betrachtete ich den zerquetschten Eidechsenkadaver.

»Entschuldige«, sagte ich in der festen Überzeugung, etwas Schreckliches getan zu haben. Dann trat ich den Heimweg an.

5

Als ich zu Hause ankam – so müde, als wäre ich kilometerweit gelaufen, und extrem durstig –, fiel mir das fröhliche Geplauder auf, das aus der Sommerküche kam.

Verschiedene Frauenstimmen überlagerten sich, und in regelmäßigen Abständen wurde Gelächter laut. Cornelia und Rosetta waren nicht allein, doch ich war mir sicher, dass die Stimme der Margiala nicht darunter war. Ich hoffte, dass sie noch nicht zu Hause wäre, meine Flucht nicht bemerkt hatte. Ich hörte die Nachtigallenstimme von Comare Antonietta und eine jüngere, die ich nicht richtig zuordnen konnte. Die ihrer Tochter vielleicht? Die Stimmen hallten von den Wänden und der Gewölbedecke wider, sodass man kein Wort verstehen und sie kaum auseinanderhalten konnte. Ich achtete auf die verschiedenen Tonlagen, auf das leise Lachen Cornelias, die schrille Stimme Rosettas, die Anmut der anderen jungen Stimme, die ich nicht kannte.

So ungefähr verstand ich, worüber sie redeten. Ich hörte mehrmals den Namen Francesco sowie das zärtliche Gebrabbel, mit dem sie ihn bestimmt unterhielten. Im Vergleich zu meinem Zorn und Groll kamen sie mir so heiter und unbeschwert vor. Ich beneidete sie darum und wünschte mir nichts sehnlicher, als mich davon anstecken zu lassen.

Dann hörte man ganz in der Nähe eine Tür knallen. Als ich das Kinn hob und die Margiala auf der Treppe sah, zog sich mein Herz schmerzhaft zusammen. Sie wirkte so majestätisch in ihrem düsteren schwarzen Kleid, das ihr bis zu den Knöcheln reichte. Sie hatte das Haar zu einem strengen Dutt gebunden und die Hände vor dem Bauch verschränkt, der inzwischen wieder ganz flach war. Sie war gertenschlank und biegsam wie eine Gerte, sogar der Busen war unter dem Spitzenkragen kaum zu erkennen, obwohl ihre Brüste ganz prall waren vor Milch.

Kurz packte mich die nackte Angst, während ich verzweifelt überlegte, wie ich noch rebellieren, mich vor ihren schneidenden Worten schützen konnte.

Was bildete ich mir eigentlich ein? Dass ich der Margiala etwas weismachen, ihr den Gehorsam verweigern konnte, ohne Konsequenzen befürchten zu müssen?

Mit langsamen, sorgfältig bemessenen Schritten kam sie auf mich zu, vielleicht mit der Absicht, meine Angst noch zu steigern. Kurz sahen wir uns in die Augen wie zwei Katzen, die ihr Revier verteidigen. Ihr eisblauer Blick ließ mich erstarren.

»Los, zeig schon deine übernatürlichen Kräfte!«, hätte ich am liebsten gesagt. Aber ich hatte viel zu viel Angst, um mich zu verteidigen. Sie schaute auf meine Beine, auf die vielen roten Kratzer und Schrammen. Unsere Blicke schienen Funken zu schlagen, wenn sie sich kreuzten.

Ich versuchte zu ergründen, was mich erwartete: eine Ohrfeige, eine drakonische Strafe, ein Tag ohne Essen? Bestimmt überlegte auch sie gerade, welches Exempel sie an mir statuieren sollte, zur Abschreckung für ihre anderen Kinder.

Dann blieb ihr Blick an meinen Haaren hängen. Machte sie sie tatsächlich für meinen aufmüpfigen Charakter verantwortlich? Völlig überraschend packte sie eine Strähne und zerrte mich in den Garten.

»Hör auf, du tust mir weh. Mama, bitte, hör auf damit!«

Sie scherte sich keinen Deut um mein Geschrei und um die Schande, die das für mich bedeutete – auch nicht um die erstaunten Blicke derer, die meiner Bestrafung beiwohnten. Ich folgte ihr mit verrenktem Hals, weil es so wehtat, während sie meine Sturheit und meinen unbezähmbaren Drang, mir von niemandem etwas sagen zu lassen, verfluchte, schimpfte, dass ein Junge an mir verlorengegangen war.

»Ich habe dich doch gewarnt!«, fühlte sich Rosetta bemüßigt zu sagen, wenn auch eher, um sich selbst zu rechtfertigen.

»Sei du mal lieber ruhig und lerne, dich durchzusetzen«, wies die Margiala sie zurecht.

Sie ließ nicht locker, und der Schmerz wurde immer schlimmer, als würde ich gleich skalpiert. Der kleine Francesco schlief friedlich in seiner Wiege. Ich hätte ihm gern geraten, so weit wegzulaufen wie nur irgendwie möglich, sobald er die Möglichkeit dazu hatte. Er war schließlich ein Junge, sodass er immer eine Wahl haben würde. Ich hätte ihn gern von klein auf über den schrecklichen Charakter unserer Mutter aufgeklärt, über ihr verschlossenes Gesicht und ihre Hartherzigkeit. Vorerst beneidete ich ihn um seine Unschuld.

Am Tisch saß Comare Antonietta, so wie ich das dem

Stimmengewirr bereits entnommen hatte. Aber die junge Frau neben ihr war nicht ihre Tochter, sondern Anna, Pietros Schwester. Es war nicht leicht für mich, so vor ihr erniedrigt zu werden.

Ich hätte wissen müssen, dass die Strafen der Margiala drastisch waren – so wie damals, als sie Rosetta gezwungen hatte, zwei Tage in der Abstellkammer zu verbringen, in völliger Dunkelheit, umgeben von quietschenden Mäusen, nur weil sie ihr einmal nicht gehorcht hatte. Oder wie sie damals Giuseppe an die Zisterne gekettet und damit gedroht hatte, ihn nicht mehr loszubinden, ihn wie eine Ziege die ganze Nacht draußen zu lassen. Nur Papas Einschreiten hatte ihn vor so viel Wut retten können.

Jetzt war niemand mehr da, der sich hätte einmischen, mich ihren Krallen entreißen können. Sie schleppte mich in ihre Küche, zur langen Wand mit den Küchenutensilien.

Ich ahnte bereits, was sie vorhatte, hoffte aber immer noch, sie täte nur so, um mir Angst einzujagen. Doch die Margiala war unerbittlich und genauso kalt wie der Marmor der Treppenstufen – das hätte ich inzwischen eigentlich wissen müssen.

Ohne meine Haare loszulassen – inzwischen tat mir die ganze Kopfhaut weh –, packte sie die Schere, die große, die sie zum Ausnehmen von Fisch verwendete und die wegen ihrer scharfen Klingen sonst niemand benutzen durfte. Sie schliff sie monatlich, damit sie in den Bauch der Tiere glitt wie in ein Stück weiche Butter.

»Mama, was machst du da? Leg sie weg, ich flehe dich an!« Dennoch schaffte ich es immer noch nicht, ihr zu sagen, dass es mir leid tue, dass es ein Fehler gewesen sei, nicht auf sie zu hören, dass ich mich unverantwortlich benommen hätte, dass mich beinahe ein streunender Hund angefallen und sie ihre Lieblingstochter um ein Haar nie wiedergesehen hätte. Ich hätte weinen, fluchen, versuchen können, mich zu retten, indem ich jede Würde und jeden Stolz fahren ließ. Aber vermutlich erwartete sie genau das, und den Gefallen würde ich ihr bestimmt nicht tun.

»Dann wollen wir doch mal sehen, ob du wirklich gern ein Junge wärst.« Das war alles, was sie sagte.

Als die Margiala die Schere an mein Gesicht führte und ich den noch daran haftenden metallischen Blutgeruch wahrnahm, drehte sich mir der Magen um. Ich würde fürchterlich entstellt werden, und das inmitten von ekelhaftem Gestank nach Fischinnereien.

Ich schloss die Augen in dem Wissen, dass es keinen Ausweg mehr gab. Bevor sie die erste Strähne abschnitt, seufzte ich laut auf, wie betäubt von der Totenstille, die in diesem Moment nicht nur im Zimmer, sondern auch im Garten, ja in unserem ganzen Haus herrschte. Die um den Tisch versammelten Frauen machten keinen Mucks, auch sie warteten auf meine makabre Exekution. Sogar Francesco war still, als wüsste er bereits, wann es besser war zu schweigen.

Selbst zwischen den Bäumen, die inzwischen fast kahl und vertrocknet waren, war es ungewöhnlich still geworden. Sogar die Vögel schienen zu spüren, dass etwas Furchtbares bevorstand, als kündigte sich ein Unwetter an.

Ich spürte die Ruhe nach dem Schuss, wenn alle Sinne geschärft sind und man nichts als Angst hat.

Dann schnitt die Schere zum ersten Mal, gleich darauf noch einmal und noch einmal, rasch und energisch, bewusst unsymmetrisch, damit das Ergebnis möglichst schrecklich aussah. Ich wehrte mich nicht, sondern ließ die Hände, die ich bisher zu Fäusten geballt hatte, seitlich schlaff herabhängen, wie betäubt vom Klappern der Schere an meinem Kopf.

Ich konnte ihr einfach nicht ins Gesicht sehen. Ich hatte einen Blick auf ihre Augen erhascht, während sie wütend drauflosschnippelte: Das Himmelblau war einem fahlen Grau gewichen, das an zwei verstaubte, verblasste Juwelen erinnerte.

Fast tat sie mir leid, wegen der Falten, die sich um ihre Lippen gebildet und es geschafft hatten, ihren weichen Mund in einen dünnen Strich zu verwandeln. Wegen der grauen Strähnen, die zwischen den straff gezogenen Haaren aufblitzten. Wegen ihrer knotigen Hände, die zu keinen Liebkosungen mehr fähig waren. Wann war sie nur so geworden? Wann hatte sich die furchterregende Hexe, die aussah wie eine Waldnymphe, in diese Frau verwandelt, die vor unseren Augen alterte? Ich ließ alles über mich ergehen, ließ zu, dass sie sich an mir abreagierte.

»So, jetzt siehst du perfekt aus«, höhnte sie, um mich dann am Arm in ihr Zimmer zu zerren, damit ich mich im Spiegel bewundern konnte.

Ich starrte auf den Steinboden. Dort ringelten sich die einzelnen Haarsträhnen.

Als ich an ihnen vorbeiging, verstummten die Frauen. Cornelia schlug sich die Hand vor den Mund, und Comare

Antonietta, die sehr sensibel und leicht zu beeindrucken war, weinte sogar.

»So, und nun schau dich an.«

Sie zwang mich, das Kinn zu heben, damit ich mich richtig im Rauchspiegel sah.

»Von nun an wird Diamante aussehen wie ein Gassenjunge.«

Dann ließ sie mich stehen, ging mit laut klappernden Sandalen davon.

Tränen stiegen mir in die Augen, auch wenn ich mit aller Kraft versuchte, sie zurückzuhalten. Die Oberlippe zitterte. Ich sah aus wie eine Verrückte.

Nicht einmal die alte Paolina, die »Dorfirre«, die unweit des Platzes mit dem Brunnen wohnte, hatte so eine wirre, zerzauste Frisur. Mir fiel kein einziges Haar mehr in die Stirn, es gab nur noch Büschel, die mir vom Kopf abstanden.

Bei diesem Anblick würde es niemand mehr wagen, das Wort an mich zu richten.

Die Margiala hatte nicht etwa einen Jungen aus mir machen wollen, sondern eine arme Irre – eine, der man aus dem Weg geht, über die man sich lustig macht, über die man herzieht.

Ich betrachtete mich im Profil. Dort, wo ich einst eine dicke, kastanienbraune Mähne hatte bewundern können, die mir fast bis zur Taille reichte, war jetzt nichts mehr zu sehen bis auf einen nackten, dürren Hals.

Da konnte ich mich nicht länger beherrschen. Dicke Tränen kullerten mir übers Gesicht, fielen auf mein geblümtes Kleid, auf Hals und Brust, auf meine nach wie vor zitternden Lippen.

Das war wirklich eine furchtbare Strafe gewesen – selbst für die Margiala. Eine bewusst niederträchtige.

Zu niederträchtig, sogar für ihre Verhältnisse.

6

Den Rest des Sommers waren wir verfeindet und stritten wegen jeder Kleinigkeit. Immer wenn Mama den Mund aufmachte, hatte sie etwas Abwertendes über mich zu sagen. Sie kritisierte mein Aussehen, meine Trägheit in der Küche, meine dicken Fesseln, ja sogar meine Art, mich zu kleiden.

Weil das Wetter noch schön war, löste ich das Haarproblem dadurch, dass ich ein buntes Kopftuch trug – eines von denen, die Mama mir genäht hatte, damit ich bei der Gartenarbeit vor der Sonne geschützt war. Ich besaß zwei davon, und sobald eines durchgeschwitzt oder schmutzig war, wusch ich es aus, damit es am nächsten Tag wieder sauber und trocken war.

Ich erlaubte niemandem, meine Frisur zu sehen – nicht einmal Cornelia, die am neugierigsten war. Ich war zu neidisch auf ihre honigblonde Mähne, ihre perfekten Rundungen, ihre natürliche Anmut.

Alles an mir war für die Margiala tadelnswert, und erst in diesen Monaten wurde mir klar, wie schlimm es all die Jahre für Cornelia gewesen sein musste, im Zentrum der Kritik zu stehen. Für eine Weile linderte ich ihr Leid, und in gewisser Weise freute ich mich, dass sie sich nicht länger als die am wenigsten geliebte Tochter fühlen musste.

Francesco wuchs und gedieh. Er war zu einem schönen

kleinen Jungen mit dunklem Teint geworden, dem das Haar in weichen schwarzen Locken bis auf die Schultern fiel.

Das ließ ihn noch mehr aussehen wie ein Mädchen. Schon seltsam, dass das Leben mich mit dem Äußeren eines Lausejungen bedacht hatte und Francesco mit dem eines hübschen Mädchens. Hätten wir doch nur tauschen können!

Manchmal wurde ich ganz traurig bei dem Gedanken, dass er seinen Vater nie kennenlernen würde und nicht einmal Erinnerungen an ihn hatte.

Deshalb zeigten Cornelia und ich ihm immer ein verblasstes Foto – das einzige, das uns die Margiala überlassen hatte. Darauf war Papa in Künstlerpose abgebildet, schräg von der Seite und mit einer Zigarette in der Hand. Ein Halbporträt, das er beim Fotografen hatte machen lassen, falls er eines Tages doch noch eine Filmkarriere einschlagen sollte. Eine pomadisierte Tolle fiel ihm perfekt in die Stirn, und sein Gesicht wirkte ganz glatt, die Haut wie Samt. Obwohl es sich um ein Schwarzweißfoto handelte, leuchteten die blauen Augen wie prächtige Türkise im gebräunten Gesicht. Die Hand hielt anmutig die Zigarette, während der sinnliche Mund zu einem Lachen verzogen war und eine Reihe perfekter, fein ziselierter Zähne sehen ließ. Die andere Hand steckte in der Tasche eines Sakkos, das vermutlich blau war – genauso elegant und raffiniert wie sein Blick. Papa war wirklich wunderschön auf diesem Foto.

»Eines Tages wirst du so schön wie er, du wirst schon sehen«, murmelte ich stolz. »So behältst du ihn immer in Erinnerung, er wird in dir weiterleben.«

Manchmal blieb Mama auf der Schwelle stehen und hörte zu, hielt inne bei dem, was sie gerade tat, und ihr Blick und ihre ganze Haltung wurden weicher. Es war, als schaffte es Papas Bild, all das Eis zu schmelzen, das ihr Herz gefangen hielt. Vielleicht hatte nur Agostino die Macht dazu gehabt, kannte die geheime Formel, wie man bis zu ihr durchdrang – hinter die strenge Fassade, hinter diesen Panzer aus Hass, hinter die zur Schau getragene Gereiztheit und hinter den Groll und die Härte, die sie nach außen hin zeigte. Vielleicht hatte er es ja geschafft, die Schale zu knacken, die sie zu so einer Festung machte, er allein, aber er war zu früh gestorben, um uns in das Geheimnis einzuweihen.

Wenn sie merkte, dass wir zu ihr hinüberschauten, wandte sie sich ab und kehrte wieder in ihr Reich zurück.

Seit Papas Tod hatten wir Mühe, über die Runden zu kommen. Jeder von uns musste mithelfen. Giuseppe arbeitete bereits seit Langem, und zum Glück war er so anständig, seinen Lohn mit der Familie zu teilen. Rosetta hatte damit begonnen, Wollpullover zu stricken, die bei Müttern von Kleinkindern reißenden Absatz fanden: Die glaubten, die kratzigen Teile würden ihre Bälger vor Erkältungen schützen. Die Margiala verschrieb sich mit Leib und Seele ihren magischen Fähigkeiten: Während sie bisher kein Geld dafür genommen hatte, war das jetzt zur Notwendigkeit geworden. Die Dorfbewohner hatten Verständnis dafür und ließen sich nicht lumpen.

In den letzten Monaten musste der böse Blick unerklärlich oft zugeschlagen haben, denn die Comari kamen scharenweise zu uns, um ihn sich austreiben zu lassen. Zu diesem Zweck füllte Mama eine braune Holzschale mit Wasser, Getreide und ein paar Salzkörnern. Mit diesem Behälter ging sie dann, Gebete murmelnd, zum großen Schlafzimmer. Die Betroffene marschierte wie bei einer Prozession bis zum Bett und ließ sich dort mit dem Wundermittel an Kopf und Stirn benetzen, während die Margiala ihr lauter winzige Kreuze auf die geschlossenen Lider malte. Anschließend musste die vom bösen Blick Getroffene einen Schluck Weihwasser trinken und den gesamten Inhalt der Schale mit einer raschen Bewegung hinter sich auf die Straße schütten. Das war ein Ritual, das jedes Mal funktionierte und das Mama im Lauf der Zeit immer weiter perfektioniert hatte, wobei sie jede einzelne Geste geschickt mit viel Pathos auflud. Inzwischen war die Margiala über die Dorfgrenzen hinaus berühmt. Diese Aktivitäten brachten am meisten Geld ein. Nicht umsonst war ihre *ars magica* so geschätzt, dass die Frauen auch nach ihr schickten, damit sie ihnen die Zukunft vorhersagte oder ihnen beim Hexen half.

»So etwas mache ich nicht. Ich bin schließlich nicht so wie meine Großtante, die Liebeszauber verkauft und armen jungen Frauen ihre Verlobten abspenstig gemacht hat!« Dann spuckte sie aus und machte wieder kehrt. »Es gibt Leute, die erben Häuser und Felder. Andere erben Geld und Besitz und wieder andere Adelstitel. Doch es gibt auch solche, die Krankheiten erben oder einen schlimmen Buckel. Ich habe die Fähigkeit geerbt, den bösen Blick abzuwenden oder im Kaffeesatz zu lesen. Alles Fähigkeiten, die ich nur bei anderen anwenden kann. Bei mir habe ich es leider nicht gekonnt ...«, pflegte sie zu sagen und mehrmals in den Behälter zu spucken.

Wenn sie so etwas von sich gab, war nicht ganz klar, ob sie uns meinte oder mit einem eingebildeten Gesprächspartner redete – oder, schlimmer noch, mit ihrem eigenen Gewissen. Wir beschränkten uns darauf, sie stumm zu mustern, ohne sie bei ihren Selbstgesprächen zu unterbrechen.

Seit Papas Tod war sie auf jeden Fall seltsam und noch schweigsamer als vorher. Sie besaß nach wie vor die Angewohnheit, Krümel von der Tischdecke aufzutupfen – ein Tick, der in den letzten Monaten nur noch schlimmer geworden war, sodass sie inzwischen schon verstohlen auf Tischen, Möbeln, Anrichten, ja sogar Kommoden herumtupfte – obwohl uns Kindern bei Strafe verboten war, woanders als in der Küche zu essen. Diese von ihr geführte Schlacht gegen Brotkrümel war eine regelrechte Manie geworden. Wir verzichteten darauf, sie damit zu konfrontieren, denn wer weiß, welche Beschimpfungen wir dann über uns hätten ergehen lassen müssen!

Als der Sommer in den Herbst und dieser in den Winter überging, geschah etwas, was den monatelangen Streit zwischen der Margiala und mir endlich unterbrach – zumindest bis zum nächsten Mal.

Mamas Schlafzimmer war ein Ort, den man nur als faszinierend bezeichnen konnte. Ich liebte das dort herrschende Halbdunkel. Mama hatte die Fensterläden stets angelehnt, um zu verhindern, dass das grelle Licht von draußen dem Raum seine besondere, fast weihevolle Atmosphäre nahm.

Dazu gehörten auch die vielen Heiligen- und Madonnenbilder an den Wänden, die die Margiala an Schnüren aufgehängt hatte, damit sie stets nach unten in Richtung Bett schauten, stets über die Welt wachten.

Auf der Kommode stand immer eine Vase mit frischen Blumen, genau neben dem Glassturz mit dem Heiligen Antonius – einer etwa dreißig Zentimeter hohen Statue, die Mama auf einem handgemachten Makramee-Deckchen platziert hatte und um deren Hals Dutzende von Goldkettchen hingen. Es war uns streng verboten, den Glassturz anzuheben.

Ein großer Rauchspiegel hing über der Kommode, in einem schönen goldenen Rahmen, der mich an die kostbaren Gemälde von Prinzessinnen und Adeligen erinnerte. Neben dem Glassturz lagen nebeneinander eine goldfarbene Bürste, ein Elfenbeinkamm (ein Geschenk von Nonna Diamante, das Mama hütete wie einen Schatz) und ein schwarzer Schleier, den Mama seit Papas Tod umlegte, sobald sie das Haus verließ. Er war aus schwarzer Spitze und ebenfalls ein Geschenk von der Oma, die ich nie kennengelernt hatte.

Ich liebte es, den Flur mit Hilfe des Spiegels im Auge zu behalten. Die Welt spiegelte sich verzerrt darin – so sehr, dass sie ganz anders und eher wie in meiner Fantasie aussah. Auch die Nippsachen, die das Zimmer schmückten, gefielen mir: die grünen Samtbänder, die von den Kommodengriffen baumelten, die roten Samtkissen auf den kleinen Sesseln vor dem Bett, die Kupfervase auf der Kommode, das silbergerahmte Hochzeitsfoto von Mama und Papa.

Darauf lächelte, ja strahlte sie und war wunderschön.

Was mich am meisten beunruhigte, war eine Art kleiner Altar, den Mama sich eigens von Papa hatte schreinern lassen und der die gesamte rechte Ecke des großen Schlafzimmers einnahm. Massive Kirsche, bedeckt von rotem Samtstoff. Darauf standen zwei Fotos: auf der einen Seite eines von Nonna Diamante in der Pose einer Feldmarschallin, breitbeinig und die Hände in die Hüften gestemmt. Auf der anderen Seite das von Papa, wieder als Leinwandheld, den Rücken an eine gekalkte Mauer gelehnt und einen Zahnstocher im Mundwinkel, die Hände wie immer in den Hosentaschen, was ihn frech und unbekümmert zugleich aussehen ließ.

So gedachte sie der Menschen, die sie in ihrem Leben am meisten geliebt hatte.

Manchmal, wenn die bösen Gedanken wieder hochkamen, dachte ich, dass sie, sollte ich sterben, vielleicht auch um mich weinen und mich endlich wieder lieben würde.

Wenn man sich doch bloß richtig tot stellen könnte, um anschließend wieder unter die Lebenden zurückzukehren! Dann hätte sie gemerkt, dass ihr auch etwas an mir, an uns lag.

Doch wie immer, wenn solch dunkle Gedanken in mir aufstiegen, verscheuchte ich sie mit einem energischen Kopfschütteln.

Eine Morgens, Ende Dezember, fand auch der kleine Francesco, dass der Moment gekommen sei, diesen Reliquienschrein zu erkunden, der auf alle Familienmitglieder seit jeher eine dunkle Faszination ausübte.

Mama war wieder mal weg, um eines ihrer Rituale durchzuführen, und Rosetta hantierte in der Küche, wo sie gerade eine Blutwurst zubereitete.

Diese Wurst wurde mit frischem Schweineblut zubereitet, das sie gerade vom Dorfmetzger geholt hatte. Das erhitzte man mit Olivenöl auf dem Feuer und würzte es mit viel Salz. Gegessen wurde diese Wurst mit viel Brot, was lange satt machte.

Cornelia hatte Rosetta am Spinnrad abgelöst, und ich passte auf Francesco auf. Der hatte gerade angefangen zu krabbeln, und bei all dem Zeug, was bei uns im Haus herumlag, war es eine echte Herausforderung, ihn vor Gefahren zu bewahren. Er flitzte umher wie eine Eidechse, und es war wirklich eine Freude zu sehen, wie flink er die Welt erkundete, oder auf seine ersten Worte zu lauschen, seine ersten Versuche, die Welt zu beschreiben, die ihm wie ein einziges Wunder vorkommen musste.

Bevor sie gegangen war, hatte die Margiala das Zimmer mit Hilfe eines großen Kohlenbeckens beheizt. Sie pflegte es mit Asche und Lorbeer zu füllen, damit sich der aromatische Rauch im ganzen Raum verteilte. Sie stellte es stets unters Bett, um zu verhindern, dass der Kleine darin landete. Angelockt von den duftenden Dämpfen, war Francesco allerdings im Nu unter das große Ehebett geschlüpft und krabbelte schnurstracks auf das glühend heiße Kohlenbecken zu. Ich zögerte keine Sekunde und kroch gerade noch rechtzeitig unters Bett, um mitzubekommen, wie er gerade in den heißen Vulkan fassen wollte. Ich schrie entsetzt auf, doch er grinste nur mit seinen hinreißenden

Grübchen. Ich streckte die Hand nach dem Kohlenbecken aus, wobei mich die tief herabhängenden Sprungfedern behinderten. Er sah mir fast schon verblüfft dabei zu und runzelte die Stirn, weil ich ihm sein Spielzeug wegnehmen wollte. Als ich schon stolz war, es gepackt zu haben, bevor er sich darauf stürzen konnte, schüttete ich mir in der Eile etwas Asche über den Arm, was eine scheußliche Brandwunde hervorrief.

Von meinem Geschrei alarmiert, stürzte Rosetta ins Zimmer, gleich darauf auch Cornelia. Sie packten den Jungen, der vor Schreck zu weinen begann.

»Es geht ihm gut«, sagte ich, um sie zu beruhigen, »ich bin ihm zuvorgekommen.«

»Das war sehr mutig von dir«, sagte Rosetta, die besorgt meinen Arm musterte. Erst fand ich den Schmerz gar nicht so schlimm, doch nach wenigen Minuten hatte ich das Gefühl, unzählige Fische würden auf meiner Haut gebraten.

»Wenn Mama wieder da ist, musst du ihr die Wunde sofort zeigen«, fuhr Rosetta fort und drückte Francesco an sich, um ihn zu trösten.

»Ja, ich weiß.«

Kurz drauf kehrte die Margiala zurück, und ich wusste nicht recht, ob wieder eine drakonische Strafe auf mich wartete, weil ich so unvorsichtig gewesen war und zugelassen hatte, dass sich der Kleine in solche Gefahr begab, oder ob sich endlich so etwas wie Wärme in ihrem Blick zeigen würde.

Sie kam uns entgegen, mit besorgter Miene, und auf einmal schienen ihre Augen viel mehr zu funkeln.

»Was ist denn hier los?« Noch während sie das sagte, fiel ihr Blick auf meinen Arm, der inzwischen ganz rot geworden war.

»Diamante hat sich das Kohlenbecken geschnappt, bevor der Kleine darin gelandet ist. Du weißt ja, wie er überall herumkrabbelt.« Ich merkte, dass Rosetta bereits zur Verteidigung übergegangen war.

Die Margiala warf einen kurzen Blick auf den Jungen, um sich davon zu überzeugen, dass es ihm gut ging, und schaute sich dann meinen Arm an. Sie musterte mich kurz, und in ihrem Blick stand nicht der übliche Groll, sondern etwas, was entfernt an Mitgefühl erinnerte.

»Damit du keine Narbe zurückbehältst, müssen wir eine Spezialsalbe drauftun, die ich noch heute anrühren werde«, sagte sie. Mehr nicht. Sie ging in die Küche, band sich die Schürze um und begann, das Gemisch anzurühren.

An diesem Tag hatte ich das Gefühl, das Eis wäre gebrochen und eine Versöhnung wäre doch noch möglich.

TEIL V

DIE HOCHZEIT

1

Sommer 1939

»Komm schnell, Diamante, schau nur! Los, komm!« Das war die schrille Stimme von Cornelia, die mich hasste, weil ich träge auf einem Stuhl in der Küche saß und ein wenig Milch trank. Dementsprechend träge reagierte ich auch. Aber so wirkte der Sommer nun mal auf mich, er betäubte mir die Sinne.

»He, musst du so schreien?«

Ich wollte mich gerade erheben, als die Mattigkeit erneut über meine Neugier siegte. Ich stützte den Kopf in die Hände, als wollte ich gleich wieder einschlafen.

»Raffst du dich jetzt endlich auf oder nicht?«

Da tat ich ihr den Gefallen und schlurfte in den Garten – Mama hasste diesen nachlässigen Gang!

»Wenn du so schlurfst in deinen Sandalen, bekommst du noch Plattfüße. Und Frauen mit Plattfüßen will keiner!«, schimpfte sie immer.

Aber das mit den Plattfüßen war nur eine von vielen Ermahnungen, mit denen mir die Margiala wieder in Erinnerung rief, dass ich ein Mädchen war und dass ich mich unabhängig davon, ob meine Haare nun kurz waren oder lang, einfach damit abfinden musste.

»Sitz gerade am Tisch! Und nicht die Ellbogen aufstützen, das machen nur Flegel und Nichtsnutze. Nicht mit offenem

Mund kauen, nicht auf die Erde spucken« – obwohl sie Letzteres selbst tat –, »die Hemden nicht am Kragen aufhängen, sondern am Saum, vor dem Essen immer schön die Hände waschen«, so lautete ihre Litanei, gefolgt von weiteren langweiligen Belehrungen, die mich erwachsener machen und vor allem von einem hässlichen Entlein in einen schönen Schwan verwandeln sollten.

Nicht, dass ich Cornelia und Rosetta nicht bewundert hätte. Für sie schien das alles ganz selbstverständlich zu sein, so als wären sie wie dafür gemacht, Anmut auszustrahlen. Versteckten sie unter ihren Röcken vielleicht irgendein Handbuch, das sie bei Bedarf konsultieren konnten? Eine Art Lehrbuch für gute Manieren?

Auf jeden Fall hatte man den Eindruck, dass sie sich stets kerzengerade hielten, auf eine ganz natürliche Art, während ich stets schief und krumm war – genau wie mein widerspenstiges Haar, dessen Wirbel die Margiala für mein chaotisches Wesen verantwortlich machte.

Ohne es zu wollen und ohne sie bewusst provozieren zu wollen, verstieß ich täglich gegen Dutzende ihrer Regeln, während sie auf jeden einzelnen Verstoß mit derselben Gereiztheit und Verstörung reagierte. Sie regte sich auf, verfluchte mein Naturell, beschimpfte mich als Flegel, beschwor ihre verstorbene Mutter, mir zu helfen, und demütigte mich. Doch im Grunde war ihr anzumerken, dass sie in gewisser Weise aufgegeben hatte. Nicht, dass ihre Regeln nicht zu befolgen gewesen wären, sie waren auch nicht so kompliziert, dass ich sie mir nicht hätte merken können. Es war auch kein Sadismus von mir, sie ungewollt immer wieder infrage zu stellen. Für mich war das nur natürlich.

Außerdem handelte es sich um Dinge, die nicht so wichtig waren und vermutlich auch keinen anderen Menschen aus mir machen oder mir mehr Anerkennung einbringen würden. Wen kümmerte es schon, ob ich zerstreut dahinschlurfte oder die Ellbogen aufstützte? Ausgerechnet die Margiala sollte doch eigentlich wissen, dass ihre Regeln nicht entscheidend für meine Zukunft waren. Aber es war einfach ihre Art, uns ihre Weltsicht mitzugeben, ein Regelwerk, ohne das sie gar keine Kontrolle mehr über uns gehabt hätte. Ohne diese Regeln wäre sie auch nur eine von uns gewesen, eine arme Witwe, eine orientierungslose Waise.

Cornelia beugte sich über die Erde, die braunen Augen weit aufgerissen.

»Komm, Diamante, schau nur!« Sie breitete die Arme aus wie ein Zeremonienmeister, der seinen Gästen zeigt, wie wunderbar er den Tisch gedeckt hat.

Ich rieb mir die noch vom Schlaf verklebten Augen und beugte mich ebenfalls vor, um das Wunder zu bestaunen.

Fünf winzige Juwelen waren aus der Erde gesprossen, in gleichem Abstand, so als wollten sie die große Lücke einkreisen, die der Oleander hinterlassen hatte.

»Aber das ist ja unglaublich!«, murmelte ich und kratzte mich am Kopf.

Mein Haar war nachgewachsen, und wie von Zauberhand hatte sich die wirre, ungepflegte Wolle in perfekte Locken verwandelt. Ohne es zu wollen, hatte Mama meine Mähne verändert: Sie reichte mir wieder bis zu den Schultern, nur dass sich jetzt jede Locke in die richtige Richtung drehte.

»Wie ist denn das passiert? Das müssen wir Mama erzählen. Der Oleander hat fünf winzige Nachkömmlinge hervorgebracht. Überleg doch mal, Diamante: ein Oleander für jeden von uns! Das kann doch gar nicht sein.«

»Stimmt. Wir waren doch alle dabei, als Mama den armen Baum zerstört hat. Sie hat ihn mitsamt den Wurzeln rausgerissen. Das verstehe ich nicht.«

Tommaso kam ebenfalls dazu, mit zitternden Schnurrhaaren und gesträubtem Fell, als spürte sie etwas höchst Seltsames. Sie begann kämpferisch zu miauen und machte einen Buckel, als wollte sie sich mit einem eingebildeten Rivalen duellieren.

»Weg da mit deinen Pfoten, du hässliches Katzenvieh!«, verscheuchte ich sie. Sie streifte mich kurz, als täte ihr mein plötzlicher Ausbruch leid, dann verfolgte sie einen Schmetterling oder eine Libelle und hatte den Streit, den sie gerade noch anfangen wollte, bereits wieder vergessen.

Kurz darauf sahen wir, wie Mama kam, in der Hand die Hacke, die sie zum Unkrautjäten verwendete.

»Mama, schau mal hier!«

»Habt ihr zwei heute Morgen nichts Besseres zu tun, als den Garten zu bewundern?«

Sie legte sich die Hacke über die Schulter und zog sich das Kopftuch zurecht, das sie immer bei der Gartenarbeit trug, damit ihr Haar nicht von Staub und Erde beschmutzt wurde. Sie riet uns, dasselbe zu tun, aber wir hörten nicht auf sie. Zumindest was das betraf, waren wir solidarisch!

»Was zum Teufel …«, murmelte sie mit weit aufgerissenen Augen.

Sie legte die Hacke weg und beugte sich weiter vor, um die zarten Pflänzchen eingehend zu betrachten.

»Verdammter Hurensohn«, schimpfte sie, obwohl wir dabei waren und sie uns eigentlich zu einem damenhaften Benehmen anhalten wollte.

Wenn ich mich erdreistet hätte, etwas Ähnliches zu flüstern, hätte man den Abdruck ihrer Hand bestimmt eine Woche lang in meinem Gesicht sehen können. Cornelia und ich warfen uns einen Blick zu und mussten grinsen.

»Was gibt's denn da zu lachen?«, sagte sie sofort und griff erneut nach der Hacke.

Sie stützte sich auf einen Oberschenkel, richtete sich wieder auf und knotete den Rocksaum hoch, damit er nicht schmutzig wurde. Dann jätete sie das Unkraut, das sich um den Zitronenbaum gebildet hatte.

Kurz hatte ich Angst, sie könnte ihren Zorn auch an den neugeborenen Pflänzchen auslassen, aber an ihrem Blick sah ich, dass kein Hass darin stand. Vielleicht hatte auch Mama diese Phase hinter sich gelassen, vielleicht war sie es leid, ständig zu grollen.

»Der Schlag soll mich treffen! Verdammter Hurensohn«, murmelte sie leise, während sie Unkraut ausriss. Zwischendurch lachte sie sarkastisch auf, als wüsste sie genau, wer dieses Wunder bewirkt hatte.

»Mama, wie kann das nur sein?«, fragte Cornelia und ging zu ihr.

»Ach, für manche Dinge gibt es keine Erklärung. Manche Dinge passieren einfach so, und man muss sie akzeptieren. Das kann ein Fluch sein, aber auch ein Segen.«

Sie wischte sich den Schweiß von der Stirn und riss ein weiteres Büschel Unkraut aus.

»Macht euch jetzt an die Arbeit. Es müssen noch jede Menge Pullover fertig werden, ihr wisst ja, dass die Mütter sie im Sommer für die bevorstehende kalte Jahreszeit kaufen. Los, beeilt euch!«

Pfeifend ging ich davon. Wie Papa sich über den Oleander-Nachwuchs gefreut hätte! Ja, das hätte ihm wirklich gefallen.

Ich merkte, dass ich mir wünschte, er hätte das Wunder bewirkt – wo immer er jetzt auch war.

Wenn er uns denn beobachtet hatte, hatte er bestimmt auf seine typische, spöttische Art gegrinst – mit einem Zahnstocher oder einer erloschenen Zigarette zwischen den leicht geöffneten Lippen, wie es sich eben so für einen echten Leinwandhelden gehört!

2

Nachdem ich eine Weile gearbeitet und Cornelia dabei geholfen hatte, die Wolle aufzuwickeln – sie war viel geschickter als ich und lernte schnell von Rosetta –, trug Mama mir auf, zum Brunnen zu gehen. Sie zeigte mir drei große Wasserkrüge.

»Schaffst du es, alle drei heil zurückzubringen?«

Ich nickte energisch, weil das nach einer echten Herausforderung klang und weil ich es liebte, die Margiala eines Besseren zu belehren, wenn sie meine Fähigkeiten anzweifelte. Sofort streifte ich die Wolle ab, die ich um meine Arme gewickelt hatte, und ließ Cornelia allein, die mit gesenktem Kopf weiterstrickte. Sie strickte einen schönen Pulli für kleine Mädchen, in Rosa und Orange. Aus ihr würde bestimmt noch mal eine perfekte Hausfrau werden, Mamas ganzer Stolz!

Heute war die Luft kalt. Ich hüllte mich in den großen türkisfarbenen Schal, den Rosetta extra für mich gestrickt hatte. Auch sie war eine perfekte Hausfrau, was man von mir wirklich noch nicht behaupten konnte.

Es war Markttag, und ich beschloss, einen Umweg über den Marktplatz zu machen. Ich liebte die Düfte und die Atmosphäre zwischen den Ständen, das Geschrei der Verkäufer, das Gelächter und die Scherze der Marktfrauen, die haufenweise Köstlichkeiten feilboten.

Ich mochte sogar die Fischstände, wo es weniger angenehm roch. Dort schrien die Verkäufer am lautesten, sodass man meinen konnte, sie würden einen Schreiwettbewerb abhalten.

Mühsam bahnte ich mir mit meinen drei Krügen einen Weg, lief zwischen Ständen mit Tomaten, Zwiebeln und Kartoffeln hindurch. Die eine oder andere robuste Dame schob sich mit wiegenden Hüften und Taschen mit duftendem Brot, *friselle* und *taralli* durch die Menge. Vielleicht aus Mitleid, weil ich so schwer trug, bot mir eine von ihnen einen *tarallino* an, und da ich keine Hand frei hatte, legte sie ihn mir direkt auf die Zunge. Ich kaute ihn sorgfältig, um das Olivenöl richtig genießen zu können.

Weiter hinten standen noch mehr Bauern mit ihren randvollen Verkaufswagen, einer reihte sich an den anderen, alle waren gekommen, um ein wenig dazuzuverdienen, um sich so den Lebensunterhalt zu verdienen.

Unweit der Via delle Chianche diskutierten mehrere alte Männer im Sonntagsstaat und mit Melone auf dem Kopf vor dem Caffè Centrale. Aus der offenen Tür strömte der unverwechselbare Duft frisch gerösteter Kaffeebohnen. Ein paar Leute lehnten lässig an der Hauswand, um in Ruhe zu rauchen, während andere tiefe Sorgenfalten auf der Stirn hatten. Ich musste an ihnen vorbei, auch wenn es mir unangenehm war, an so vielen Männern vorbeizugehen. Vom Alter her hätten sie alle meine Großväter sein können, doch ich war inzwischen zehn – fast elf um genau zu sein. Meine Hüften waren schon richtig rund (vielleicht auch weil ich ein paar Kilo zu viel draufhatte), und selbst wenn meine

Brüste noch klein waren, spürte ich sie schon deutlich. Ich wusste, dass man unter meinem Kleid kaum etwas erkennen konnte, aber trotzdem machte mich die Verwandlung verlegen, die mein Körper da gerade durchlief.

»Sieht ganz danach aus, dass Mussolini in den Krieg eintritt«, hörte ich einen der Männer mit großer Höckernase und winzigem Kinn sagen. Er war klapperdürr.

Seine Worte hallten mir in den Ohren wider. Bei uns zu Hause wurde nicht oft über solche Dinge gesprochen – weder über Politik noch über den Duce. Man wusste, dass es ihn gab und dass man spuren musste.

Als Papa noch lebte, hatte er manchmal über Mussolini gelästert, aber Mama warf ihm dann böse Blicke zu, als wollte sie sagen, dass man bestimmte Sachen lieber für sich behielt – vor allem in Gegenwart von uns Mädchen.

Aber dieser alte Mann mit dem Pferdegesicht und der faltigen Stirn hatte von einem Krieg gesprochen. Ich wusste nicht mal, wo dieser Krieg war. Etwa in Italien? Im Norden vielleicht?

Ich ging weiter, beschloss aber, bei Mama nachzufragen, wenn ich wieder zu Hause sein würde. Sollte es Krieg geben, würde sie bestimmt Bescheid wissen wollen, um sich darauf vorbereiten zu können.

Ich beschleunigte meine Schritte, weil mir die Hände schrecklich wehtaten, meine Finger waren schon ganz rot. Die Kirchturmuhr schlug elf. Ich war ganz außer Atem, hatte aber noch all die Gassen vor mir, die zur alten Burg hochführten, und die ganze Via Bonifacio, bevor ich den Brunnenplatz erreichen würde. Mit einem Kopfnicken begrüßte ich den alten Scheggia und ging anschließend an dem weißen Häuschen der alten Paolina vorbei. Mir fiel auf, dass sie ausnahmsweise einmal nicht auf ihrem üblichen klapprigen Stuhl vor dem Eingang saß. Der Gedanke, sie könnte seit meinem letzten Besuch in dieser Gegend gestorben sein, gab mir einen Stich.

Noch bevor ich den Brunnen erreicht hatte, kam ein dicker Kerl in einer Flanelljacke auf mich zugewankt. Er hatte ein rundes rotes Gesicht und sah aus wie jemand, der sich gerade ein Glas Primitivo hinter die Binde gekippt hatte – ein grober, ungehobelter Bursche. Ich versuchte, auf die andere Straßenseite zu wechseln, doch er lief weiter schnurstracks auf mich zu und baute sich mit verschränkten Armen direkt vor mir auf. Ich musste stehen bleiben und starrte auf seine Hände mit den dicken Wurstfingern, auf seine schwarzen, viel zu langen Nägel. Dem Äußeren und den roten Wangen nach war er bestimmt ein Bauer. Oder ein Landstreicher.

Mir lief es eiskalt den Rücken hinunter, und ich sah mich mit weit aufgerissenen Augen um. Es war doch sonst noch jemand in der Nähe?

»Bist du Diamante?«

Woher kannte er mich nur? Ich hatte ihn eindeutig noch nie zuvor gesehen. An so einen verwahrlosten Kerl hätte ich mich auf jeden Fall erinnert.

»Bist du Rosettas Schwester?«

Was zum Teufel ging ihn das an? Ich merkte, dass er freundlich klingen wollte, als er mir diese Fragen stellte, vielleicht wollte er mich nicht erschrecken, weil ich noch so jung war. Vielleicht war er ja ein Freund von Rosetta, wenn auch ein hässlicher, der jedoch das Herz am rechten Fleck hatte?

»Richte ihr Grüße von meinem Bruder Domenico aus.« Mit diesen Worten trat er beiseite und setzte seinen Weg fort.

Ich seufzte erleichtert und stellte die Krüge ab. Meine Hände waren schon ganz blau, und die Finger explodierten förmlich vor Schmerz. Es hatte mich durchaus verstört, einem Mann so dicht gegenüberzustehen, es hatte Angst und Ekel in mir wachgerufen. Nie im Leben würde ich heiraten!

Mein Atem ging rasch, und ich schwitzte trotz der Kälte. Ich konnte es kaum erwarten, wieder nach Hause zu kommen, so viel hatte ich zu erzählen! Ich konnte es auch kaum erwarten, das unheimliche Gefühl abzuschütteln, das der Mann mit den Wurstfingern bei mir ausgelöst hatte. Ich sah, wie sich seine untersetzte Gestalt entfernte und er wie andere Passanten in einer der Gassen verschwand. Erst als ich ihn nicht mehr sehen konnte, beruhigte sich mein Atem wieder. Da griff ich nach meinen Krügen und ging zum Brunnen.

3

»Was war das für ein Kerl?«, fragte Rosetta beunruhigt.

»Einer, der einem Angst machen kann. Groß und dick, mit riesigen Schultern. Er hat Wurstfinger und rote Wangen. Ein grober Kerl, doch seine Stimme klang freundlich. Richtig böse hat er nicht auf mich gewirkt.«

Die Margiala ging mit ihren schweren Sandalen im Flur auf und ab, den Kopf leicht abgewandt, wie immer, wenn sie sich konzentrierte. Sie kratzte sich mehrmals an der Schläfe, dort wo sich eine blaue Ader bis zum Haaransatz hochschlängelte, die pochte, wenn sie sich über irgendwen oder irgendwas aufregte. Doch jetzt wirkte sie still und flach wie ein Stück Schnur.

»So jemanden kenne ich nicht«, sagte Rosetta zwei Mal – vermutlich einmal zu sich selbst und einmal zu Mama. Ich zuckte bloß mit den Schultern, schließlich konnte ich nur das wiedergeben, was vorgefallen war. Nachdem Mama eine Weile auf und ab gegangen war, stützte sie den Ellbogen auf die Anrichte mit den Gläsern und knetete ihr Kinn.

»Das muss Domenico ›Occhi bianchi‹ sein, da bin ich mir ziemlich sicher.«

»Weißauge?«, fragte ich angesichts dieses Spitznamens schaudernd. »Aber was hat das zu bedeuten, Mama?«

»Nein, nein, Diamante, das heißt nicht, dass dieser Domenico weiße Augen hat. Sein Großvater, Gott hab ihn selig, hatte einen schlimmen Unfall. Er fiel vom Pferd und ist daraufhin auf einem Auge erblindet. Seitdem haben alle Männer dieser Familie, die Söhne wie die Enkel, diesen schrecklichen Spitznamen.«

Manchmal vergaß ich den absurden Brauch, den Menschen solche Etiketten anzuheften, um sie besser zu unterscheiden – ein Erbe, das anstelle von Geld oder Adel von Generation zu Generation weitergegeben wurde.

Ich war froh, dass Papa von allen nur Valenti genannt wurde, denn das bedeutete, dass man auch Giuseppe und Francesco so nennen würde. Gar nicht mal so schlecht, wenn man an die schrecklichen Bezeichnungen dachte, die sonst so kursierten!

Und ich? Wie würden die Comari mich wohl nennen, wenn ich erst mal erwachsen war? Die Rolle meiner Mutter würde mein zukünftiges Leben auf jeden Fall beeinflussen – das Leben aller ihrer Töchter. Vielleicht würden wir nur »kleine Margialas« bleiben oder die Töchter der Margiala. Vermutlich würde man uns gar keine weitere Aufmerksamkeit schenken, sodass sie unsere Leben nicht überschatten würde.

Keine Ahnung warum, aber ich stellte mir diesen Domenico als furchtbaren Kerl vor, genauso plump und dick wie der Bruder, den ich gesehen hatte: jemand mit ungehobelten Manieren, aber einer sanften Stimme.

»Domenico Occhi bianchi? Was will der denn von mir?«

Rosetta rümpfte genervt die Nase, und ich musste grinsen. Sie zog sie immer kraus, wenn sie irgendwas nicht interessierte oder gar Abscheu bei ihr hervorrief.

»Kennst du den?«, fragte ich und biss in Weintrauben, deren Saft mir teilweise wieder aus dem Mund lief. Ich wischte mir mit dem Ärmel über den Mund.

»Diamante, das ist mal wieder typisch für dich!«, schimpfte Mama. Doch ausnahmsweise einmal folgten keine Flüche. Sie war mit den Gedanken ganz woanders und hatte keine Zeit, sich auf mein rüpelhaftes Benehmen zu konzentrieren.

»Ja, den kenne ich, aber der interessiert mich nicht die Bohne«, erwiderte sie, verschränkte die Arme vor der Brust und wandte sich schmollend ab.

Die Margiala begann erneut, auf und ab zu laufen. Inzwischen hatte sie eine Hand in die Hüfte gestemmt, während sie sich mit der anderen nachdenklich am Kinn kratzte. Keine Ahnung, was dieser Domenico Occhi bianchi an sich hatte, was ihr nicht gefiel.

Die Sache machte mich neugierig, sodass ich Rosetta anflehte, ihn mir zu beschreiben.

»Was soll ich schon sagen, du Naseweis? Das ist ein ganz normaler Kerl, ein armer Schlucker – ganz bestimmt niemand, für den ich mich erwärmen könnte.«

Damit war meine Neugier noch längst nicht befriedigt, denn ich wollte wissen, ob er groß oder klein, dick oder dünn war, helle oder dunkle Augen hatte, ein feistes oder hageres Gesicht. Ich selbst hatte schließlich auch nicht mit Details gegeizt, als ich den Mann, der mir begegnet war, beschrieben hatte. »Das genügt!«, brach es irgendwann aus Mama hervor, als wäre sie es leid, weiter darüber nachzudenken. Ihre Stimme wurde ganz schrill, und ihre Worte überschlugen sich förmlich bei dem Versuch, diese hässliche Sache ad acta zu legen. »Aaaah! Reden wir nicht länger über diesen Domenico und seinen Bruder. Bestimmt war das bloß ein Störenfried, ein Dummkopf, der zu viel Zeit hat. Von solchen Leuten gibt es mehr als genug! Kümmern wir uns lieber um unsere eigenen Angelegenheiten. Cornelia arbeitet immer noch an ihrem Pullover und braucht Hilfe. Der Kleine schläft. Und du, Diamante, kannst mir in der Küche zur Hand gehen. Gleich kommt dein Bruder, und der wird Hunger haben.«

Ich fuhr damit fort, Trauben zu knabbern, und war mit meinen Gedanken immer noch bei dem seltsam verformten Gesicht, das ich diesem Occhi bianchi zuschrieb. Da merkte ich, dass ich ganz vergessen hatte, das Wichtigste auszurichten – das, wofür mir die Margiala noch dankbar sein würde.

»Ach so, Mama!«, sagte ich. »Da waren so Männer auf dem Markt …« Mama sah mich schief an, sie war ärgerlich, dass ich einen Umweg über den Marktplatz gemacht hatte. »… und die haben gesagt, dass es vielleicht Krieg gibt. Ich dachte, das würde dich interessieren.«

Dann machte ich auf dem Absatz kehrt und ging Richtung Küche, ohne auch nur zu ahnen, welche Bombe ich da gerade hatte platzen lassen – mit der Unschuld eines Kindes angesichts schrecklichster Ereignisse.

Rosetta dagegen, die die Zeit der Unschuld schon länger hinter sich gelassen hatte, wurde ganz bleich, als sie die Treppe hochging, um Cornelia in ihrer Handarbeitswerkstatt zu helfen. In Wahrheit war es unser Schlafzimmer, das im Moment als Arbeitsraum genutzt wurde.

Ich ging in die Küche und futterte weiterhin Weintrauben. Mama verlangsamte ihre Schritte, als wäre diese unerwartete Nachricht eine schwere Last.

Sie ballte die Fäuste, und die dünne Ader an ihrer Schläfe begann, sichtlich zu pochen.

»Das werden bloß Gerüchte sein«, rief sie, doch ihre Stimme zitterte. »Nichts als Markttratsch. Was denn für ein Krieg?« Dann folgte sie mir in die Küche.

4

Mama und ich bereiteten Kohl in einer Sauce aus Karotten, Zwiebeln und Staudensellerie zu. Ich mochte keinen Kohl, aber es war sinnlos, das der Margiala mitzuteilen. Außerdem wusste ich, dass sie mir absichtlich besonders große Portionen von dem aufgab, was mir nicht schmeckte – vielleicht um mich zu provozieren oder um mir zu zeigen, dass sie bestimmte, wo es langging. Damit wollte sie ihre Macht demonstrieren.

Also tat ich so, als genösse ich den Essensduft. Ich wusste jetzt schon, dass ich meine Abneigung gegen Kohl einfach mit Unmengen von in die Sauce getunktem Brot ausgleichen würde. An Appetit mangelte es mir jedenfalls nicht, auch wenn mir vieles nicht schmeckte. Ich aß eindeutig zu viel Brot, denn daran fehlte es bei uns nie. Manchmal aß ich auch einfach zum Zeitvertreib und weniger, um echten Hunger zu stillen. Vielleicht füllte ich damit ja eine innere Leere, ohne dass ich gewusst hätte, was sie verursachte.

Deshalb war ich ein wenig aus dem Leim gegangen. Mein Hintern war zu groß für mein Alter und Schenkel und Waden ziemlich stämmig. Ich besaß also nicht ansatzweise die Anmut einer Rosetta oder einer Margiala und war auch nicht so schmal und elegant wie Cornelia. Das schien jedoch allein mein Problem zu sein, denn selbst Mama, die wirklich nicht mit Vorwürfen geizte, sagte nichts zu meinem Übergewicht.

Im Grunde war das etwas, was mich erst seit Kurzem quälte – seit ich gemerkt hatte, dass auch ich eine Frau war oder besser gesagt eines Tages eine werden sollte, genau wie Mama oder Rosetta. Ein Gedanke, der mich anekelte und mir Angst machte. Indem ich mich hässlich machte, hoffte ich, diesen Moment hinauszuzögern, um mich ja nicht dem fügen zu müssen, was sozusagen das natürliche Los der Frau war, sprich die Mühsal, die Erniedrigungen und all die anderen unangenehmen Dinge, die uns seit Jahrhunderten, ja Jahrtausenden auferlegt waren.

Auch das Wachstum meiner Brüste wollte ich hinauszögern, damit sie für immer zwei kleine Knospen unterm Kleid bleiben würden, genauso den hüftwiegenden Gang, die Qualen und Schmerzen.

Cornelia hatte mir erklärt, dass im Körper der Frau einmal im Monat bestimmte Dinge vor sich gehen: Die Brüste verhärten sich und tun weh, man bekommt furchtbare Bauchschmerzen, die es einem manchmal unmöglich machen, das Bett zu verlassen, aber das Schrecklichste ist, dass man auch noch »da unten« blutet. Als sie mir das anvertraut hatte, war ich entsetzt gewesen. Mama sprach nie mit mir über solche Dinge.

»Und du, woher weißt du das?«

»Weil ich es selbst schon erlebt habe. Beim ersten Mal habe ich die ganze Nacht geweint. Ich dachte, ich muss sterben. Das Blut hat meine Unterhose und das Bett befleckt, es hörte gar nicht mehr auf, genauso wie die Bauchschmerzen. Es hat Tage gedauert.«

Ich hatte mehrmals schlucken müssen und war instinktiv

davongerannt, um meine Unterhose herunterzuziehen und mich zwischen den Schenkeln zu inspizieren. Als ich feststellte, dass es bei mir noch nicht so weit war, seufzte ich erleichtert auf.

»Aber woher willst du wissen, dass das bei allen Frauen so ist? Bist du wirklich sicher, dass du nicht krank bist?«

»Mama hat mir gesagt, dass das ganz normal ist, dass das in meinem Alter alle bekommen. Dann hat mir Rosetta erklärt, dass man von da an eine Frau ist und daher aufpassen muss. Du wirst mir nicht glauben, was ich dir jetzt erzähle, doch sie hat mir geschworen, dass Frauen eben wegen diesem Blut Kinder kriegen können!«

»Aufpassen? Aber worauf denn?«

»Keine Ahnung, einfach aufpassen.«

Ich sah sie verblüfft an, weil das Thema zu schwierig für mich wurde und es nicht einmal die Möglichkeit gab, bei der Margiala nachzufragen. Ich schwor mir allerdings, der Sache auf den Grund zu gehen, denn wenn mein Körper eines Tages Blut verlieren sollte, wollte ich genau wissen, warum.

Rosetta! Ich würde sie fragen!

Wie geplant, wischte ich den Teller mit reichlich Brot aus, während Rosetta höchstens daran knabberte. Sie war immer noch ganz verstört von der Begegnung, die ich ihr geschildert hatte. Ab und zu schaute sie auf und schielte zu Mama hinüber – in Erwartung einer Antwort, die nicht kam. Die Margiala konnte auch nicht alles wissen, damit mussten wir uns abfinden.

»Gibt es irgendwelche Gerüchte? Über den Krieg?«,

fragte Mama Giuseppe. Der Krieg war reine Männersache, und er wusste bestimmt, ob man wirklich darüber sprach.

»Krieg?« Er schluckte ein großes, hartes Stück Brot hinunter. »Davon weiß ich nichts. Wieso fragst du?«

»Nur so. Deine Schwester hat erzählt, dass ein paar Männer auf dem Markt davon sprachen.«

»Und was haben die gesagt?«

Ich versuchte, etwas zu sagen, aber die Margiala gebot mir zu schweigen und sprach weiter.

»Dass vielleicht auch Italien in diesen Krieg eintritt.«

»Bei uns auf der Baustelle reden die Männer über andere Themen.« Er zwinkerte Rosetta zu und lachte laut. Mama beruhigte sich wieder. Solange die Männer von Röcken redeten, hinter denen sie her waren und die ihnen schlaflose Nächte bereiteten, gab es keinen echten Grund zur Sorge. Sie vergaß das Problem und begann abzudecken. An diesem Tag kam sonst nichts mehr auf den Tisch, aber bis zum Abend würde es reichen.

»Ich muss heute Nachmittag fort«, verkündete sie, während sie das Geschirr in die Spüle stellte. »Die Schwiegertochter von Comare Nenna liegt in den Wehen. Rosetta, sag du deinen Schwestern, was zu tun ist.«

Dann legte sie die Schürze ab und eilte davon, wobei sie sich den Dutt ordnete.

»Na gut, ich geh dann auch raus«, teilte uns Giuseppe mit, der es keine Sekunde allein mit uns Frauen in diesem Haus aushielt. »Und du siehst zu, dass du bald groß wirst«, sagte er zu dem Kleinen, der auf einem Stuhlkissen schlief. »Dann zeig ich dir die Welt.«

Ein Satz, der mich wie ein Schlag ins Gesicht traf.

Die Welt zeigen – was sollte das heißen? Wie die Welt wohl aussah, aus Männersicht? Welches Machtgefühl verlieh sie ihnen?

Alles Fragen, die mich so sehr quälten, dass ich Kopfschmerzen bekam. Die Enttäuschung darüber, dass mir das alles nicht zugänglich war, gärte in mir. Mein Magen zog sich schmerzhaft zusammen und vergällte mir die Freude am eingetunkten Brot. Das war eine himmelschreiende Ungerechtigkeit, an der ich schier erstickte.

Ich konnte von Glück sagen, dass ich wenigstens das Meer gesehen hatte; sogar das hatte die Margiala sich versagt. Wovor fürchtete sie sich eigentlich? Dass es ihren Erwartungen nicht standhielt?

Ich hörte auf zu grübeln und machte mich an den Abwasch. Cornelia holte den Reisigbesen und fegte die Küche, während Rosetta einen Eimer mit Wasser füllte.

»Ich putze draußen«, sagte sie.

Diese Grübeleien drohten mich schier zu zerreißen, sie machten mir Bauchschmerzen und sorgten für schlechte Laune. Die Margiala kannte die Gefahren, die mit meinem Charakter einhergingen. Bestimmt wusste sie auch, dass es einen harten, unnachgiebigen Kern tief in meinem Innern gab, den nicht einmal sie nach Belieben formen konnte. Ich setzte mich oft über ihre Grenzen hinweg, und bestimmt litt sie darunter, dass ich mehr oder weniger bewusst gegen jede ihrer Regeln verstieß.

5

Da Rosetta nicht da war, schlug ich Cornelia einen Wettkampf vor, wer von uns beiden das Gesicht länger unter Wasser halten konnte. Ich liebte dieses Spiel – auch weil ich ihr so beweisen konnte, dass ich in manchen Dingen besser war als sie.

»Das ist eine gute Vorbereitung auf den Sommer«, sagte ich und tätschelte ihr den Arm.

»Ja, aber wir müssen Pullover stricken, das weißt du doch«, versuchte sie auszuweichen.

»Das machen wir danach. Los, komm schon, bloß fünf Minuten.«

Wir füllten zwei Wannen mit Wasser aus der Zisterne, zwei kleine, die Mama zum Waschen von Taschentüchern und Unterhosen benutzte. Die großen Wannen standen neben den Ölschläuchen, in dem Hof, von dem auch das Schlafzimmer abging. Sie waren mit einem Flanelltuch abgedeckt, da sie erst im nächsten Frühling wieder gebraucht werden würden. Erst wenn es warm und mild wurde, badete uns die Margiala darin und schrubbte uns mit grober Teerseife ab – so fest, dass wir das Gefühl hatten, es lösten sich jedes Mal ganze Hautschichten ab. Sie schrubbte uns so fest, dass Wolken von grauem Schaum entstanden, die oben auf dem Wasser trieben, und Cornelia und ich bildeten uns ein, das wäre die Haut, die sich von unserem Körper gelöst hatte. Manchmal wuschen wir uns auch nur mit Asche, und das waren die Bäder, die uns am liebsten waren.

Im Winter dagegen genügte es, sich mit dem Schwamm und etwas warmem Wasser zu waschen. Anschließend wurde ein wenig Mandelöl aufgetragen, vor allem an Bauch und Brüsten, um die Haut weich zu machen. Ein paar Mal im Monat gaben wir Olivenöl ins Haar, damit es sich besser kämmen ließ – etwas, was bei mir nie funktioniert hatte, bis die Margiala es mir brutal abgeschnitten hatte.

»Auf die Plätze, fertig, los!« Ich gab Cornelia das Startzeichen.

Sie hatte das kupferfarbene Haar zu einem langen Zopf geflochten, während ich mir ein Tuch um den Kopf geknotet hatte. Ich ließ die Augen unter Wasser auf, weil ich meinen Körper so besser spüren und besser wahrnehmen konnte, wann ich wieder Luft holen musste.

Eins, zwei, drei: Im Stillen zählte ich die Sekunden bis zu meinem Triumph. Ich war gerade bei zehn angelangt, als Cornelia laut nach mir rief. Ich spürte, dass es nicht nur daran lag, das sie unseren Luftanhalte-Wettbewerb verloren hatte, denn sie klang extrem aufgeregt.

»Komm da raus, Diamante. Los, schnell, Diamante!«

Ich hob den Kopf, ließ zu, dass kalte Wassertropfen auf meinen Pullover fielen, und jubelte über meinen Triumph.

»Hörst du Rosetta?«

Im Nu wich meine Zufriedenheit allen möglichen Formen der Angst. Die Schreie unserer Schwester drangen laut und deutlich von der Straße zu uns herein. Ich trocknete mir gar nicht erst das Gesicht ab und wollte losrennen.

Doch Francesco, der vermutlich von dem Stimmengewirr geweckt worden war, begann, vor Hunger verzweifelt, zu weinen.

»Hab ein wenig Geduld, mein Kleiner«, sagte ich und drückte ihn an mich. Als er meinen nassen Pullover spürte, verzog er erst das Gesicht, doch dann schien es ihn zu amüsieren, weil er sofort aufhörte zu wimmern.

Auf einmal sah ich ihn ganz klar vor mir: Das vom Wind zerzauste Haar, das knallrote Gesicht, die dicken, groben Hände, die den Arm meiner Schwester umklammerten. Er brauchte nur eine Hand, da die andere die Zügel hielt, mit denen er zwei Pferde lenkte. Neben ihm saß ein schmächtiger junger Mann im braunen Samtjackett, unter dem man ein grobes Unterhemd aus Wolle hervorblitzen sah, wie es meine Schwester niemals angefertigt hätte.

Er hatte ein ovales Gesicht und ein kleines Kinn.

Er war nicht unbedingt hässlich, sah aber aus wie jemand, der keine Gefühle zeigen kann. Auch er hielt Rosetta fest, aber anders, so als hätte er Angst, ihr wehzutun.

Das musste er sein, Domenico Occhi bianchi, zusammen mit seinem grässlichen Bruder. Cornelia und ich stießen einen markerschütternden Schrei aus, während Rosettas helle Augen unseren Blick suchten. Auch ihr stand das Entsetzen ins Gesicht geschrieben.

Das Geschrei hatte mehrere Nachbarinnen angelockt.

»Meine Güte, das ist ja Rosetta Diamante«, schrie eine Comare.

»Das ist eine Entführung! Ruft die Margiala. Ruft die Margiala!«

Cornelia brach in Tränen aus, während die Kutsche davonsauste, als spürten die Tiere unsere Angst.

Der Kerl, der mich am Brunnen abgepasst hatte, warf mir noch einen Blick aus pechschwarzen Augen zu. Ich weiß nicht, ob Bedauern in seinem Blick lag oder Triumph – darüber, dass ihr Vorhaben geglückt war.

Ich schmiegte mich an Cornelia, und wir weinten beide, denn zum ersten Mal war uns klar geworden, wie bitter das Leben einer Frau sein kann.

6

Das Herz wurde mir unerträglich schwer, und auch noch so viele Tränen konnten den Schmerz nicht lindern. Ich spürte einen enormen Verlust, der mich schier zerriss – aber anders als damals bei Pietros und Papas Tod wusste ich, dass Rosetta noch lebte und dass es nur an der Niedertracht der Männer lag, dass sie mir weggenommen worden war.

In diesem Moment spürte ich, dass ich alle Männer hasste. Mir war auch plötzlich kalt, so kalt, dass ich Cornelia stehenließ, um der Kutsche hinterherzurennen. Ich schluckte Staub, das Kind noch im Arm, aber meine Verfolgungsjagd dauerte nicht lange, da die Kutsche viel zu schnell für mich war.

»Rosetta!«, schrie ich, während ihre dunklen Umrisse in den engen Gassen verschwanden. Tränen hinterließen weiße Spuren auf meiner olivfarbenen Haut, und Francesco fuhr mit seinen kleinen Fingern darüber, als wollte er mich trösten.

Die Nachbarinnen scharten sich um Cornelia und mich. »Arme Mädchen!«, hätten sie bestimmt am liebsten gesagt. »Erst der Vater und dann noch die Schwester …«

»Wir müssen der Margiala Bescheid geben«, rief Comare Nenna. Ich brachte den Kleinen zurück ins Haus – nicht zuletzt, weil er inzwischen wirklich unruhig war vor lauter Hunger. Ich kochte ein wenig Brot in Wasser. Das aß er löffelweise und sah sich dabei suchend nach vertrauten Dingen und Gesichtern um. Normalerweise war Rosetta diejenige, die sich um seine Ernährung kümmerte – offen gestanden noch mehr als Mama.

Er aß nur widerwillig. Vielleicht traute er dem Essen nicht recht, mit dem ich ihn fütterte.

»Was zum Teufel?« Die Margiala war zurück, und sie war außer sich vor Wut.

»Dieser widerliche Mistkerl! Das hätte ich mir denken können.« Sie löste ihren Haarknoten. Ihre Züge waren angespannt und erschöpft.

»Mama, was wird jetzt aus Rosetta?« Cornelias Blick war nach wie vor tränenerfüllt.

»Was soll schon aus ihr werden? Das, was aus vielen Frauen wird – erst recht, wenn sie so schön sind wie eure Schwester. Sie wird heiraten müssen.«

Was war denn das für ein Teufelswerk? Ich fand es ungerecht und grausam, dass Rosetta gezwungen wurde, den Gauner zu heiraten, der sie gewaltsam entführt hatte.

»Wo sie sie wohl hinbringen?«, fuhr Mama fort und durchmaß mit energischen Schritten den Flur. Ihr Gesicht war zornesrot. »Sobald die Nacht um ist, ist das Schicksal eurer Schwester Rosetta besiegelt. Dann kann ich nichts mehr für sie tun, obwohl ich ihre Mutter bin. Dann hat Domenico Occhi bianchi, dieser lächerliche Schmied, das Recht, über Rosettas weiteres Leben zu bestimmen. Damit ihre Ehre nicht befleckt ist, muss sie ihn heiraten.«

Ich weiß nicht, ob dieser Vortrag unserer Mutter für unsere Ohren bestimmt war oder vielmehr ein Selbstgespräch, in dem sie sich selbst noch einmal von dieser Tatsache überzeugen musste. Dass dies nun mal der Lauf der Dinge war, zumindest für uns Frauen.

An diesem Abend zog sich die Margiala schon früh in ihr Zimmer zurück. Das Essen, das Cornelia und ich gekocht hatten, rührte sie kaum an. Inzwischen waren, so wie es bei uns Brauch ist, schon viele Comari bei ihr gewesen, die alle ganz genau wissen wollten, was mit der armen ältesten Tochter der Margiala passiert war.

Die Stimmen drangen nur schwach zu uns herüber, denn im Hof tobte ein Sturm. Dafür konnten wir ein paar Worte von dem, was unsere Mutter sagte, verstehen. Keine Spur von Bedauern oder von Verzweiflung schwang in ihrer Stimme mit. Sie klang entsetzlich kalt.

»Im Grunde hat sie es gar nicht so schlecht getroffen: Ein Schmied verdient gut, sie wird keine Geldsorgen haben«, kam es von Comare Nenna.

Cornelia und ich sahen uns an, wortlos sahen wir uns tief in die Augen. Würde es uns eines Tages genauso ergehen? Bestimmt fragte sie sich das auch.

Zumindest ich hätte diese Frage gern gestellt, ließ es aber bleiben – aus Angst, Cornelia wäre auch diese Wahrheit längst enthüllt worden, so wie die Sache mit der »Regel«, wie sie sie nannte, mit der monatlichen Blutung.

Ich wollte nicht, dass mich eines Tages irgendein grobschlächtiger Fremder entführte, um mich dann zum Altar zu führen. Ich wollte überhaupt nicht heiraten, sondern frei sein.

Noch eine ganze Weile drückte ich mich vor dem großen Schlafzimmer herum. Ich lehnte mich an die Wand und sank in mich zusammen wie ein Häuflein Elend. Ich war mir sicher, dass die Margiala mich sehen konnte, die vor der Kommode saß und sich traurig im Spiegel betrachtete.

Doch sie verlor kein einziges Wort und ich auch nicht.

In gewisser Weise kam ich mir wie ein Eindringling vor, als ich so in ihre Privatsphäre vordrang. Aber sie verstand mein Bedürfnis, einfach nur dort zu verharren und sie zu beobachten, ihren Schmerz zu erkunden.

Ich wiederum verstand ihr Schweigen, ihren Wunsch, alles für sich zu behalten.

Zu sehen, wie sehr die Margiala wegen Rosetta, wegen Rosettas Schicksal litt, hatte auch etwas Positives: Der Schmerz ließ sie gleich viel menschlicher und liebenswerter wirken. Auch diesmal hätte ich zu ihr gehen und mich in ihre Arme werfen können. Aber so zeigte man seine Gefühle nicht – zumindest nicht in unserer Familie, zumindest nicht damals. Man behielt sie für sich, schluckte sie hinunter wie das bittere Brot der Einsamkeit, der Trauer.

Ein einziges Mal drehte sich die Margiala zu mir um und fiel dann in sich zusammen, als entwiche sämtliche Luft aus ihr. Ihre Augen glänzten, obwohl keine Träne darin stand. Dieser Blick war mehr wert als jede Umarmung, das wusste ich.

Giuseppe dagegen nahm die Sache wie immer gefasst auf. Als Mama ihm erklärte, welches Schicksal Rosetta bevorstand, blieb er nur kurz stehen, um sie ungläubig anzusehen. Er stand neben dem Tisch, der fürs Abendessen gedeckt war. Sein Blick wanderte von den leeren und traurigen Augen der Margiala zu Cornelia und mir herüber. Dann nahm er sich ein Stück Brot und steckte es gierig in den Mund. »Im Grunde ist er ein guter Mann, es wird ihr nicht schlecht gehen«, sagte er nur, und damit war die Sache für ihn erledigt.

TEIL VI

DER KRIEG

1

Ein Jahr später …

Rosettas Erstgeborener kam an einem Abend zur Welt, der nichts Gutes versprach. Es tobte eines von den heftigen Unwettern, wie sie im Frühling vorkommen, angekündigt von umherwirbelnden Papierfetzen und Zweigen sowie von Windgetöse, bei dem man das Haus lieber nicht verlassen möchte.

»Das ist der Herrgott, der diese Ehe nie wollte«, schimpfte Mama leise und spuckte Lupinenschalen in die Spüle. Sie knabberte immer zwei, drei auf einmal, damit sie ihr süß und saftig auf der Zunge zergingen, um sich anschließend ihrer Schale zu entledigen. Auch sie wirkte wie ein ungehobelter Kerl, wenn sie sich so benahm, und in diesem Punkt ähnelte ich ihr wirklich.

Alles war genauso gekommen, wie die Margiala es vorhergesagt hatte: Am Tag nach der Entführung war Domenico Occhi bianchi in Begleitung seines Vaters bei uns aufgetaucht, der die ernsten Absichten seines Sohnes bestätigte.

»Er ist ein fleißiger junger Mann«, hatte er laut verkündet und an seinem Gürtel herumgespielt. »Ich kann Euch versichern, Signora Anita, dass es Eurer Tochter Rosetta an nichts fehlen wird.«

Mama hatte ihm in Wasser eingeweichte *frise* angeboten, die mit Tomaten und Oregano gewürzt waren, dazu ein Glas Wein.

Er hatte sich gesetzt und sofort einen Schluck Wein genommen, wobei er sich über den Tisch lehnte, als wollte er sie gleich angreifen.

Doch in Wahrheit war Occhi bianchi Senior ein gutmütiger Kerl, der nicht die Absicht hatte, Ärger zu machen oder große Forderungen zu stellen.

»Sollte das Mädchen keine Aussteuer haben, spielt das für uns keine große Rolle, ihre Schönheit ist Mitgift genug für meinen Sohn«, sagte er leise, da er sich vorstellen konnte, dass eine Witwe mit fünf Kindern nicht gerade im Überfluss lebte. Mama empfand diese Worte als Beleidigung, und Wein und Wut ließen sie knallrot anlaufen.

»Und ob meine Tochter eine Aussteuer hat! Was denken Sie eigentlich? Nur weil ich Witwe bin, bin ich noch lange keine arme Schluckerin!«

»Aber nein, Signora Anita, das wollte ich damit auch gar nicht sagen. Ich dachte nur …« Er verstummte, weil ihm ein hartes Stück Brot in der Kehle steckengeblieben war, an dem er zu ersticken drohte. Für mich sah das ganz danach aus, dass die Margiala ihn erfolgreich verhext hatte.

Rosetta stand die ganze Zeit über leise weinend in einer Ecke, ohne auch nur zu versuchen, der Erniedrigung, die sie erdulden musste, etwas entgegenzusetzen. Vor lauter Wut hatte sie die Fäuste geballt. Sie würde ihre Freiheit und ihr Recht zu träumen verlieren, aber dafür ihre Ehre wiedererlangen. Niemand konnte an ihrer Anständigkeit zweifeln, wenn sie in den Kompromiss einwilligte, den Occhi bianchi vorgeschlagen hatte. Hätte sie sich allerdings gegen eine Heirat gesträubt, hätte sie in ihrem entehrten Zustand kein Mann mehr genommen. Wer weiß, was dann aus ihr geworden wäre!

Die Margiala wusste, dass es keine Alternative gab und dass Fremde das Los ihrer Tochter entschieden hatten. Das einzig Gute daran war, dass Occhi bianchi eingewilligt hatte, dass das Paar in dem Anbau wohnen würde, den Papa vor dem Obsthain errichtet hatte. Er bestand nur aus einem Schlafzimmer, von dem eine winzige Küche abging. Das war die einzige Forderung, die Mama stellte: Rosetta sollte sich nicht so allein fühlen.

In dem Jahr, das seit der Entführung vergangen war, hatte ich Gelegenheit gehabt, mir meinen Schwager Domenico genauer anzusehen. Offen gestanden war er ein ziemlich seltsamer Kauz, schweigsam und eigenbrötlerisch. Er sagte kaum etwas, und wenn, dann hatte ich stets Mühe, ihn zu verstehen, weil er die Worte beim Reden so verschluckte.

Seine Lippen waren weich und schlaff. Wenn er versuchte, etwas zu sagen, ging jeder Silbe ein Sprühregen aus Spucke voraus. Sein Mund war nur ein blasser Strich in einem ansonsten verschlossenen Gesicht.

Aus der Nähe betrachtet war er nicht hässlich, wäre da nicht die extreme Magerkeit gewesen, die sein Gesicht und seine Beine kennzeichnete. Es war schon von Weitem zu sehen, dass er nicht der richtige Mann für Rosetta war. Sie war so schön und selbstbewusst und er nichts als Haut und Knochen, ohne jedes Rückgrat.

»Zumindest hat er einen guten Charakter«, hatte die

Margiala bei einem der Wutausbrüche meiner Schwester einmal eingeworfen.

»Ich weiß nur nicht, was ich mit seinem guten Charakter anfangen soll. Er ist so eiskalt wie ein Glas *grattamarianna*.«

Grattamarianna war eine Spezialität, die getrunken wurde, sobald man vom Dorf aus Schnee sehen konnte – etwas, was in Carbonara nur sehr selten vorkam.

Dann sammelte man eine dicke Schicht weichen, sauberen Schnee und verrührte ihn in einem Glas nach Belieben mit Kaffee, Likör oder Kirschsaft. Meine Lieblingssorte war die mit Kirschsirup. Die Margiala hatte immer eine Flasche davon in der Vorratskammer, um Kekse damit zu dekorieren. Die Flüssigkeit durchdrang das Eis und machte es warm und schmackhaft.

An dem Tag, an dem Rosetta ihr Kind bekam, fielen jedenfalls kirschgroße Hagelkörner vom Himmel. Mama knabberte ihre letzten Lupinen, holte saubere Handtücher aus der Schlafzimmerkommode und ging mit raschen Schritten zum Hof.

»Es ist dein Neffe. Du willst doch auch bei der Geburt dabei sein, oder etwa nicht?«, fragte sie in der Tür.

»Und du willst ihn doch auch sehen?«, sagte sie zu Cornelia.

Wir schauten uns tief in die Augen, wohl wissend, dass wir Ja sagen würden: Die Neugier war einfach zu groß. Wir gingen über den Hof und hielten uns zum Schutz alte Zeitungen über den Kopf.

Meine Schwester lag auf dem Bett ihres winzigen Zuhauses und atmete schwer. Der große, finster dreinblickende

Ehemann lief im Zimmer auf und ab und schwankte dabei so sehr, dass mir ganz schlecht davon wurde.

»Und du drehst draußen eine Runde!«, befahl die Margiala.

Er sah sie kurz an und warf dann einen Blick aus dem Fenster, auf den dunklen Himmel und die dicken Hagelkörner, die ihm auf den Kopf fallen würden. Er versuchte, etwas zu erwidern, verzog seine weichen Lippen und versprühte Spucketröpfchen, woraufhin unsere Mutter begriff, dass er damit sein Missfallen äußerte.

»Geh, hab ich gesagt! Wir haben hier keine Zeit zu verlieren«, gab die Margiala zurück. Da nahm er seinen Mantel, rückte die Melone auf seinem Kopf zurecht und ging langsam hinaus, wobei er sich nur noch einmal zu seiner auf dem Bett liegenden Frau umschaute und bedächtig mit dem Kopf nickte. Das war seine Art, ihr »Viel Glück!« zu wünschen.

Dicke graue Wolken zogen über den Himmel, getrieben von winterlichen Böen, die auch für den heftigen Hagel verantwortlich waren. In der Tür hörten wir Giuseppe, der herbeigeeilt war, sobald man ihm Bescheid gegeben hatte. Keine Ahnung, wer das gewesen war. Er versuchte, völlig durchnässt ins Haus zu gelangen, doch Mama wütete auch gegen ihn.

»Meine Güte, habt ihr denn sonst keinen Ort, an den ihr zwei verschwinden könnt?«

»Na gut, wir sind hier nicht erwünscht«, sagte er nur ergeben, ging zum Bett und gab Rosetta einen zärtlichen Klaps auf die Wange, bevor auch er in der tiefschwarzen Dunkelheit verschwand.

Spätnachts wurde Vincenzo geboren. Cornelia und ich waren eingenickt, frierend und müde hatten wir uns auf einem purpurroten Sessel vor dem Bett zusammengerollt. Dabei wurden wir von der Stimme der Margiala mehrmals geweckt, die den lieben Gott verfluchte und laut nach mehr heißem, sauberen Wasser verlangte, aber auch von den keuchenden Schreien Rosettas.

Das Unwetter hatte sich mittlerweile beruhigt, doch der Himmel hatte noch nichts von seiner bedrohlichen Schwärze eingebüßt. Immer wenn ich losrannte, um neues Wasser aufzusetzen, hörte ich Giuseppes und Domenicos Stimmen im Flur. Das ging noch mehrere Stunden so, bis auch dort Ruhe einkehrte.

Mir fiel auf, dass mein Schwager keine Probleme hatte, sich mit einem Mann zu unterhalten: Da stotterte er kein bisschen. Anscheinend brachten ihn nur Frauen in Verlegenheit – was man ihm allerdings schlecht vorwerfen konnte, wenn die Margiala darunter war.

Einige Monate vor Vincenzos Geburt hatte der Krieg begonnen. Das Marktgerücht war ein dunkler Schatten geworden, der über unseren Köpfen hing. Noch war es nur ein Schatten, der allerdings immer deutlicher Konturen annehmen und stets näher rücken sollte.

Wenige Tage nach Vincenzos Geburt sollte noch einiges andere geschehen, was unser Leben für immer verändern würde.

Alles in meiner Umgebung nahm neue Formen an, und die Menschen in meinem Leben wurden ausgetauscht. Nur ich drehte mich weiterhin im Kreis und versuchte zu begreifen, welche Richtung ich einschlagen sollte, wartete darauf, dass die Sonne eines Tages wieder für uns aufgehen würde.

Wo soll ich bloß anfangen mit meiner Erzählung? Die Entscheidung fällt mir nicht leicht.

Beim Krieg, bei Giuseppe, bei Cornelia, bei unserer Mutter, bei mir?

Bei Giuseppe. Ich werde bei ihm anfangen.

2

Als mein Bruder ihr die Nachricht überbrachte, war die Margiala gerade beim Unkrautjäten im Garten: eine große, magere Gestalt mit schmalen Hüften und einem Gesicht, das mit der Zeit immer hagerer wurde. Der Saum ihres Kleides war mit der Schürze verknotet, sodass man ihre schlanken, aber muskulösen Beine sehen konnte und ihre nackten, fest auf dem Boden ruhenden Füße. Auch ihre Lippen waren mit der Zeit schmaler geworden und von kleinen Fältchen gesäumt. Seit sie abgenommen hatte, wirkte ihre Nase noch spitzer, aber es heißt ja, dass die Nase im Laufe eines Lebens weiterwächst, als einziger Körperteil länger wird, während der Rest unaufhaltsam schrumpft. Sie musterte die fünf Oleanderbäume, die einen Kranz aus grünen Zweigen bildeten. Hin und wieder schüttelte sie den Kopf, als staunte sie über dieses Wunder, und in den Verschnaufpausen legte sie sich die Hacke über die Schulter wie ein Gewehr. Sobald irgendein Unkraut ihre Aufmerksamkeit erregte, stellte sie sich breitbeinig hin und beugte sich vor. Sie bohrte die Hacke in die Erde und rüttelte am Griff, den sie mit beiden Händen hielt. Daraufhin löste sich die Wurzel, und die Margiala zog stolz das Unkraut heraus, warf es auf ein Tuch, das sie auf dem Boden ausgebreitet hatte.

Es war windstill und warm, und die ruhige Atmosphäre im Garten wirkte friedlich.

In meiner kindlichen Fantasie herrschte auch bei uns Frieden. Auch wenn anderswo gekämpft wurde, wusste ich, dass der Widerhall der Schreckensschreie noch nicht durch die dicken Mauern gedrungen war, die Papa um uns herum hochgezogen hatte.

In regelmäßigen Abständen wischte sich Mama mit dem Handballen über die Stirn und strich die eine oder andere Strähne zurück, die sich aus ihrem Dutt gelöst hatte. Ihr feines dunkles Haar war zunehmend weißer geworden. Dass auch die Margiala altern konnte, war eigentlich unvorstellbar, und dennoch wies vieles darauf hin. Nicht nur ihre Haarfarbe verriet das, sondern auch die Falten an den Händen, die trockene, von Kälte und Sonne rau gewordene Haut, das immer verhärmtere Gesicht, die helle Farbe ihrer Augen, die mittlerweile schillerten wie das Meer im Winter, und die Brüste, die immer noch drall waren, auch nachdem sie Francesco abgestillt hatte.

Nicht, dass der Junge freiwillig auf Muttermilch verzichtet hätte, obwohl er schon groß war und aß wie ein kleiner Mann! Doch irgendwann war es Mama einfach leid gewesen, vor Schmerz zu stöhnen, wenn der hungrige Kleine seine spitzen Zähne in ihre Brustwarzen bohrte und ihnen blutige Schrunden zufügte. Doch dreist, wie er war, merkte der kleine Gauner schnell, dass er seinen Hunger anderswo stillen konnte. So kam es, dass sich Rosetta nicht nur um ihren kleinen Sohn Vincenzo kümmerte, sondern auch um seinen frechen Milchbruder, der die üppigen, noch straffen Frauenbrüste seiner großen Schwester nicht verschmähte.

»Du wirst noch genauso schlimm wie dein Großvater«, schimpfte Mama und verfluchte die Frechheit des kleinen Schlaumeiers, der ihrer Meinung nach genauso ein Halunke werden würde wie ihr Schwiegervater. Der war ein unverbesserlicher Frauenheld – zum Leidwesen seiner Ehefrau, die zu sehr mit Klatsch und Hass beschäftigt war, um ihren Mann von anderen Röcken fernhalten zu können.

»Es ist furchtbar heiß heute«, sagte Giuseppe und kaute auf einem Grashalm.

»Stimmt«, erwiderte Mama nur.

Ich saß faul im Schatten des Zitronenbaums und kraulte den erneut trächtigen Tommaso.

»Wie kommt es, dass du heute nicht arbeitest?«

Verlegen wühlte mein Bruder mit der Schuhspitze in der Erde und ließ den Grashalm von einem Mundwinkel in den anderen wandern.

»Was ist, hat es dir die Sprache verschlagen?«

»Nein, ich muss dir bloß was sagen.«

»Du hast doch nicht etwa deine Arbeit verloren? Wir haben auch so schon genug Sorgen.«

»Ich habe sie nicht verloren. Ich muss nur woandershin.« Der Erdhaufen vor seinen Füßen wurde immer größer.

»Rückst du jetzt endlich raus mit der Sprache, oder soll ich es aus dir herausprügeln?«

Die Margiala hatte die Hacke weggelegt und sah ihrem Sohn direkt in die Augen.

»Ich habe mich zur Armee gemeldet. Ich werde in den Krieg ziehen.«

Da hielt der Fuß endlich inne. Mamas Augen wurden

feucht. Kurz glaubte ich, sie würde anfangen zu weinen, laut schreien, zu ihrem Sohn rennen und ihn anflehen, nicht zu gehen.

Für eine Mutter wäre das ganz natürlich gewesen.

Doch sie tat nichts dergleichen. Sie leckte sich nur die trockenen Lippen und sah Giuseppe mit leerem Blick an, als wollte sie sich einprägen, wie er zum letzten Mal glücklich aussah.

Er kratzte sich im Nacken und steckte anschließend die Hände in die Hosentaschen, wohl wissend, welchen Schmerz er seiner Mutter da zufügte. Er hätte sie für seine Entscheidung um Verzeihung bitten, ihr sagen müssen, wie leid es ihm tue, dass der einzige Mann im Haus wer weiß wohin ging und versuchte, ein Held zu werden. Aber es war nun mal verdammt schwierig, der Margiala etwas zu erklären.

»Und wie ist das so, in den Krieg ziehen?«, lautete meine nicht sehr intelligente Frage.

»Das weiß ich noch nicht. Wenn ich zurückkehre, werde ich es dir erzählen können.«

In diesem Moment hielt ich es für ganz normal, ja für selbstverständlich, dass er heil zurückkehren würde. Die Möglichkeit, dass er gar nicht mehr zurückkommen könnte, kam mir gar nicht in den Sinn. Dabei kannte ich sehr wohl die Geschichten von Leuten, die im Ersten Weltkrieg gewesen waren. Einige davon hatte man nie mehr wiedergesehen, so wie Mamas Großvater, der verschollen war.

Aber das war die Vergangenheit. Aus irgendeinem Grund

dachte ich, dass dieser Krieg anders war und sowohl Hin- als auch Rückreise beinhaltete.

Die Margiala musterte Giuseppe noch eine ganze Weile, während er mit mir sprach und mir Antworten gab, über die er sich selbst nicht mal sicher war. Sie fuhr sich über Stirn und Augen, um den Schlag besser zu verkraften, griff dann erneut nach der Hacke und fuhr mit ihrer Arbeit fort.

Wenige Tage später brach Giuseppe auf. Sein Ziel war Taranto.

3

Der Rest des Sommers war heiß und schwül. Nachts konnte man kaum schlafen, und wie von einer dunklen Vorahnung geweckt, schrak ich oft hoch und zuckte wegen eingebildeter Geräusche zusammen. Wenn ich dann merkte, dass ich in meinem Zimmer war, mit der schlafenden, wunderschönen Cornelia neben mir, beruhigte ich mich wieder, ging ans Fenster, das zum Hof zeigte, und hoffte auf einen Lufthauch von draußen.

Es gab allerdings nur wenige Nächte, in denen es etwas abkühlte. Nicht einmal die Pflanzen, die im Garten weiterhin üppig wucherten, schafften es, ein wenig Erleichterung zu bringen.

Oft konnte ich sehen, wie die große, schmale Gestalt der Margiala mitten in der Nacht zwischen den Pflanzen umherlief. Dann stützte ich die Ellbogen auf die Fensterbank und beobachtete sie schweigend. Ich sah, wie sie heimlich zwischen den langen Zucchini und Gurken umherstrich, sich ab und zu bückte, um die eine oder andere zu ernten und diese dann in ihrem dünnen Nachthemd zu sammeln. In ihrem weißen Gewand sah sie aus wie ein Gespenst. Aber vermutlich war die Margiala schon immer ein Nachtgeschöpf gewesen, das mehr Ähnlichkeit mit einem wilden Tier als mit einer Frau hatte. Außerdem konnte ich mir vorstellen, dass sie die Sorge um Giuseppe verzehrte, dass sie es müde war, immer neuen Katastrophen ausgesetzt zu sein.

Was mich und meinen Privatkrieg gegen Mama betraf, führte diese Situation dazu, dass ich die Waffen streckte. In gewisser Weise hatte ich Mitleid mit ihr, weil sie so einsam war. Ihre sich immer deutlicher abzeichnenden Schwächen rührten mich. Ich sah sie jetzt fast schon wie eine Mutter an, mit der man wegen der vielen Schicksalsschläge, die sie erlebt hat, mitfühlt. Der Groll und die Vorwürfe waren nicht ganz verschwunden, aber sie hatten sich in einen entlegenen Winkel meines Herzens zurückgezogen – jederzeit bereit, wieder aufzuflackern. Klar und deutlich sah ich ihre angespannten Züge vor mir, die übertrieben energische Geste, mit der sie sich das Haar zurückstrich, die Augen, die sich immer mehr in kalte Murmeln verwandelten. Der Gesamteindruck kündete von extremer Erschöpfung, so als stünde die Margiala kurz davor, ihre Maske fallen zu lassen, die verzweifelte Frau hinter der kühlen, gleichgültigen Fassade zu enthüllen.

So verging die Zeit, und im Herbst desselben Jahres zog auch Rosettas Mann in den Krieg. Schüchtern und eigenbrötlerisch wie immer, verabschiedete er sich mit den Worten von seiner Frau, die er auch benutzte, wenn er in seine Schmiede ging: »Wir sehen uns!«, formten seine wie immer weichen Lippen.

Meine Schwester hatte ihm etwas zu essen, aber auch Wollstrümpfe und Pullover eingepackt, die sie selbstverständlich eigenhändig gestrickt hatte.

»Die werden dich warm halten«, lautete Rosettas Abschiedssatz, während Vincenzo gierig ihre rosa Brustwarze zwischen die Zähne nahm und kräftig daran saugte.

Domenico Occhi bianchi richtete seine kleinen Augen, die aussahen wie zwei schmale Schlitze, auf das Dekolleté seiner Frau, als wollte er sich auch davon verabschieden, und ging, wobei er den Kopf senkte, wie um Adieu oder auf Wiedersehen zu sagen. Cornelia und ich schauten ihm noch lange nach, während er und die anderen zukünftigen Kriegshelden auf dem Straßenpflaster immer kleiner wurden.

»Der kommt nicht wieder«, rief Cornelia. Die Arme hingen schlaff an ihr herunter, und in ihren Augen standen Tränen. Doch vermutlich war es nicht nur der Anblick unseres Schwagers, der sie so rührte. Der gute Domenico hatte es nicht geschafft, echte Zuneigung bei uns zu wecken. Nicht, weil er kein anständiger Kerl gewesen wäre, sondern weil man ihn wegen seiner unscheinbaren Art beinahe übersah. Er schien sich förmlich dafür entschuldigen zu wollen, dass es ihn überhaupt gab.

Es war vielmehr der Anblick der ganzen Schar, die einem ungewissen Schicksal entgegenging. Meine Schwester hatte eine romantische, hochsensible Art, eine gesteigerte Wahrnehmung, die mir leider völlig abging.

Was diese armen Kerle wohl dachten, als sie den kleinen Ort verließen, in dem sie sich bisher stets sicher gefühlt hatten, in ihrer Ahnungslosigkeit und Ignoranz?

Die Margiala blieb kurz auf der Schwelle stehen, wie immer mit herausforderndem Blick, breitbeinig und die

Hände in die Hüften gestemmt, während ihr rechter Fuß wippend Unmut bekundete.

»Die schicken uns alle ins Verderben!«, stieß sie hervor und spuckte verächtlich aus. »Der Krieg ist eine einzige Sauerei.«

Rosetta warf ihr einen verstohlenen Blick zu, als wollte sie ihr bedeuten, dass man manche Dinge lieber für sich behielt. Wenn überhaupt, flüsterte man sie.

»Wieso, was ist denn? Soll Mussolini doch kommen und mir den Mund verbieten!« Erneut spuckte sie aus. Rosetta zuckte nur mit den Schultern, es brachte ohnehin nichts, mit unserer Mutter diskutieren zu wollen.

Ich wusste nicht genau, wer dieser Mussolini war, aber wenn alle Angst vor ihm hatten und seinen Namen nur ehrfürchtig hauchten, musste er eine wichtige Persönlichkeit sein. Wenn ich jetzt zum Angeln an den Hafen ging – was nur noch selten vorkam – und mich dann irgendein Junge belästigte oder beschimpfte, behauptete, Mädchen hätten dort nichts verloren, sagte ich immer, er solle sich hüten, ausgerechnet mir das zu sagen.

»Weißt du denn nicht, wer ich bin?«, sagte ich frech, so wie ich es bei irgendeiner Filmvorführung auf der Piazza aufgeschnappt haben musste.

»Wer bist du denn?«, bohrte der dann nach.

»Ich bin die Enkelin von Mussolini.« Dann stemmte ich die Hände in die Hüften wie Mama, wenn sie besonders wütend war. Daraufhin ergriff der jeweilige Mistkerl schleunigst die Flucht, sodass Mussolini mein Freund wurde, den ich aus dem Hut zauberte, sobald ich mich gegen irgendjemanden zur Wehr setzen musste.

Ich war in eine neue Lebensphase eingetreten und lag nicht mehr im Krieg mit einer Welt, die für mich lange bloß eine verkehrte gewesen war und bei der ich nie ganz verstanden hatte, ob etwa ich verkehrt war, meine Mutter oder aber alle anderen. Jetzt befand ich mich im Zwischenreich der Pubertät, wo Fantasie und Wirklichkeit miteinander verschwimmen, wo der Alltag dermaßen ausgeschmückt wird, dass ich mich selbst manchmal schwertat, das eine vom anderen zu unterscheiden. Es gab Träume, die ganz realistisch wirkten, und Reales, das in Träumen wieder auftauchte. Ich war mittlerweile eine regelrechte Expertin darin geworden, Tote wieder heraufzubeschwören, und in meinem Kopf war stets Platz für Papa und Pietro. Zu meiner Rechten nahm ich Agostino, meinen Vater, wahr, der mich liebevoll ansah, wenn ich wieder mal was anstellte. Und zu meiner Linken das lebhafte Gesicht Pietros, der mich beschwor, keine schwache junge Frau zu werden. Ich weiß nicht, ob die Fähigkeit, mit Toten zu sprechen, auch so eine übernatürliche Gabe war wie bei der Margiala. In meinem Alter war sie jedenfalls ein wirksamer Schutz vor allem, was mir im Leben nicht passte. Herrschte feucht-modriges Regenwetter, machte ich strahlende Sommernachmittage daraus. Gab der Rauchspiegel zu erkennen, dass meine Beine dick und plump waren, waren sie in meiner Fantasie lang und sinnlich wie die der berühmten Filmschauspielerin Luisa Ferida.

Ich hatte jetzt auch eine neue Frisur, denn in diesem Alter musste man sich ausprobieren. Ich hatte mir das Haar auf Schulterlänge kürzen lassen und trug einen Pony, der meine großen braunen Augen betonte.

»Du siehst aus wie Claudette Colbert«, sagte Comare Antonietta zu mir, als ich meinen neuen Haarschnitt zum ersten Mal ausführte.

Ein Satz, der sogar der Margiala ein leichtes Lächeln entlockte. Ich sah sie beide mit neuem Selbstbewusstsein an, obwohl ich gar nicht wusste, wer diese Colbert war. Doch wenn sie im Kino zu sehen war, musste sie schön sein. Deshalb trennte ich mich lange nicht von meinem verstrubbelten Pony, dank dem auch ich mich wie eine Leinwanddiva fühlte.

»Diamante besitzt eine ganz eigene Schönheit«, sagte Mama, und in ihrem Blick erkannte ich so etwas wie Wohlwollen, ja Wohlgefallen. Auch sie schien gerade in eine neue Phase ihres Privatkriegs gegen ihre Töchter einzutreten und hatte für eine Weile die Waffen gestreckt: Es wurde auch so schon genug Krieg geführt, sodass sie gern darauf verzichtete.

So kam es, dass sowohl Cornelia als auch ich eine Zeitlang in Ruhe gelassen wurden, und fast hatte ich wieder das Gefühl, ihr Lieblingskind zu sein, ihre Diamante, die Nachfolgerin der Margiala!

4

Als es Sommer wurde, bekam Giuseppe Fronturlaub. Bei seiner Rückkehr ging er ganz gebeugt, so sehr war er in sich zusammengefallen; nur noch Haut und Knochen.

»Bekommst du dort überhaupt was zu essen?« war das Erste, was Mama zu ihm sagte. Er lächelte nur, froh, wieder zu Hause zu sein. Er war extrem schwach, und an seinen geröteten Augen war zu sehen, dass er Fieber hatte. Man hatte ihn heimgeschickt, damit er sich wieder erholte, denn in seinem Zustand würde er bald sterben.

»Rosetta, geh in den Garten und pflück ein paar Renetten! Und du Lorbeer- und Minzblätter, Diamante. Cornelia, hol den Bottich aus der Küche und spül ihn gründlich aus. Danach füllen wir ihn mit frischem Wasser aus der Zisterne.«

Giuseppe trug nur noch Lumpen.

»So schickt man euch in den Krieg?«

»Ja, Mama«, sagte er nur und ließ sich auf den Sessel im Flur sinken.

»Jetzt befreien wir dich von diesen Fetzen und päppeln dich wieder auf!«, rief sie voller Genugtuung, indem sie sich über ihr straff zurückgebundenes Haar fuhr und die Blusenärmel hochkrempelte, die sie auch im Sommer lang trug.

Die Margiala bereitete einen Auszug aus Renetten und

Lorbeerblättern zu, der eine Viertelstunde lang kochen musste. Als die Flüssigkeit so richtig brodelte, gab sie sie zusammen mit frischer Minze in eine Tasse.

»Trink das noch heiß, das wird dich wieder auf die Beine bringen.«

Giuseppe gehorchte wie ein kleines Kind und lehnte sich schwer an den Tisch, als wollte er gleich einschlafen.

»Nein, nein, bevor du schlafen gehst, senken wir erst noch dein Fieber.« Sie befahl uns drei Schwestern, zu unserer Arbeit zurückzukehren. Nur der kleine Francesco bekam die Erlaubnis dabeizubleiben. Dann zog sie ihren Sohn aus und betrachtete ihn wie schon lange nicht mehr – so nackt, wie sie ihn geboren hatte. Er ließ sie gewähren, wohl wissend, dass es nur zu seinem Besten war.

Sekundenlang betrachtete sie ihn reglos und überzeugte sich davon, wie sehr die paar Monate ihrem Sohn körperlich zugesetzt hatten – vielleicht auch, um nach einer Erklärung für die hohlen Wangen und das spitze Kinn zu suchen, die allein schon seine einstige Schönheit ausgelöscht hatten.

»Verdammter Krieg. Verdammter Mussolini.«

»Mama!«, sagte er erschrocken.

»Was ist? Glaubst du, diese dreckigen Faschisten können uns selbst hier noch hören? In meinem Haus?«

Er schüttelte nur den Kopf und ließ sich zitternd ins kalte Wasser gleiten. Blau gefroren, kauerte er sich zusammen.

»Sei ein Mann und nimm dich zusammen. Das Fieber wird gleich sinken. Morgen bist du wie neugeboren.« Sie begann, Giuseppe mit einem Schwamm abzutupfen, den sie vorher in Essig getaucht hatte. Als sie damit fertig war, hüllte sie ihn in ein großes Leintuch und zog ihn in ihr Zimmer. Dort sollte er schlafen, als wäre er der Hausherr, neben dem inzwischen verblassten Foto von Nonna Diamante und dem noch sehr lebendigen Andenken an Papa Agostino. Daneben wiederum wachte eine stets brennende Kerze, die der wie ständig lodernden Wachsamkeit der Margiala glich.

Als ich mich an diesem Abend schlafen legte, war ich seltsam nervös.

»Wie ist der Krieg so, was glaubst du?«, fragte ich Cornelia mehrmals, bevor mich der Schlaf übermannte.

Doch keine ihrer Antworten konnte mich zufriedenstellen.

»Eine Sauerei«, piepste es leise unter ihrer Bettdecke hervor.

»Das sagt die Mama immer. Und was meinst du?«

»Ich weiß nicht. Er muss schrecklich sein. Ganz schrecklich.«

»Ja, aber wie ist es wohl für Giuseppe? Wie ist es für ihn, in diesem Krieg kämpfen zu müssen? Muss er andere Soldaten töten? Wie das wohl ist, Menschen töten?«

»Über so etwas solltest du nicht nachdenken. Das ist nichts für eine Frau.«

»Weil Frauen nicht in den Krieg ziehen, oder warum?« Ich wurde laut. »Mama sagt immer, dass wir jetzt alle im Krieg sind, ob nun zu Hause oder an der Front«, sagte ich gereizt.

»Sag ich doch, einfach eine Sauerei. Eine Riesensauerei

hätte ich sagen sollen, damit du endlich zufrieden bist.« Dann kehrte sie mir den Rücken zu, als wollte sie mir sagen, ich solle sie doch mit meinen philosophischen Fragen in Ruhe lassen.

Das Thema hatte mich unruhig gemacht, und nicht nur weil ich Giuseppe in diesem Zustand gesehen hatte. Irgendetwas nagte an mir, sagte mir, dass da etwas nicht stimmte, dass mir ein entscheidendes Element fehlte, um das mit dem Krieg verstehen zu können. Vielleicht war es auch mein schlechtes Gewissen, weil ich behauptet hatte, mit Mussolini verwandt zu sein. Den würde ich nicht mehr ins Spiel bringen, so viel war mir klar.

Nervös und nassgeschwitzt, setzte ich mich im Bett auf, um dann die Treppe hinunterzueilen – barfuß, damit mir der nackte Marmor etwas Abkühlung brachte. Aus Mamas Schlafzimmer drang etwas Licht, das längliche, gespenstische Schatten an die Flurwände warf. Es war merkwürdig still im Haus, sogar Francesco schlief tief und fest.

Ich ging zur Tür des großen Schlafzimmers, um den reglosen Körper meines Bruders zu betrachten. Er sah so anders aus als der selbstbewusste, freimütige junge Mann, den ich so oft beneidet hatte. Jetzt hatte er sich zusammengerollt wie ein kleines Kind, das gerade eine Tracht Prügel bezogen hat – gezeichnet von seiner Krankheit und einem Los, das er sich selbst ausgesucht hatte. Ich ließ den Blick zu dem makabren kleinen Altar schweifen, der mir seit jeher nicht ganz geheuer war, und musterte Mamas Umrisse. Ich hatte erst gar nicht gesehen, dass sie sich in Giuseppes Nähe hingelegt hatte. Auch sie hatte sich zusammengerollt, aber auf dem Sessel, der sonst am Fußende des Bettes stand. Sie hatte ihn neben die Gebetbank geschoben.

Sie trug immer noch das lange schwarze Kleid, das sie schon tagsüber getragen hatte, die Ärmel bis zum Ellbogen hochgekrempelt. Ich sah, dass sie eine Hand zwischen die Schenkel geschoben hatte, genau wie ich, wenn ich mich in den Schlaf wiegte, während die andere ein Foto an die Brust presste. Ich sah zum Altar hinüber. Von ihrem verblassten Foto musterte mich Nonna Diamante, die Hände in die Hüften gestemmt und mit Augen, die so funkelten, als wären sie noch lebendig und könnten einen verurteilen oder durchbohren.

Mama hatte das Foto von Papa an sich gepresst. Eine graumelierte Strähne lag auf einer Brust und verdeckte einen Teil des Rahmens. Hin und wieder zuckten ihre Lippen. Vielleicht sprach sie im Schlaf mit jemandem, vielleicht mit Agostino, vielleicht besuchte sie ihn ja im Traum.

Ansonsten nagte sie an ihrer Unterlippe, mit Zähnen, die im flackernden Licht der brennenden Kerze blendend weiß schimmerten.

In diesem Moment wallte eine heftige Zärtlichkeit für sie in mir auf. Ich empfand weder Wut noch Hass, weil ich nicht die sittsame junge Frau war, die sie sich wünschte, weil ich die Kleider nicht so bügelte, wie sie es haben wollte, weil ich das Geschirr nicht exakt nach ihrem Ritual abspülte, das immer genau gleich sein musste. Ich nahm ihr keine der absurden Vorschriften übel, mit deren Hilfe sie über ihr kleines Reich herrschte. In diesem Moment herrschte zwischen ihr und mir nur ein Liebeskampf.

Ich habe diesen Anblick meiner Mutter nie mehr vergessen, auch nicht die Tränen, die mir übers Gesicht liefen und die ich vergeblich zurückzuhalten versuchte. Zu gern hätte ich die verschwommenen Umrisse meiner beiden Schutzengel wahrgenommen, damit sie mir ins Ohr flüsterten: der eine, um mir zu sagen, dass ich stark bleiben müsse, und der andere, um mir eine seiner Geschichten vom Meer zu erzählen oder ein freches Lied vorzusingen. Ich sah erst zur einen Schulter und dann zur anderen, um Pietros und Papas Stimmen zu hören, aber diesmal waren auch sie es leid zu lügen.

5

Zwei Tage später hatte sich Giuseppe vollkommen erholt, und obwohl er immer noch extrem mager war, machte er schon einen deutlich besseren Eindruck.

Die Margiala war sehr gut darin, heilende Salben und Aufgüsse zuzubereiten. Sie hatte mich nur zwei Mal zum Drogisten geschickt, um Kräuter zu holen, deren Namen ich kaum aussprechen konnte, *Kardam, Kardamom*, was genau, weiß ich nicht mehr – ich bin in so was nie gut gewesen. Alles andere stammte aus ihrem besonderen Beet, das in meinen Augen aussah wie ein fantastischer Heilkräutergarten, wie das magische Herbarium eines alten Klosters. Mama hatte mir oft erzählt, dass Nonnen sich sehr gut mit solchen Dingen auskannten und für ihre Heilkräuter bekannt waren, mit denen sie die Menschen jahrhundertelang behandelten. Im Dorf wurden die Dienste der Nonnen vom Sacro Cuore jedoch nur von wenigen in Anspruch genommen. Man vertraute eher jemandem aus dem Volk, und da war Mama ideal.

An diesem Morgen stand eine wichtige Aufgabe an, die ich hasste. Das einzig Gute daran war, dass die Margiala uns nur einmal im Jahr dazu anhielt, wenn die Sonne schon angenehm wärmte, aber noch nicht sengend heiß war. Das war die beste Jahreszeit dafür, fand Mama, nämlich wenn man am frühen Morgen noch eine frische Brise genießen konnte und abends vom kühlen, vom Meer wehenden Wind Gänsehaut bekam. Der ideale Moment also, um Strähne für Strähne all die Wolle zu entwirren, mit der unsere Kopfkissen und Matratzen gefüllt waren.

Die Margiala war sehr stolz auf diese Wolle, die Teil ihrer Aussteuer gewesen war. Ihr Vater hatte geschuftet wie ein Pferd, um ihr diesen gelben Flaum mitgeben zu können.

Es handelte sich um eine sehr mühsame Arbeit, die tagelang dauerte und uns zwang, stundenlang auf dem Boden zu knien.

Stattdessen hätte ich lieber von morgens bis abends gestrickt, bis ich mir die Augen verdarb. Aber Mama behauptete immer, diese Reinigung sei unvermeidlich, damit die Wolle sich nicht zu harten, schmerzhaften Knoten balle.

Bestimmt sagte die Margiala das nicht nur, um uns zu ärgern. Bestimmt hatte die Sache durchaus einen wahren Kern.

Fest steht nur, dass ich sie aus vollem Herzen hasste.

»Wir fangen mit meiner Matratze an, denn die ist die größte«, verkündete sie und band sich ein schwarzes Tuch um den Kopf.

Rosetta hatte ihr Kind auf den Boden gelegt, und während der Kleine damit begann, dieses seltsame Zimmer zu erkunden, ging sie uns mit ihren kräftigen Armen zur Hand. Offen gestanden, war ich diejenige mit den sehnigsten Armen, aber mir fehlte die Kraft, um ernsthaft etwas beitragen zu können.

Die Margiala hatte drei große Baumwolllaken ausgebreitet, auf denen wir die entnommene Wolle ausbreiten sollten. Es war nicht leicht, Vincenzo daran zu hindern, auf diesen Laken herumzutollen.

»Giuseppe, komm und nimm uns den Jungen ab!«, schimpfte die Margiala ungeduldig.

Da verließ mein Bruder, der sich bereits um Francesco kümmerte, mit einem weiteren Knirps den Raum – auf die unbeholfene Art, wie unerfahrene Männer nun mal mit Kindern umgehen. Vermutlich verfluchte er seine Rückkehr und die rasche Genesung bereits, aber natürlich hätte er sich denken können, dass die Margiala für jeden eine Aufgabe hatte, dass es so etwas wie Freizeit bei uns zu Hause nicht gab.

»Nimm du ein Ende, Rosetta, und du das andere, Cornelia. Diamante, du kommst zu mir. Wenn ich ›los!‹ sage, heben wir gemeinsam das Laken hoch.«

Das Tuch hing stark durch, und wir mussten den Saum gut festhalten, damit die Wolle nicht herausrollte. Entsprechend schwer und unhandlich war das Bündel, das auf die Dachterrasse getragen werden musste. Das Kämmen der Wolle war etwas, was unter freiem Himmel stattfinden musste und auf keinen Fall im Haus, damit nicht jedes Möbelstück und jeder Gegenstand mit juckendem Staub bedeckt wurde.

Nacheinander trugen wir fünf große schwere Laken hinaus, bevor wir uns ausruhen und eine Limonade trinken durften, die Mama schon am frühen Morgen zubereitet und im Keller hatte ziehen lassen. Wir tranken sie auf einen Zug aus, sodass uns die Mischung aus Wasser und Zitronensaft aus dem Mund lief, auf Hals und Kleider tropfte, in den Ausschnitt und bis hinab zum Bauch rann.

Und in diesem Moment spürte ich ihn.

Einen stechenden Bauchschmerz, begleitet von einer Hitzewallung. Ich krümmte mich, die Hände vor dem Schritt verschränkt, wo spürbar etwas in mir aufstieg und gleichzeitig hinunterfloss. Dann kamen die Krämpfe, einer nach dem anderen, als machte sich jemand einen Spaß daraus, in meinen Eingeweiden zu wühlen.

»Was hast du denn?«, fragte Cornelia beunruhigt. Ich verzerrte den Mund vor Schmerz, war unfähig, auch nur ein Wort herauszubringen, und völlig überwältigt von den unerträglichen körperlichen Qualen.

»Diamante, da an deinen Schenkeln!«, sagte Rosetta, und in diesem Moment drehte sich Mama, die sich gerade am anderen Ende der Terrasse bei der Trennmauer vorbeugte, zu mir um. Anschließend brach sie in schallendes Gelächter aus.

»Ha, jetzt ist auch unsere kleine Diamante eine richtige Frau.«

Angewidert betrachtete ich das dicke dunkle Blut, das sich einen Weg über meine rosige Haut suchte. Dann stellte ich mich breitbeinig hin und sah mit Entsetzen, dass meine weiße Unterhose einen riesigen knallroten Fleck aufwies.

»Ich hab meine Regel bekommen!«, keuchte ich beunruhigt.

»Das ist nicht weiter schlimm. Das kriegen alle Frauen«, sagte Mama.

Ich warf Cornelia, die mich auf diesen Moment vorbereitet hatte, einen verschwörerischen Blick zu. Einerseits verspürte ich tiefe Zufriedenheit darüber, dass ich mich nun mit meinen dreizehn Jahren als Frau betrachten konnte. Andererseits konnte ich vor Schmerzen kaum klar denken. Zu gern hätte ich genauer gewusst, warum wir so gemacht waren, wozu dieser Schmerz diente, warum das Blut ausgerechnet dort herausfloss.

Alles Fragen, die ich der Margiala unmöglich stellen konnte. Für sie war das nur ein Moment des Übergangs, alles Weitere würde mich nach und nach das Leben lehren.

»Geh dich waschen. Dann lauf in mein Zimmer und nimm die großen weißen Tücher aus der zweiten Kommodenschublade. Wickle sie da unten rum und befestige sie mit zwei Sicherheitsnadeln. Nimm zur Sicherheit lieber zwei Tücher, denn beim ersten Zyklus verliert man viel Blut. Dann mach einen heißen Petersilienaufguss und leg dich irgendwohin, vielleicht in den Innenhof, denn im Moment haben wir keine Matratzen.«

Ich war mir nicht sicher, ob ich all das, was Mama gesagt hatte, begriff, aber das mit der zweiten Schublade auf jeden Fall, in der ich die weißen Baumwolltücher finden würde. Die würden die Blutung stoppen, oder dienten die Tücher bloß dazu, nicht alles schmutzig zu machen?

Während ich die Treppe hinunterging und mir das Kleid zwischen die Schenkel klemmte, kamen mir noch lauter andere Fragen in den Sinn, die ich gern gestellt hätte, die mir aber erst jetzt einfielen, wo der Schock langsam nachließ.

Wie lange soll ich noch bluten wie ein Tier? Woher weiß ich, wann ich das blutaufsaugende Tuch wechseln muss? Woran merke ich, wie viel Blut ich verloren habe? Und noch einmal: Wie oft muss ich diese Qual über mich ergehen lassen?

Ich schüttelte die Gedanken ab. Später würde ich noch genug Zeit haben, Rosetta zu befragen. Fürs Erste erlaubte mir meine Regel, mich vor diesem anstrengenden Arbeitstag zu drücken, und das hob meine Laune schlagartig.

»Ach, unsere Diamante ist groß geworden!«, kommentierte Giuseppe, der die beiden Knirpse im Garten herumkrabbeln ließ.

»Hahaha!« Ich grinste verlegen.

Er wusste also auch Bescheid. Wer hatte ihn denn eingeweiht? Bekamen Männer auch ihre Regel? Ich durfte ihm gegenüber keinesfalls zeigen, wie ahnungslos ich war, daher tat ich so, als wüsste ich bereits über alles, was da gerade mit mir geschah, Bescheid.

»Weißt du denn, was das bedeutet?«, fuhr er mit einem spöttischen Grinsen fort.

»Natürlich weiß ich das!« Dabei hätte ich gern das genaue Gegenteil gesagt, ihm gebeichtet, dass Mama und Cornelia mir bloß was von einem Übergang von Kindheit zum Erwachsensein erzählt hatten. Doch auch Cornelia wusste kaum mehr als das. Ich hätte ihn fragen, mir alles von ihm erklären lassen können, schließlich war er längst erwachsen – ja, er war sogar in einen Krieg gezogen!

»Weißt du, was du von nun an nie mehr tun darfst?«

Sein Blick wurde immer spöttischer und eindringlicher. Er wusste über alles Bescheid und machte sich über mich lustig. Anscheinend war ihm sehr wohl bewusst, dass ich von nichts eine Ahnung hatte.

»Ja, was glaubst denn du? Natürlich weiß ich das. Ich bin jetzt schließlich groß.«

Noch während ich das sagte, spürte ich, wie meine Hand ganz nass wurde. Beschämt musste ich das Gespräch abbrechen und biss mir vor Schmerzen in die Wangeninnenseite. Ich ließ meinen Bruder im Garten stehen, der weiterhin zusah, wie die beiden Kleinen zwischen den Pflanzen herumtrotteten. Jetzt hatte er wieder dieses Strahlen im Gesicht, sein Teint war rosig, und seine blauen Augen schillerten wie die Schuppen eines Fischs.

6

Giuseppes spöttisches Grinsen verfolgte mich auch noch die nächsten zwei Tage, doch ich war viel zu sehr mit den stechenden Krämpfen und dem dumpfen Schmerz beschäftigt, der schlimmer war als alles, was ich erwartet hatte. Vielleicht markierte diese körperliche Tortur ja tatsächlich den Übergang vom Mädchen zur Frau? Ich schaffte es nicht, ein leises Wimmern zu unterdrücken, obwohl ich erneut Pietros Stimme im Ohr hatte, die mich anfeuerte, mich nicht unterkriegen zu lassen, während Papas Stimme mir tröstend zuflüsterte, ich solle mich einfach meinen Gefühlen hingeben.

»Ich muss dich um einen Gefallen bitten«, sagte mein Bruder am dritten Tag meiner Qualen, während die Margiala und die anderen auf Knien Wollstränge auskämmten und sie sorgfältig in der Sonne ausbreiteten, bevor sie sie wieder dorthin zurückschoben, wo sie sie herausgezogen hatten.

»Mich?«, fragte ich, die ich mich auf einem Stuhl hin und her wand und mir den Bauch hielt, der nach wie vor wehtat, obwohl ich jede Menge von dem Aufguss getrunken hatte.

»Ich möchte dir das hier geben.« Er hielt einen Brief hoch. »Den sollst du Anna bringen.«

Diesmal ruhte mein Blick spöttisch auf ihm.

»Jetzt komm schon! Führ dich nicht so auf, sondern tu, was ich dir sage. Der Umschlag ist übrigens fest verschlossen, du darfst den Brief auf keinen Fall lesen.«

Sein Blick besagte, dass er mein großer Bruder war. Er sah mich herausfordernd an, mit einer dreisten Überheblichkeit, die ausdrücken sollte, dass er über mich verfügen konnte – als Mann, als älterer Bruder, aber auch weil er im Krieg gewesen war und bald wieder dorthin zurückkehren würde.

Also nahm ich den Brief, während er mich mit einem Schulterzucken, mit einer typisch männlichen Geste entließ – wohl wissend, dass ich tun würde, was er verlangt hatte. Das selbstgefällige Grinsen noch auf den Lippen, kümmerte er sich wieder um die Kinder, was er in den letzten Tagen gut gelernt hatte: Er saß einfach in der Sonne und freute sich darüber, wie gut er die Kinder im Griff hatte. Die beiden Schlingel hatten schnell kapiert, wer bei uns im Haus das Sagen hatte. Auf meine Ermahnungen oder die meiner Schwestern hörten sie kaum, hingen aber dafür förmlich an Giuseppes Lippen.

Sie hätten alles darum gegeben, seinen Hut oder seine Schuhe anprobieren zu dürfen – nur um dann hinzufallen und sich eine dicke Beule zu holen. Giuseppe war ihnen schon jetzt ein Vorbild, ein schöner junger Mann, an dem sie sich orientierten.

Ich tat so, als öffnete ich den Umschlag, und leckte mir dabei über die Lippen wie eine Katze, die gleich auf eine Maus losgeht. Er drehte sich um und warf mir nur einen drohenden Blick zu.

»Wehe, du wagst es!« war darin zu lesen, sodass ich die Augen niederschlug, zum Zeichen, dass er gewonnen hatte. Er wusste ganz genau, dass ich schnurstracks zu Pietros Haus gehen und seiner seltsamen, rothaarigen Schwester den Umschlag überbringen würde, auch wenn ich mir dabei den Bauch hielt, als könnte er jeden Moment explodieren. Doch in einem täuschte er sich, nämlich dass ich den Umschlag nicht öffnen würde. Denn genau das hatte ich vor – vielleicht auch wegen meines schlechten Charakters, der immer wieder die Oberhand gewann. Wie damals, als ich am Graben die unschuldige Eidechse zertreten hatte, oder als ich versucht hatte, durch die Fensterläden meine Eltern im Schlafzimmer zu beobachten.

Tief in meinem Innern war da immer dieser harte Kern, in dem etwas Verbotenes, Boshaftes angelegt war – auch wenn meine Locken inzwischen gebändigt waren und ich einen Pony wie die Colbert trug.

Ich war zwei Jahre zur Schule gegangen, und meine Italienischkenntnisse reichten aus, um die Schrift meines Bruders zu entziffern, der im Gegensatz zu mir drei Jahre die Schule besucht hatte. Danach hatte er nichts mehr vom Lernen wissen wollen und Papa bei der Arbeit geholfen.

Ich schlüpfte ins große Schlafzimmer, weil ich dort, im flackernden Schein der brennenden Kerze, auf der Gebetbank ungestört sein würde.

Ich beugte mich vor, während Nonna Diamante und Papa von ihren Fotos auf mich herabstarrten.

»Was gibt's denn da zu glotzen?«, flüsterte ich der Feldmarschallin zu, die mich mit einem Blick aus Augen, die ich mir brennnesselgrün vorstellte, beinahe zu töten schien. Ich drehte mich zu Agostino um – in der Hoffnung, dass wenigstens er Verständnis für meine Neugier haben würde.

Die Schrift war ziemlich krakelig. Wer weiß, wie lange Giuseppe gebraucht hatte, die Feder in die Tinte zu tauchen, darauf zu achten, nicht aufs Papier zu klecksen, und einen Brief nach dem anderen zu entwerfen, während er sich darauf konzentrierte, was ihm sein Herz oder sein Verstand eingab. Ich hatte noch nie gelesen, was Liebende so austauschen, ja, ich konnte mir meinen Bruder gar nicht verliebt vorstellen. Er, der sich stets so draufgängerisch gab wie Agostino Valenti, der mit verschränkten Armen an einem der niedrigen Häuser der Piazza Umberto lehnte, wenn ein schöner Film gezeigt wurde, und den Zahnstocher von einem Mundwinkel in den anderen wandern ließ, eine jener Schauspielerposen imitierend, die ihm seinen Spitznamen eingebracht hatten.

Jetzt war er, Giuseppe, der Valenti. Und hatte es doch gar nicht nötig, einer jungen Frau mit Sommersprossen und einer ganz besonderen Haarfarbe zu schreiben.

Ich war es nicht gewohnt, Sätze zu lesen wie »Ich muss immer an dich denken. Ich möchte dich an mich drücken. Ich möchte nicht wieder in den Krieg ziehen.«

Während ich so dreist war, mir Einblick in die Gefühle meines Bruders zu verschaffen, wurde mir ganz heiß. Ich spürte einen seltsamen Neid auf Pietros Schwester und fragte mich, ob auch mir jemals ein junger Mann so etwas schreiben würde. »Mir doch egal!«, stieß ich leise hervor. Ich hatte mir geschworen, nie zu heiraten, und da würde ich doch wegen ein paar honigsüßer Worte nicht dahinschmelzen wie Butter in der Sonne!

»Am liebsten würde ich nicht wieder in den Krieg ziehen« – das war der Satz, der am häufigsten fiel.

Warum? Um sich nicht von ihr trennen zu müssen? Oder weil inzwischen auch er gemerkt hatte, dass die Margiala von Anfang an recht gehabt hatte? Dass der Krieg eine Riesensauerei war?

Hastig steckte ich den Brief zurück und versuchte, den Umschlag mit Spucke wieder zuzukleben, was mir allerdings nicht gelang. Egal! Anna würde das bestimmt gar nicht auffallen, weil sie voll und ganz damit beschäftigt sein würde, selig zu seufzen und Tränen der Rührung zu verdrücken. Ich pflückte eine reife Zitrone und ein paar Pfirsiche im Garten, füllte eine Tasche damit und verabschiedete mich von Giuseppe – trotz des schrecklichen Vertrauensbruchs, den ich gerade begangen hatte.

»Diesmal habe ich gewonnen!«, hätte ich ihm gern zugeflüstert, während er mir wieder einen drohenden Blick schickte, in dem aber auch Dankbarkeit lag.

»Ich bin gleich wieder da. Ich geh mal kurz, du weißt wohin«, sagte ich ungerührt.

An diesem Abend waren die Matratzen wieder mit Wolle gefüllt, richtig schön ausgestopft. Jetzt, wo die Wolle gut gekämmt war, wirkten sie gleich viel höher.

Am nächsten Morgen brach Giuseppe auf, und unser Leben verlief wieder seltsam eintönig – etwas, was sich im letzten Jahr noch verstärkt hatte, so als lebten wir in einer anderen Dimension, die weder Traum noch Realität war.

Vom Krieg bekamen wir nur sporadisch etwas mit, weil die Margiala uns nur ungern in den Ort gehen ließ und die Einkäufe lieber selbst erledigte.

Das war ihre Art, ihre Welt zu schützen, ihre Regeln, die ihr garantierten, wenigstens bei sich zu Hause, in ihrem Garten, die Kontrolle zu haben. Im Reich der Margiala herrschte eine gewisse Ungerührtheit, nur unterbrochen durch das tägliche Gebet, Giuseppe möge heil zurückkehren.

Ob Rosetta auch für ihren Mann betete, weiß ich nicht, und niemand von uns wagte es, sie danach zu fragen. Wie soll man auch Mitleid oder Liebe für einen Mann empfinden können, der einen auf diese Weise zur Frau genommen hat? Vielleicht hoffte sie ja sogar, dass der Krieg ihr Domenico Occhi bianchi nahm. Dann hätte sie ihn dem Sohn gegenüber als Held darstellen können statt als Mädchenräuber.

Erst als man die Lebensmittel rationierte und das Mehl langsam knapp wurde, begriffen wir wirklich, was Krieg bedeutet, nämlich dass er bösartig ist und Armut bringt. Bis dahin war er für mich einfach nur weit weg gewesen, fast harmlos.

Erst als uns deswegen der Magen knurrte, begann auch ich ihn zu hassen, genauso leidenschaftlich wie die Margiala, und hörte auf, Mussolini zu meiner Verteidigung anzuführen.

7

Für Kinder war das alles eher ein Spiel, und obwohl die alten Männer früher oft vom Ersten Weltkrieg erzählt hatten, waren das für uns einfach nur Anekdoten. Pietros Großvater hatte uns seine Erfahrungen wiederholt geschildert – aber auf die für ihn typische, ironische Weise. Er klagte dann über das schlechte Essen, über das verunreinigte Wasser, das sie hatten trinken müssen, über den Durchfall und die Male, wo sie ihr Geschäft im Freien hatten verrichten müssen – Fliegen und Zecken wehrlos ausgesetzt. In diesen Geschichten kamen keine Bomben vor, kein Tod und auch keine Heimtücke, wie sie jeder Krieg mit sich bringt. Wenn Pietro und ich damals an den Krieg dachten, stellten wir uns einen insektenzerstochenen runden weißen Hintern neben dem anderen vor und fanden das urkomisch. Wir lachten herzhaft beim Gedanken an den Krieg, ohne zu ahnen, was sich wirklich hinter den langen Seufzern des Großvaters verbarg.

Selbst als man von Toten hörte, beeindruckte uns das wenig. Der Tod war weit weg, an der Front. Nie wäre ich auf die Idee gekommen, der Tod könnte auch bei uns Einzug halten und Giuseppe treffen. Weil der Tod mir schon so früh im Leben begegnet war, bildete ich mir ein, immun dagegen zu sein.

»Er hat mich schon gestreift, ich habe ihm ins Gesicht

geschaut. Ein Schauer ist mir über den Rücken gelaufen. Er wird mich nicht noch mal streifen.« Der Tod war selbst zu einem mächtigen Schutzamulett geworden.

Ich wusste nichts von diesem Krieg – Cornelia und Rosetta ebenso wenig. Und wenn die Margiala etwas wusste, redete sie nicht mit uns darüber. Damals sprachen die Frauen nicht über ihre Männer an der Front. Man sah sie vor dem Haus sitzen und stricken, Strümpfe und dicke Pullover für die Front, Schals und Mützen. Tag für Tag, so lange, bis sein Ende verkündet würde. Doch alle schwiegen dabei. Der laute Markttrubel war einem unterdrückten, fast schon geflüsterten Stimmengewirr gewichen. Die alten Verkäufer flüsterten, weil sie traurig und müde waren. Sie konnten mit diesem neuen Krieg nichts anfangen. Die Mütter flüsterten ebenfalls, und zwar aus Respekt. Wer losgezogen war, würde womöglich nicht zurückkehren. Daher hatte man keine Lust, zu reden oder zu feilschen, und kaufte nur das Nötigste. Das Warenangebot war dürftig, das Lebensmittelangebot auch, aber das machte nichts. Alles sei besser, als an der Front zu sein, sagten die Alten ebenso wie die Hausfrauen. Sogar zu Hause wurde nur noch leise gesprochen, aus Angst, man könnte von feindlichen Augen beobachtet und von feindlichen Ohren belauscht werden. Wenn Comare Nenna, Comare Antonietta und Comare Nannina uns nachmittags besuchten, saßen wir alle im Flur, neben der Anrichte. Rosetta stellte die Stühle im Kreis auf, und ich nahm in Treppennähe Platz, damit ich rasch aufspringen konnte, wenn es sein musste. Alle zogen irgendeine Handarbeit hervor, die sie noch beenden mussten.

Wenn die alte Klatschtante zu einer ihrer Katastrophengeschichten über einen armen Unglücksraben anhob, der sein Leben an der Front verloren hatte, hob die Margiala rasch die rechte Hand und gebot ihr zu schweigen. Es lag eine solche Wut in der Geste, dass sich kein Lüftchen mehr regte. Alle hielten den Atem an, und sogar die Hände, die bisher noch eifrig gestrickt hatten, hielten inne. Da sah die alte Klatschtante erst mich an und dann die anderen, begriff, dass sie den Mund halten sollte. Dass es sich für uns Frauen nicht schickte, über solche Dinge zu reden. Manchmal wurde ich allerdings neugierig und wollte mehr wissen, verspürte den krankhaften Drang, diese hässliche Sache, die der Krieg nun mal war, genauer geschildert zu bekommen. Aber die Margiala hätte mir das so oder so verboten – wenn nicht mit Worten, dann mit der Kraft ihrer Gedanken.

Deshalb waren die Kriegsjahre für mich einfach nur ein jahrelanges Warten. Ich verbrachte meine Tage damit, zu stricken, stumm und geistesabwesend zum Markt zu eilen und die Nachmittage in Gesellschaft der Comari zu verbringen. Wenn unbedingt geredet werden musste, dann über etwas anderes. Man verbrachte mehr Zeit miteinander, das weiß ich noch: Die Menschen hatten mehr denn je das Bedürfnis zusammenzuhalten. Jeder Tag, jeder Monat, jedes Jahr konnte den ersehnten Moment bringen.

»Der Krieg ist vorbei«, flüsterte eine Stimme in meinem Kopf, sobald ich morgens aufwachte. Denn selbst wenn ich ihn nicht aus erster Hand kannte, wollte ich, dass er zu Ende ging, dass Giuseppe zurückkehrte – ja sogar Domenico Occhi bianchi. »Wieso nicht heute Morgen?«, sagte ich mir jedes Mal und stellte mir bereits vor, dass die alte Klatschtante wie ein verrücktes Huhn durch die Straßen rannte und im ganzen Ort verkündete, dass keine Bomben mehr fallen, dass Ehemänner, Söhne und Enkel bald zurückkehren würden. Dann würden sich alle zusammenreißen, die Ärmel hochkrempeln und gemeinsam versuchen, alles wiederaufzubauen, den Wahnsinn zu vergessen, der die Wohlhabenden und Mächtigen befallen hatte. Wir, die einfachen Leute, konnten nichts tun als abwarten. Abwarten und hoffen, dass der ersehnte Moment beim Aufwachen gekommen war.

TEIL VII

DAS TANZVERGNÜGEN

1

Sommer 1947

»Komm, richte mir die Schleife.«

»Die Schleife sitzt perfekt. Aber der Rock betont meine Hüften zu sehr, oder?«

»Ich wäre froh, wenn ich deine Hüften hätte! Ich bin die reinste Bohnenstange.«

Ich warf Cornelia einen koketten Blick zu, während wir uns im großen Rauchspiegel des großen Schlafzimmers bewunderten. Dabei strich ich mir über meine Rundungen, und sie schob ihre kleinen Brüste hoch.

»He, gib mir meine Tasche zurück, du Frechdachs!«, schimpfte sie den kleinen Teufel Francesco. Unser jüngerer Bruder war ebenso schlau wie gerissen. Und obwohl er immer noch mädchenhaft-unschuldig, ja engelsgleich wirkte, konnte man das von seinem Charakter nicht gerade behaupten. Wer genau hinsah, entdeckte ein böses Funkeln in seinen Augen, die klein und kalt waren wie die eines wilden Tieres. Schon bald war er ein Meister im Stehlen. War es erst nur eine Tomate oder Möhre gewesen, hatte er seine Fertigkeiten mit der Zeit immer weiter verfeinert. So kam es, dass Francesco mit allem Möglichen nach Hause zurückkehrte – je nachdem, was er auf seinen Streifzügen durchs Dorf so entdeckt hatte. Die Margiala schaffte es einfach nicht, ihn im Hause zu behalten – diesen gewissenlosen, gottlosen Herumtreiber, wie sie ihn nannte, da sie bereits befürchtete, an ihrem Jüngsten könnte etwas faul sein.

»Schon als du an den Brüsten deiner Schwester gesaugt hast, hätte ich wissen müssen, dass nichts Anständiges aus dir werden wird.«

Einmal hatte Mama ihn grün und blau geprügelt, ihm eine lange, unauslöschliche Narbe auf der Stirn beigebracht.

»Damit du die Kürbisse nie mehr vergisst, die du geklaut hast«, fluchte sie, wütend wie hundert Männer. Was wollte er überhaupt mit diesen Kürbissen? Wir konnten das gar nicht verstehen, und das machte die Margiala erst recht wütend: dass er nicht aus einer Not heraus stahl, sondern weil es ihm Spaß machte.

Ein andermal war er trotz der Prügel mit einem Fahrrad nach Hause gekommen, das ihn bei Weitem überragte.

»Wo hast du das denn her?«

»Gefunden«, sagte er mit seinem Engelsgesicht, während die Narbe auf seiner Stirn noch rot und frisch war.

»Und seit wann findet man bei uns Fahrräder?«

Er zuckte nur mit den Schultern, reagierte völlig ungerührt auf die Verzweiflung seiner Mutter.

»Sieh zu, dass du es seinem Besitzer zurückbringst, sonst bring ich dir eine noch größere Narbe bei!«, brüllte sie und fuchtelte mit einem Stock – eine beängstigende Härte in der Stimme. Wenn sie sich besonders aufregte, wurden ihre Augen zu schmalen Schlitzen und verdüsterten sich genauso wie ihre Stimmung.

»Na gut, wenn du unbedingt meinst. Aber Tonino, der lange Lulatsch, hat auch so ein Rad«, hob er an.

»Tonino, der lange Lulatsch, interessiert mich kein bisschen. Der hat auch einen Vater, der Frau und Kinder ernährt – einen, der es sich leisten kann, ein neues Fahrrad zu kaufen.«

»Es ist schließlich nicht meine Schuld, dass ich keinen Vater habe«, erwiderte er und trat mit der ausgeblichenen Spitze seines Schuhs nach einem Stein. Die Antwort der Margiala ließ nicht lange auf sich warten und sprach eine deutlichere Sprache als Worte: Eine schallende Ohrfeige landete mitten im Engelsgesicht.

»Wage es nicht, deinen Vater zu erwähnen! Der war ein hochanständiger Mann und wäre tot umgefallen, wenn er noch erlebt hätte, was für einen Sohn er da gezeugt hat.«

Auf die körperliche Strafe folgten die Worte, die zielsicher ins Schwarze trafen. Denn wenn Mama dermaßen zuschlug, war ihr Ärger verpufft, und sie war eiskalt und beherrscht.

Francesco massierte sich die schmerzende Wange und schob mit der anderen Hand das Fahrrad, das er, wer weiß wo, aufgegabelt hatte, zu seinem rechtmäßigen Besitzer zurück.

»Tonino, der lange Lulatsch, hat auch so ein Rad«, murmelte er, während er in Richtung Piazza Umberto verschwand. Vielleicht hatte er es dort geklaut. Vielleicht war es eines der Räder, die die alten Männer unbeaufsichtigt zwischen den Beeten stehen ließen, wenn sie sich zu ihrem täglichen Palaver oder in Riccardos Bar auf einen starken Kaffee und ein gefülltes Hörnchen trafen.

Tonino, der lange Lulatsch, wiederum war der Sohn des

Metzgers – ein großer, dünner Junge, bleich wie der Mond. Früher hatte er Kinderlähmung gehabt, sodass er ein Bein nachzog, das sichtlich schwächer und dünner war als das andere.

Er war zwei Jahre älter als Francesco und hatte mehr Geld in der Tasche, womit er seine Unterlegenheit, wenn die anderen Knirpse beim Fußballspielen durch die Gassen flitzten, wenigstens ein bisschen ausgleichen konnte. Bei solchen Spielen konnte er bloß zuschauen oder höchstens den Schiedsrichter machen, wenn einer gebraucht wurde. Wettrennen waren ihm für alle Zeiten versagt. Wenn überhaupt, schaffte er es, etwas schneller zu gehen, wobei er das schwache Bein nachzog.

Glaubte man meinem Bruder, gab es immer jemanden, der mehr hatte als er: Geld, Essen, Kleidung, Schuhe, Luft zum Atmen.

Aber so würden Jungen nun mal, wenn sie ohne Vater aufwachsen müssen, behauptete die alte Klatschtante. Am liebsten hätte die Margiala ihr ebenfalls eine schallende Ohrfeige verpasst. Der Sohn machte ihr allerdings wirklich viele Probleme, und sie befürchtete, er könnte eines Tages richtig kriminell werden und sich deswegen noch eine Kugel einfangen.

Manchmal dachte ich, dass Gott ein Freund von starken Gegensätzen sein musste, wenn er der Margiala einen so schwierigen Sohn geschenkt hatte. Dieser Junge war jedenfalls der lebende Beweis dafür, dass auch im Reich meiner Mutter nicht immer alles so lief, wie sie sich das vorstellte.

Als Francesco Cornelia ihre Tasche zurückgab, hatte er bereits sämtliche Münzen, die darin geklimpert hatten, entwendet.

»Was bist du nur für ein Gauner!«, fluchte meine Schwester. »Und davon gibt es auf der Welt schon mehr als genug. Die sind eine Pest.«

Doch das ließ den kleinen Wildfang mit dem Engelsgesicht völlig kalt, der sich an keine unserer Regeln hielt. Er war einfach anders, so wie auch manche Bäume, die inmitten von gerade gewachsenen ihren eigenen Weg suchen, ganz anders wachsen als die umstehenden, obwohl sie dem gleichen Samen entsprossen sind, genau gleich gegossen, von derselben Sonne beschienen und vom selben Regen benetzt wurden.

»Deinetwegen kommen wir noch zu spät!«, schimpfte ich, während ich ein letztes Mal meine Frisur in Form brachte. Seit Kurzem hatte ich mich von meinem Pony à la Claudette Colbert getrennt, der viel zu gekünstelt für mich war, wie ich fand. Jetzt fielen mir die kastanienbraunen Locken bis auf die Schultern, und um sie zu zähmen, gab ich jede Menge Brillantine hinein.

Als ich das erste Mal so das Haus verlassen hatte, um erst zum Drogisten und dann zum Brunnen zu gehen, hatte mir Signor Aldo, der Drogist, gesagt, dass ich aussehe wie Luisa Ferida.

»Du siehst wirklich aus wie Lucrezia.« Damit meinte er die von Ferida gespielte Bäuerin in dem Film *Un'avventura di Salvator Rosa*. Das erfüllte mich mit Stolz, denn während ich bei der Colbert nicht mal wusste, was für ein Gesicht sie hatte – auch wenn ihr Name in meiner Fantasie für eine elegante, schlanke Schönheit stand –, wusste ich alles über die Ferida. Ich ließ keine Gelegenheit aus, einen Film mit ihr zu sehen, vor allem seit nach dem Krieg ausgerechnet in unserer Straße das Kino Carella eröffnet hatte. Das stellte eine echte Revolution in meinem Dorf dar und löste die Kinomobile des Regimes sowie die alten Filme ab, die hin und wieder im Pfarrhaus gezeigt wurden, die Cornelia und ich aber nicht sehen durften.

»Da gehen die Leute nur hin, um junge Frauen zu begrapschen«, regte sich Mama auf, wenn wir es trotzdem versuchten. Ins Carella-Kino hingegen ging sogar die Margiala, und die Ferida gefiel auch ihr. So gut wie Valenti, bei dem sich ihre Augen jedes Mal, wenn er auf der Leinwand auftauchte, mit Tränen füllten, weil er sie an ihren verstorbenen Mann erinnerte.

Cornelia trug ein rosa Kleid mit Puffärmeln. Es war in der Taille eng geschnitten und besaß einen kleinen Rückenausschnitt. Ich dagegen hatte eine gepunktete Bluse an und einen schwarzen Rock, der meine an die Bäuerin Lucrezia erinnernden Hüften betonte. Cornelia war nach wie vor dürr wie eine Bohnenstange oder so schlank wie eine nordische Schönheit, mit ihrem hellen, rosigen Teint. Die weichen, vollen Lippen waren ihre einzigen Rundungen. Sie beklagte sich über ihre zu kleinen Brüste, und jetzt, wo wir beide junge Frauen waren, stopfte sie ihren BH mit etwas Watte aus, um ihr Dekolleté zu vergrößern.

Natürlich ohne dass die Margiala eingeweiht war.

Niemand hätte uns für Schwestern gehalten, andererseits

war ich von klein auf eine Ausnahme in meiner hübschen Familie gewesen, und das blieb auch so, als ich älter wurde.

Selbst mit achtzehn war ich meinen Babyspeck noch nicht los, genauso wenig wie meinen gesunden Appetit. Dafür hatte ich gelernt, dass Rundungen nicht unbedingt etwas Negatives sein müssen. Auch wenn ich meine kräftigen Beine nicht besonders mochte, war ich sehr stolz auf meine üppigen, weichen Brüste.

2

Der Keller von Comare Antonietta wurde auch für Tanzvergnügen genutzt, und für zwei junge Frauen wie Cornelia und mich gab es nichts Aufregenderes.

Gründe zum Feiern gab es genug, und dass der Krieg und vielleicht auch der Hunger endlich vorbei waren, spielte sicherlich ebenfalls eine Rolle. In gewisser Weise war die Atmosphäre noch freudiger als im Jahr zuvor, denn jetzt erholten sich langsam auch diejenigen wieder, die einen Sohn, einen Mann oder ihr Haus verloren hatten.

Giuseppe war aus diesem unglückseligen Krieg heil zurückgekehrt, genauso wie Domenico Occhi bianchi (ob zur Freude meiner Schwester oder eher nicht, sei einmal dahingestellt). Mein Bruder hatte sich nicht verändert, weder äußerlich noch charakterlich. Er war einfach nur froh, wieder zu Hause zu sein, und wollte von alldem nichts mehr wissen. Die Margiala hatte ihm keine Fragen gestellt – zumal eine wie sie, die selbst nicht gern redete, auch das Schweigen der anderen respektieren musste. Der Rest der Familie hatte sich einfach damit abgefunden, dass das Leben mehr oder weniger so weiterging wie zuvor. Und was den guten Domenico betraf, merkten wir nicht mal, dass es ihn gab. Schon zwei Tage nach seiner Rückkehr arbeitete er wieder mit seinem Bruder und seinem Vater in der Schmiede. Sie nahmen das Leben dort wieder auf, wo es unterbrochen worden war. Domenico war nur noch hagerer geworden, was ihn tatsächlich aussehen ließ wie ein riesiger Zahnstocher.

Sogar Comare Antoniettas Mann war aus dem fernen Amerika zurückgekehrt, und vor allem das wollte die alte Klatschtante gebührend feiern.

Nachdem sie sich jahrelang als Witwe oder Betrogene gefühlt hatte, war ihr Mann jetzt endlich wieder an ihrer Seite. Keine Ahnung, wie der gute Mann ihr sein zehn Jahre langes Verschwinden erklärt hatte. Vielleicht waren ja seine Briefe verlorengegangen, wie man gern behauptete, oder aber er war einfach zu sehr von seiner Arbeit beansprucht gewesen. Das Heranwachsen seiner Kinder und die Geburt des ersten Enkels hatte er jedenfalls verpasst, was ihn allerdings nicht groß zu stören schien.

Inzwischen war seine Frau wieder dazu übergegangen, sich von der Margiala aus dem Kaffeesatz lesen zu lassen.

»Vielleicht sollten wir das lieber lassen«, hatte Mama sie gewarnt, als sie erstmals mit dieser Bitte aufgetaucht war.

»Tadino ist wieder da. Du willst mir doch nicht erzählen, dass er ein zweites Mal fortgehen wird?«, hatte sie in ihrem üblichen Jammerton gesagt.

»Na gut, aber sag nicht, ich hätte dich nicht gewarnt! Glaub mir, manche Sachen sollten lieber im Kaffeesatz verborgen bleiben.«

Doch Comare Antonietta sog nach wie vor sämtlichen Klatsch auf wie ein Schwamm. Sie zu bitten, ihre Neugier zu zügeln, war in etwa so, als würde man von einem Elefanten verlangen, sich vorsichtig durch den Porzellanladen zu bewegen.

»Ich sehe eine schwarze Frau«, hatte die Margiala gesagt, woraufhin sich die alte Klatschtante auf ihrem Stuhl abrupt aufgerichtet und sich den faltigen Truthahnhals nach der Tasse in Mamas Händen verrenkt hatte.

»Und sonst? Was siehst du noch?«

Mama starrte stirnrunzelnd in die Tasse, mit kühl schimmerndem Blick, und erhob sich anschließend, um den letzten Rest Kaffee in die Spüle zu schütten.

»Bei der nächsten Sitzung sehen wir weiter. Jetzt solltest du dich lieber über die Rückkehr deines Mannes freuen«, beendete sie hastig das Thema, um der Comare nicht sagen zu müssen, dass die Schwarze, die sie neben Tadino gesehen hatte, auch von einer Schar Kinder umringt gewesen war, die nicht ganz so schwarz waren wie sie. Daraufhin ging Comare Antonietta, die Handtasche fest an die Brust gepresst. Leise murmelte sie drei Worte vor sich hin, »eine-schwarze-Frau«, und versuchte mit ihrer blühenden Fantasie zu ergründen, was es mit dieser schwarzen Frau wohl auf sich hatte. War sie schwarz, weil sie schwarz gekleidet war oder weil sie eine dunkle Hautfarbe hatte? Kaum war sie aus der Tür, die ihr die Margiala aufgehalten hatte, wollte sie schon wieder kehrtmachen und weitere Erklärungen verlangen. Mit weit aufgerissenen Augen drehte sie sich zu Mama um und holte tief Luft, als wollte sie gleich etwas fragen. Doch als sie wieder ein wenig zur Vernunft gekommen war, überlegte sie es sich anders und verließ das Haus der Margiala, weiterhin leise murmelnd.

In der Woche darauf lud sie das ganze Dorf und noch weitere Leute ein, um die Rückkehr Tadinos zu feiern.

Solche Tanzvergnügen waren bei uns weit verbreitet, eine gute Gelegenheit, sich zu treffen und kennenzulernen. Oft wurden sie in Kellerräumen veranstaltet, die nur zwei Zutaten brauchten: Musik und eine lange Reihe von Stühlen. Erstere diente gleich mehreren Zwecken – das Tanzen kam dabei eher an letzter Stelle. Die Klänge sorgten dafür, dass sich die Gäste entspannten und leichter miteinander ins Gespräch kamen. Außerdem erlaubten sie es, einen tausend Jahre alten Vorhang beiseitezuziehen, der die Welt der Männer von der der Frauen trennte.

Die Stühle durften natürlich auch nicht fehlen, denn darauf konnten sich die jungen Frauen präsentieren. Sie waren gewissermaßen die Platzteller fürs gute Service. Hier saßen sie also, eine neben der anderen, häufig Hand in Hand, und warteten auf einen Blick, auf die Erfüllung ihrer Träume, auf die große Liebe.

Obwohl ich bereits im heiratsfähigen Alter war, litt ich immer noch darunter, dass ich dem anderen Geschlecht nie weiblich-kokett begegnet war, sondern eher mit dem unguten Gefühl, im falschen Körper zu stecken. Stets hatte ich genauso sein wollen wie die Männer, sodass ich irgendwann bloß noch wütend auf sie war. Es war kein Hass, den ich empfand, dafür ein ziemlich ungesunder, anhaltender Neid. Während die anderen jungen Frauen auf diesen Tanzvergnügen von einem aufregenden jungen Mann träumten, träumte auch ich – aber nicht, weil mich die Vorstellung so faszinierte und ich sie besonders verlockend gefunden hätte, sondern weil etwas an mir nagte. Ich träumte von ihrer lässigen Überlegenheit, die ich niemals erlangen würde – nicht einmal, wenn ich Hosen trug oder ein Fahrrad bestieg.

Die Margiala hatte erst nach langem Bitten eingewilligt, uns zu solchen Tanzvergnügen gehen zu lassen, und nur unter zwei Bedingungen: Erstens musste Giuseppe dabei sein, und zweitens mussten sie bei Leuten stattfinden, die sie kannte und denen sie vertraute.

»Ich will nicht, dass ihr bei Leuten mit zweifelhaften Absichten landet, mit irgendwelchem Gesindel. Seit dem Krieg zirkulieren höchst seltsame Vorstellungen. Nicht nur der Krieg ist eine Sauerei, sondern auch die Zeit danach: Die Leute meinen, dass sie sich alles erlauben können, bloß weil nicht mehr geschossen wird.«

In gewisser Weise hatte die Margiala recht, da die Überzeugung vorherrschte, man könne sich jetzt, wo nicht nur der Krieg, sondern auch Mussolini Geschichte war, durchaus die eine oder andere Freiheit herausnehmen. Man fühlte sich dazu berechtigt, übermütig zu sein, Grenzen zu überschreiten – so wie Menschen, die zum Tode verurteilt worden sind und dann doch weiterleben dürfen.

Die meisten fühlten sich wie neugeboren. Natürlich nicht die Margiala, die seit jeher mit beiden Beinen fest auf dem Boden stand. Sie hatte schon genug Schicksalsschläge erlebt und wappnete sich deshalb innerlich stets gegen neue Katastrophen.

»Gib deiner Schwester ihr Geld zurück!«, herrschte sie das Engelsgesicht Francesco an.

»Das war doch nur ein Scherz, Mama!«

»Ja, genau wie damals mit dem Fahrrad, stimmt's?« Sie

gab ihm einen Klaps in den Nacken, aber nur einen Klaps. Vielleicht weil die Margiala an diesem Tag ebenfalls gute Laune hatte.

Es war das erste Mal, dass auch sie zu so einem Tanzvergnügen ging. Sie hätte unmöglich fernbleiben können, sonst hätte die alte Klatschtante sie bestimmt nicht mehr gegrüßt.

Das Einzige, was sie sich gönnte, war, dass sie ein wenig Olivenöl auf die Lippen auftrug. Ansonsten blieb der Panzer, hinter dem sie sich schon ein Leben lang versteckte, intakt: ein knöchellanges schwarzes Kleid, ein strenger Dutt, die Hände vor dem Bauch verschränkt. Ich sah, wie sie einen flüchtigen Blick auf ihr Spiegelbild warf.

Fast war ich gerührt. Gut möglich, dass es seit zwanzig Jahren dasselbe Kleid war. Vielleicht hatte sie auch zwei davon in ihrem Schrank, den sie stets verschlossen hielt. Wenn das eine in der Wäsche war, trug sie eben das andere. Sie kam mit ganz wenig Geld aus, aß wie ein Spatz und gönnte sich auch sonst so wenig, dass ich mir manchmal wünschte, sie möge sich endlich entspannen und wieder so leben wie eine normale Frau.

Es war seltsam, so viel Wohlwollen für sie zu empfinden. Genauso seltsam war es zu sehen, dass sie zu einem Fest ging, das nichts als Zerstreuung zu bieten hatte. Ablenkung war etwas, was der Margiala völlig fremd war, ja das sie regelrecht zu überwältigen schien.

»Da sind ja meine Damen!«, sagte Giuseppe beim Betreten des großen Schlafzimmers. Er zupfte seinen Hemdkragen zurecht und zog Francesco am Ohr.

»He, du tust mir weh!«, beschwerte sich der und verdrehte die Augen.

»Du wirst auch heute irgendwas angestellt haben, also hast du das sicher verdient.«

Er kniff Mama vorsichtig in die Wange. Allein dass er sie so liebevoll berührte, verschlug mir den Atem. Sie verzog die schmal gewordenen Lippen zu einem angedeuteten Lächeln. Zu mehr war sie vermutlich gar nicht in der Lage. In diesem Moment sah ich, dass sie leicht rosige Wangen hatte, wie ein junges Mädchen. Kurz dachte ich, sie hätte sich geschminkt. Eine Vorstellung, die dermaßen abwegig war, dass ich sie mit einer raschen Geste verscheuchte.

Ich warf einen kurzen Blick auf Giuseppe, als fände sich in seinen hellen Augen eine Erklärung für meine Bestürzung. Die Spontaneität dieser zärtlichen Geste zwischen Mutter und Sohn hatte mir die Sprache verschlagen. Ich stellte mir vor, dasselbe zu tun, der Margiala über die Wange zu streichen oder ihre Hüften zu umschlingen. Wie das mit dem rosigen Teint war auch das eine so seltsame Vorstellung, dass ich sie gleich wieder verdrängte. Eine zärtliche Geste zwischen der Margiala und mir war schlichtweg unvorstellbar, bei ihr kam mir jeder Körperkontakt schon fast unanständig vor.

»Francesco, du bleibst bei Onkel Domenico«, befahl Rosetta, die in ihrem leichten Blümchenkleid wunderschön aussah. Sie hatte die Haare so im Nacken zusammengebunden, dass zwei lange Locken die Wangen umrahmten. Sie trug schwarze Lackschuhe mit einem kleine Absatz, der ihre Größe und ihre schlanken Beine betonte.

»Du weißt ja, dass Onkel Domenico keine Tanzveranstaltungen mag, und du bist noch zu jung dafür.«

»Es ist doch immer dasselbe! Die Großen dürfen sich amüsieren, und uns Kindern zieht man die Ohren lang!«

Er sprang davon – in kurzen Hosen, die zwei Knie mit unzähligen Schrammen sehen ließen, sowie mit zwei ehemals weißen, jetzt pechschwarzen Socken.

3

Das Haus von Comare Antonietta hatte einen schönen, direkt an die Straße grenzenden Garten, der von einer niedrigen geweißten Mauer umgeben war. Die Äste mehrerer Bäume ragten hervor. Ein Pfirsichbaum, ein Erdbeerbaum und ein Pflaumenbaum: Wenn die von Früchten schweren Zweige bis fast zur Straße hinunterhingen, konnte man sich die Taschen so richtig vollmachen.

Die leichte Sommerbrise ließ die Blätter rauschen – etwas, was mich an das Rauschen des Meeres erinnerte.

Wie lange war ich schon nicht mehr am Meer gewesen! Sogar die Lust am Angeln hatte ich verloren, und die Zeiten, in denen Pietro und ich atemlos am Graben entlang bis zum Hafen gerannt waren, um zu gucken, wer als Erster dort ankommen würde, erschienen mir unendlich weit weg: die Salzluft, die uns der Mistral ins Gesicht peitschte, dort wo der grüne, wasserlose Graben eine Schneise zwischen den Felsen bildete; die bunt bemalten Boote, die an dem kleinen Strand vor Anker lagen (mir gefielen die blauroten am besten, weil sie für mich das Meer und die Erde darstellten); die übermütig an die Felsen spritzende Gischt und das Heulen des Windes, der auf die Wellen einpeitschte, bevor er uns ins Gesicht schlug …

All das wirkte jetzt so romantisch wie eine nostalgische Erinnerung, eher ein Wunschbild als etwas, was ich tatsächlich erlebt hatte. Ganz so, als hätte ich mir Pietro nur ausgedacht, als hätte es ihn und seinen Tod nie gegeben.

Das Tanzvergnügen bei Comare Antonietta sollte mein Leben für immer verändern – im Guten wie im Schlechten – und mir zeigen, was wirklich bleibt und was nur vorübergehend ist.

Bevor wir ins Haus gingen, sah ich, dass Rosetta einen kleinen goldenen Zylinder aus ihrer winzigen Handtasche holte, die Hülle abzog und sich die üppigen Lippen knallrot anmalte. Mama durchbohrte sie mit ihren Blicken und stieß sie in die Seite.

»Du bist eine verheiratete Frau, wenn ich dich daran erinnern darf!«

Meine Schwester verstaute den Lippenstift wieder in ihrer Tasche, als gehorchte sie der Margiala. Aber inzwischen leuchtete ihr sinnlicher Mund höchst einladend. Was hätte ich darum gegeben, diesen Zauberstab ebenfalls benutzen zu dürfen! Doch dann hätte mich die Margiala windelweich geprügelt. Deshalb musste ich mich mit dem Olivenöl zufriedengeben, das mir immer wieder in den Mund lief und im Hals kratzte.

Das knallige Rot stand in einem lebhaften Kontrast zu Rosettas gelbem Blumenkleid, das ihr bis zum Knie reichte und Hüfte wie Taille weich umspielte. Die Schwangerschaft hatte keinerlei Spuren bei ihr hinterlassen, und in meinen Augen war Rosetta seit jeher die Schönste von uns Schwestern – diejenige, die unserer Mutter am meisten ähnelte. Ich konnte mir vorstellen, dass die Margiala als junge Frau auch einmal so schön gewesen war wie ihre engelhafte Erstgeborene mit dem zarten Teint und den himmelblauen Augen. Schade, dass sie sich irgendwann in ihren schützenden schwarzen Kokon gehüllt hatte, den sie nicht mehr verlassen wollte.

Comare Antoniettas Kellerraum, der offen gestanden eher an eine Spelunke erinnerte, platzte bereits aus allen Nähten, und die kühle Luft, die dort sonst herrschte, war einer unangenehmen Schwüle gewichen.

Meine Bluse klebte mir förmlich am Körper, und am liebsten hätte ich mir die einengende Kleidung vom Leib gerissen, um nur in Unterhose und Büstenhalter herumzulaufen, damit allen die Kinnlade runterfiel. Ich hasste es, so eingezwängt zu sein, konnte es generell nicht ausstehen, eingeengt zu werden – weder von Kleidern noch von sonst irgendwas im Leben.

Cornelia und ich ließen uns gegenüber der Kellertreppe nieder – in der Hoffnung auf ein bisschen frische Luft von draußen, aber auch weil wir so gleich sehen konnten, welcher neue Gast zur Tür hereinkam.

Neben uns saßen die Laterza-Zwillinge, die Töchter von einem der beiden Polsterer im Ort. Dieser beherrschte sein Handwerk sehr gut, musste aber aus Gesundheitsgründen lange Pausen einlegen. Die jungen Frauen waren in etwa so alt wie Cornelia, vielleicht ein bisschen älter, wirkten aber deutlich reifer unter der dicken Schicht Schminke, die sie auf der Suche nach einer guten Partie aufgetragen hatten.

Doch weder rosige Wangen noch schwarz umrandete Augen noch die knalligsten Lippen konnten ausgleichen, was die Natur angerichtet hatte: Die Zwillinge waren von einer Hässlichkeit, die kein Make-up der Welt kaschieren konnte. Vermutlich lag es an ihrem fliehenden Kinn und der Nase, die sich fast bis zu den schmalen Lippen krümmte, dass sie als Kinder häufig von Lausejungen verspottet worden waren, die kein Blatt vor den Mund nahmen und sie schon damals als Hexen verunglimpften.

Rosetta und die Margiala dagegen hatten gegenüber von einer Art Oberlicht voller Spinnweben Platz genommen, durch das gedämpftes Licht fiel, das noch von einer von der Decke baumelnden Glühbirne verstärkt wurde. Die Wände waren schmutzverkrustet und voller Wasserflecken, es roch modrig. Doch wie dieser improvisierte Tanzsaal aussah, schien den Anwesenden ziemlich egal zu sein. Hauptsache, man konnte sich unterhalten, es gab etwas Anständiges zu essen und Musik!

Der gute Tadino widmete sich den verheirateten Männern – ein Glas Wein in der einen und eine (zum Glück nicht brennende) Zigarette in der anderen Hand. Fehlte nur noch, dass sich jemand die nach Teer stinkenden Nazionali-Zigaretten ansteckte – dann hätte der Keller endgültig einer Verbrecherhöhle geglichen. Ein Plattenspieler lief und ließ eine romantische, wehmütige Melodie erklingen. Es war ein Lied, das ich, anders als Cornelia, nicht kannte, die leise mitsummte und sich dabei umschaute.

»Du hast eine schöne Stimme. Du solltest es mal mit Singen versuchen. Die Leute wollen sich jetzt amüsieren – du könntest Erfolg haben.«

»Das fehlte noch!« Ich hätte wetten können, dass sie rot

anlief, als ich eine ihrer Stärken lobte, aber es war zu dunkel, um das mit Sicherheit sagen zu können.

Die an den Wänden aufgereihten Stühle waren fast alle besetzt, vor allem von Frauen, eine jede ins Gespräch mit ihrer Nachbarin vertieft. Die Männer blieben lieber stehen, es gab immer wichtige Themen, die gestenreich besprochen werden mussten.

Die Laterza-Zwillinge waren keine angenehmen Gesprächspartnerinnen, deshalb beschränkte ich mich darauf, ein paar Worte mit meiner Schwester zu wechseln oder nach Leuten Ausschau zu halten, über die man klatschen konnte.

Dazu bot sich schon bald Gelegenheit, als zwei Männer auf uns zukamen, die ganz anders aussahen als die sonstigen Gäste. Der Ältere führte eine dicke Zigarre zum Mund, die andere Hand blieb in der Hosentasche. Er schritt die dunkle Treppe erstaunlich lässig herunter, als stellte die Dunkelheit keinerlei Problem für ihn dar. Wenn ich mich nicht täuschte, war sein Anzug aus edlem grauen Leinen, und seine goldenen Manschettenknöpfe funkelten im Dunkeln wie Fischschuppen in der Sonne.

Derjenige, der ihm folgte, sah aus wie sein Doppelgänger, nur dass er zwanzig Jahre jünger war. Die beiden Männer waren sich unglaublich ähnlich – bis auf die Haare, die bei dem älteren bereits graue Strähnen aufwiesen. Der junge Mann hinter ihm trug denselben Anzug und dieselben Manschettenknöpfe. Er hatte keine Zigarre im Mund, dafür sah man trotz der Dunkelheit seine vollen roten Lippen, die genauso gut einer Frau hätten gehören können.

Er hatte helles goldblondes Haar, das zu einem glatten Seitenscheitel gekämmt war – bestimmt hatte er jede Menge Brillantine verwendet.

Comare Antonietta stürzte sich auf die neuen Gäste, wobei sie mehrfach katzbuckelte. Währenddessen machte ein Raunen die Runde. »Loiacono, der Anwalt!«

Der Ältere beugte sich vor, um der Comare die Hand zu geben und sie höflich zu begrüßen. Auch Tadino verließ das Grüppchen, mit dem er sich gerade unterhalten hatte, ließ seine noch nicht angezündete Zigarette zu Boden fallen und verneigte sich vor seinen Gästen. Der junge Mann hinter dem Anwalt war wirklich groß, und der Anzug ließ ihn noch schmaler erscheinen. Als die beiden näher kamen und von der Funzel an der Decke ein wenig erhellt wurden, sah ich, dass der junge Mann einen dünnen blonden Schnurrbart hatte, der ihn älter aussehen ließ, als er vermutlich war. Er hatte große kastanienbraune Augen mit langen, gebogenen Wimpern. Diese und die schmalen Finger, die bestimmt noch nie eine Hacke gehalten hatten, verliehen ihm fast so etwas wie eine weibliche Eleganz.

»Das ist Loiacono – einer der besten Anwälte von ganz Bari – mit seinem Sohn Lorenzo«, beeilte sich eine der Laterza-Zwillinge zu sagen.

Cornelia nickte eifrig, und das tat ich auch – im Gegensatz zu meiner Schwester aber mehr oder weniger ungerührt. Die anderen Männer folgten dem Beispiel des Gastgebers und verneigten sich – wie man das eben so macht, wenn man mit jemandem zu tun hat, den man für ranghöher hält. Währenddessen fragte ich mich, was zwei so vornehme Herren in einer solchen Spelunke verloren hatten. Bestimmt waren sie ganz andere Salons gewohnt.

Eine der beiden Zwillingsschwestern schien Gedanken lesen zu können, da sie sofort zu Erklärungen anhob.

»Der Anwalt scheint eine wichtige Grundstücksangelegenheit geregelt zu haben. Ein Grundstück von Antonietta ist an den Staat verkauft worden, der eine Straße darauf bauen will. Mit Hilfe des Anwalts scheint dieses Geschäft recht einträglich gewesen zu sein.«

Ich hätte mir denken können, dass Geld im Spiel war, denn normalerweise ließen sich solche Leute nicht dazu herab, sich mit uns gemeinzumachen.

Weil ich den Erklärungen des Zwillings folgte, merkte ich nicht, dass sich inzwischen in meiner unmittelbaren Umgebung etwas tat: Zwischen meiner Schwester und dem schönen Lorenzo funkte es.

Als ich endlich etwas davon mitbekam, sahen sich die beiden bereits tief in die Augen – eine unerwartete Komplizenschaft: Cornelia, vermutlich ermutigt durch die Dunkelheit, die ihre geröteten Wangen verbarg, und der junge Anwalt, der das natürliche Selbstbewusstsein besaß, das man eben hat, wenn man mit einem silbernen Löffel im Mund geboren wird.

4

Ein paar Wochen später, als die Erinnerung an die Schwestern Laterza, an den Anwalt Loiacono und an die verrauchte Spelunke von Comare Antonietta bereits verblasste, geschah etwas, was sie umso lebhafter wiederaufleben ließ. Loiacono, der Anwalt, tauchte bei uns auf, zusammen mit seinem hübschen, jungen Doppelgänger.

Es war einer von diesen extrem heißen Tagen, an denen man nicht einmal draußen im Schatten Abkühlung fand. Einer, an dem ich viel lieber ans Meer gerannt wäre, um mich vom Rauschen der Wellen einlullen zu lassen, statt in Begleitung des klappernden Spinnrads dicke Winterpullover zu stricken.

Francesco trieb sich trotz der sengenden Sonne irgendwo herum – stets auf der Suche nach irgendwelchen Zucchini oder Möhren, die er heimlich verdrücken konnte.

Erst vor einer Woche war er mit einer dicken Beule am Kopf nach Hause gekommen, die ihm den Spaß an den Möhren beinahe verdorben hätte.

»Das Tor stand offen, Mama!«, hatte er sich vor der Margiala gerechtfertigt, die, als sie erfahren hatte, woher dieses trotz der schwarzen Locken deutlich erkennbare »Ei« stammte, doppelt wütend geworden war und ihn heftig verprügelt hatte.

Sogar Rosetta hatte sich zusammen mit dem kleinen

Vincenzo in ihr Häuschen zurückgezogen, um ihn vor der Gluthitze zu schützen. Doch es war nicht leicht, ihn vom Garten fernzuhalten, deshalb hatte Rosetta eine kleine Wanne mit Wasser aus der Zisterne gefüllt und ihn hineingesetzt, um ihn im überdachten Innenhof vor ihrem Zimmer planschen zu lassen.

Vom Fenster aus behielt sie ihn im Auge – wenigstens er sollte sich ein wenig erfrischen dürfen.

Die Werkstatt, in der Cornelia und ich stricken mussten, war zu eng und die Decke zu niedrig, als dass darin auch nur der kleinste Luftzug geherrscht hätte. Das Fenster bestand aus einer Rosette, die man nur kippen konnte und die kaum Licht einließ. Wir hatten die Röcke weit hochgeschoben, um uns Abkühlung zu verschaffen, während uns der Schweiß nur so herunterlief und unsere Haut rötete.

»Am liebsten würde ich auch noch die Unterhose ausziehen«, stöhnte Cornelia und wischte sich über die Stirn.

»Mach doch! Wer soll dich schon sehen?«

Sie brach in Gelächter aus, zog sich das Kleid bis über die Brüste hoch und fächelte sich mit dem leichten Stoff Luft zu.

»Was glaubst du, wie Mama das bloß aushält? Diese extreme Hitze, meine ich. In ihrem dunklen Kleid mit den vielen Schichten?«, fragte ich laut und wickelte mich in zwei, drei Schals, um die Margiala nachzuahmen und hoch erhobenen Hauptes auf und ab zu spazieren.

Auch für sie ging das Leben ganz normal weiter. Fast so, als wäre sie den Waffenstillstand leid, bombardierte sie uns erneut mit spitzen Bemerkungen oder strafte uns mit Gleichgültigkeit und Verachtung. Vielleicht lag das aber auch daran – was mir allerdings erst später klar wurde –, dass die Margiala begriffen hatte, wie groß wir inzwischen geworden waren. Denn wenn wir groß und kräftig waren und eine von uns schon ein Kind hatte, konnte das nur eines bedeuten: dass sie unweigerlich alt wurde. Und diese Gewissheit verwandelte sie in eine Furie – in eine, die sogar noch mit Jesus Christus Streit angefangen hätte.

»Cornelia, pass auf, dass die Pullover perfekt werden … Und du, Diamante, achte darauf, dass auf der Spüle die Teller ordentlich zum Trocknen aufgereiht werden. Vergiss das nicht!« Letzteres betonte sie besonders, wobei sie auf den Tisch trommelte. Bei jeder Silbe ein Mal, als reichte ihre Stimme nicht aus, um die zerstreuten Töchter zu tadeln. Dabei waren Cornelias Pullover wirklich makellos, und auch ich schlug mich gut in der Küche. Die Margiala war ängstlich darauf bedacht, ihr strenges Regiment aufrechtzuerhalten, so als könnte es ihr sonst vollends entgleiten.

Ihre Jugend war nur noch eine ferne, schmerzliche Erinnerung, und die lange, stumm erduldete Witwenschaft prägte ihr Wesen zunehmend.

Es fiel ihr immer schwerer, uns Freiräume zu gönnen. Wenn sie Anweisungen erteilte, wiederholte sie diese unablässig. Sie wies uns mit dem Zeigefinger an, unsere Aufgaben anständig zu erledigen, und zwar in genau der von ihr angegebenen Reihenfolge. Dann hielt sie kurz inne, in Gedanken nach wie vor bei den Anweisungen, um dann zum hundertsten Mal zu wiederholen, was wir zu tun hätten.

»Die Pullover müssen sauber gestrickt sein! Die Leute müssen gut über unsere Arbeit sprechen.« Als hätte sie das nicht schon oft genug erwähnt! Sie tat sich schwer damit, uns einfach nur in Ruhe arbeiten und plaudern zu lassen, ohne dass sie dabei war.

Und während ihrer Ermahnungen setzte sie ihren Kampf gegen die unsichtbaren Krümel fort, die nur in ihrem Kopf existierten. Einer ihrer vielen Ticks, inzwischen fast schon ein Ritual, das ebenfalls wie besessen ausgeführt wurde. Obwohl sie dabei konzentriert wirkte, merkte man doch, dass sie in Wahrheit mit den Gedanken ganz woanders war. Sie machte einen zunehmend zerstreuten Eindruck. Ihre Augen waren schmaler und leer geworden, das Haar grauer, die Hände mager und knochig.

Ich machte mir einen Spaß daraus, sie vor Cornelia nachzuäffen – ihr Feldmarschallin-Kommandiergehabe, ihren strengen Dutt, ihren hochmütigen Gang.

Wenn ich das tat, musste meine Schwester herzhaft lachen, doch oft verwandelte sich ihr Gelächter schon bald in eine missbilligende Grimasse, in eine Hustenattacke – und zwar um mich zu warnen, da die Margiala die Gabe hatte, urplötzlich aufzutauchen wie ein Gespenst.

Während ich mich also über sie lustig machte und in die voluminösen Schals hüllte, stand sie auf einmal in der Tür. Wie immer war sie vermummt und dennoch ohne den kleinsten Schweißtropfen.

Sie sah mich schief an, ließ mich aber noch mal davonkommen, da sie Wichtigeres vorhatte.

»Wir haben Besuch«, verkündete sie streng. Meine Schwester und ich sahen uns an. Ich hatte noch die Schürze um die Taille gebunden.

»Loiacono, der Anwalt, und sein Sohn sind da. Schaut, dass ihr anständig ausseht.«

Ich hätte schwören können, dass Mama verlegen war. Verlegen, weil ein Anwalt die Schäbigkeit unseres Hauses sehen würde, die angeschlagenen Treppenstufen und das fleckige Porzellan. Aber auch wegen ihrer unmodischen Kleidung, ihrer hexenhaften Erscheinung wie aus einer anderen Zeit.

Verblüfft musterte ich Cornelia, der die Augen beinahe aus dem Kopf quollen wie bei einem Kind, das einen Korb mit Süßigkeiten anstaunt. Konnte der Blick, den die beiden getauscht hatten, tatsächlich derartiges Interesse geweckt haben?

Da waren seltsame Mächte am Werk, die ich trotz meiner weiblichen Hüften und meiner üppigen Brüste noch nicht verstehen konnte. Ich wusste noch nicht, was es heißt, wenn das Herz schlägt wie eine Trommel, wenn einem die Spucke unter der Zunge wegbleibt, wenn man dem Blick eines Fremden begegnet und weiß, dass man alles tun würde, um in seinen Armen zu liegen. So wie ich auch noch nicht wusste, dass Cornelia nicht immer für mich da sein würde, dass das Elternhaus ein Schoß ist, der einen nur für kurze Zeit beherbergt, und dass die Zeit viel zu schnell für mich verfliegen würde.

Andererseits hatte ich von Anfang an gewusst, dass die kühle, aristokratische Schönheit Cornelia einmal das Interesse eines ebenso vornehmen Mannes wecken würde.

Die Margiala war davongeeilt, um auch Rosetta Bescheid zu geben. Ich sah sie aus dem Haus kommen, das Kind hinter sich herzerrend, die Lackschuhe mit den hohen Absätzen deutlich sichtbar, die ihre zarten Füße gewissermaßen auf ein Podest stellten. Sie hatte wieder knallrote Lippen, und Mama sah sie wieder böse an. Sie musterte sie von Kopf bis Fuß und hatte offensichtlich Mühe, ihre Tochter in dieser Frau wiederzuerkennen.

Ich dagegen beachtete meine Schwester nicht weiter. Seit sie geheiratet hatte, war bei mir etwas kaputtgegangen, so als fühlte ich mich ihr außerhalb unserer eigenen vier Wände nicht mehr verbunden.

Deshalb hatte ich auch gar nicht bemerkt, wie sehr sie sich verändert hatte, wie sich etwas unaussprechlich Dunkles in ihren Blick gestohlen hatte, so als wäre sie inzwischen eine Wildfremde für uns alle.

»Meine Güte, was soll ich denn jetzt anziehen?«, jammerte Cornelia, die gleich hysterisch wurde.

»Beruhige dich, Schwesterlein! Du musst einfach nur deinen Charme spielen lassen. Wart's ab, damit wirst du sie im Sturm erobern!«

»Ja, aber schau doch nur, wie ich aussehe! Außerdem bin ich ganz verschwitzt. Ich sehe abstoßend aus.«

Ich packte sie an den Schultern, während im Erdgeschoss bereits die Stimme von Loiacono Senior zu hören war, der wortreich die Schönheit des kleinen Vincenzo lobte.

»Atme tief durch, mach den Schrank auf und zieh eine Bluse heraus. Die weiße mit den roten Blumen passt wunderbar, dazu den roten Rock, den Stufenrock, den dir Mama genäht hat. Trag dein Haar offen, und jede Leinwandheldin wird neidisch auf dich!«

»Na gut«, ächzte sie. »Wenn ich wenigstens ein bisschen was von Rosettas Lippenstift hätte!«

»Ach, vergiss den Lippenstift. Ich bin mir nicht sicher, ob der dir überhaupt steht.«

Sie zog sich hastig um, blieb dabei zwei, drei Mal mit dem Fuß im Rock hängen, sodass beinahe der Saum riss.

»Ich sondiere mal die Lage.«

Obwohl ich versuchte, Cornelia zu beruhigen, spürte ich, dass auch ich innerlich aufgewühlt war und dass ich nicht nur positive Gefühle hatte. Einerseits kam ich nicht umhin, mich zu freuen, dass zumindest Cornelia der Enge entfliehen würde, an die die Margiala uns gewöhnt hatte. Andererseits konnte ich noch nicht absehen, was das für mich bedeuten würde. Aber darüber wollte ich mir jetzt noch keine Gedanken machen und verdrängte es wie alles, was unangenehm war.

Die Margiala hatte die Gäste im Flur Platz nehmen lassen, auf den üblichen Stühlen mit der Sitzfläche aus Strohgeflecht, auf denen nachmittags immer die breiten Hintern der Comari thronten. Sie bat Rosetta gerade, die guten Gläser aus der Anrichte zu holen, die braunroten mit dem Goldrand, sowie den Zitronenlikör, eine ihrer Spezialitäten. Das Geheimnis bestand darin, eine ganze Pfefferschote dazuzugeben, was den Likör besonders intensiv schmecken ließ.

Mama hätte am liebsten an alles Peperoncino getan, so überzeugt war sie von seiner heilsamen Wirkung auf Blut und Herz, von seiner Fähigkeit, Erkältungen im Keim zu ersticken.

»Ein Schluck davon, und Ihr müsst Euch nie mehr die Nase putzen«, sagte sie, während sie Loiacono Senior ein Glas davon reichte. Nicht gerade der geeignetste Satz für eine vornehme Salonkonversation, aber der einzige Salon, den Mama kannte, war der Flur mit seinen Holzstühlen. Außerdem wussten alle, dass sie mit Förmlichkeiten nichts anfangen konnte. Der Anwalt trank seinen Zitronenlikör auf einen Zug aus und stöhnte genüsslich über das Zusammenspiel von Süße und Schärfe.

»Köstlich, Signora Anita, mein Kompliment!«

Vor lauter Verlegenheit ließ sich Mama beinahe zu einem Lächeln hinreißen. Es kam schließlich nicht alle Tage vor, dass sie »Signora Anita« genannt wurde. Es fehlte nicht viel, und sie hätte ihren richtigen Namen vergessen – so sehr war sie es gewohnt, in die Rolle zu schlüpfen, die ihr alle zudachten und die sie ja auch gar nicht ablegen wollte.

Ich warf einen flüchtigen Blick auf Loiacono Junior, der ganz anders gekleidet war als letztes Mal bei dem Tanzvergnügen. Sowohl er als auch sein Vater trugen leichte ockergelbe Leinenhosen, aus einem Stoff, der regelrecht zu atmen schien und den mein Vater sich niemals hätte leisten können, auch nicht, wenn er einen ganzen Monat geschuftet hätte. Die Hemden waren schlicht, pastellfarben, mit hochgekrempelten Ärmeln, und die braunen Schuhe hatten vorn eine feine Ziernaht. Loiacono Junior hatte die Beine übereinandergeschlagen. Ich beschränkte mich darauf, seine Socken zu bewundern, die so fein gewirkt waren, dass sie aussahen wie Seide, noch dazu im selben Farbton wie das

Hemd. Lauter unübersehbare Details, die den Argusaugen der Margiala bestimmt auch nicht entgangen waren. Ich nahm gegenüber von Lorenzo Platz und betrachtete ihn aus der Nähe. Währenddessen lachten mich seine Augen an, aber sein Blick verriet, dass er noch einem Kind galt. Da begriff ich, dass ich für ihn nicht mehr war als das – bloß die kleine, achtzehnjährige Schwester der zarten, eleganten Frau, die ihn in den Bann geschlagen hatte. Obwohl ich mich gern als erwachsene Frau präsentiert hätte und mein Körper auch entsprechend aussah, hatte ich immer noch etwas an mir, was mich als Kind auswies, so sehr ich inzwischen auch gewachsen war.

Was Lorenzo jedoch nicht sehen konnte, war, wie scharf mein noch so kindlich wirkender Blick war, wie viel Verbitterung darin lag – nicht nur ihm, sondern der gesamten Männerwelt gegenüber. In diesem Moment war dieser gut gekleidete junge Mann mit der freundlichen Art mein Erzfeind. In der Hass-Hierarchie in meinem Kopf kam er sogar noch vor der Margiala, und das wollte was heißen!

Wenn ich gekonnt hätte, hätte ich mich wie Mama als junges Mädchen breitbeinig auf ein einsames Feld gestellt und die Hände in die Hüften gestemmt. Mit blutunterlaufenen Augen hätte ich mich wütend geräuspert und so laut geschrien, wie ich nur konnte. Vor Wut und Verstörung über Dinge, die mir noch fremd waren. Um das Bild des schönen Lorenzo wieder aus dem Kopf zu bekommen. Unglaublich, dass er mir Cornelia wegnahm, die einzige Schwester, mit der ich bisher so harmonisch zusammengelebt hatte! Wenn schon Rosetta, nachdem Occhi bianchi sie mit seiner Kutsche entführt hatte, so eine große Leere bei mir hinterlassen hatte, würde der Verlust Cornelias mir schrecklichen Schmerz zufügen.

Fasziniert von der Kleidung unserer Gäste, begann Vincenzo um die Stühle herumzukrabbeln. Er war schon so groß, dass er sich gut ausdrücken konnte, sprach aber nur ungern. In Wahrheit hatte ich immer den Verdacht, dass er absichtlich damit wartete, um die Worte so lange wie möglich für sich zu behalten.

Denn als er endlich so weit war, sprudelten die Worte nur so aus ihm heraus – endlos aneinandergereihte Begriffe, die für so ein kleines Kind viel zu schwierig waren und die er sich genauestens eingeprägt hatte, um sie im richtigen Moment hinausposaunen zu können.

Daran erkannte man bereits seine bedachte Art, die viele seiner zukünftigen Neigungen erklären sollte.

»Kein Wunder, bei dem schweigsamen Vater!«, rechtfertigte sich Rosetta, die alle Verantwortung auf den armen Domenico schob, der so gar nichts davon hielt, Konversation zu machen.

»Es ist schon bewundernswert, wie Sie als alleinstehende Frau das alles so hinkriegen«, fuhr der Anwalt fort, der offensichtlich vorhatte, die Margiala mit Schmeicheleien für sich zu gewinnen.

»Man tut, was einem aufgetragen wird, zumindest meistens – es ist das Schicksal, das für uns entscheidet.« Sie nippte an ihrem Likör.

Mama konnte mit der gewählten Ausdrucksweise eines Anwalts dieses Kalibers nicht mithalten, aber ihre Worte enthielten eine schlichte Weisheit, die auch ein Loiacono anerkennen musste.

»Wahre Worte, Signora Anita! Auch ich finde, dass wir für das, was wir im Leben erreicht haben, stets einer höheren Macht danken müssen. Deshalb sage ich meinem Sohn immer, dass er die Bodenhaftung nicht verlieren darf, denn das, was heute so verlockend erscheint, kann schon morgen in einer furchtbaren Katastrophe enden.«

Loiacono Junior nickte gelassen, als kenne er die Lebensweisheiten, die sein Vater da vortrug, in- und auswendig.

Da sah ich, dass sein Blick zur Treppe eilte und ganz weich wurde.

Cornelia kam heruntergeeilt, während der leichte Rock ihre Beine umspielte. Sie täuschte eine Gelassenheit vor, die sie eindeutig nicht besaß.

»Guten Tag, die Herrschaften«, sagte sie, ganz die perfekte Gastgeberin. Rosetta sah sie verblüfft an, fast verärgert über so viel unschuldige Schönheit. Das kupferfarbene Haar fiel ihr in weichen Locken über die Schultern. Vor dem Zubettgehen flocht sich meine Schwester nämlich stets Zöpfe, mit denen sie schlief. Wenn sie sie dann am nächsten Morgen löste, fiel ihr das Haar in seidigen Wellen fast bis zum Hintern.

Sie sah wirklich aus wie eine Märchenfee, und in diesem Moment kam mir die Ferida einfach nur vulgär vor.

»Liebe Signora Anita, dürfte ich Sie kurz unter vier Augen sprechen? Lassen wir die jungen Leute doch kurz allein, damit sie unbeschwert über Dinge plaudern können, die zu ihrem zarten Alter passen.«

Cornelia und Lorenzo musterten sich aus der Ferne – sie sichtlich verlegen, er beruhigend, wozu ihn seine gesellschaftliche Stellung und sein gut gefüllter Geldbeutel befähigten.

»Und, was machen Sie so, Lorenzo?«, mischte sich Rosetta ein, als wollte sie ihrer Schwester die Aufmerksamkeit streitig machen.

»Ich studiere Jura«, erwiderte er nach einem kurzen Räuspern. »Wenn alles gut geht, werde ich noch dieses Jahr fertig. Dann möchte ich in die Fußstapfen meines Vaters treten.«

»Ja, das muss schön sein – studieren und die Welt kennenlernen. Cornelia hingegen ist nach der dritten Klasse von der Schule abgegangen«, sagte sie mit gespieltem Bedauern. Ich sah sie wutentbrannt an. Warum führte sie jetzt die geringe Schulbildung unserer Schwester an – ausgerechnet sie? So etwas Hinterhältiges hätte ich nie von ihr erwartet. Aber das bewies einmal mehr, dass Rosetta sich verändert hatte.

Cornelia errötete und senkte den Blick. Sie hatte nicht den Mut, dem etwas entgegenzusetzen.

»Eine Frau hat andere Talente, und Bildung hat nichts mit der sozialen Herkunft zu tun. Bilden kann man sich ein Leben lang«, fuhr Lorenzo ungerührt fort.

Ich wusste seine Worte zu schätzen, seine Fähigkeit, die treffenden Worte zu finden: weder zu viel noch zu wenig, sondern genau das Richtige. Ich spürte einen Kloß in der Kehle, weil es mir schwerfiel, wütend auf einen jungen Mann zu sein, der einen derartigen Respekt vor Frauen an den Tag legte. Solche Männer war ich nicht gewohnt. Nicht, dass mein Vater die Margiala nicht respektiert hätte – ganz im Gegenteil! Aber eben auf die einfache Art, wie sie zu einem so einfachen Menschen wie ihm passte – ohne diesen Respekt in klingende Worte zu fassen, ohne ihn zu sehr vor sich herzutragen, sondern diskret und gemäß der bäuerlichen Lebensphilosophie, dass alles seinen Platz hat auf der Welt, Männer wie Frauen, und dass manches nicht einmal die Moderne ändern kann.

»Trink deinen Likör«, drängte ich Rosetta und jubelte innerlich über die Niederlage, die Lorenzo ihr beigebracht hatte.

5

Die Verlobungszeit betrug ein Jahr. Es gab nur wenige Besuche pro Woche, und zwar ausschließlich im Haus der Margiala, und ein paar einzelne Verabredungen fürs Kino oder um über die Piazza Umberto zu flanieren – vorausgesetzt, Giuseppe war dabei.

Das waren die Bedingungen, die Mama Loiacono Senior gestellt hatte. Geheiratet würde, sobald Lorenzo sein Studium beendet hätte. Dann würde Cornelia nach Bari ziehen, zu den Loiaconos, deren Haus groß genug für zwei Familien war. Außerdem war der Anwalt Witwer, und »eine so kostbare junge Frau im Haus zu haben ist der reinste Segen«, wie er sich ausdrückte – was die Margiala eins zu eins wiederholte.

So lief das also? Es genügten ein kurzer Besuch an einem drückend heißen Tag, ein Schluck Likör, ein kurzer Spaziergang durch den Garten, um den Oleander und die Kräuter zu bestaunen, ein paar Worte unter Erwachsenen und ein Handschlag, um das Schicksal eines Kindes zu besiegeln?

Mir kam das alles unglaublich simpel vor, fast schon absurd banal. In einigen Jahren würde also ein anderer junger Mann seine Aufwartung bei uns machen, ein Loblied auf mich singen und im Gegenzug die Macht über mein Leben verlangen? Oder würde ich etwa so enden wie Rosetta, die von einer Kutsche entführt und dadurch gezwungen worden war, einen Mann zu heiraten, den sie nicht liebte? Mir behagte weder das eine noch das andere. Und da ich noch nicht wusste, was Liebe ist, war ich fest davon überzeugt, sie vorher lieber ausprobieren zu wollen, um zu sehen, welche Gefühle damit verbunden sind, und diese genauer unter die Lupe zu nehmen. Erst dann wollte ich heiraten.

Offen gestanden, war ich mir nicht mal sicher, ob ich die Liebe überhaupt finden wollte. Stattdessen hielt ich mich für vollkommen immun gegen die heimtückischen Gefühle, die unter diese Bezeichnung fielen. Auch wenn ich mir Sonnenuntergänge am Meer, Wellenrauschen, in den Wind geflüsterte Worte und ewige Liebesschwüre ausmalte, hatte ich gleichzeitig das Gefühl, so kühl und hart wie die Margiala zu sein – unfähig, so etwas wie echte, wahre Liebe überhaupt zu empfinden.

Mein Leben würde anders verlaufen, das schwor ich mir an dem Tag, an dem sich Cornelia mit dem schönen Anwalt verlobte.

Was mich an Cornelias Heiratsplänen am meisten ärgerte, war wieder einmal die Reaktion der Margiala – wie hätte es auch anders sein sollen! War es ihr denn völlig gleichgültig, dass sie noch eine Tochter verlieren würde? Das sagt sich so leicht, dass man sich sonntags besucht und dann gemeinsam zu Mittag isst, doch die Wahrheit sah anders aus: Cornelia würde fortgehen und mit der Zeit immer seltener zurückkehren, mit den Gedanken ganz woanders sein. So lange, bis ihre kleine Schwester für sie nur noch ein Wildfang aus Kindertagen sein würde, von dem man an

Feiertagen erzählt, um alle zum Lachen zu bringen. Wenn sie erst mal fort wäre, würde mein Leben ganz anders aussehen. Dann würden die Margiala und ich alleine zurückbleiben, was große Ängste bei mir auslöste. Mama dagegen gab sich erschreckend gleichgültig. Ihre Kälte war wie ein dichter Rauch, der das ganze Haus vernebelt. Er drang durch sämtliche Ritzen und begleitete alles, was sie tat. Die Unbekümmertheit, mit der sie weiterhin Vanillecreme für die *tortelli di San Giuseppe* kochte, mit der sie Kalbsrouladen für den Sugo füllte oder mit der sie Cornelias Aussteuer fertigstellte! Nicht ein einziges Mal fragte sie, wie es mir damit ging, ob mich die Vorstellung, meine Schwester zu verlieren, bedrücke.

Manchmal beobachtete ich sie aus der Ferne, durchbohrte sie schier mit meinen Blicken. Fast taten mir die Augen weh vom vielen Starren. Doch ich sah nichts, keine noch so winzige Spur von Bedauern. Cornelias bevorstehende Hochzeit schien sie in keiner Weise zu berühren. Meine Wut auf die Margiala dürfte genau in dieser Zeit zurückgekehrt sein, als hätte sie nur auf die Gelegenheit gewartet.

Ich erklärte ihr also erneut den Krieg und machte mir meinen jungen Körper gewitzt zunutze, während ihrer unweigerlich alterte.

Ich missachtete ihre Anweisungen ganz bewusst. Wenn sie wollte, dass ich die Teller ordentlich im Spülbecken stapelte, stellte ich sie kreuz und quer hinein. Wenn sie wollte, dass ich die Hemden an den Ärmeln aufhängte, hängte ich sie am Kragen auf. Die Abdeckung für die Zisterne musste stets mit dem Schloss gesichert werden, doch ich ließ den Schacht offen. Ich räumte die Töpfe um und ließ die Vanillecreme auf dem Herd stehen, obwohl sie gerade angefangen hatte zu blubbern, bis die heiße, klebrige Flüssigkeit gelbschäumend überkochte. Ich verstieß gegen jede einzelne ihrer Regeln, ihrer Anweisungen, mit der Absicht, sie so für ihre Gleichgültigkeit zu bestrafen.

Und jedes Mal reagierte die Margiala, die es nie leid wurde, sich reden zu hören, mit derselben Härte, mit derselben ziellosen Wut.

»Das ist mal wieder typisch für dich, Diamante! Du bist zwar älter, aber keinen Deut weiser geworden.« Doch man hörte, dass ihre Stimme zitterte, und in gewisser Weise merkte auch sie, dass sie keinerlei Macht mehr über mich hatte, dass all ihre Empörung mich nicht aufhalten würde.

Meine beiden Brüder schienen sie um den Schlaf zu bringen, aber meine Attacken schienen sie nicht groß zu beeindrucken.

Giuseppe war kaum mehr als ein Schatten, der nur dann kurz auftauchte, wenn es etwas zu essen gab. Mama warf ihm vor, sein Geld im Bordell zu verprassen. Inzwischen war ich alt genug, dieses Wort hören zu dürfen, auch wenn ich noch keine Vorstellung von den Frauen dort hatte.

Francesco wiederum brachte alle um den Schlaf, da er sich langsam zu einem echten Kriminellen entwickelte. Das Stehlen war zu einer festen Angewohnheit bei ihm geworden, zu einem Zeitvertreib. Beim letzten Mal war er mit einer großen Schnittwunde am Kopf zurückgekehrt, bei deren Anblick Mama beinahe in Ohnmacht gefallen wäre. Die stammte von einem Schlag mit der Schaufel, den ihm ein Landbesitzer zwischen Carbonara und Ceglie verpasst hatte. Dort lag ein schönes Feld mit Oliven- und Feigenbäumen. Vor allem die Feigen wurden zur Erntezeit groß wie Äpfel. Das Stück Land war von Steinmauern umgeben, doch mein Bruder hatte immer noch nicht verstanden, was mit Eigentum gemeint war.

Eines schönen Morgens beschloss er, dass diese Feigen ihm gehören sollten – ungeachtet der Konsequenzen. Er kletterte auf den größten und knorrigsten Baum, um eine von Mamas Schürzen zu füllen. Für den Landbesitzer war es ein Leichtes, ihn auf frischer Tat zu ertappen. Und der war kein zahnloser Alter mit arthritischen Beinen, der es niemals geschafft hätte, die Verfolgung aufzunehmen, sondern ein kräftiger junger Mann mit breiten, starken Schultern. Meinen Bruder in flagranti zu ertappen war genauso einfach, wie einen Käfer zu zertreten, das reinste Kinderspiel. Dieser Bauer wusste genau, was Hausfriedensbruch bedeutet, und zögerte nicht, seine schwere Schaufel auf Francescos Lockenkopf niedersausen zu lassen.

»Eines Tages werden sie dich noch umbringen«, sagte die Margiala mit Tränen in den Augen. »Aber bevor es so weit ist, befördere ich dich eigenhändig ins Jenseits.«

Während sie das sagte, goss sie ihm Essig über den Kopf; sie fühlte sich machtlos gegen das viele Blut, das von meinem Bruder auf den grauen Boden tropfte. Mama rief die Madonna und sämtliche Heilige an und bat sie, ihren missratenen Sohn zu retten. Aber Francesco schien seine Lektion nie zu lernen, und jede Abreibung stachelte seinen Leichtsinn nur noch mehr an.

Die Margiala dagegen kam mir müde vor, sie wirkte immer mitgenommener und hagerer hinter ihrem schwarzen Panzer.

Wieder wurde es Sommer, und Anfang Juli sollte meine Schwester heiraten. Ihre Aussteuer war fertig, ein Jahr hatte sie daran gearbeitet, Laken mit Muschelsaum versehen und Handtücher mit ihrem sowie mit dem Namen ihres Mannes bestickt. Sie hatte etwas von einer Nonne, wie sie mit der Sorgfalt einer Miniaturmalerin über ihrer Aussteuer saß, eifrig und klaglos stundenlang über Nadel und Stramin gebeugt.

In diesen Monaten wurde mir klar, dass ich gar nichts verstanden hatte, wenn ich Cornelia immer als Schwächste von uns dreien betrachtet hatte. Hinter ihrem Schweigen und ihrer scheinbaren Zerbrechlichkeit verbarg sich eine ungeheure Kraft. Vielleicht war das auch der Grund, warum die Margiala sie immer am schlechtesten behandelt hatte – um diese Kraft zu stählen. Sie würde es im Leben am besten haben, während wir anderen viel Zeit mit Umwegen verschwenden sollten. Die Vorstellung, dass Cornelia ausziehen würde, machte mich ganz nervös und raubte mir den Schlaf.

An einem dieser Abende, an denen ich durch den Garten streifte, um dem ununterbrochenen Gesang der Grillen und Zikaden zu lauschen, sah ich die Kerze in Mamas Schlafzimmer brennen. Die Fensterläden waren nur angelehnt, und mit etwas Glück würde ich ihre Umrisse erkennen können.

Genauso besessen von verbotenen Dingen wie als Kind, stellte ich mich ans Fenster, um sie in einem Moment der Schwäche zu ertappen – und das, obwohl ich ganz genau wusste, dass ich ihr so nachspionierte, in ihre Privatsphäre eindrang, in die schützende Festung, die sie vor allen verbergen wollte.

»Du bist ein böses Mädchen«, flüsterte ich vor mich hin, als wäre ich noch klein. Doch zu wissen, dass ich etwas Verbotenes tat, hinderte mich nicht daran, es zu tun.

Ihr sonst so straff zurückgekämmtes Haar, das ihr die Kopfhaut zu zerreißen schien, war einer wirren Mähne gewichen, die inzwischen silbergrau und nur vereinzelt mit schwarzen Strähnen durchsetzt war. Die Augen glänzten im Schein der Kerze, aber sie wirkten müde und unendlich traurig. Die Margiala war nackt und betrachtete sich im Spiegel.

Die Arme hingen schlaff herab und ließen ihre nach wie vor runden, festen Brüste erkennen, die sich normalerweise unter Kitteln und Schürzen hoben und senkten. Der einst so straffe Bauch war ausgeleiert und bildete Wülste bis zum Schambein, auch ihr Hinten war flach und schlaff. Nur den Beinen war anzusehen, dass sie einer hart arbeitenden Frau gehörten: Sie waren schlank und muskulös, und die Knie standen knochig hervor.

Während ich sie so in ihrer Nacktheit betrachtete, verschlug es mir fast den Atem. Ich verglich ihre schmale Hüfte mit meinen Rundungen, ihren vom Leben und von der Zeit gezeichneten Bauch mit meinem, der erst noch Kinder hervorbringen musste.

Hatte sie das Gefühl, dass ihr die Zeit durch die Finger rann? Ihre einstige Jugend war nur noch vereinzelt zu erkennen, und eine lange Witwenschaft hatte sie vorzeitig alt und einsam gemacht.

Wann war die Margiala jung gewesen? Wann war sie glücklich gewesen?

Ich wusste, dass sie mir am nächsten Tag streng und barsch wie immer gegenübertreten würde, erneut umhüllt von ihrem abweisenden Panzer. Aber in diesem Moment kam sie mir unglaublich verletzlich und einsam vor.

Hätte sie sich doch bloß anfassen lassen! Hätte sie sich doch nur in die Arme einer ihrer Töchter geworfen, um ihr Schicksal zu beweinen! Ich selbst würde diesen Schritt niemals tun: Niemals würde ich mich ihr zu Füßen werfen, um ihre Einsamkeit zu teilen. Ich würde weiterleben, als ob ich nichts gesehen hätte, als wüsste ich nicht, dass auch die Margiala hinter dieser kalten, harten Fassade eine Frau war.

6

Eine Woche nach Cornelias Hochzeit verspürte ich den dringenden Wunsch, meine Schwester zu sehen und mit ihr zu reden. Mir war nie richtig klar gewesen, wie sehr ich sie brauchte … bis sie nicht mehr da war.

Es ging um Banalitäten, um ganz einfache Fragen: In welchem Muster ich den Pulli für den Enkel von Comare Antonietta stricken sollte. Welchen Rock ich zum Tanzvergnügen tragen sollte. Fragen ohne große Bedeutung, bei denen ihre ruhigen, gelassenen Antworten ein Segen waren.

Ich nutzte die Abwesenheit der Margiala, um das Haus zu verlassen: wieder eine Frau, die ein Kind gebar. Unglaublich, dass in so einem kleinen Ort tagtäglich neue Kinder zur Welt kamen.

Ich zog eine enge Bluse an, die meine Brüste zur Geltung brachte, und einen schwarzen Satinrock. Ich vermied es, den Leuten, denen ich unterwegs begegnete, in die Augen zu sehen – ganz so als stünde mir mein schlechtes Gewissen auf die Stirn geschrieben. Hastig überquerte ich die Via di Venere, lief unter der zum Trocknen aufgehängten Wäsche hindurch und saugte den Saucenduft ein, der aus den offenen Fenstern drang. Es herrschte eine unerträgliche Hitze, aber ich hatte einen wichtigen Grund.

Nach wenigen Minuten stand ich an der Straßenbahnhaltestelle Piazza Umberto. Ich war angespannt, weil ich ausschließlich von eleganten Männern in Anzug und Krawatte umgeben war. Ich bekam kaum noch Luft: Irgendetwas bewirkte, dass ich mir vorkam wie eine der Frauen in den Bordellen, die Giuseppe frequentierte. Ich hatte das Gefühl, von Dutzenden Augenpaaren angestarrt zu werden. Ich war von Hals bis Knie züchtig bedeckt und fest davon überzeugt, dass nichts von meinem Körper zu sehen war, kam mir aber trotzdem nackt und wehrlos vor.

Zum Glück kam bald die Straßenbahn. Ich setzte mich auf den freien Platz neben einer älteren, gut gekleideten Dame, damit ich mich nicht so allein fühlte. Doch auch ihre Augen musterten mich streng, fragend. So etwas wie Verachtung lag in ihrem Blick.

Ich schaute weg, beschloss, die allgemeine Missbilligung zu ignorieren, und konzentrierte mich stattdessen auf die Adresse Cornelias. Ich hoffte inständig, sie dort allein anzutreffen.

Bari wirkte völlig chaotisch auf mich. Auf dem Bahnhofsvorplatz herrschte ein ständiges Kommen und Gehen, die Leute hier kamen mir vor wie ein verrückt gewordener Bienenschwarm. Wieso hatten es alle so eilig? Ich war regelrecht betäubt vom Lärm der Motorroller, die die lange, gerade Straße hinunterbretterten, vom Geschrei und Tumult und vom Zwölfuhrläuten der Bahnhofsuhr. Ich schaute mich um, sah aber nur noch mehr Leute, die irgendwohin eilten, ein klares Ziel vor Augen – lauter Ameisen, die sich am Horizont verloren. Da bekam ich Panik, denn hier gab es keine Nachbarin, die ich nach dem Weg hätte fragen können. Ich atmete tief durch und sagte mir, dass ein so berühmter Anwalt wie Loiacono in Bari stadtbekannt sein dürfte.

Ein alter Herr ging vor mir her und schnupperte an einer Zigarre.

»Entschuldigen Sie bitte, ich suche folgende Adresse«, sagte ich tapfer und hielt ihm meinen zerknitterten, schweißfeuchten Zettel vors Gesicht. Der griesgrämige Alte musterte mich von Kopf bis Fuß. Instinktiv fasste ich mir ans Ohr, um meine Verlegenheit zu überspielen. Der getrübte Blick des alten Herrn fiel auf den Zettel, doch dann schüttelte er nur energisch den Kopf und säuselte auf eine schmierige Art: »Tut mir leid, mein Fräulein, ich kenne den Herrn nicht, den Sie suchen.« Dann verabschiedete er sich mit einem Zwinkern.

Ich sprach zwei, drei weitere Passanten an, während ich die große Straße entlangging, deren Namen ich nicht kannte und die mir einfach endlos vorkam. Alle gaben mir dieselbe Antwort.

Ich lehnte mich an die Wand eines großen Gebäudes im faschistischen Stil, das bis zur nächsten Kreuzung reichte. Und sah, dass sich hinter mir die Auslage eines Cafés mit rosa Gardinen und Blumengirlanden befand. Ich legte die Hand schützend vor die Augen und spähte hinein. Ich war noch nie in einem Café gewesen, und schon gar nicht in einem so eleganten.

Da wurde mir bewusst, dass nur wenige Kilometer von meinem Zuhause entfernt eine ganz andere Welt lag. Die

Moderne, in erreichbarer Nähe! In dem Bewusstsein, dass sie unsereins verwehrt war, wurde ich beinahe wütend.

Und in diesem Moment sah ich sie. Es war, als träfe mich der Blitz. Hand in Hand mit ihm, Worte auf den Lippen, die bestimmt kitschig und gespielt romantisch waren. Ein Bein über das andere geschlagen, um ihre Schuhe mit den hohen Absätzen vorzuführen. Jede ihrer Gesten verriet unmoralische Absichten, jede Gesichtsregung wirkte wie einstudiert, berechnend, wollüstig und lasziv wie die einer Bordellbetreiberin. Ich zwang mich, an dem Fenster vorbeizugehen, um zu hören, was sie sagten, während sie sich an ihrem runden Tischchen wie elektrisiert zulächelten. Er sah aus wie ein ewiger Jugendlicher, mit seinen runden, rosigen Wangen und dem dunklen Bärtchen über den fleischigen Lippen. Sein schwarzglänzendes, zurückgekämmtes Haar hatte für mich etwas Stutzerhaftes, passend zu seinen Lackschuhen. Etwas an seiner selbstverliebten Art erinnerte an einen Film- oder Theaterschauspieler. Kein Wunder, dass Rosetta bei diesem abgebrannten, aber dafür faszinierenden Entertainer den Kopf und damit jede Scham verloren hatte! Auch sie hatte die Haare straff zurückgekämmt und zu einem seitlichen Dutt gebunden. Befestigt war er mit einer funkelnden Spange, die sie – wäre es nach Mama gegangen – nie hätte tragen dürfen. Im Kontrast zu den knallroten Lippen wirkte ihr Gesicht weiß wie Porzellan. Auch ihr Äußeres ähnelte dem einer Theaterschauspielerin, einer dieser *femmes fatales*, die wissen, wie man einen Mann verführt.

Ich fragte mich, wo das Kind war. Irgendwann hob er

ihre Hand, die er umklammert hielt, und führte sie an seine Lippen. Er küsste sie leidenschaftlich, mit einem Blick, der von ganz anderen Sehnsüchten kündete. Sie erwiderte ihn mit einem Gesichtsausdruck, der einzuwilligen schien. Wie auf ein Signal hin sprangen beide auf – so als könnten sie das höfliche Geplauder gar nicht schnell genug hinter sich bringen. Ich presste mich mit dem Rücken gegen die Scheibe, um mich unsichtbar zu machen, während sie mit hastigen Schritten das Café verließen. Rosetta am Arm ihres Liebhabers, wobei sie die Hüften wiegte wie eine Schmierenkomödiantin und frivole Gesten machte. Sie plauderten wie ein altes Liebespaar, und sie, die Ehebrecherin, schien so gar kein schlechtes Gewissen zu haben.

Ich sah, wie sie um die Ecke verschwanden, und war schon versucht, ihnen nachzugehen, herauszufinden, wo sie sündigen würden. Ich stellte mir vor, wie sie ihn umklammerte und lustvoll aufstöhnte, verscheuchte den abstoßenden Gedanken aber gleich wieder und dachte stattdessen an den kleinen Vincenzo, hinter dessen Schweigen dunkle Geheimnisse lauerten, ja sogar an das ahnungslose Gesicht von Domenico Occhi bianchi, der sich von morgens bis abends krummlegte, ohne das Herz seiner Frau je zu erobern.

Ich empfand so etwas wie Mitleid mit ihm, doch was ich von meiner Schwester halten sollte, wusste ich nicht so genau. Im Grunde führte sie eine unglückliche Ehe. Konnte man es ihr da verdenken, wenn sie sich anderweitig umsah?

Mir wurde schwindelig. Diese Welt war einfach zu

anders als die, die ich gewohnt war: voller Fallstricke und Versuchungen. Ich verstaute den Zettel in meiner Handtasche und ging erneut zur Straßenbahnhaltestelle, erschüttert und erschöpft.

Ich dachte an Cornelia in ihrem schönen Stadthaus und konnte nur hoffen, dass wenigstens sie glücklich war.

TEIL VIII

DIE LIEBE

1

Sommer 1950

Seit Cornelias Hochzeit waren beinahe zwei Jahre vergangen. Fast so lange war es auch her, dass ich Zeugin geworden war, wie Rosetta zwischen den Prachtbauten des großbürgerlichen Bari ein Doppelleben führte. Mit der Zeit hatte ich mich an die Vorstellung gewöhnt, dass wir unterschiedliche Wege einschlagen würden. Nur weil wir Schwestern waren, mussten wir noch lange nicht alles teilen, und schon gar keine schmutzigen Geheimnisse. Mehrmals hatte ich mich gefragt, ob meine Schwester alles zugeben würde, wenn ich sie damit konfrontierte. Oder ob sie nur mit den Schultern zucken und sagen würde, ich solle mich um meine eigenen Angelegenheiten kümmern.

Sonntags im Gottesdienst konnte ich sie in ihrem dunklen, hochgeschlossenen Kleid neben Mann und Sohn sitzen sehen, mit tugendhafter Miene, die Hände zum Gebet gefaltet. Was ihr wohl durch den Kopf ging, wenn sie betete, wenn sie sich morgens von ihrem Mann verabschiedete, um zu ihrem Liebhaber zu eilen? Wie oft am Tag sie wohl an den attraktiven jungen Mann aus dem Café dachte? Immer wieder ertappte ich mich dabei, ihre Gedanken lesen zu wollen, bis ich mich auf das Gesicht der Margiala konzentrierte und mir vorstellte, wie sehr es sie treffen würde, wenn sie erführe, welche Geheimnisse meine große Schwester vor uns hatte.

Mit einer gewissen Genugtuung war ich überzeugt, dass ich sie damit gegebenenfalls gut erpressen konnte.

Die Margiala wiederum war noch mehr verhärtet – vermutlich eine Folge des unwiderruflichen Älterwerdens. Sie sprach kaum noch, und wenn, um Ermahnungen zu äußern. Ihr Leben bestand nur aus Arbeit, darin, uns durchzubringen, sich nicht unterkriegen zu lassen, wie sie sagte.

Cornelia hatte eine Tochter bekommen, ein wunderschönes Mädchen mit blonden Locken, das denselben hellen Teint hatte wie sie. Wenn sie uns besuchen kam, hatte ich den Eindruck, dass Mama angesichts dieses rosa Bündels regelrecht dahinschmolz und endlich wieder lachen konnte.

»Sie erinnert mich an dich, als du noch klein warst.« Worte, die den jahrelangen Ermahnungen und spitzen Bemerkungen, mit denen die Margiala Cornelia das Gefühl gegeben hatte, stets das fünfte Rad am Wagen zu sein, etwas die Schwere nahmen. Als hätte sie uns nicht jahrelang kritisiert und bevormundet. Aber vielleicht lag das auch daran, dass wir so eng aufeinander lebten.

»Bleib doch heute noch zum Essen. Ich mach das Fleisch mit Sauce, das du so gern magst«, sagte sie mitunter, als wollte sie den Abstand zwischen ihnen verringern.

»Das geht nicht, Mama. Ich muss nach Hause«, erwiderte Cornelia jedes Mal höflich. Aber in ihren Worten schwang mit, dass sie es kaum erwarten konnte, wieder zu gehen.

Mich behandelte sie wie immer liebevoll, als wollte sie sich dafür entschuldigen, dass ihr Lebensmittelpunkt inzwischen woanders war, als hätte sie unser Haus und unseren Garten in den hintersten Winkel ihres Gedächtnisses verbannt, als würden diese zu einem Leben gehören, an das sie sich nur noch mit Vorsicht erinnerte, weil es so anders war als ihr jetziges.

Die Margiala begann, in der Sauce mit dem Fleisch zu rühren, damit es nicht anbrannte. Im Grunde kannte sie die Antwort bereits.

Tatsächlich waren nur noch sie und ich übrig geblieben, um uns über Francescos Unfug aufzuregen. Doch die Margiala hatte inzwischen gelernt, die Wut und Verzweiflung über diesen missratenen Sohn zu unterdrücken. Ihr Verhältnis zu ihm war sogar noch distanzierter als das zu uns. Sie vermied jeden Körperkontakt und richtete nur selten das Wort an ihn. Sie wusste, dass er jederzeit mit einem Loch im Kopf oder grün und blau geprügelt, zu Hause auftauchen konnte. Ja, schlimmer noch, sie rechnete ständig damit, dass er eines Tages ermordet und ins Meer gekippt werden würde wie so viele Herumtreiber und Kleinkriminelle.

Oder aber sie stellte sich vor, dass er leblos zwischen dem harten Gestrüpp im Graben lag, den streunenden Hunden zum Fraß vorgeworfen.

»Nur gut, dass sein Vater das nicht mehr miterleben muss!«, sagte sie manchmal, wenn sie nicht gerade ein Stoßgebet zum Himmel schickte.

Mit zwölf Jahren konnte man schon als Berufsverbrecher bezeichnet werden, und das Leben auf der Straße ließ die Jungs rasch erwachsen werden. Doch ich war wie immer zu sehr mit meinem Alltag beschäftigt, um mich zu fragen, was in meiner Familie eigentlich los war. Als jüngste Tochter einer verwitweten Mutter hatte ich das Gefühl, in einer Falle zu stecken. Alle erwarteten, dass ich mich um sie kümmern, im Alter für sie sorgen und ihr den Haushalt machen würde – fleißig und gefügig, und zwar für den Rest meines Lebens.

Die Margiala sagte nichts dergleichen, aber ich begriff auch so, wie mein Leben den Comari nach aussehen sollte: Ich sollte mich von meinen eigenen Träumen verabschieden und meine Pflicht erfüllen.

»Es wäre viel besser für dich, wenn Diamante nicht heiraten würde. Dann wärst du in dem großen Haus nicht so allein«, plapperte Comare Antonietta, während sie sich eine Traube nach der anderen in den Mund steckte.

»Ja, Einsamkeit ist schlimm. Damit kenne ich mich aus«, stieß Comare Nenna leise hervor.

Während ich mit gesenktem Kopf am Webstuhl saß, musste ich das alles mit anhören. Wütend hielt ich mir die Ohren zu und sagte mir stets aufs Neue, dass ich mich nie in so ein Schicksal fügen, mich nie damit zufriedengeben würde, innerhalb dieser vier Wände langsam zu verwelken.

Mama hingegen erwiderte nie etwas darauf. Sie gab den Comari weder recht, noch widersprach sie ihnen, sondern lebte einfach ihr Leben weiter, ließ deren Worte an sich abprallen.

2

Wie immer, wenn ich mich unter Druck gesetzt fühlte, änderte ich meine Perspektive und mein Aussehen. Ich beschloss, dass die Ferida sich nicht mehr als Vorbild für mich eignete, da sie letztlich ein traditionelles Frauenbild verkörperte, leidenschaftlich, aber gleichzeitig schwach, ihren Gefühlen ausgeliefert und daher abhängig von Männern, die deutlich mehr Macht hatten als sie. Ich dagegen wollte mein Schicksal selbst in die Hand nehmen und niemandem erlauben, über mein Leben zu bestimmen. Meine jungenhafte Art kam wieder zum Vorschein. Als Erstes änderte ich meine Frisur. Meine Haare hatten seit jeher großen Einfluss auf meine Stimmung, sie waren ein Kompass, der mir die richtige Richtung wies.

Eines schönen Morgens kam ich mit einer Kurzhaarfrisur nach Hause. Unzählige Locken umspielten Stirn und Wangen.

»Hallo Betty Boop!«, sagte Rosetta nur, als sie in der Küche auftauchte, um ihre duftenden Brotlaibe abzuholen.

Die Margiala musterte mich mit einem seltsamen Gesichtsausdruck, beinahe ergeben, verlor jedoch kein Wort darüber.

Ich zuckte nur mit den Schultern, warf die Arme in die Luft und sah meine Schwester mit einem Blick an, der sagte, wie wenig mich Mamas ausbleibender Kommentar interessierte.

Ja, Betty Boop gefiel mir, sie war frech und rebellisch genug, um von den Spießern zensiert zu werden. Sie war burschikos und doch unheimlich weiblich. Sie passte perfekt zu mir.

»Ich war die Ferida einfach leid.« Ich biss in die knusprige Kruste.

»Wenn du zur Abwechslung mal du selbst sein würdest, wäre das vielleicht besser.«

Da hatte sich die Margiala also doch noch zu einer Bemerkung herabgelassen, die wie immer ebenso beißend wie treffend war. In dem gehässigen, selbstzufriedenen Ton, den sie immer anschlug, wenn sie uns Mädchen kritisierte, mit dem Hochmut, der in ihrem starken Charakter begründet war. Vielleicht hatte sie ja recht. Vielleicht richtete ich mich immer nach anderen. Vielleicht gab es da einen inneren Widerspruch, den ich noch nicht lösen konnte.

Ich wusste genau, wer Cornelia war, eine elegante Frau von naiver Schlichtheit, eine vorbildliche Ehefrau und Mutter, die ihren Mann Lorenzo aufrichtig liebte.

Inzwischen wusste ich auch über Rosetta Bescheid, die modern und emanzipiert war und sich über ihre Verpflichtungen hinwegsetzte – eine leidenschaftliche Frau auf der Suche nach Abenteuern.

Doch ich, Diamante, wer war ich? Was wollte ich? So sein wie die Colbert, wie die Ferida, wie Betty Boop? Mein mir noch fremdes Ich hatte verschiedene Formen angenommen, mein Leben mit einer Fiktion verwechselt, als wäre es ein Film.

Vielleicht war ich ja nur das, was die Margiala sich wünschte – eine Hexe mit wechselhaftem Äußeren, sprich, auch eine Margiala, die zu demselben harten, einsamen Leben verdammt war wie sie.

»Ich geh noch mal weg!«, sagte ich, weil mich diese Grübeleien ganz unruhig gemacht hatten. Ausnahmsweise erwiderte Mama einmal nichts darauf.

Ich ging hoch erhobenen Hauptes nach draußen, um frische Luft zu schnappen und meine ungewohnt leichte neue Frisur zu genießen. Ich zupfte mir meinen dünnen Rock zurecht, der im Wind flatterte.

Das Meeresrauschen übte immer eine große Anziehungskraft auf mich aus. Natürlich hörte ich es nicht wirklich, da es erst in einigen Kilometern Entfernung wahrzunehmen war, trotzdem war es mir stets präsent.

Als sich das eingebildete mit dem tatsächlichen Rauschen vermischte, merkte ich gar nicht, dass ich bereits an den Klippen stand. Ich wiegte mich auf meinen Beinen hin und her, ließ zu, dass der Rock mitflatterte, nach wie vor hoch erhobenen Hauptes, um den Himmel nicht aus den Augen zu lassen.

Ebenso wenig merkte ich, dass ich, als ich mich wie ein tanzendes Kind um die eigene Achse drehte, einen Fremden anrempelte.

»Verzeihung, mein Fräulein«, entschuldigte der sich, aber ich hatte mich erneut gedreht und wartete darauf, dass sich ein menschliches Gesicht zu dieser Stimme gesellte.

Dann lächelte ich ihn wortlos an und senkte den Blick. Vermutlich errötete ich auch. Er stolperte, fand aber rasch das Gleichgewicht wieder, wozu er sich weit vorbeugen musste. Ohne nachzudenken, streckte ich die Hand aus, um ihn aufzufangen. Eine kurze Berührung, ein Funke wie der zwischen Cornelia und Lorenzo, als sie sich beim Tanzvergnügen bei Comare Antonietta in die Augen geschaut hatten.

Ich war mir sicher, dass es sich um dasselbe Gefühl handelte, verdrängte es aber energisch wie alles, was einem zustößt und größer ist als man selbst.

Der Fremde lächelte auf eine Art, die mich an meinen Vater erinnerte, freundlich und unbeschwert. Sofort zog ich die Hand zurück, als hätte ich mich verbrannt. Ich kehrte ihm den Rücken zu und ging zum Wasser, während die Meeresbrise mir Füße und Knöchel kitzelte und ein gefährliches Gefühl von Freiheit schenkte. Aus den Augenwinkeln schaute ich zurück und gab mich gleichgültig, hoffte jedoch, dass mir der Fremde nachsah.

Sein Teint war dunkel und sonnenverbrannt, zwei große schwarze Augen schimmerten wie Kiesel am Meeresgrund.

Mir wurde heiß. Ein unangenehmes Gefühl, auf das ich jedoch nie mehr verzichten wollte.

»Kommen Sie oft hierher? Allein, meine ich.« Seine Stimme klang ganz nah, fast konnte ich seinen Atem im Nacken spüren.

»Manchmal«, erwiderte ich und rang um Fassung.

»Ich bin jeden Tag hier, um aufs Meer zu gucken. Von diesem Strand aus kann man nämlich bis Polignano schauen, während man von der anderen Seite die Fischerboote sieht, die träge auf dem Wasser schaukeln und nur darauf warten, von hohen Wogen zu neuem Leben erweckt zu werden.«

Er sprach mit mir, als wäre ich nicht von hier, als gehörte ihm dieser Ort, den er einer Fremden zeigen wollte. Ich spielte mit und tat so, als würde ich mich von ihm herumführen lassen, um dieses Stück Land, diesen Strandabschnitt zu erkunden, mit dem mich eine Hassliebe verband, weil dort einst Pietro sein Leben verloren hatte. Seitdem fühlte ich mich diesem Ort ganz besonders verbunden, zu ihm hingezogen wie zu etwas Verbotenem, das dafür aber umso verlockender war. Wenn man so wollte, war ich diesem Strand noch etwas schuldig, weil er mich damals verschont hatte.

So ein enges Band ist unauflöslich, es bleibt einem für immer wie ein Pfand und eine Strafe.

In mir tobte ein heftiger Kampf: Die Beine wurden mir dermaßen weich, dass ich sie fest aneinanderpresste, um nicht in die Knie zu gehen. Die Zähne nagten an meiner Unterlippe, und im Bauch herrschte merkwürdiges Flattern, das einem stets stärkeren Ziehen wich. Es schmerzte und fühlte sich gleichzeitig einfach nur himmlisch an.

Die lebhafte Erinnerung an die kurze Berührung durch den Fremden brannte mir mehr auf der Haut als die sengende Augustsonne. Ich strich über die Stelle, wo er mich angefasst hatte. Dann konzentrierte ich mich auf seine Stimme, die keinem Burschen, sondern einem richtigen Mann gehörte.

Wie alt er wohl war? Dreißig vielleicht, vielleicht aber auch älter. Seine Stimme war rau und einschmeichelnd zugleich. Vielleicht war er einer der Seeleute, die hier jede Grotte kannten, vielleicht auch ein Fischer, dem es gefiel zuzusehen, wie sich die Boote auf den Wellen wiegten wie die sinnlichen Hüften einer Frau.

Ich genoss, was diese Begegnung in mir ausgelöst hatte, nämlich eine nagende, aber durchaus angenehme Sehnsucht, die nur der Anblick dieser Augen, dieser Lippen stillen konnte. Dennoch war ich erschüttert, denn eigentlich hatte ich andere Gefühle erwartet: denselben Groll, der mich anfangs so etwas wie Verachtung für den schönen Lorenzo hatte empfinden lassen, als ich geahnt hatte, dass er in unser Leben Einzug halten und es völlig auf den Kopf stellen würde. Oder aber denselben Neid wie damals als Kind, wenn ich sah, wie Giuseppe sich faul in der Sonne rekelte.

Stets hatte ich mir eingeredet, meine Wut auf die Männerwelt wäre angeboren, auch dass ich nur zwei Männer in mein Herz lassen würde, nämlich meinen Vater und Pietro. Sie allein verkörperten für mich das Gute an den Männern.

Ich drehte mich zu dem Fremden um, um ihn mir genauer anzusehen. Seine Augen waren auf einen fernen Punkt am Horizont gerichtet und glänzten wässrig, so als müsste er seine Tränen zurückdrängen.

Sei nicht albern!, ermahnte ich mich.

Vielleicht war er ja verheiratet, ein einsamer Freund des Meeres, der bloß ein paar Worte mit einer Unbekannten wechseln wollte. Die Vorstellung, dass mir mein Traum entgleiten und an der Realität zerschellen könnte, machte mir panische Angst, ebenso wie der Gedanke, der Traum könnte wahr werden. So sehr war ich meinen Gefühlen noch nie ausgeliefert gewesen.

Kurz eilten meine Gedanken zur Margiala zurück: So musste es Mama manchmal ergehen, wenn sie glaubte, sich bestimmte Emotionen verbieten zu müssen. In diesem Moment hatte auch ich das verwirrende, dramatische Gefühl, meinen Empfindungen nicht trauen zu dürfen.

Ich musste sofort von hier weg, um diesen perfekten Augenblick, diesen für mich perfekten Augenblick zu bewahren, bevor ihn jedes weitere Wort zunichtemachte. Damit ich auch in Zukunft so von diesem Fremden träumen konnte, wie es mir gefiel, damit er so abstrakt blieb, dass ich ihn nach Belieben nach meinen Wünschen formen konnte wie die Worte, die mir Pietro und Agostino in meiner Fantasie einflüsterten.

»Ich muss jetzt gehen«, durchbrach ich die Stille.

»Natürlich«, sagte er nur und musterte mich noch eine Weile. Ich schaute auf und warf einen letzten Blick aufs Meer. Dann drehte ich mich um und ging. Der Fremde folgte mir.

»Signorina?« Seine Stimme ließ mich zusammenzucken. »Ich heiße übrigens Antonio.«

Antonio. Der Fremde hieß Antonio.

»Und ich Diamante«, erwiderte ich, ohne mich noch einmal nach ihm umzuschauen. Ich hastete den Graben entlang und ließ jede Sekunde dieser kurzen Begegnung noch einmal Revue passieren – mit der Wehmut, die einen erfasst, wenn man an kalten Winterabenden an die Sommerwärme zurückdenkt. Ich lächelte über seinen Blick und bekam Gänsehaut bei der Erinnerung an unseren Hautkontakt, strich über die Stelle, wo unsere Hände sich berührt hatten.

Diese Berührung war es auch, die zur ersten und einzigen Liebe meines Lebens führen sollte.

3

»Jetzt, wo du deine neue Frisur ausgeführt hast, muss Wasser von der Zisterne geholt werden. Zwei große Eimer brauchen wir fürs Essen und die kleineren zum Wäschewaschen. Lass dir von Francesco beim Tragen helfen. Außerdem müssen die schon ziemlich angelaufenen Kupfertöpfe poliert und die Bleche für die *focacce* eingefettet werden. Du hast noch zwei Pullover und ein paar Unterhemden fertig zu machen, die die Frau vom Polsterer für ihre Enkel aus Amerika bestellt hat.«

Diese Liste mit Aufträgen war die Rache der Margiala für meine paar Stunden Auszeit.

Domenico Occhi bianchi saß auf den Stufen zu seinem Haus und ließ eine ausgegangene Zigarette von einem Mundwinkel in den anderen wandern. Er genoss seine Mittagspause, bevor er in die Schmiede zurückkehren musste. Er trug ein unter den Achseln zerschlissenes Unterhemd und eine braune Hose, die bis zu den Knien hochgekrempelt war. Die dürren Arme hingen schlaff herab; manchmal verschränkte er die Hände oder hob sie, um eine Fliege zu verscheuchen. Er begrüßte mich mit einem stummen Nicken.

Francesco schlug ihm einfach so auf den Arm.

»Da war eine Fliege. Eine von diesen dicken Schmeißfliegen.«

Er reagierte auf den Schlag, indem er lächelte und ihm einen liebevollen Klaps auf die Wange gab.

»Los, Bürschchen, halt diesen Eimer!«, bat ich ihn und warf ihm einen vielsagenden Blick zu.

Der Tisch war noch gedeckt. Brotkrümel lagen herum, und die fast leere Weinflasche stand da. Für mich gab es keinen Teller. Mama hatte das Mittagessen zur üblichen Zeit aufgetragen, sie hatte ihren Söhnen und vielleicht auch Rosetta, Vincenzo und Domenico etwas zu essen gemacht, doch auf mich hatte sie nicht gewartet.

Mir das Mittagessen vorzuenthalten war eine ihrer Methoden, mich für meine Abwesenheit zu bestrafen. Kein Wort des Vorwurfs, aber dafür viele kleine Gesten, die sich zu einer schallenden Ohrfeige addierten. Doch ich würde bei diesen Spielchen nicht mitmachen, mir nicht anmerken lassen, dass ich Hunger hatte – nicht an diesem wunderschönen Tag. Es würde der Margiala nicht gelingen, mir diesen Moment kaputtzumachen.

»Mama hat Schmorbraten mit Kartoffeln und Tomaten gekocht«, sagte Francesco, indem er sich die Lippen leckte. Ich warf ihm einen bitterbösen Blick zu. Auch dieser kleine Mistkerl würde es nicht schaffen, mir die Laune zu verderben. Ich betätigte pfeifend die Pumpe, so wie es sich für eine echte Betty Boop gehörte, und ging nicht weiter auf seine Provokationen ein.

»Das Fleisch war köstlich.« Er konnte es einfach nicht lassen. »Ich hab zwei Portionen gegessen.«

»Na klar, die zweite war meine«, erwiderte ich lachend. Die Margiala räumte im Zeitlupentempo ab, als trödelte sie absichtlich, damit die Zeit knapp und meine Pflichten immer mehr wurden. Sie war in einer seltsamen Stimmung, weder wütend noch streng, stattdessen irgendwie distanziert, als wäre sie in Gedanken ganz weit weg, völlig in Gedanken versunken. Dann schien sie sich wieder an ihre Rolle zu erinnern und näherte sich der Zisterne, verstohlen wie eine Katze und stets bereit, mich zu kritisieren.

»Pump langsam, sonst verschüttest du das Wasser noch. Vergiss nicht, die Pfannen mit Zitronensaft zu säubern. Und richtig schrubben, sonst geht das schwarz Angebrannte nicht weg!« Ich protestierte nicht und reagierte auch nicht genervt – so sehr ging ich darin auf, eine erfundene Melodie zu pfeifen. Ich wollte sie nicht ärgern, aber dass ich mich zum ersten Mal im Leben als Frau gefühlt hatte, gab mir ein Gefühl von Stärke. Der erbärmliche Privatkrieg zwischen uns war lästig wie ein störendes Insekt, mehr aber auch nicht.

Ich ließ immer noch jede Sekunde dieser Begegnung Revue passieren, versuchte die Details heraufzubeschwören, die diesen Moment so magisch gemacht hatten. Es war nicht etwa so, dass er besonders gut ausgesehen hätte, nicht besser als viele andere. Es lag auch nicht am Klang seiner Stimme, genauso wenig an seiner Augenfarbe. In Wahrheit gab es schlichtweg keinen konkreten Grund, warum er solchen Eindruck auf mich gemacht hatte.

»Ich bin jeden Tag hier«, hatte er gesagt. War das vielleicht eine Einladung? Seine Art, mir zu sagen, dass er auf mich warten würde, während er auf diesen fernen Punkt am Horizont starrte?

Immer wenn diese Gedanken wieder hochkamen, versuchte ich, sie durch ein energisches Kopfschütteln zu verscheuchen, in der Hoffnung, meine innere Aufruhr so beruhigen zu können. Doch gleichzeitig war ich machtlos dagegen.

Eine Art schleichende Angst, ein Kribbeln im Bauch, ein ganz neues, intensives Gefühl, ließ mich alles andere vergessen. Wie sollte ich das bloß nennen?

Ich fürchtete mich davor, das Wort auszusprechen, das es am besten traf. Schwärmerei? Erotische Anziehung? Mir wurde ganz schwindlig davon. Je stärker und schmerzhafter dieses ungewohnte Verlangen wurde, desto öfter musste ich alles wieder heraufbeschwören. Ich litt darunter und genoss mein Leiden zugleich.

Ich beschloss, dass ich ihn dringend wiedersehen musste. Ich belog mich selbst, redete mir ein, dass das Ganze nur ein Test war: Ich wollte bloß prüfen, was ich fühlen würde, wenn ich wieder in diese pechschwarzen Augen schaute.

In Wahrheit verging ich fast vor Sehnsucht, aber es war schwer, sehr schwer, mir das einzugestehen.

Es vergingen einige Tage, bevor mir erneut die Flucht gelang. Ich war schon ganz reizbar und nervös, weil ich Angst hatte, Antonio könnte es irgendwann leid werden, auf mich zu warten.

An diesem Morgen hatte mir Mama aufgetragen, *focacce* für uns und Comare Nenna zu machen, die diese dann am Nachmittag abholen würde. Ich heizte den alten Kohlenofen ein, doch anscheinend hatte ich zu viel Kohle genommen oder nicht lange genug gewartet, bis die Flamme heruntergebrannt war, da einige *focacce* unten schwarz wurden und die Küche mit einem Gestank erfüllten, der schlimmer wirkte, als es eigentlich war.

»Du hast nicht aufgepasst!«, schimpfte die Margiala, die schwarze, verkohlte Fragmente entfernte. »Wie willst du eines Tages eine gute Ehefrau sein, wenn du nicht kochen kannst?«

»Ganz einfach: Ich will sowieso keine werden.« Die Worte sprudelten nur so aus mir heraus. Hätte ich auch nur kurz nachgedacht, hätte ich sie vielleicht lieber für mich behalten, um die Margiala nicht noch wütender zu machen.

Doch die sah mich nur verwundert an, ein seltsames Funkeln in den Augen. Dann hob sie die Hand, als wollte sie mich schlagen. Sie hielt kurz inne, wie um die Geste dramatisch aufzuladen. Kurz glaubte ich schon, dass sie es doch nicht tun würde. Sie hatte noch nie die Hand gegen mich erhoben. Doch dann wurde meine Wange von ihrer rauen, schwieligen Hand getroffen, so knochig wie die einer Toten.

»Das soll dich lehren, deiner Mutter keine Widerworte zu geben.«

Ihre Stimme bebte vor Empörung, doch ich starrte ihr ungerührt in die eiskalten Augen und machte sie erst recht wütend.

»Vergiss nicht, dass hier meine Regeln gelten.« Sie senkte den Blick, um die verbrannten Teigstückchen zu zerkrümeln, damit zu spielen, als konzentrierte sie sich ausschließlich darauf. Da begriff ich, dass ich immer noch für meine Abwesenheit vor ein paar Tagen bestraft wurde. Dass die Margiala nichts vergaß, sondern sich ihren Groll genauso aufsparte wie die Marmeladen für den Winter. Dass dieser Zorn viel mehr mit einschloss als nur meine Abwesenheit. Sie bestrafte mich, weil auch ich zur Frau geworden war!

»Das hier ist mein Haus, und hier bestimme ich!«, fuhr sie fort, den Blick nach wie vor auf die *focacce* gerichtet, woraufhin mehrere empörte Ausrufe folgten. Ihre schmalen Finger verharrten über den verkohlten Krümeln.

Keine Ahnung, was das sollte. Ich massierte mir das Gesicht, wo der Abdruck ihrer kalten Hand noch immer zu spüren war. Wenige Sekunden später hob sie den Blick und sah mich an. Fast hätte sie etwas gesagt, doch die Worte blieben ihr im Halse stecken. Wir starrten uns eine Weile an, sahen einander tief in die Augen wie zwei streunende Katzen, die sich aufmerksam beobachten. Dann ging sie erneut zu den *focacce* auf dem Holzbrett und warf mit zusammengekniffenem Mund alles in den Müll.

Vielleicht hatte die Margiala ja etwas gespürt. Sie war schließlich nicht umsonst eine Hexe. Sie musste eins und eins zusammengezählt und das seltsame Glänzen in meinen Augen richtig gedeutet haben.

Störte sie der Gedanke, dass ich glücklich war, denn so sehr?

Ich verstand, dass wieder Krieg herrschte. Den Rest des Tages schwieg sie, und über den Vorfall wurde kein Wort mehr verloren. Sie machte neuen Teig für die *focacce*, die natürlich perfekt wurden.

Währenddessen wartete ich nervös auf den nächsten Morgen: Eine Frau musste von hohem Fieber und Bauchkrämpfen geheilt werden, und die Margiala würde bestimmt stundenlang fort sein.

Ich genoss bereits den Vorgeschmack auf die Freiheit.

4

Ich lag in meinem Zimmer einsam auf dem Bett und konnte es kaum erwarten, dass sich die Uhrzeiger rasch weiterdrehten und mich wie durch ein Wunder wieder zu diesen intensiven schwarzen Augen katapultierten.

Meine Lider flatterten, und ich seufzte schwer, so stark war das Ziehen in meiner Brust. Ich bekam einen solchen Adrenalinschub, dass alles vor mir verschwamm und meine bisherige Realität, mein bisheriges Leben ganz anders aussah als sonst.

Was war nur mit mir los? Ich wäre meinen Gedanken gern auf den Grund gegangen, um zu verstehen, in welches Labyrinth ich da gerade entführt wurde. Ich war es nicht gewohnt, plötzlich so wehrlos zu sein. Ich hatte mich stets als unverbesserlichen, jungenhaften Sturkopf gesehen, und so nahm mich auch die Margiala wahr. Ich war einfach nicht dazu in der Lage, so zu lieben wie Cornelia, und auch nicht dazu, so kokett zu verführen wie Rosetta. Der harte Kern in mir machte das einfach unmöglich. Ich war so rätselhaft und unangreifbar wie die Margiala.

Das viele Grübeln über diese Begegnung machte mich ganz nervös.

Der Gedanke an ihn überlagerte alles andere und ließ mich immer wieder zu dem Blick aus diesen Augen zurückkehren, zu den rauen, von der Sommersonne verbrannten

Händen, zu seiner heiseren, tiefen Stimme. Er ergriff völlig von mir Besitz, drang sogar bis in meinen harten Kern vor und erweichte ihn, löste ihn auf wie eine reife Frucht.

Das Gefühl war so stark, dass ich ein schmerzhaftes Ziehen in der Brust spürte. Kurz schlug ich mir den Fremden aus dem Kopf und sah mich in meinem Zimmer um. Seit Cornelia weg war, fehlte einfach etwas: Ich fühlte mich wie in der Falle innerhalb dieser vier Wände, von denen der Putz blätterte und die immer mehr auf mich zuzukommen schienen.

Als die ersten Sonnenstrahlen durch das Oberlicht fielen und über die Laken huschten, hörte man schon die Hühner im Hof scharren und gackern wie klatschsüchtige Comari.

Die Margiala war bereits aufgestanden, denn bei Tagesanbruch ließ sie die Hühner eine Weile frei im Hof herumlaufen, bevor sie sie in das Gehege auf der Rückseite von Rosettas Haus sperrte. Das gäbe bessere Eier, behauptete sie. Ich hörte ihre raschen Schritte erst im Flur und dann draußen, bis sie schließlich dorthin zurückkehrte, wo sie hergekommen war. Es folgte das Klirren zweier Tassen: Giuseppes, der sich zur Arbeit fertig machte und seinen Kaffee trank, und die der Margiala, die in der Küche rumorte, vermutlich, um die Medizin für die Kranke zuzubereiten. Am Vortag hatte sie im Garten Lorbeer und Malve für Aufgüsse gepflückt. Schon bald wurde der Hühnerlärm unerträglich. Schwer vorstellbar, dass Francesco noch schlafen konnte, doch an dem Burschen schien einfach alles abzuprallen.

Ich litt unter der schrecklichen Hitze und wurde immer

nervöser. Aber ich wollte ihr nicht unter die Augen kommen und fühlte mich erst recht nicht gegen ihre beißenden Bemerkungen gewappnet. Sie würde mir sowieso nur jede Menge Dinge auftragen, die sie sich bereits für mich ausgedacht hatte, um meinen Tag vom Aufstehen bis zum Zubettgehen zu füllen.

Um etwas zur Ruhe zu kommen, drehte ich mich auf den Rücken und verschränkte die Arme im Nacken. Ich sagte mir, dass es nur noch eine Sache von Minuten wäre. Dann würde ich die Tür der Anrichte hören, wenn sie ihre Handtasche dort herausnahm, um anschließend mit energischen Schritten davonzueilen.

Schnell rannte ich den verlassenen Graben entlang, während mir das Herz bis zum Hals schlug. Ich fühlte mich wie ein entflohener Sträfling. Ich genoss meine Flucht und die Tatsache, dass ich meine Pflichten einfach so hinter mir gelassen hatte, Francesco, der immer noch schlief, und meine Schwester, die sich bestimmt fragte, wo ich bloß steckte. Aber das Schlimmste wäre, wenn die Margiala früher zurückkäme als gedacht, noch bevor ich wieder da wäre.

Ich war rasch in das violette Voilekleid geschlüpft, das mir Mama für die Beerdigung von Compare Uberto (der Besitzer des alten Feigenbaums) genäht hatte.

»Du musst nicht wirklich Trauer tragen, du bist noch so jung! Letztlich war er nur ein alter, mürrischer Mann, der auf einen armen Feigenbaum eingeprügelt hat: Der wird sich gerächt haben.«

Und tatsächlich war der Alte durch einen Sturz von

der Leiter gestorben, und zwar während er – man glaubt es kaum! – Feigen erntete. Das hatte er in seinem langen Leben bereits unzählige Male getan, aber das Schicksal hatte entschieden, dass das das letzte Mal sein würde.

Der Wind drang durch den dünnen Stoff und liebkoste Beine und Scham, von wo aus eine seltsame Wärme aufstieg. Was sollte ich ihm sagen? Sollte ich Mut beweisen oder Gleichgültigkeit vorschützen? Ich schüttelte den Kopf, um die Gedanken zu verscheuchen, die mir einflüsterten, dass ich die ganze Sache sausen lassen, mich zu keiner Kurzschlusshandlung hinreißen lassen dürfe. Dass nur ich diese seltsamen Schwingungen gespürt hatte, ja, dass diese wahrscheinlich bloß in meinem Kopf und in meinem Bauch existierten.

Am Hafen war niemand zu sehen. Nur der eine oder andere einsame Fischer, der bereits mit seinem Fang zurückgekehrt war, die Netze für den nächsten Tag vorbereitete oder seinen Fisch einsammelte, um ihn zum Markt zu bringen. Ich schaute in die grelle Sonne, die mich blendete. Vielleicht war er ja auf einem der bunten Boote oder reparierte irgendwo sein Netz?

»Ich habe gar nicht mehr mit Ihnen gerechnet.«

Das sagte eine Stimme hinter mir, die genauso rau und einschmeichelnd war, wie ich sie in Erinnerung hatte. Ich schloss die Augen, um mir Mut zu machen, und schluckte mehrmals. Mein Mund war trocken und der Kopf ganz leicht.

»Ich hatte zu tun«, erwiderte ich dümmlich. Ich konnte ihm ja schlecht sagen, dass es mir unmöglich war, mich ungestraft davonzustehlen. Dass meine strenge Mutter mich so fest an der Kandare hatte. Als ich mich zu ihm umdrehte, erlebte ich jede Sekunde unserer ersten Begegnung noch einmal. Ich hätte ihn gern gefragt, ob er auf mich gewartet, Tag für Tag mit demselben Verlangen in die Gischt gestarrt hatte, mit dem ich diesen Moment herbeigesehnt hatte.

Das Meer lag friedlich da, im Reinen mit sich und den anderen Elementen. Am liebsten hätte ich alles stehen und liegen lassen, um für immer hierzubleiben und in seine dunklen Augen zu schauen. Die vom Wasser reflektierte Sonne schien mir direkt ins Gesicht, sodass ich die Hand schützend vor die Augen legen musste, um ihn genauer ansehen zu können.

Der Wind heulte wie eine freche Seejungfrau, schaffte es aber kaum, die Wasseroberfläche zu kräuseln, während mir der Salzgeruch in die Nase stieg. Was hätte ich darum gegeben, mich splitternackt auszuziehen und ins Meer zu stürzen!

»Machen wir einen kleinen Spaziergang? Ich wohne ganz in der Nähe, hinter dem Stauferkastell.« Er zeigte darauf und behandelte mich erneut wie eine Touristin. »Ich brauche bloß zwei Minuten bis hierher. Wenn ich morgens das Küchenfenster öffne, peitscht mir das Meer förmlich ins Gesicht, und schon bin ich hellwach. Das würde ich gegen nichts auf der Welt eintauschen.«

Von einem »wir« war nicht die Rede. Hatte er eine Frau, eine Familie, oder lebte er allein?

Ich war drauf und dran, mit einem Wildfremden mitzugehen!

»Wenn Sie die Schuhe ausziehen, geht es leichter.« Sein Lächeln war immer noch genauso wunderbar wie beim ersten Mal. Manchmal spritzte übermütig Gischt auf und brach sich an den großen Klippen – ein wunderschönes Wasserspiel. Sie umtanzte mich förmlich.

Antonio schaute aufs Meer hinaus, dann zu mir und anschließend wieder aufs Meer. Aber in seinem Blick lag noch mehr: Er schien fest davon auszugehen, dass sich mehr zwischen uns entwickeln würde.

Bei jedem Schritt berührten sich unsere Hüften, um sich dann wieder voneinander zu lösen – eine Choreographie, die mein Herz höher schlagen ließ.

»Diamante, erzählen Sie mir doch etwas von sich! Woher kommen Sie?«

»Ach, ich wohne nur wenige Kilometer weit weg. Als Kind war ich hier oft mit einem Freund angeln.«

»Mit einem Freund?« Er spielte auf etwas an, das längst unmöglich war, aber das konnte er natürlich nicht wissen.

»Pietro, er hieß Pietro. Er ist gestorben, im Meer ertrunken.«

»Das tut mir leid. Ich hätte nicht nachfragen sollen.«

»Nein, nein, das macht nichts, wir waren noch Kinder. Das Ganze ist schon lange her.«

»Ich sehe Ihnen allerdings an, dass Sie das immer noch schmerzt.«

»Kann sein, ich weiß es nicht so genau. Vielleicht, weil ich mich schuldig fühle. Kinder haben eine seltsame Art zu trauern.«

»Das stimmt. Erwachsene manchmal auch.«

Sein Blick war wieder aufs Meer gerichtet, als hätte der letzte Satz eine Erinnerung in ihm geweckt. Oh Gott, wie schwierig es doch war, sich anhand von wenigen Worten ein Bild von einem Menschen zu machen! Es war beängstigend, sich so zu ihm hingezogen zu fühlen, ohne das Geringste über ihn zu wissen.

»Und was machen Sie so?«, fragte er leichthin.

»Nicht viel.«

Sollte ich lügen? Oder ihm lieber die Wahrheit sagen? Ich entschied mich für die halbe Wahrheit.

»Ich stricke Pullover.« Mit dem Fuß ließ ich ein wenig Wasser aufspritzen. »Meine Schwester Rosetta strickt Pullover, und meine Schwester Cornelia hat das ebenfalls getan, bevor sie geheiratet hat.«

»Es gibt also drei Schwestern. Sind die anderen genauso schön wie Sie?« Das war seine erste, nonchalante Anmache. Die hätte mir eigentlich eine Warnung sein und mir sagen müssen, dass er sich mit Frauen auskannte, die Kunst der Verführung beherrschte. Doch stattdessen freute ich mich über seine Worte. Ich lächelte nur, ohne etwas darauf zu erwidern. Gleich darauf ärgerte ich mich über mich selbst und schüttelte heftig den Kopf, um wieder klar denken zu können.

»Ach, ich habe auch noch zwei Brüder, Giuseppe und den Nachzügler Francesco – einen echten Schlingel.«

»Ihr Vater wird stolz auf so eine große Familie sein.«

»Mein Vater ist tot.« Ich schaute aufs Meer, als könnte mich Agostino jetzt von dort aus sehen, inmitten von Wellenkrönchen und Himmelsgeschöpfen.

»Oh, schon wieder ein Fettnäpfchen! Ich kann einfach nicht den Mund halten.« Er schien aufrichtig bestürzt zu sein.

»Nein, das konnten Sie doch nicht wissen. Auch das ist schon lange her, ich bin drüber hinweg.«

Tatsächlich merkte ich in diesem Moment, dass ich, wenn ich in Erinnerung an Papas Unfall in mich hineinhorchte, wieder nur auf diesen harten Kern in mir stieß. Ich hatte den Schmerz so sehr verdrängt, dass man ihn kaum noch als solchen bezeichnen konnte. Wenn ich versuchte, mir sein Gesicht wieder vor Augen zu rufen, sah ich bloß das Porträtfoto vor mir, das die Margiala bei sich im Schlafzimmer stehen hatte. Mein Vater war zu einer Art Ikone geworden. Er war der schöne Valenti, der die Welt herausforderte. Doch wie war er gewesen, wenn er mit mir gesprochen hatte? Welches Gesicht hatte er gemacht, wenn er wütend auf mich war oder wenn er fröhlich auf seiner Mundharmonika spielte? Ich konnte mich nicht mehr daran erinnern, und je mehr ich mich zwang, die vertrauten Bilder heraufzubeschwören, desto verschwommener wurden sie.

»Mein Haus ist gleich da hinten«, sagte er erneut, als wäre ich eine Fremde, der man die Sehenswürdigkeiten der eigenen Stadt zeigt.

Ich kannte das Gassengewirr der Altstadt sehr gut, die weißen, in der Sonne schimmernden Bodenplatten aus Stein, die dicht gedrängten kleinen Häuschen, die sich gegenseitig die Luft zum Atmen nahmen und die quer über die Straße aufgehängte Wäsche, die zu einem einzigen riesigen Stück Stoff verschmolz. Ich war mit Pietro dort gewesen, um den Männern zuzusehen, die mit einem Glas Wein in der Hand vor ihrer Haustür Karten spielten. Einer von ihnen hatte eine erloschene Zigarette im Mundwinkel und einen Stapel Geldscheine vor sich gehabt: Er verdiente sich den Lebensunterhalt mit Kartentricks.

Einmal hatte Pietro es mit ihm aufnehmen wollen. Da er kein Geld dabeihatte, hatte er mit den vier Umbern gezahlt, die er gefangen hatte.

Die Altstadt von Bari war eine Welt für sich – wie die in einer Schneekugel, die nur deshalb so schön aussieht, weil man sie nur von außen betrachtet.

Stumm nahm ich Antonios Einladung an – wohl wissend, dass eine Frage damit verbunden war, die da lautete: »Wollen Sie mit zu mir kommen, Signorina?«

Und ich war so dreist, Ja zu sagen.

5

Der Blick auf den Hafen war mir noch nie so schön vorgekommen wie vom Fenster seines Hauses aus. Es war winzig, und von den Mauern blätterte der Putz, ein paar Topfpflanzen sorgten dafür, dass es nicht ganz so kahl wirkte.

Ein Fenster ging aufs Meer hinaus, und von hier aus konnte man das Stauferkastell und die herrliche Landschaft hinter dem majestätischen Bauwerk bewundern. Sogar das Schaukeln der Boote war klar zu erkennen.

Kein Wölkchen stand am Himmel, der traumhafte Sonnenauf- und Sonnenuntergänge verhieß und außerdem ein ganz anderes Leben, das zwar theoretisch möglich war, aber mit meiner Welt so gar nichts zu tun hatte.

Antonio starrte wie immer auf einen fernen Punkt am Horizont – vielleicht sein heimlicher Fluchtpunkt, an dem er Ruhe fand.

Die zwei Zimmer, aus denen sein Haus bestand, wurden eindeutig von einem Junggesellen bewohnt: wenig Nippes, ein paar schwere Möbel und ein paar Teller und Gläser in der Anrichte. Ich riss mich von der schönen Aussicht los, um mich kurz in dem Raum umzusehen, der wohl als Küche diente, aber mit etwas Fantasie genauso gut Wohnzimmer, Flur oder sonst was hätte sein können.

Mir gefiel, dass man ihn nutzen konnte, wie man es gerade brauchte, ohne feste Vorgabe. Eine unglaubliche Form von Freiheit, undenkbar für jemanden, der in einem Haus wie meinem aufgewachsen war, wo es selbst für die Reihenfolge, in der Teller in die Spüle gestellt wurden, genaue Vorschriften gab.

Er trug sportliche Kleidung, eine ziemlich weite, bis zu den Knien hochgekrempelte Hose und ein Matrosenhemd mit hochgeschlagenem Kragen. Sein Blick fesselte mich so, dass es kein Entkommen gab. Ich hätte Stunden damit verbringen können, seine Geheimnisse zu ergründen.

»Hast du schon mal etwas Schöneres gesehen?«

Ich war angenehm überrascht, dass er dazu übergegangen war, mich zu duzen.

»Ich glaube nicht.« Ich drehte mich zum Fenster, meinte aber nicht nur das Panorama, was er natürlich nicht wissen konnte. Oder aber er wusste längst, wonach ich mich sehnte – trotz der Anstandsregeln, die mir die Margiala jahrelang eingebläut hatte.

Die Margiala!

Allein der Gedanke an sie drückte auf meine Stimmung. Sie war mir stets präsent, selbst wenn sie gar nicht da war.

Er lachte schelmisch und legte eine Hand auf die Fensterbank, ganz nah neben meine. Ich hätte sie nur um ein paar Millimeter verrücken müssen, um seine Wärme spüren zu können.

Kurz überlegte ich zu gehen, und zwar sofort, bevor noch mehr passieren konnte. Denn das war ein gefährliches Spiel. Es war gefährlich, dass ich mit einem Fremden mitgegangen war, dass ich mich von zuhause fortgeschlichen hatte. Aber am gefährlichsten waren die immer heftiger werdenden Gefühle in mir, die Erwartung, seine Augen, seine Hände, seine Lippen.

Seine Hände blieben brav auf der Fensterbank liegen. Es waren raue Hände – längst nicht so feminin wie die von Lorenzo. Doch ich fand sogar noch die roten Farbreste unter seinen Fingernägeln unwiderstehlich – ein Detail, das ich bei unserer ersten Begegnung übersehen hatte und das mich vermuten ließ, dass er Fischer oder Seemann war.

Seine Haut war seit dem letzten Mal noch dunkler, noch sonnenverbrannter geworden. Wie viele Stunden er wohl das Salz auf seiner Haut spürte, während ich mich über den Webstuhl beugte, um warme Kindersachen anzufertigen, in Gedanken bereits beim Winter, obwohl das Leben draußen seine verlockenden Düfte verströmte.

Auf einmal fand ich meinen Alltag langweilig und grau. Im Vergleich dazu war dieses heruntergekommene Haus von leuchtenden Farben und pulsierendem Leben erfüllt.

Er schien Gedanken lesen zu können: »Ich will nicht, dass du gehst«, sagte er. Ich sah ihm tief in die Augen, während sich mir die Kehle zusammenschnürte. Ich war unfähig, auch nur ein Wort herauszubringen.

Ich schüttelte den Kopf, was vieles bedeuten konnte.

Nein, ich würde nicht gehen.

Nein, ich musste unbedingt gehen, sonst würde ich noch etwas tun, was ich anschließend bereute.

Dann geschah das Unvermeidliche. Die sehnsüchtigen Blicke schlugen Funken, und unsere Münder fanden sich. Erst berührten sie sich nur flüchtig, um sich gegenseitig zu erkunden, voneinander zu kosten. Dann fanden sie sich erneut, schon deutlich begieriger. Ich hatte noch nie einen fremden Mund auf meinem, noch nie solch feuchte, pralle Lippen gespürt. Unsere Hände lösten sich von der Fensterbank und begannen, den Körper des anderen zu ertasten, ihn fest an sich zu ziehen.

Was tat ich da eigentlich? Die schreckliche Erkenntnis durchzuckte mich wie ein Stromschlag. Ich löste die Hände von seinem Rücken und griff mit zitternden Händen nach meiner Handtasche auf dem Tisch. Dann bestaunte ich ihn ein letztes Mal. Erwartung stand ihm ins Gesicht geschrieben, aber auch Bedauern, weil ich mich ihm entwunden hatte.

»Ich muss gehen«, flüsterte ich, hochrot vor Erregung.

Er versuchte, mich aufzuhalten, und griff nach meiner Hand. Doch ich nahm die gepflasterte Straße durch die Altstadt, wobei ich meine Handtasche umklammerte wie einen Rettungsanker. Mit Tränen in den Augen, weil das, was ich empfunden hatte, wunderschön gewesen war, mir aber gleichzeitig Angst machte. Ich ging an den lärmenden Grüppchen von Männern vorbei, die Karten spielten. Sie gingen so darin auf wie Kinder und gerieten sich wegen eines verpatzten Stichs oder einer verlorenen Partie in die Haare. Während ich durch das Gassengewirr der Altstadt von Bari lief und mit raschen Schritten am Stauferkastell vorbeihastete, die salzige Meeresluft im Gesicht, wurde mir klar, wie sehr ich doch von Regeln beherrscht wurde, auch wenn ich schon ein Leben lang versuchte, mich ihnen zu entziehen. Das mit der Moral war nicht nur etwas für Priester oder Nonnen, sondern auch mir in Fleisch und Blut übergegangen. Es war nicht leicht, die Selbstachtung zu wahren, wenn man gegen alles verstieß, was als anständig galt. Ich hatte mich dazu hinreißen lassen, mit einem Wildfremden nach Hause zu gehen. Ich hatte mich von ihm umgarnen, mich von seinem hungrigen Mund erkunden lassen.

Ich rang nach Luft und blieb auf der Höhe des Hafens stehen, um kurz zu verschnaufen, mir vom Wind die Tränen trocknen zu lassen. Ich fing sie mit der Zunge auf wie als kleines Mädchen, wenn ich heimlich weinte, nachdem die Margiala mich bestraft hatte. Ich atmete tief durch und ging dann zur Straßenbahn, wobei ich mir mehrmals übers Haar fuhr und mich räusperte – nach wie vor hochrot im Gesicht und mit zitternden Händen.

6

Es vergingen Wochen, wenn nicht sogar Monate, ohne dass ich es geschafft hätte, mir die Stimme des Fremden, geschweige denn den Geschmack seiner Lippen aus dem Kopf zu schlagen. Je mehr ich sein Bild in den letzten Winkel meines Herzens verbannte, desto mehr quälte es mich und desto höher loderte meine Verliebtheit. Das Ganze quälte mich sehr.

Und zwar so sehr, dass die Margiala einen neuen Waffenstillstand ausgerufen hatte. Vermutlich spürte sie meine inneren Qualen. Ich war furchtbar zerstreut und hörte auf, sie zu provozieren. Ohne es zu merken, ordnete ich die Teller der Größe nach, saß kerzengerade am Tisch, ohne die Ellbogen aufzustützen, und hängte die Hemden am Saum auf. Konsterniert stellte ich fest, dass ich auch diese Gewohnheiten – genau wie die Spitznamen, die Moral und alle anderen Regeln der Margiala – tief verinnerlicht hatte.

Trotz meiner Bemühungen, so weiterzuleben wie zuvor, wusste ich, dass es beim nächsten Wiedersehen mit Antonio kein Halten mehr geben würde. Ich ertappte mich dabei, öfter an ihn zu denken, als mir lieb war. Ich war hin- und hergerissen zwischen dem Wunsch, mein braves Leben als junge Frau, die gern ein Junge gewesen wäre, fortzusetzen, und der Sehnsucht, in seinen Armen dahinzuschmelzen, mich ganz als Frau zu fühlen.

Heimlich rannte ich mehrmals zum Hafen, keuchend und wie in einer Art Delirium – immer auf der Suche nach dem Fremden, der mich völlig verwandelt hatte. Ich war mir nicht mehr sicher, wie er genau aussah. Ich hatte sein Bild so oft heraufbeschworen, dass ich Fantasie und Wirklichkeit nicht mehr auseinanderhalten konnte. Antonio war nicht mehr nur derjenige, den es wirklich gab, sondern auch der aus meinen Träumen, wenn ich in meinem winzigen Zimmer seufzend im Bett lag und mir jeden Zentimeter seines Gesichts vor Augen rief. Enttäuscht kehrte ich mit langsamen Schritten nach Hause zurück, nachdem ich mich dort stets allein wiedergefunden und vergeblich bei den Booten nach ihm Ausschau gehalten hatte. Doch dort konnte ich nur uralte Fischer mit wettergegerbten Gesichtern entdecken.

»Irgendwann wird er schon kommen«, sagte ich mir, in der festen Überzeugung, dass Liebende so etwas einfach spüren. Natürlich hätte ich auch zu ihm nach Hause gehen können. Aber naiv, wie ich war, wollte ich die Illusion haben, dass er nach mir suchte.

Eines Morgens, nachdem ich wieder einmal den Graben entlanggeeilt war – der Sommer neigte sich bereits dem Ende zu –, blieb ich kurz stehen, um zu verschnaufen, und schaute auf den Hafen. Die Luft flirrte, und der Himmel verschwamm mit dem glatt daliegenden Meer. Es sah aus wie ein schlafender Riese. Müde ließ ich mich auf einem am Strand angespülten Baumstamm nieder. Die salzige Luft hatte ihm zugesetzt, aber trotzdem war er kräftig und stabil. Ich musste an die Margiala denken und ärgerte mich, weil ich eigentlich sein Bild hatte heraufbeschwören wollen. Ich schlug die Hände vors Gesicht und schüttelte energisch den Kopf, während es mir eiskalt den Rücken hinunterlief. Mit geschlossenen Augen spürte ich einem Schmerz nach, der nicht nur etwas mit dem Verlust des Fremden zu tun hatte. Da war eine noch viel größere Leere, ein Loch, das noch schwärzer war als Antonios pechschwarze Augen. Ich drängte die Tränen zurück, denn hätte ich einmal angefangen zu weinen, hätte ich nicht mehr damit aufhören können. Stattdessen blieb mein Blick an einem winzigen Krebs hängen, der gegen die Strömung ankämpfte, um auf seinen Felsen zurückzukehren. Fast musste ich lächeln, dass selbst so ein kleines Geschöpf wusste, wo es Zuflucht fand.

»Darf ich dir ein wenig Gesellschaft leisten?«

Ich schloss die Augen und schluckte mehrmals. Es pochte in meinen Schläfen, und das Herz schlug mir so laut, dass es bestimmt weithin zu hören war.

Ich wusste nicht, ob diese Stimme echt war. »Das ist nur ein Traum«, flüsterte ich – in der festen Überzeugung, dass auch diese nie ausgelebte Liebe nur Teil eines endlos langen Traums war.

Dann drehte ich mich um, in der Angst, alles durcheinanderzubringen. Was, wenn die Stimme einem ganz anderen Fremden mit pechschwarzen Augen und sonnengebräunter Haut gehörte?

Er sah mich mit funkelnden Augen an. Er konnte ja nicht wissen, wie oft meine Sehnsucht, ihn wiederzusehen, an einem einsamen Strand zerschellt war. Und auch nicht, wie oft ich ihn mir mit geschlossenen Augen vorgestellt hatte und mir mit der Zunge über die Lippen gefahren war, um ihn erneut schmecken zu können.

»Wie geht es dir?«, fragte er mit einem breiten Grinsen.

»Gut«, sagte ich. Dabei kam mir meine Stimme ganz fremd vor, viel zu piepsig, als gehörte sie einer Fremden, zu einer Frau, die nur in seiner Gegenwart zum Vorschein kam. Er reichte mir die Hand, um mir beim Aufstehen zu helfen. Ich musterte die seine, bevor ich einschlug – voller Angst vor den Folgen, die diese erneute Berührung haben konnte.

Wir liefen los, ließen unsere Füße im Sand versinken, während wir uns unterhielten wie ein altes Liebespaar. Wir erreichten die im Hafen vertäuten Boote. Mit einem Kopfnicken begrüßte Antonio einige Fischer. Ich spürte ihre Blicke, doch zum ersten Mal wurde ich nicht verlegen – ganz im Gegenteil! Die Sache gefiel mir sogar.

Dann schlenderten wir langsam durch die Gassen der Altstadt, gingen an den üblichen Grüppchen von alten Männern vorbei, die sich wie immer dem Kartenspiel hingaben. Ich freute mich, dass alles genau so war wie beim letzten Mal. Auch sein Haus war noch genauso kahl und schmucklos, wie ich es in Erinnerung hatte, mit dem Fenster zum Meer, das immer offen stand. Als mich Antonio in seine Arme zog, verschwand der Kloß in meiner Kehle. Mein Herz schlug rascher, und die Knie wurden mir weich.

Er küsste mich so zärtlich, als wollte er sagen, dass ich ihm gefehlt, dass er auf mich gewartet hatte.

Ich hätte ihn mit einem süßen Geschmack auf den Lippen stehenlassen und das, was jeden Moment passieren konnte, vertagen können.

Aber das wollte ich nicht. Nicht mehr – und das wusste er ganz genau.

Er fasste mir unters Kleid, dorthin, wo eine intensive Wärme in mir aufstieg, die jede Faser meines Körpers erfasste. Und fand mein Höschen, das er langsam bis zu den Knöcheln hinunterzog. Ich schaute ihn lächelnd an, als wäre das die selbstverständlichste Sache der Welt.

So etwas hatte ich noch nie erlebt. Ich hätte Angst haben müssen, stattdessen war mir, als hätte ich seit dem Tag, an dem Rosetta und Cornelia mir erklärt hatten, dass ich jetzt eine Frau war, auf nichts anderes gewartet. Er beugte sich vor, um es mir ganz abzustreifen, während seine rauen Hände wie Schmirgelpapier über meine Haut glitten und mich wohlig erschauern ließen.

Ich konnte nicht fassen, dass er ausgerechnet dort innehielt, um mich zu küssen, vor mir kniend, sein dunkler Schopf zwischen meinen Schenkeln. Ich bog den Rücken durch, und die Lust, die ich empfand, machte mich völlig wehrlos.

Meeresluft kam durchs Fenster hereingeweht, aber meine Nase gewöhnte sich an andere, mir bis dahin unbekannte Aromen, an trockenere, heißere.

Ich schloss die Augen, um zu spüren, wie sich die Wärme in meinem ganzen Körper ausbreitete, lauschte auf die Möwen, die ganz in der Nähe ihre Kreise zogen, auf das leise Stöhnen, das sich seinen klebrigen Lippen auf meiner Haut entrang.

Ich war nicht mehr im Hier und Jetzt, ich war nicht mehr ich selbst. Wie eine Jungfrau auf ihren Initiationsritus wartete ich darauf, dass seine erfahrenen Hände mich weiter erkundeten.

Ich wartete drauf, dass er mir das Kleid abstreifte und mich nackt bewunderte, meine runden Hüften, meinen gewölbten Bauch, meine üppigen, weichen Brüste.

Ich wartete darauf, dass er mich auf den kühlen Boden bettete, der nicht ausreichte, um mein inneres Feuer zu lindern.

»Ich habe das noch nie gemacht«, sagte ich nur und sah ihm in die Augen, während er sich vor mir auszog.

»Ich weiß. Mach dir keine Sorgen.«

7

Zwei Jahre später

Es war September, und der an den Stangen hochrankende Wein zwischen Carbonara und Ceglie war so reif, dass er jedem, der vorbeikam, zuzurufen schien: »Komm und ernte meine süßen, saftigen Trauben!«

Francesco kam schwer beladen nach Hause, mit seinem klapprigen Fahrrad, das er inzwischen schwarz lackiert hatte, damit sein früherer Besitzer es nicht wiedererkannte. Er war schon frühmorgens mit drei Schürzen von Mama aufgebrochen, sodass er diesen Raubzug schon von langer Hand geplant haben musste.

Die Margiala sparte sich mittlerweile die Mühe, etwas an seinem Sturschädel kaputtzuschlagen – es nutzte ohnehin nichts. Stattdessen hatte sie beschlossen, es mit Gebeten zu versuchen. Vielleicht hatten die ja mehr Erfolg.

»Da war kein Zaun!«, rechtfertigte er sich in der festen Überzeugung, dass es immer einen guten Grund zum Stehlen gibt.

»Gott wird dich zur Rechenschaft ziehen«, sagte sie nur, und es war das erste Mal, dass sie sich auf eine höhere Macht berief. Ein Satz, der meinen Bruder jedoch kein bisschen beeindruckte – mich dafür seltsamerweise umso mehr. In dieser Nacht hatte ich schreckliche Albträume, und die Stimmen meiner beiden Schutzengel lagen mir in den Ohren. Keiner von ihnen wandte sich mit ermutigenden Worten an mich, sondern nur mit Ermahnungen und Verwünschungen. Ich hatte ein schrecklich schlechtes Gewissen – so wie damals, als die Margiala mir vorhielt, meine widerspenstigen Locken wären ein Beweis für meine Boshaftigkeit.

Am frühen Morgen schlich ich mich heimlich ins große Schlafzimmer, als Mama gerade im Garten beschäftigt war. Unglaublich, wie dieser Raum die heilige Atmosphäre meiner Kindheit bewahrt hatte! Das lag nicht nur daran, dass er bewusst im Halbdunkel gehalten wurde, und auch nicht an den von Heiligenbildern übersäten Wänden: Dieser Ort hatte etwas Spirituelles. Die Margiala hatte hier der Enthaltsamkeit einen Tempel geweiht.

Ich kniete mich auf die Gebetbank und betrachtete das Foto von Papa, wobei ich Diamantes Blick aus ihren brennnesselgrünen Augen bewusst auswich, weil sie mich sonst von dort aus, wo sie jetzt war, bestimmt verdammt hätte.

»Es tut mir leid, Papa«, sagte ich nur, war aber nicht ganz davon überzeugt, dass meine Seelenqualen wirklich mit Schuldgefühlen gleichzusetzen waren. Stattdessen hatte ich eher das Gefühl, dass da noch etwas offen war, dass sich der Kreis noch nicht geschlossen hatte.

Ich spürte ein Brennen wie von einem schlimmen Ausschlag.

Obwohl ich ein Leben lang versucht hatte, mich von der Margiala abzugrenzen, merkte ich doch, dass ich mehr an ihrem Lebensmodell hing, als mir lieb war – obwohl ich es doch so bekämpfte. Ich verdrängte meine Gewissensbisse und ging zu den anderen in den Garten, stürzte mich auf die Trauben, die in all ihrer Pracht auf dem Tisch lagen. Mama hatte sie weder weggeworfen noch Francesco dazu gezwungen, sie ihrem rechtmäßigen Besitzer zurückzubringen.

»Es wäre eine Schande, dieses Gottesgeschenk zu vergeuden«, hatte sie stattdessen gesagt, und das hatte genügt, um die sündigen Früchte in eine köstliche Delikatesse zu verwandeln. Damals aß ich Unmengen von Obst, was mich nur noch molliger machte, meinen Bauch runder und meine Brüste draller.

Antonio schien nichts dagegen zu haben.

Wir liebten uns, sooft es ging, wozu wir uns meist bei ihm trafen. Einmal war ich sogar so dreist gewesen, ihn zu mir einzuladen – aus dem kranken Bedürfnis heraus, Mama zu ärgern. Das war im Sommer gewesen, als in Valenzano das Fest des Heiligen Rochus gefeiert wurde. Da durfte Mama nicht fehlen, und Rosetta und ich ebenso wenig. Die Tradition wollte es, dass man die fünf Kilometer, die die beiden Dörfer voneinander trennten, zu Fuß zurücklegte und den ganzen Tag im Freien verbrachte – mit Gottesdiensten und Pilgermärschen. Anschließend warteten die Marktstände, die den Corso säumten. Auf dem Mäuerchen vor irgendeinem Haus aß man von zu Hause mitgebrachtes Brot oder eine Calzone mit Zwiebelfüllung. Mit etwas Glück fand man einen Platz im Schatten eines großen Feigenbaums. Ich benutzte »meine Tage« als Ausrede.

»Hättest du die nicht erst nächste Woche bekommen

müssen?«, wandte die Margiala ein, der aber auch nichts entging. Ich schüttelte nur den Kopf, als wollte ich sagen, dass ich da nicht so genau mitzählte. Die nächsten Stunden würde ich das Haus für mich allein haben, zumindest bis mein Bruder zum Mittagessen kam. Schon um acht war Antonio bei mir.

Wir wälzten uns schamlos zwischen den sauberen Laken im großen Schlafzimmer – dieselben, in denen Mama ihre Nächte als Witwe verbrachte. Währenddessen schauten die Heiligen streng von den Wänden auf uns herab, umrahmt von den Fotos von Papa und der Feldmarschallin.

»Dieses Zimmer ist mir etwas unheimlich«, sagte Antonio leise, während er sich verstohlen umsah. »Ich fühle mich irgendwie beobachtet.«

»Wart's ab, bis du meine Mutter kennengelernt hast!« Ich lachte leise, aus Angst, die Wände könnten der alten Klatschtante Comare Antonietta etwas zuflüstern. Die konnte es kaum erwarten, meine Geheimnisse zu lüften. Wir ließen die Kleider achtlos zu Boden fallen und gingen zum Bett, das mir als Kind immer riesig vorgekommen war. Jetzt empfing es so sanft unsere erregten Körper.

Antonio war verschwitzt, weil er den ganzen Weg zu mir gerannt war. Ich liebte es, ihm das Salz von der dunklen Haut zu lecken.

»Es ist das erste Mal, dass wir es im Dunkeln tun«, sagte er, und ich musste lachen. Sein Haus war sommers wie winters lichtdurchflutet. Wir hatten uns immer im Hellen geliebt, uns nicht das kleinste Detail unserer Körper vorenthalten.

Das Dämmerlicht machte meine Umrisse noch weicher, so als wären sie in einen zarten Flaum gehüllt.

»Deine Haut ist wie aus Samt«, flüsterte er, bevor er mich mit Küssen übersäte.

Wie lange unsere Liebe wohl halten würde? Wie lange konnten wir uns noch heimlich treffen wie zwei Spione oder Verbrecher, um uns in unserer Einsamkeit gegenseitig zu trösten?

In mir spürte ich immer dieses unangenehme Brennen, das mir sagte, dass es nicht ewig so bleiben, nicht mehr lange so weitergehen konnte. Dass es früher oder später zu etwas anderem führen musste. Zwei Jahre sollten dafür eigentlich genügen.

Doch Antonio hatte nie davon gesprochen, unsere Beziehung offiziell zu machen. Ich glaube, es war undenkbar für ihn, sich festzulegen, was eine Ehe nun mal mit sich gebracht hätte. Und weil ich wusste, wie er auf dieses Thema reagieren würde, sprach ich es lieber gar nicht erst an.

Vielleicht begehrte ich ihn ja deshalb so sehr, weil er immer noch bloß mein heimlicher Liebhaber war, der Fremde, den ich vor zwei Jahren kennengelernt hatte – halb Fischer, halb Seemann und ein bisschen auch ein Nichtsnutz.

Würde ich ihn als seine Ehefrau noch genauso begehren?

Auf diese Frage hätte ich gern eine Antwort gehabt. Die hätte mich dann vielleicht von meiner Überzeugung befreien können, dass unsere Liebe nur im Verborgenen stattfinden durfte, um wirklich perfekt zu sein.

Er küsste mich eine Minute – so lange wie es eben dauerte, mich überall anzufassen, vielleicht auch um zu spüren, wie ich mich so im Dunkeln anfühlte.

Dann drang er abrupt in mich ein. Die Schnelligkeit, mit der das geschah, raubte mir den Atem. Ich hätte ihn gern gebeten, es langsam angehen zu lassen, mir Zeit zu geben, mich an seinen Rhythmus, sein Stöhnen anzupassen.

Doch er hatte schon alle Gliedmaßen um mich geschlungen und energisch in mir Wurzeln geschlagen. Dann hielt er plötzlich inne, obwohl ich ihn noch gern bei mir behalten hätte. Im Nu war er wieder herausgerutscht und ließ nur ein warmes Gefühl zwischen meinen Schenkeln zurück – seinen Samen, der sich in und auf mir ausbreitete.

Kreischend setzte ich mich auf, vor lauter Angst, er könnte die Laken der Margiala beflecken, auch nur die kleinste Spur unserer Sünden zurücklassen.

»Und das ist dein Vater?«, fragte er, während er nackt vor der Gebetbank stand.

Sein Penis war nach wie vor steif und sehnte sich nach mehr. Ich betrachtete ihn und bekam ein mulmiges Gefühl, denn so wie er es sagte, klang es fast wie eine Beleidigung.

Das war eines der letzten Male, dass Antonio und ich uns liebten.

TEIL IX

DIE KRANKHEIT

1

Herbst 1952

»Von nun an kümmere ich mich um dich« – so lautete der Satz, den mir die Margiala fast atemlos zuflüsterte, nachdem der Arzt mich untersucht hatte. Keine Ahnung, was Mama bei alldem empfand – Wut, Angst, Verzweiflung, Enttäuschung.

An ihrer Stelle wäre ich vermutlich enttäuscht gewesen, aber die Margiala war anders als ich, aus einem ganz anderen Holz geschnitzt – so hart, dass es sich nicht verbiegen ließ. Sie tat alles, damit die Sache in der Familie blieb, aber aus irgendeinem Grund tauchte Comare Antonietta drei Tage später bei uns auf … und wusste bereits genauestens Bescheid, was mit mir los war.

»Den bring ich eigenhändig um«, bemerkte Mama nur, nachdem die Comare gegangen war. Man weiß ja, wie das in einem so kleinen Ort läuft: Am Montag würde hier im Dorf herumerzählt werden, dass ich mich für einen Zuhälter aus Bari prostituierte.

Am Dienstag, dass ich in zwielichtige Kriminellen-Kreise geraten war und mit dem finstersten Kerl von allen angebandelt hatte.

Am Mittwoch würde ich dann das Flittchen eines abgebrannten Schurken sein, der mir vorgegaukelt hätte, mich zu heiraten.

Das würde so lange so weitergehen, bis es keine neuen Details mehr gab und die Leute mit der Geschichte von Diamante, der Tochter der Margiala, durch waren und sich neuen Gerüchten zuwandten.

Was man so über mich redete, war mir egal – auch dass ich mich angeblich prostituiert hatte.

Aber natürlich nicht Mama. Sie war nicht umsonst so lange Witwe geblieben, um ihren Prinzipien treu zu bleiben. »Die ganze Zeit habe ich stets versucht, keine Gerüchte aufkommen zu lassen. Auch wenn nichts dran ist, bleibt doch immer etwas hängen …«

Am besten erinnere ich mich noch an die gemischten Gefühle Antonio gegenüber: Ich hätte ihn gern gehasst, ja hätte ihn eigentlich inbrünstig hassen müssen, sobald mir klar war, wozu er mich verdammt hatte. Und doch empfand ich alles Mögliche für ihn, bloß keinen Hass.

Wut, ja – jede Menge Wut, während diese heimtückische Krankheit meinen Körper attackierte, und das völlig schmerzfrei, sich in mir einnisten und dort Wurzeln schlagen wollte.

Der Arzt, Dr. La Selva, ein kleiner bärtiger Mann mit quer über den Schädel gekämmten Haaren, der sich dafür zu entschuldigen schien, dass es ihn überhaupt gab, hatte Mama erklärt, dass die Syphilis eine komplizierte Krankheit ist. Ohne dass man genau wisse, warum, könne sie in Schüben auftreten und alle möglichen Folgen für mich haben. Er sprach mit ihr, als wäre ich gar nicht dabei, als würde nicht ich auf dem breiten Bett im großen Schlafzimmer liegen, in dem Antonio und ich uns bei einem der letzten Male geliebt hatten. Ein Laken bedeckte meine Scham, die der Arzt gerade untersucht hatte – die Stelle, an der sich ein großes rotes Geschwür auf meiner hellen Haut gebildet hatte.

Es war sehr heiß an diesem Tag, der einer der schlimmsten in meinem ganzen Leben war: Nicht, weil ich erfahren hatte, was meine Krankheit war und wie ich mich damit angesteckt hatte, sondern weil ich ganz genau wusste, dass meine Affäre damit endgültig vorbei war – ein Kreis, der sich nicht schließen wollte.

Ich konnte die ganze Nacht nicht schlafen und lief im Garten auf und ab, unweit der blühenden Oleander. Ich ließ Szenen aus meiner Kindheit und Jugend Revue passieren, die sich nicht zusammenfügen wollten. Der Mond schien hell und warf wunderschöne Schatten auf Gras, Obstbäume und Kräuter. Jedes wurde auf seine Art in Szene gesetzt und trug so das Seine zum Gesamtbild bei.

Die Vorstellung, dass ausgerechnet jetzt, wo ich geglaubt hatte, meinen Platz darin gefunden zu haben, der Zauber zerstört worden war, ließ mich verzweifeln. Ich kochte vor Wut bei dem Gedanken, dass ich nicht die Einzige für Antonio war, ja, es vermutlich nie gewesen war. Vielleicht konnte er gar nicht so lieben wie ich. Das passte zu seiner Einstellung dem Leben gegenüber – dazu, dass er die Regeln ganz nach seinen Bedürfnissen selbst bestimmte.

Nur dass mir diese Regeln nicht gefielen. Ich konnte nicht akzeptieren, das er mir und gleichzeitig noch irgendeiner anderen gehörte. Oder dass er sich, nachdem er mit mir im Bett gewesen war, mit irgendeinem anderen Flittchen vergnügte.

Denn genau so fühlte ich mich: wie eine der Frauen in den Bordellen. Bei all dem Liebeskummer, der mich quälte, hatte mir die Sache mit der Krankheit gerade noch gefehlt.

Die nächtliche Brise fing sich in den Ärmeln meines Nachthemds, und ich huschte wie ein Gespenst zwischen dem üppigen Grün umher. Ich schloss die Augen und wünschte mir, wieder ein Kind zu sein. Ich wünschte mir, dass Cornelia mich ins Haus zurückbeorderte und Rosetta an der Haustür auf mich wartete, ungeduldig mit dem Fuß auf den Boden klopfend wie die Margiala. Ich wünschte mir, dass Tommaso sehnsüchtig nach Futter miaute und Papa eine fröhliche Melodie vor sich hin summte.

Jetzt hatte ich niemanden mehr: Tommaso war schon lange tot und Rosetta inzwischen wie eine Fremde für mich.

Ich blieb stehen und grübelte, bis ich Kopfschmerzen bekam: Wann genau war bloß alles so schiefgelaufen?

Die Margiala behandelte mich, als ob nichts wäre. Sie untersuchte die rötlichen Flecken auf meiner Haut und gab mir Medikamente – so wie früher, als ich noch ein Kind gewesen war.

»Hilfst du mir heute beim Einkochen?«, hatte sie mich am Tag danach so rücksichtsvoll wie selten gefragt.

Sie füllte zwei Körbe mit Renetten, deren gesamten Inhalt sie auf den Küchentisch kippte. Das war nicht meine Lieblingssorte – vielleicht wegen der Farbe, die weder kräftig noch fahl war, oder aber wegen ihres weder richtig süßen noch richtig säuerlichen Geschmacks. Andererseits hatte mir meine Vorliebe für starke Gegensätze schon genug Ärger eingebrockt.

»Fang du schon mal an, sie zu schälen, ich hole die Gläser.« Sie redete mit mir, als müsste sie mir alles noch mal von vorn erklären. Vielleicht wollte sie mir auch deshalb alles noch mal beibringen, um zu begreifen, wo genau sie nicht aufgepasst hatte. Ich nahm das Messer. Langsam und sorgfältig schälte ich einen Apfel nach dem anderen, wobei ich mich vor allem darauf konzentrierte, nicht zu viel Fruchtfleisch wegzunehmen und gleichmäßige Scheiben zu schneiden. Ich ging ganz in dieser Aufgabe auf, genau wie früher als Kind – die Zubereitung von Essen hatte seit jeher eine heilende Wirkung auf mich.

»Unfassbar, wie viel der Baum trägt! Äpfel, meine ich«, sagte sie, als wäre es in diesem Moment das Natürlichste, über Äpfel zu reden.

Ich nickte.

»Ich habe Apfelwein gekauft.«

Apfelwein war ein hervorragendes Verdickungsmittel, das eine Zubereitung mit weniger Zucker erlaubte. Die Margiala wollte nämlich, dass die Marmelade nach Früchten und nicht nach Zucker schmeckte.

»Und vergiss nicht, auch ein paar Apfelkerne dazuzugeben!« Das war auch so eines von ihren Geheimnissen, wie der Peperoncino bei den Rouladen. Wir schufteten den ganzen Vormittag – ich schälte und zerkleinerte, während Mama rührte und rührte, bis zwanzig Gläser mit einem Mus in einer merkwürdigen Farbe, in einem blassgelben Orange, gefüllt waren.

»Gut gemacht!«, rief sie und wischte sich die Hände an dem Geschirrtuch ab, das sie sich an die Schürze gebunden hatte.

»Gut gemacht!«, wiederholte ich.

Ich glaube, so nah wie damals, als meine Hände mit Apfelmus verschmiert waren, ich ein verknotetes Taschentuch auf dem Kopf und uralte Sandalen trug, hatte ich mich der Margiala noch nie gefühlt.

2

Mehrere Jahre später

Ich musste mich damit abfinden, dass ich Antonio nie mehr wiedersehen würde, dass ich weiterleben musste, als wären diese beiden Jahre ein einziger Irrtum gewesen. Auch von der Vorstellung, eines Tages doch noch zu heiraten, verabschiedete ich mich. Nach allem, was mir passiert war, konnte ich froh sein, noch am Leben zu sein, außerdem trug ich einen scharlachroten Buchstaben. Ich machte mir darüber nicht allzu viele Gedanken, verabschiedete mich von der Vorstellung zu heiraten, wie man sich von etwas verabschiedet, wofür man sich nicht gemacht fühlt.

In all den Jahren nach diesem »Missgeschick« versuchte ich mehrmals, Klarheit, ja das fehlende Bindeglied zu finden, das alles logisch erklärte. Doch ich besaß nicht die Gabe der Margiala, alles eindeutigen Regeln unterzuordnen.

Ich fuhr damit fort, Pullover zu stricken, während Mama als Margiala arbeitete.

Mehrmals versuchte auch ich, aus dem Kaffeesatz zu lesen, erkannte darin aber bloß formlose braune Kleckse.

»Du musst tief in dich hineinspüren, um die Gabe zu finden«, sagte sie, doch ich wusste ganz genau, dass die Margiala-Dynastie mit Mama aussterben würde. An mir war alles vollkommen normal – von den Fähigkeiten, die sie früher oder später an mir zu entdecken geglaubt hatte, war nichts zu erkennen. Ich versuchte mich auch an den kleinen Kindern, die von ihren Müttern oder Großmüttern angeschleppt wurden, weil sie sich nur so krümmten vor Bauchschmerzen. Ich sagte die Zauberformeln auf, die Mama mir beigebracht hatte, um die dunklen Kräfte zu vertreiben, ließ unzählige Amen und aufgemalte Kreuzzeichen folgen. Doch die Ärmsten krümmten sich weiterhin, als hätte sich eine giftige Schlange in ihren Eingeweiden eingenistet … bis die Margiala mit ihren trockenen, faltigen Händen eingriff. Es war offensichtlich, dass ich mich nur mit diesen absurden Dingen bemühte, um ihr einen Gefallen zu tun, denn Mama wollte sich partout nicht damit abfinden, dass sie ihre Fähigkeiten mit ins Grab nehmen würde.

Rosetta und sie sprachen kaum noch miteinander, obwohl sie sich jeden Tag sahen.

»Ach, deine Schwester!«, sagte sie nur manchmal, ohne den Satz zu beenden. Ich fragte nie, ob sie von deren Seitensprüngen wusste, denn in meiner Lage stand es mir wahrhaftig nicht zu, ein moralisches Urteil zu fällen – als Flittchen eines Nichtsnutzes, der halb Fischer, halb Seemann war, eines Herumtreibers mit einer Vorliebe für Prostituierte.

Die hohen Wangenknochen und gezupften Augenbrauen, die stets knallroten Lippen des koketten Püppchens, in das sich Rosetta verwandelt hatte, hatten so gar nichts mehr mit der strengen Schwester aus meinen Kindertagen zu tun. Wenn ich an sie dachte oder ihr, die mit den

Gedanken stets ganz woanders war, im Garten begegnete, spürte ich jedes Mal einen heftigen Stich des Neids, weil sie ungestraft davongekommen war. Sie war immer noch schön, auch wenn ihre Augen altersbedingt etwas trüb geworden waren.

»Was gibt's denn da zu schauen?«, schimpfte sie, wenn sie mich dabei ertappte, wie ich sie anstarrte. Ich schüttelte nur den Kopf und grinste in mich hinein, weil ich mich darüber amüsierte, dass sie von nichts wusste: Dass ich sie in den Armen ihres Galans ertappt hatte, war ein Geheimnis, das ich ihr niemals enthüllen würde.

Domenico Occhi bianchi war jung gestorben – eine Magenerkrankung hatte ihn noch dürrer und blasser werden lassen und schließlich dahingerafft.

»Gut, dass er vorher gestorben ist«, hatte Mama nur gesagt. Vorher? In Bezug worauf? Bevor er seine Frau in flagranti ertappte? Bevor er alles erfuhr? Vor ihr?

Das konnte vieles bedeuten, aber eines stand fest: Er war sehr früh gestorben und hatte meine Schwester in einem Alter zur Witwe gemacht, in dem man seelisch wie körperlich noch offen für die Liebe ist.

»Besitz wenigstens den Anstand, Trauer zu tragen!«, hatte die letzte Ermahnung der Margiala gelautet. Rosettas Reaktion hatte darin bestanden, ein graues Kleid mit tiefem Ausschnitt zu tragen. Zu mehr Trauer um einen Mann, den sie immer nur mit Mühe erduldet hatte, konnte sie sich einfach nicht durchringen.

»Die arme Rosetta, so jung und schon Witwe!«, bemerkten die Comari, die ihr Schweigen mit Verzweiflung verwechselten. Doch ich wusste, dass meine Schwester bloß abwartete, sich bereits auf den Moment freute, wenn sie wieder frei sein würde. Die Gerüchte, die über sie im Umlauf waren, wurden lauter, genau wie bei mir, aber das war ihr egal.

Man konnte nie wissen, wie viel Wahres an den Geschichten dran war, die erzählt wurden – nicht einmal an denjenigen, die ich mir selbst ausgedacht hatte.

Ich hatte schließlich nicht mitbekommen, wohin genau Rosetta mit dem femininen jungen Mann verschwunden war, nachdem die beiden das Café in der Altstadt verlassen hatten. Trotzdem hatte ich mir immer vorgestellt, dass sie in irgendeinem Hotel am Stadtrand in seinen Armen gelegen hatte, dieselbe Leidenschaft gekostet hatte wie ich mit Antonio. Ich war auch stets davon ausgegangen, dass sie das bis ans Ende ihrer Tage wiederholen würde – sogar noch heute. Aber das alles findet nur in meinem Kopf statt, ist einfach bloß das Bild, das ich von Rosetta habe. Was für ein Mensch meine Schwester tatsächlich ist, weiß ich schon lange nicht mehr.

3

Frühling 1989

»Es geht schließlich um deine Enkelin, Mama!«, hatte Cornelia gesagt und die Margiala flehend angeschaut.

»Ich denk drüber nach – noch habe ich ja nicht Nein gesagt.« Das war keine sehr euphorische Reaktion, die aber noch hoffen ließ. Es geschieht schließlich nicht alle Tage, dass eine Enkelin heiratet, und jetzt war der große Moment auch für Cornelias Jüngste gekommen. Meine Schwester bewegte sich längst in einer ganz anderen Welt, die zwar nur wenige Kilometer von unserer entfernt lag, aber genauso gut auf einem ganz anderen Planeten hätte sein können. Die Hochzeit sollte in einem eleganten Festsaal am Meer gefeiert werden, im Restaurant Grotta Regina, das so hieß, weil angeblich vor langer Zeit eine berühmte Königin dort einen Tag am Meer verbracht hatte.

Auf dem Felsvorsprung war ein Lokal erbaut worden.

»Ich verstehe das Problem nicht«, meinte Cornelia, während wir zu zweit im Garten saßen, den Sonnenuntergang und die sich abkühlenden Temperaturen genossen.

»So ist sie nun mal«, erwiderte ich resigniert, als würde ich die Margiala inzwischen besser kennen als alle anderen. Sie war schwer zu ergründen, aber in gewisser Weise doch zu verstehen. Es lag nicht an dem Hochzeitsempfang an sich, auch nicht am sozialen Gefälle: Aber sie war noch nie am Meer gewesen, und es dürfte ihr nicht leichtfallen, sich jetzt noch dazu durchzuringen. Es war, als müsste sie sich von sämtlichen Überzeugungen verabschieden – und davon waren viele unbegründet.

Außerdem wurde es zunehmend schwerer, Mama in einem lichten Moment zu erwischen. In letzter Zeit lebte sie in einem seltsamen Zwischenreich, in einer klein gewordenen Welt – so wie vermutlich alle, die langsam das Gedächtnis verlieren. Bei der Mutter von Comare Nenna war es genauso. Die war nicht mehr in der Lage, einen Schuh von einer Hose zu unterscheiden, wusste weder, wie man sich anzog, noch, was man damit anfing. Ihre Tochter nannte sie schon seit Jahren Chiara wie ihre geliebte kleine Schwester, die schon mit fünf Jahren an Kinderlähmung gestorben war. Vielleicht lebte sie wieder in der Zeit, als sie noch ein kleines Mädchen gewesen war, wie so viele alte Leute am Ende ihres Lebens. Und warum sollte man es ihnen auch verübeln? Aus meiner Sicht gibt es nichts Schöneres als die Kindheit. Die alte Comare konnte auch Sommer und Winter nicht mehr auseinanderhalten, und bevor die Tochter dazu übergegangen war, sie morgens anzuziehen wie ein kleines Kind, trug sie sogar noch bei größter Hitze einen dicken Pullover. Sie konnte auch Heiß und Kalt nicht mehr auseinanderhalten. In ihrer Benebeltheit hatten sich vermutlich sogar körperliche Empfindungen in ferne Erinnerungen verwandelt. Die Margiala wusste das, und vermutlich wusste sie auch tief in ihrem Innern, dass ihr Kopf langsam ebenfalls nicht mehr mitspielte. Trotzdem war sie nach wie vor in der Lage zu erkennen, wenn sie geistig wegtrat und ihr Gedächtnis den Dienst versagte. Dieses warf immer mehr Ballast ab – und zwar mit derselben Leichtigkeit wie Comare Nennas Mutter in Winternächten ihre Kleider. Dann erwischte die Tochter sie dabei, wie sie halbnackt durchs Haus lief, um imaginäre Reihen von Zypressen oder Veilchen zu zählen, mit denen ihr Grab geschmückt werden sollte.

»Eine dunkle Vorahnung«, sagte Comare Nenna, die sich angeblich mit Wundern, Visionen und Heiligen auskannte. Doch die Alte kümmerte sich nicht weiter um die Prognosen ihrer ältesten Tochter und fuhr damit fort, in diesem seltsamen Zwischenreich zu leben. Sie webte an ihrem Gedankengespinst und zerfranste es wieder. Inzwischen gab es für sie weder Vergangenheit noch Zukunft, als wäre sie ein Neugeborenes. Manchmal blieb ich stehen, um die am Küchentisch sitzende Margiala zu mustern. Sie wirkte hellwach, so als kämpfte sie mit ihrem eigenen Verstand bei dem Versuch, den Faden ihres Lebens wieder aufzunehmen und keine Masche fallen zu lassen. Manchmal hielt sie inne, um die winzigen, im Licht tanzenden Staubteilchen zu betrachten, die Füße hüftbreit in die angeschlagenen Bodenfliesen gestemmt. Hin und wieder wackelte sie mit dem Kopf und bewegte das spitze, magere Kinn vor und zurück. Welches Erinnerungsbruchstück sie wohl in solchen Momenten zu fassen bekommen wollte? Dann versuchte sie, die im Licht tanzenden Staubteilchen zu erhaschen.

Die Finger schlossen sich bei dem Versuch, sie zu packen und ihrer habhaft zu werden. Mit weit aufgerissenen Augen starrte sie auf ihre Faust, so wie wenn man versucht, eine

Fliege zu fangen: Man umschließt sie fest mit den Fingern und öffnet dann langsam die Hand, um sich zu freuen, dass man sie erwischt hat. Doch wie groß ist die Enttäuschung, wenn sie genau dann durch diesen Spalt davonfliegt!

Genauso verflüchtigten sich auch die flirrenden Staubteilchen, die die Margiala gefangen hatte, sobald sie die Hand wieder öffnete und enttäuscht auf ihre runzligen Finger starrte. Es fiel mir nicht leicht zuzugeben, dass mich ihre zerbrechliche, schmächtige Gestalt in solchen Momenten tief rührte.

Noch schwieriger war die Vorstellung, ihre dicke, harte Rüstung, die sie so immun gegen Liebe und Zärtlichkeit gemacht hatte, könnte nach und nach von ihr abfallen.

Ich schüttelte den Kopf, um diese Gedanken zu verscheuchen, weil es leichter war, sie als die strenge, harte Frau in Erinnerung zu behalten, die sie stets gewesen war. Oft begegnete sie der Welt wie früher mit distanziertem Hochmut, und dann trug die Margiala dieselbe Härte zur Schau wie in der Blüte ihres Lebens. Wenn man sie bei einer Vergesslichkeit ertappte, spielte sie das Problem herunter und zog sich damit aus der Affäre, dass sie das Wetter, irgendeine Comare, die sie von ihren Pflichten abgelenkt hatte, oder eine andere Belanglosigkeit dafür verantwortlich machte.

Manchmal schlief sie unruhig und rief nachts laut nach ihrer verstorbenen Mutter oder nach Agostino. Wenn sie so delirierte, rollte ihr Kopf hin und her, ihr Atem ging schwer, und ihre Brust hob und senkte sich mühsam.

Dann eilte ich zu ihr, um sie aus diesen quälenden Albträumen zu reißen. Mit weit offenen Augen starrte sie anschließend auf die Anrichte, immer noch die Visionen vor Augen, die während des Schlafs von ihr Besitz ergriffen hatten. Um sich dann irgendwann die verkrusteten Augen zu reiben und um einen Schluck Wasser zu bitten. Mehr sagte sie nie. Sie rechtfertigte sich auch nicht. Im Grunde blieb sie immer die Margiala … Die Vorstellung, die eigene Lebensgeschichte könnte ihr nach und nach entgleiten, bedrückte mich. So wie ein Fluss, der langsam sein Bett verlässt, über die Ufer tritt und die benachbarten Felder überflutet, bis die Sonne ihn austrocknet und ganz zum Verschwinden bringt. Genau so kam mir der Verstand meiner Mutter vor, aber das behielt ich für mich. Sonst bekam niemand aus der Familie etwas von ihrer Verwandlung mit. Die war noch nicht wirklich sichtbar, die Symptome traten nur selten auf, und die Margiala überspielte sie geschickt. Die Risse im Bett ihres Gedankenflusses waren noch fein, verursachten noch keine bleibenden Schäden.

Doch manchmal, vor allem abends, wurden aus kleinen Rissen große Breschen. Dann verließ der Fluss sein Bett und begann jedes Körnchen Wahrheit zu überfluten. Fantasie und Wirklichkeit vermischten sich zu einer unförmigen Masse, vermengten sich wie Humus mit Erde.

»Ist der Braten gar? Hast du den Ofen ausgemacht?«, fragte sie, wenn es dämmerte, ohne sich daran zu erinnern, dass wir den Braten schon vor Stunden gegessen hatten.

»War deine Schwester heute hier?«, wollte sie ein anderes Mal wissen und vergaß, dass diese sich erst vor einer Stunde verabschiedet hatte.

Mit der Zeit lernte sie auch, diese harmlosen Aussetzer zu

verheimlichen – auf eine Art, wie das nur eine Margiala vermochte. Nämlich indem sie es vermied, mit mir zu reden. Denn wenn sie sich stumm und unsichtbar machte, würde ihr seltsames Verhalten nicht weiter auffallen.

»Hab ich dir je erzählt, wie dein Vater mich hierher, nach Cerignola, gebracht hat?«, fragte sie mich eines Abends mit ungewohnter Dringlichkeit in der Stimme – vermutlich wollte sie die Vergangenheit festhalten, weil ihr die Gegenwart entglitt.

Ich schüttelte den Kopf und wunderte mich selbst, dass ich nie auf die Idee gekommen war, sie danach zu fragen. Letztlich wirkte die Margiala so sehr wie eine Einheimische, sodass ich ganz verdrängt hatte, dass sie von woanders stammte, aus dem sengenden Hinterland, und nicht aus der unmittelbaren Nähe des Meeres. Ich konnte mich jedoch noch gut daran erinnern, wie sie meinem Vater mangelnde Durchsetzungskraft vorgeworfen hatte.

»Das liegt daran, dass euch das Meer geprägt hat«, pflegte sie zu sagen, »das hat euren Charakter verwässert.« Dabei schlug sie sich mit der Faust gegen die Brust, um zu beweisen, dass sie wie alle aus dem Hinterland eine harte Schale hatte. Dass mein Vater ebenfalls auf den Feldern, den Olivenhainen und Weinbergen – der ganze Stolz unseres Großvaters – geackert hatte, spielte für sie keine Rolle.

»Man wird nicht zum Bauern, nur weil man sich ein paar Stunden über die Erde beugt«, lautete ihr Urteil. Das sei eher eine Charakterfrage, eine völlig unterschiedliche Grundhaltung, die einem das Meer und das Land unweigerlich mitgaben – ob man wollte oder nicht.

4

Sie hatten das Dorf bei Sonnenuntergang erreicht, als die Frauen noch Pirouetten vor ihren Haustüren drehten, um die Stufen vorm Eingang zu fegen. Es dauerte nicht lange, bis sie Anita als Fremde identifiziert hatten. Diese feine, grazile Unbekannte hatte sie so neugierig gemacht, dass sie Besen und Schmutz vergaßen, um Witterung aufzunehmen.

»Wie Insekten, die schon kleinste Luftschwingungen spüren«, sagte die Margiala und ahmte ihre lustigen Gesichter nach. Sie musterte jede Einzelne, fühlte sich absolut im Recht, ihre fragenden Blicke zu erwidern. Hoch erhobenen Hauptes und mit gerunzelter Stirn. Nicht die Spur eines verbindlichen Grußes lag in ihrem prüfenden Blick, stattdessen demonstrierte sie Überlegenheit wie ein Leittier, das es nicht mehr nötig hat, sich zu beweisen, sobald es sich erst mal den uneingeschränkten Respekt der Gruppe verdient hat. Das Einzige, was sie störte, war das unangenehme Gefühl, dass diese Fremden in ihr lesen konnten wie in einem offenen Buch. Die Margiala beschleunigte ihre Schritte und hörte nicht auf das, was ihr der wie immer recht redselige Agostino zuflüsterte. Vielleicht wussten ja alle längst über sie Bescheid und hatten sie bereits erwartet. Vielleicht wussten alle, dass sie von weit her kam, dass die Welt, in der sie bisher gelebt hatte, eine andere war.

Es war ein heißer Tag, aber der Einbruch der Dämmerung verhieß ein wenig Abkühlung. Nur der schornsteingraue Himmel zeugte noch von der Schwüle, die den Lehmboden bis vor Kurzem durchdrungen hatte. Mit jedem Schritt schwitzte die Margiala mehr in ihrer dicken Bluse. Die von den Pflastersteinen aufsteigende Hitze ging ihr direkt unter die Haut. Aber sie ließ sich nichts anmerken, weder vor ihrem Mann noch vor diesen Unbekannten. Irgendein buckliger Alter zog einen grauen Karren hinter sich her, auf dem stinkender Müll lag. Nach jeder von ihm gereinigten Ecke sagte er einen Spruch auf und spuckte aus, als wollte er diesen Teil des Dorfes von irgendeiner Seuche befreien. Er hinterließ eine Spur aus grünlichem Schleim. An den Kreuzungen lungerten ein paar Nichtsnutze herum, die Himmel und Erde verfluchten und sich in endlosen Litaneien ergingen, die mal wie leise Gebete, mal wie laute Drohungen klangen. War es denn möglich, dass sie bereits zu dieser Uhrzeit betrunken waren? Benommen taumelten sie herum, mit ihren roten Nasen und den blutunterlaufenen Augen, mit denen sie mitunter ihre Umgebung erforschten. Einige dieser erloschenen Blicke aus dunklen Augenhöhlen blieben an der ungewöhnlichen Blässe der Margiala hängen. Doch ihr Blick durchbohrte sie alle, bewies, dass sie keine Angst hatte, ihr Stieren zu erwidern. Sie hielt ihm genauso stand wie den Blicken der Comari.

»Keine Sorge, die sind harmlos«, beruhigte sie Agostino. »Das sind bloß ein paar Fischer, die sich die Zeit vertreiben, bevor sie aufs Meer hinausfahren.«

Doch das war ihr egal, das war ihr Duell, bei dem sie zeigte, wer hier der Stärkere war. Ihr Blick verweilte auf der schmuddeligen Kleidung der Männer, auf ihren wachsgelben Fingernägeln und zuckte angewidert zurück, woraufhin diese sich sofort entfernten. Sie hatten begriffen, aus welchem Holz die Margiala geschnitzt war.

Während Mama sich an diese Dinge erinnerte, starrte sie auf die Tischdecke, auf ihre knotigen Hände, die deren Stoff fest umklammerten. Sie unterbrach ihre Schilderungen nicht, die etwas Kindliches, fast schon Romantisches hatten. Wie bei einem Selbstgespräch stellte sie ihr Gedächtnis auf die Probe, um zu kontrollieren, ob die Uferbefestigung noch hielt. Eine Weile sprudelte es nur so aus ihr heraus – erstaunlich klar für eine Frau in ihrem Alter.

»Ha!«, kicherte sie irgendwann. »Als Comare Nenna mich dann sah, fühlte sie sich sogar bemüßigt, mir zu sagen, dass man auf eine wie mich gewartet hätte. Dass sie Anitas Ankunft sogar vorhergesehen hätte, in einem dieser Träume kurz vor dem Aufwachen, die einem angeblich die Zukunft vorhersagen. Arme Comare Nenna.« Sie schüttelte nur den Kopf. »Die war schon immer ein wenig seltsam.«

Dann versiegte der Wortfluss abrupt und staute sich in ihrem Kopf. Der Faden der Erinnerung war gerissen. Sie versuchte, ihn wiederaufzunehmen, man sah förmlich, wie sie sich quälte, doch die Erinnerung war ihr einfach entfallen.

»Besser, du machst schon mal den Teig für die *focacce*«, sagte ich beruhigend, so als hätte ich nichts davon bemerkt.

»Ja«, murmelte sie zustimmend. Da ließ ich sie auf der Tischdecke nach Erinnerungsüberbleibseln suchen, die genauso angeschlagen waren wie der Boden, auf dem ihre Füße ruhten.

5

Ich werde den Tag, an dem Cornelia kam, um uns zur Hochzeit ihrer Tochter einzuladen, nie vergessen. Im Garten duftete es süß nach Lavendel, und die Gemüsebeete mit ihren schier explodierenden Zucchini und saftigen Möhren waren eine Lust.

Die Margiala hatte sich schon den ganzen Nachmittag nicht blicken lassen. Sie hatte über schreckliche Kopfschmerzen geklagt, wofür sie die Schwüle verantwortlich machte, und war im Bett geblieben. Ich wusste genau, dass das nur ein Vorwand war. Sie wollte sich ihre Angst nicht anmerken lassen, nicht zulassen, dass ihr Geheimnis gelüftet wurde. Hätten Cornelia und Francesco sie in so einem schwachen Moment erlebt, wäre das absolut tödlich für sie gewesen. Sie wusste, dass ich ihre Parallelwelt kannte, ließ es sich aber nicht anmerken.

Cornelia und ich genossen die frühabendliche Kühle. Wir schnupperten an den duftenden roten Nelken, die neben dem Zitronenbaum die Buchsbaum- und Rosenbeete säumten und einen moschusartigen Duft verströmten.

»Weißt du noch, damals, als wir klein waren?«

»Klein? Was meinst du damit?«, fragte Cornelia überrascht. Ich saß auf einem der Holzstühle, ließ die Beine baumeln und genoss die Natur, während meine Gedanken weit zurück eilten. Zurück zu meiner Jungmädchenzeit, zur Zeit der Unschuld, die in diesem Moment etwas Nostalgisches hatte.

»Damals, als wir Tommaso ins Gestrüpp gefolgt sind, als wir in der Sonne gepicknickt, Stunden in der Küche verbracht und Mamas Anweisungen befolgt haben.«

Cornelia lächelte.

»Nie war sie zufrieden mit meiner Arbeit«, fügte sie immer noch schmunzelnd hinzu.

»Sie hatte für jede von uns tadelnde Worte. Das war ihre Art, uns ihre Regeln einzutrichtern.« Ich schaute in den Garten, Tränen in den Augen. Die Oleander blühten erneut, und alles sah nicht viel anders aus als damals. Trotzdem war nichts mehr so wie damals.

»Seitdem ist viel Zeit vergangen, Cornelia.«

»Ja, Diamante. Zu viel.«

»Mama ist alt geworden. Sie ist nur noch ein Häuflein Knochen, das von ihrer Kämpfernatur zusammengehalten wird.« Cornelia lachte und zog die Knie an die Brust. Sie hatte ja nicht die geringste Ahnung und wusste nicht, wie gut die Margiala schauspielerte. Nicht im Delirium, sondern ganz bewusst. Mama war klarer im Kopf denn je, und diese Klarheit war das Schlimmste, weil sie ihr die Momente, in denen ihr Gedächtnis versagte, umso bewusster werden ließ.

Ich sah Cornelia an und war drauf und dran, ihr alles zu erzählen. Doch irgendetwas hielt mich zurück – vielleicht die Margiala, die nach wie vor Macht über mich hatte.

»Gestern hat sie mir erzählt, wie Papa sie ins Dorf geholt hat.« Ich atmete tief durch, denn mir war zum Weinen zumute, auch wenn ich das auf gar keinen Fall wollte. Hätte ich erst mal damit angefangen, hätte es viele Gründe gegeben, nicht mehr damit aufzuhören. Stattdessen unterdrückte ich alles wie eh und je – die Tränen, die Vergangenheit und diese Sehnsucht nach der Zukunft, die mir mehr zu schaffen machte als jedes schlechte Gewissen.

»Das hast du schon immer so gemacht.« Ich räusperte mich, weil meine Stimme vor lauter Rührung ganz heiser geworden war.

»Was denn?«

»Die Knie an die Brust ziehen, wenn wir uns aufs Bett gesetzt und uns Geschichten erzählt haben.«

»Stimmt, das hatte ich schon ganz vergessen.«

Das Eintauchen in unsere Kindheit schmeckte so süß wie Pflaumenmarmelade. Es hatte etwas von der Unschuld der Wettrennen, wenn ich mit Pietro den Graben entlanglief, von der Vorfreude auf den Frühling, wenn Compare Uberto auf den armen Feigenbaum eindrosch. Immer mehr Bilder aus der Vergangenheit schoben sich vor mein inneres Auge. Ein jedes davon stammte aus einer anderen Phase meines Lebens. Nur einige blieben schmerzhaft ausgeklammert, und genau sie waren es auch, die ich nach wie vor mit aller Macht verdrängen wollte.

Was war aus Antonio geworden? Er hatte nie nach mir gesucht. Wie war sein Leben verlaufen? War er glücklich geworden? Die Erinnerung an unsere gemeinsame Zeit begleitete mich tagein, tagaus. Ich seufzte, denn immer wenn ich daran zurückdachte, hatte ich nach wie vor widerstreitende Gefühle. Ich schloss die Augen, machte sie jedoch gleich wieder auf. Er hatte nie nach mir gesucht – Schluss, fertig, aus!

Da überraschte mich Francescos tiefe Stimme. Er hatte sich von hinten genähert.

»Was macht ihr denn hier wie zwei alte Klatschweiber?« Auch er war älter geworden, genau wie wir, und sah Papa am allerähnlichsten. Er hatte sogar dieselben Tränensäcke wie er, die aussahen, als könnten sie jederzeit bersten.

»Wir erinnern uns gerade an unsere Kindheit zurück.«

»Oh, das ist leider lange her«. Er blieb hinter uns stehen.

»Du warst ein echter Gauner! Mama war fest davon überzeugt, dass du nicht mehr zu retten wärst und immer ein elender Dieb bleiben würdest.«

Er lachte herzhaft. »Ach was, ich war doch noch ein Kind! Ich habe uns zu Kriegszeiten bloß ein bisschen Obst und Gemüse besorgt.« Inzwischen war auch er verheiratet, mit einer sanften, duldsamen Frau, die sein ständiges Murren ertrug und mit der er zwei Söhne hatte.

»Noch dazu hast du die barsche Art von Mama geerbt«, fuhr Cornelia fort.

»Es ist wirklich reizend, mit euch über alte Zeiten zu reden, liebe Schwestern«, witzelte er und stellte einen weiteren Stuhl neben uns. Er setzte sich und schaute in den Garten. Doch auch er war mit den Gedanken ganz woanders, bei seiner seltsamen Kindheit, bei den Sorgen, die er der Margiala bereitet hatte. Wir verbrachten bestimmt zwei Stunden damit, die Natur zu genießen. Der Zitronenbaum trug immer noch köstliche Früchte für das Kompott, das die Margiala jetzt nicht mehr allein einkochen konnte, und auch der Oleander blühte noch. Die Kräuter verströmten ihren herrlichen Duft – genau wie damals, als ich barfuß zwischen ihnen umherstreifte, um ihnen ihre Aromen zu entlocken. Das Unkraut kam an denselben Stellen wieder hoch, als wollte es daran erinnern, dass alles von einem Moment auf den anderen von höheren, bösen Mächten zerstört werden kann. Mama versuchte nach wie vor, es mit der Hacke zu entfernen, aber weil sie so viel Zeit damit verbrachte, war ihr Rücken ganz krumm geworden. Im benachbarten Gemüsegarten blühten wunderschöne Margeriten, die Zucchini, Lauch und die Ranken von duftenden Platterbsen säumten. Ich bewunderte die blauen Veilchenbüsche am Zaun und hinter dem Oleander.

Ich liebte die Gegensätze nach wie vor, hatte aber inzwischen gelernt, auch Pastellfarben und gedämpfte Nuancen zu schätzen.

»Ich gehe jetzt nach Hause«, sagte Cornelia schläfrig.

»Ich auch«, erwiderte Francesco.

Ich verabschiedete sie mit einem kurzen Winken und blieb nachdenklich sitzen.

»Nach Hause.« Meine Stimme klang seltsam, als ich diese beiden Worte laut aussprach.

Für meine Geschwister war »zu Hause« längst woanders, genauso wie ihr ganzes Leben. Ich war in meiner Kindheit steckengeblieben, lebte nach wie vor innerhalb dieser vier Wände, als weigerte ich mich, älter zu werden.

6

Als die Margiala am nächsten Morgen aufwachte, hatte sie das ungewöhnliche Bedürfnis, das große Schlafzimmer aufzuräumen. Ich ärgerte mich so über die Dringlichkeit dieses Wunsches, dass ich sie eine »alte Irre« nannte – was ich gleich darauf wieder bereute, denn in anderen Zeiten hätte mir das eine schallende Ohrfeige eingebracht. Doch mit neunundachtzig Jahren beschränkte sich die Margiala darauf, mich nur schief anzusehen. Ihre von Falten umgebenen Augen waren so schmal, dass sie stets schläfrig wirkten. Während sie früher gefunkelt hatten wie Juwelen, war ihre Farbe längst undefinierbar, verblasst wie ein altes Schwarzweißfoto, das mit der Zeit einen Graustich bekommt.

Ich tat ihr den Gefallen und wollte die schweren Fensterläden zum Innenhof öffnen.

»Wag es bloß nicht!«, sagte sie streng. Schwer vorstellbar, dass eine Frau ihres Alters noch so energisch sein konnte. Aber manche Dinge ändern sich eben nie, nicht einmal in hohem Alter.

Wieder einmal hatte ich große Lust, etwas darauf zu erwidern, schluckte die Provokation jedoch hinunter – wohl wissend, dass es ohnehin nichts bringen würde.

Ich ließ die Fensterläden, wie sie waren – angelehnt –, sodass nur wenig Licht auf die glatten Fronten von Schrank und Kommode fiel.

»Ganz wie du willst«, sagte ich nur. Die Margiala wollte den Schrank öffnen – die Seite, in der nach wie vor die Kleidung meines Vaters hing. Sie schnupperte daran. Die Sachen rochen nicht angenehm, sondern stanken hauptsächlich nach kaltem Tabakrauch. Trotzdem steckte sie die Nase hinein und roch lange daran.

»Was gibt's denn da zu gaffen?«, sagte sie scharf, als hätte sie Angst, ihre Geste könnte mich rühren.

Ich zog meine Schürze zurecht und ließ sie vor dem Schrank stehen, verschob die kostbaren Nippesfiguren auf der Kommode, darunter auch den Glassturz mit der Statue des Heiligen Antonius. Dabei wunderte ich mich, dass sie mir überhaupt erlaubte, sie auch nur anzufassen. Ich legte alles auf die geblümte Bettdecke und wischte mit einem essiggetränkten Lappen über das Holz.

»Pass auf den Glassturz auf, der ist zerbrechlich. Und pass auf, dass der Elfenbeinkamm nicht runterfällt. Er könnte kaputtgehen.«

Sie konnte sich einfach nicht von ihren Regeln, von ihrer Welt lösen, in der ich vermutlich nach wie vor die kleine Diamante war, die ermahnt werden musste, weil sie allein keinen Schritt vor den anderen setzen konnte. Obwohl ihre Nase nach wie vor in Agostinos Kleidung steckte, hörte sie einfach nicht damit auf, mich zu ermahnen. Dann drehte sie sich abrupt zu mir um, mit einem seltsam grausamen Blick in den Augen. Dabei hätte ich etwas ganz anderes erwartet, nämlich dass die Rückschau, der vertraute Duft ihres Mannes sie milder gestimmt, ja vielleicht sogar gerührt hätten. Erinnerungen stimmen versöhnlich, machen einen aber auch verletzlich – vor allem wenn sie glücklichen Zeiten, Zeiten der Liebe gelten.

Doch in diesem Moment nahm ich in ihrem Gesicht nur das kühle Schimmern einer Heiligen wahr, eines überirdischen Geschöpfs. Die Margiala konnte nicht weinen. Tief in ihrem Innern wusste sie, dass es vergeblich war. Abrupt schloss sie die Schranktür. Die runzligen blassen Hände gehorchten einer Bitterkeit, die stärker war als ihre Selbstbeherrschung. Sie kontrollierte die andere Schrankhälfte, ihre eigene Kleidung. Nichts als graue und schwarze Kleider sowie Spitzenschals. Letztere zog sie energisch hervor, während winzige Staubteilchen im gedämpften Licht tanzten. Sie wurden davon noch mehr aufgewirbelt und landeten auf der Kommode, die ich soeben poliert hatte.

Ich seufzte laut, weil es die Margiala mal wieder geschafft hatte, alle meine Bemühungen zunichtezumachen, wenn auch nicht mit Absicht.

»Alles, alles muss gewaschen werden, und zwar sofort!« Sie schnalzte nervös. Ich nahm ihre Kleider und stapelte sie aufeinander, um sie anschließend in den Hof zu bringen und in den großen Holzbottich zu legen, in dem wir als Kinder gebadet hatten. Ich holte die frische Asche aus den Kohlenbecken – denn obwohl Sommer war, fror die Margiala nachts – und streute sie auf ihre Kleider. Dann nahm ich die Abdeckung von der Zisterne und zog mehrere Liter Wasser herauf, mit denen ich den Bottich füllte. Ich würde die Kleider mindestens einen Tag lang einweichen lassen.

Bald darauf kam Mama zu mir, sie konnte es kaum erwarten, mich herumzukommandieren, so als hätte sie einen genauen Plan. Ihre Gesten hatten nichts Beliebiges, davon bin ich noch heute überzeugt.

Ich denke, dass die Angst, ihr Gedächtnis zu verlieren, die Margiala dazu brachte, ihre Vergangenheit heraufzubeschwören und dadurch lebendig zu halten. Ihre Zeit als junge Frau musste genauso wieder ans Tageslicht geholt werden wie die Kleider ihrer langen Witwenschaft und alles andere auch. Denn so lang ein Leben auch dauern mag – sobald man damit rechnen muss, es zu verlieren, erscheint es einem auf jeden Fall zu kurz. Auch wenn uns dieser Gedanke ständig begleitet, ja sogar unsere kindliche Unschuld manchmal streift, so hofft man doch, so spät wie möglich einen Schlussstrich ziehen zu müssen. Man holt die Vergangenheit wieder zum Vorschein, um die Vergänglichkeit abzuschaffen. Und genau das dürfte die Margiala an diesem Tag auch versucht haben.

7

In den darauf folgenden Tagen verstummte die Margiala wieder: die Ruhe nach dem Sturm. Auch das war beunruhigend, weil es neue Katastrophen anzukündigen schien. Als die Tochter von Comare Nenna zu Besuch kam, weigerte sie sich sogar, das Schlafzimmer zu verlassen.

»Sie hat Kopfweh«, entschuldigte ich sie.

Erst abends nach dem Essen erfasste sie eine innere Unruhe. Sie konnte gar nicht früh genug zu Bett gehen, behauptete, es wäre bereits spät – zu spät. Ich lud sie ein, doch noch kurz die Kühle im Garten zu genießen, und erinnerte sie daran, wie herrlich es dort duftete. Aber anscheinend war sie schöner Dinge einfach überdrüssig und ging ihnen lieber aus dem Weg.

»Es ist schon spät. Zu spät. Wir müssen ins Bett«, sagte sie immer wieder, fast flehend. Ich musste erneut an die Kriegsjahre denken, als sie sich bemühte, noch vor Sonnenuntergang mit allem fertig zu werden – aus Furcht, danach könnte es zu spät sein: angstgetriebene Geschäftigkeit. Irgendein Unheil hing immer über unseren Köpfen. Die Margiala hatte stets versucht, den Krieg von uns fernzuhalten, doch die beängstigenden Gedanken ergriffen trotzdem von uns Besitz, so als kämen sie angeweht. Das lag an den Schilderungen irgendwelcher Comari, selbst wenn sie nur geflüstert wurden, damit die kleine Diamante sie nicht mitbekam. An den Radionachrichten, selbst wenn bei uns gar kein Radio mehr gehört wurde. Dafür gab es immer irgendeinen Alten, der mit den unglaublichen Feldzügen prahlte, die unsere Truppen in Nordafrika durchführten. Sobald es dunkel wurde, war die Angst mit Händen zu greifen, auch wenn sich das für mich alles eher wie ein Märchen oder eine Legende anhörte. Die Margiala hingegen wusste, dass es ausnahmslos wahr war, dass es da draußen eine Welt voller Hass und Brutalität gab. Sie hielt sie nach Kräften von uns fern und konzentrierte sich nur auf die positiven Dinge, hoffte auf ein baldiges Ende.

Als Cornelia kam, um sie zu fragen, ob sie nun zur Hochzeit komme oder nicht, wich ihr die Margiala aus. Es war, als hätte sie keinen festen Boden mehr unter den Füßen.

»Ich habe mich noch nicht entschieden. Außerdem: Kann die Hochzeit nicht auch ohne mich stattfinden?« Ihre Stimme wurde schneidend, sie ging zum Angriff über, um jede Rückfrage im Keim zu ersticken.

»Nein. Es ist nur so, dass … dass wir uns freuen würden«, schickte Cornelia so eindringlich hinterher, dass ihr rechtes Lid zu zucken begann. Sie war es nicht gewohnt, der Margiala Paroli zu bieten, und wusste ganz genau, dass es nicht einfach war, sie umzustimmen.

Während dieses seltsamen Gesprächs zerkleinerte ich Möhren und Zucchini aus dem Garten für eine Gemüsesuppe. Hin und wieder wandte ich den Kopf, um die beiden zu mustern. Fast musste ich lachen, weil ich längst wusste, wie es ausgehen würde. Es ging um die Angst der Margiala vor dem Meer und darum, dass ihr Gedächtnis sie manchmal im Stich ließ. Und nicht zuletzt ging es für sie auch darum, das letzte Wort zu behalten. Dass die Margiala gut darin war, war allseits bekannt. Außerdem: Wer würde schon groß Wert auf die alte Oma der Braut legen? Wenn überhaupt, würde sie Rührung erregen – wegen ihres fortgeschrittenen Alters, wegen ihrer verrunzelten, kleinen Hände, wegen der Falten, die jeden Millimeter ihrer Haut zerfurchten, wegen ihres krummen Rückens. Und wenn es etwas gab, was die Margiala absolut nicht leiden konnte, war das Mitleid.

»Ich überleg's mir noch«, beschied sie, was in ihren Augen bereits eine versöhnliche Geste darstellte.

»Bedräng sie nicht weiter. Du kennst sie ja«, fühlte ich mich verpflichtet zu sagen.

»Jetzt verteidigst du sie auch noch?« Cornelia stemmte die Hände in die Hüften.

»Ich verteidige sie doch gar nicht. Es ist bloß so, dass Mama in letzter Zeit gern für sich ist.«

»Wie absurd! Ein alter Mensch müsste die Einsamkeit hassen.«

Tja!, dachte ich. Müsste.

Der Schlagabtausch mit Cornelia verdarb der Margiala so die Laune, dass sie sich weigerte, etwas zu Mittag zu essen.

»Aber ich habe eine gute Minestrone gekocht.«

»Zum Teufel mit deiner Minestrone!« Sie zog sich ins große Schlafzimmer zurück, in dem sie sich – nachdem wir es gründlich geputzt hatten – am wohlsten zu fühlen schien.

Ich saß lange vor der dampfenden Suppe und grübelte. Ich nahm ein paar Löffel, während ich mit den Gedanken ganz woanders war. Immer wieder schaute ich durch das große Fenster neben den Küchenutensilien in den Garten. Dort huschte die ein oder andere Eidechse umher, auf der Suche nach warmen Sonnenstrahlen. Aus dem Haus nebenan hörte man das fröhliche Plappern eines Kindes und die Unterhaltung der Eltern. Alltagsgeräusche, die mir dennoch fremd waren.

»Zum Teufel mit deiner Minestrone!«, äffte ich die Margiala laut nach. »Bei dieser Hitze hab ich überhaupt keine Lust auf Suppe.« Ich schüttete den gesamten Inhalt des Topfes in den Garten.

Dann betrachtete ich die Gemüsestückchen auf der Wiese. Keine Ahnung, warum, aber ich empfand diesen gesunden Wutausbruch als unheimlich befriedigend.

Als es Zeit zum Abendessen wurde, kam die Margiala aus dem großen Schlafzimmer. Ich hatte ein Omelett mit Lauch aus dem Garten gemacht. Wir aßen es mit je zwei Scheiben Brot.

Sie war schweigsam. Ein paar Mal war ich versucht, sie noch einmal auf Cornelia anzusprechen, eher, um Konversation zu machen, als um wirklich etwas aus ihr herauszubekommen. Ich beschloss jedoch, die Sache auf sich beruhen zu lassen und ihr Schweigen zu respektieren – genau wie ihr Bedürfnis, allein zu sein. Heute glaube ich, dass die Margiala damals nur noch das Allernötigste brauchte. Das Halbdunkel in ihrem Zimmer. Ihre Möbel, die ihr lieb gewordenen Gegenstände. Viel mehr als mich brauchte sie die Erinnerung an mich als Kind – Traumbilder, die sie jederzeit heraufbeschwören konnte. Vielleicht mochte sie das Halbdunkel deshalb so sehr: weil die Umrisse dort eine andere Gestalt annehmen konnten, weil die Fantasie dort leicht über die Wirklichkeit siegen, ja selbst wahr werden konnte.

An diesem Abend erklärte sie sich dazu bereit, mit mir in den Garten zu gehen, die herrlichen Düfte des Gemüsebeets zu genießen und sich von der sommerlichen Brise liebkosen zu lassen. Ich hatte zwei Kissen für die beiden Stühle genäht – eines mit Blumenmuster, ein anderes mit Schmetterlingsmotiv. Sie wollte das mit den Blumen. Sie setzte sich so, dass sie den Oleander im Blick hatte, ihr absoluter Liebling, wie sie sagte. Was seltsam ist, wenn man bedenkt, mit welcher Wut sie ihn vor vielen Jahren herausgerissen hatte. Aber die Zeit ändert vieles.

An diesem Abend hatte sie es nicht eilig, zu Bett zu gehen, einen weiteren Tag in die Nacht übergehen zu lassen. An diesem Abend war sie nicht müde, wenn auch nicht besonders gesprächig. An diesem Abend gab es keinerlei Gedächtnislücken. Der Fluss ihrer Gedanken strömte ruhig und friedlich dahin, zumindest an der Oberfläche.

Als ich sie in ihr Zimmer brachte, verabschiedete sie sich mit einer fast zärtlichen Geste: Sie strich mir über den Kopf, über das Haar, das ich mahagonibraun färbte. Ich wäre beinahe zusammengezuckt, erschauderte wie in einer eiskalten Nacht. Gut möglich, dass diese Geste die Liebe eines ganzen Lebens enthielt, aber das konnte nur sie wissen. Sie war die Margiala, und ihr entging nichts. Sie wusste, dass alles ein Anfang und ein Ende hat. Dass dieses Ende bitter oder süß sein konnte, unerwartet oder nach wochenlangen Vorbereitungen. Sie wusste, dass ihr Moment gekommen war, und in dieser Nacht ging die Margiala von uns. Und zwar ohne jedes Aufhebens, ganz still und friedlich. Am nächsten Morgen wartete ich vergeblich darauf, dass sie wach wurde, und als ich sie schimpfen wollte, weil es schon neun war, sah ich sie zusammengerollt auf der Seite liegen – ein kleines, in sich zusammengefallenes Bündel.

Ich musste gar nicht erst näher kommen, um zu wissen, dass sie tot war. Nachdem ich dermaßen viele Jahre fast schon symbiotisch mit ihr zusammengelebt hatte, ahnte ich so manches voraus. Das muss auch die Margiala gewusst haben: Bestimmt hatte sie am Schluss nochmal ihr ganzes Leben an sich vorbeiziehen lassen, vor dem letzten Abschiedsgruß, der mir, ihrem Haus, den Köstlichkeiten im Gemüsebeet, dem Garten und ihrem geliebten Oleander gegolten hatte.

Ihre Welt, die jetzt untergegangen war, rührte mich.

Das große Schlafzimmer war unverändert geblieben, weil Mama mir bis zum Vortag nie erlaubt hatte, mich darum zu kümmern.

»Das ist meine Sache!«, pflegte sie gereizt zu sagen, wenn ich vorschlug, ihr dabei zu helfen. Und so war ihr Reliquienschrein ihre ganze Welt geworden: die bestickte Tagesdecke, die Kissen mit den duftenden Bezügen, die Fotos in den auf Hochglanz polierten Silberrahmen, die brennende Kerze, die die unveränderten Gesichter erhellte. Der Glassturz mit der Statue des Heiligen Antonius und der

Elfenbeinkamm, die stets stolz zur Schau gestellt worden waren. Sogar der Schrank mit den Kleidern von früher, als die Margiala noch jung gewesen war – Kleider, die sie nie mehr angezogen hatte, da Mama ihre Trauerkleidung nicht mehr abgelegt hatte.

Mit weichen Knien ging ich zum Bett, ganz benommen vor Trauer und Angst. Ich hatte gewusst, dass es früher oder später so weit kommen würde, hatte mir das aber immer ganz anders vorgestellt. Letztlich hatte ich mich nie wirklich von der Vorstellung verabschieden können, dass die Margiala unsterblich war, dass sie uns alle beerdigen würde. Ich berührte ihre kleine knochige Hand. Sie war eiskalt – trotz der warmen, abgestandenen Luft im Zimmer. Das lange, dünne Haar reichte ihr bis zum Hintern, umgab sie wie ein empfindlicher grauer Mantel, und der Mund stand ihr offen. Ich schloss ihn sanft und küsste sie auf die Stirn.

»Gute Reise, Mama«, sagte ich, ohne zu weinen, und begriff, dass man keine Tränen braucht, um unendlichen Schmerz zu empfinden. Ich begriff auch, dass die Margiala gelitten hatte, als Agostino von uns gegangen war, und dass ihre Unfähigkeit zu weinen vermutlich ein Zeichen für den größten Schmerz war, den sie je empfunden hatte. Ich stellte mir vor, wie es gewesen wäre, wenn ich mich über ihr Sterbebett gebeugt und zitternd ihre Hand genommen hätte. Ich stellte mir auch ein letztes Gespräch zwischen uns vor – Worte, die ich nie hätte aussprechen können, weil viel zu viel ungesagt geblieben war. Es war einfach zu viel Zeit verstrichen – zu viel Zeit, in der nicht miteinander geredet worden war.

»Mama, hast du mich geliebt?«, fragte ich ganz nah an ihren trockenen Lippen.

»Ich habe dich immer geliebt. Ich habe euch alle geliebt. So gut ich eben konnte.«

Doch in meinen Augen stand eine Frage, und ich dankte dem Himmel, dass ich sie ihr jetzt stellen durfte, wo sie uns bereits verlassen hatte. Ich stellte mir vor, dass sie sie bejahte, dass sie mir zuflüsterte, mir verziehen zu haben, und dafür dankte ich ihr: dass sie sich nie hatte anmerken lassen, wie sehr ich sie enttäuscht hatte. Ich glaubte fast, ihre harte, heisere Stimme zu hören, die dieses Ja sagte, bevor sie starb.

Ich hatte das Gefühl, dass sich langsam ein Kloß löste, der fast vierzig Jahre lang in meiner Kehle gesteckt hatte. Dass alles wieder gut werden und die Margiala endlich Frieden finden würde.

Erst in diesem Moment wurde mir klar, dass sie mich tatsächlich verlassen hatte, dass meine Mutter, meine Lebensgefährtin, die strenge Frau, die all die Jahre über mich gewacht hatte, nie mehr zurückkehren würde.

»Danke«, sagte ich leise, während ich ihr einen Kuss auf die Stirn drückte.

TEIL X

DIE ERLÖSUNG

1

Und wieder einmal hatte sie uns an der Nase herumgeführt, sich damit aus der Affäre gezogen, dass sie die Entscheidung, ob sie nun zur Hochzeit ihrer Enkelin kommen wollte oder nicht, für immer aufgeschoben hatte.

Eine Woche lang ließ ich ihr Schlafzimmer unberührt. Ich vermied sogar, es zu betreten, und konzentrierte mich ausschließlich auf die Beerdigung, auf die Gespräche mit den Menschen, die kamen, um ihrer zu gedenken. Viele der Frauen, die die Nachmittage meiner Kindheit bevölkert hatten, lebten nicht mehr. Auch sie waren von uns gegangen, noch vor der Margiala. Comare Antonietta war beispielsweise in einer kalten Winternacht gestorben, in einer der kältesten, an die wir uns hier überhaupt erinnern können. Sie war genau in dem Moment gestorben, als ein Blitz das Zimmer taghell erleuchtet und die Dunkelheit durchbrochen hatte. Um endlich nach einer langen, schweren Krankheit Erleichterung, ja Erlösung zu finden.

Auch Comare Nannina war gestorben, genauso wie ihr Sohn, der nach Turin gegangen war, um in einer Fabrik zu arbeiten. Er war von einer schweren Last zerquetscht worden, die sich von einem Drahtseil gelöst hatte.

Als wir auf dem Friedhof waren und der Sarg mit frischen Blumen bedeckt werden sollte, hielten meine Schwestern und ich uns ganz fest an den Händen. Unweit von uns taten Francesco und Giuseppe mit gesenkten Köpfen dasselbe, und diese Reserviertheit sagte alles über die große Familie, die die Margiala als Matriarchin aufrechterhalten hatte und in der die Männer immer nur eine Statistenrolle gehabt hatten. Rosetta weinte, und zwar mehr als alle anderen. Ich könnte nicht sagen, warum – ein jeder reagiert anders auf Verluste. Vielleicht hatte auch sie sich eingebildet, dass die Margiala unsterblich war. Vielleicht bereute sie auch, in den letzten Jahren kaum noch präsent gewesen zu sein und sich weit von unserer Welt entfernt zu haben.

Zur Beerdigung der Margiala kamen eine Menge Leute. Mehr als zu der von Agostino: Ich erinnere mich noch gut an die heiseren Stimmen und rabenschwarzen Kleider von damals, an das Gefühl eines schweren Verlusts. Bei der Margiala war das anders. Selbst wenn es ganz unbewusst geschieht, bereitet man sich mit der Zeit doch auf schlimme Dinge vor.

Während der Priester den Sarg segnete, drückte mir Cornelia die Hand, und ich drückte die von Rosetta. Vertraute und fremde Gesichter rückten zusammen, um unserer Mutter das letzte Geleit zu geben. Ich bin mir sicher, dass sie in diesem Moment lächeln musste, auf ihrem hohen schwarzen Thron. Denn der musste einfach schwarz sein inmitten all des himmlischen Weiß.

Als ich die Fensterläden des großen Schlafzimmers eine Woche später öffnete, flutete Tageslicht herein. Ich wollte das Halbdunkel, das jahrelang darin geherrscht und alles in eine düstere Heiligkeit gehüllt hatte, endlich verscheuchen. Was, wenn ich meine Sachen dorthin brachte und aus dem Kämmerchen auszog, in dem ich ein Leben lang gewohnt hatte?

Darüber wollte ich mir später Gedanken machen.

Ich sah, dass die Kerze ausgegangen war, und eilte zum Markt, um eine neue zu kaufen, denn sonst hätte sich die Margiala bestimmt im Grabe umgedreht.

»Begleite Lorenzo und mich doch morgen! Es wird dir guttun, mal rauszukommen.«

Cornelia wusste genau, dass ich am stärksten unter dem Verlust litt. Sie hatte schließlich ihr eigenes Leben, eine Tochter, die kurz davor stand zu heiraten, und eine ganze Welt, die auf sie wartete, sobald sie den Tod der alten Mutter verwunden hätte.

»Einverstanden.« Ich nickte, auch wenn mich die Vorstellung, nach all den Jahren ans Meer zurückzukehren, nervös machte, wenn nicht sogar ängstigte.

Das Grotta Regina war ein Luxuslokal für Neureiche, für Leute mit einer Vorliebe für Silberbesteck und kleine Portionen. Die Feier sollte in einem großen minimalistisch eingerichteten Saal stattfinden, und meine Schwester war gekommen, um die Details des Hochzeitsmenüs zu besprechen. Lorenzo und sie schienen sich nach wie vor sehr gut zu verstehen, obwohl sie nun schon so viele Jahre verheiratet waren. Und jedes Mal, wenn dieser seltsame Mann mit dem Bärtchen wissen wollte, was wir uns zum Nachtisch oder als Vorspeise wünschten, schaute er mit seinen hellen Augen zu meiner Schwester hinüber, um deren Zustimmung einzuholen. Wie sehr sich Cornelia seit unserer gemeinsamen Kindheit verändert hatte! Diese raffinierten Gerichte und unbekannten Namen erschöpften mich jetzt schon.

»Ich mach einen kurzen Spaziergang«, flüsterte ich meiner Schwester ins Ohr.

Sie nickte wenig begeistert, doch vermutlich hörte sie mich kaum, weil sie so damit beschäftigt war, sich zwischen dem Risotto und den Crêpes mit Lachsfüllung zu entscheiden.

Ich war froh, rauszukommen und frische Meeresluft zu atmen, aber es war alles so anders als früher. Graue Wohnblöcke verschandelten die Landschaft und nahmen ihr den archaisch-wilden Charakter, den ich so sehr liebte. Mein schwarzer Rock flatterte im starken Wind, und ich genoss die Kühle, die er zurückließ. Das Ufer war befestigt worden, damit die Wellen nicht auf die Straße schwappten. Ich musste mich durch Verkehr schlängeln, um das Wasser aus der Nähe betrachten zu können. Es war trüb und dunkel, so als litte es ebenfalls. Meine Füße nahmen einen Weg, den ich nie mehr vergessen hatte. Wie ferngesteuert, setzte ich einen Schritt vor den anderen. Die Boote lagen noch wie damals am Hafen, träge und voller Fische und Netze. Die Fischer zwinkerten den Passanten zu, in der Hoffnung, dass ihnen jemand eine Kusshand zuwarf, die Haut wettergegerbt und die Augen müde.

Das Stauferkastell leuchtete noch immer in all seiner Pracht – der einzige Kulturschatz, der noch intakt war. Auch die Altstadtgassen von Bari kamen mir genauso vor wie früher, nur dass die Pflastersteine grauer und die kleinen Häuschen genauso gealtert waren wie ihre Bewohner. Alles kündete von untergegangener Schönheit, alles drohte zu verfallen.

Ein paar alte Männer saßen träge in der Sonne, auf Stühlen mit einer Sitzfläche aus Strohgeflecht. Sie scharten sich um einen Tisch mit einer karierten Tischdecke. Bierflaschen hatten die Weingläser ersetzt, aber sie hielten nach wie vor Spielkarten in der Hand.

»Guten Tag, Signora«, sagten sie höflich, als ich an ihnen vorbeiging. Ich musste lächeln, denn die Blicke, mit denen sie mich vor vielen Jahren bewundert hatten, als ich an ihren Lasterhöhlen vorbeihuschte, waren längst nicht mehr die gleichen. Jetzt stand nur noch ein höflicher Gruß darin, wie ihn so alte Kavaliere eben beherrschen.

Ich spürte, wie sich etwas in meiner Kehle zusammenballte, mir das Schlucken erschwerte, und das Herz schlug genauso rasch wie damals, als ich noch jung war. Während ich auf diese Weise in meine Vergangenheit eintauchte, fühlte die sich unangetastet, unsterblich, ja fast heilig an, so als könnten ihr weder der Staub der Zeit noch Groll etwas anhaben. Das Gefühl, gegen Regeln zu verstoßen, war nach wie vor präsent, aber noch stärker war der mitreißende Taumel des Lebens. Ausgerechnet der Tod der Margiala hatte diese unerwartete Entwicklung ausgelöst und nie gestellte Fragen wieder hervorgeholt, die ich jahrelang verdrängt hatte.

Was sich da in mir zusammenbraute, war der reinste Wahnsinn, dessen war ich mir bewusst. Aber auch darin hatte sich die Margiala nicht getäuscht: »Das muss tiefer liegende Ursachen haben«, hatte sie zu mir gesagt. »Das betrifft nicht nur deine Haare … Da ist etwas, tief in deinem Innern, was nie jemand zähmen wird.«

Ich blieb am Hafen stehen, am selben Strand, an dem ich Jahre zuvor Antonio wiederbegegnet war. Ich schloss die Augen. Meine Erinnerungen hatten mich nicht getrogen, trotzdem gefiel es mir, sie auszuschmücken, bis sie etwas Mythisches, Zeitloses und damit Unvergängliches bekamen. Meine Brust zog sich schmerzhaft zusammen. Wegen Mamas Tod und wegen dem Tod, der ein Leben lang über mir geschwebt hatte, seit vierzig Jahren. Wessen Leben hatte ich eigentlich gelebt?

Meine Gedanken eilten noch einmal zur Margiala, und ich begriff auf einmal, was sie für mich bedeutet hatte. Die Gefasstheit, mit der sie den Tod meines Vaters aufgenommen hatte, die Strenge, mit der sie uns erzogen hatte, sogar die Entschlossenheit, mit der sie von uns gegangen war. All das hatte jetzt feste Konturen bekommen, wie ein maßgeschneidertes Kleid.

Und ich? Diese Frage stellte sich mir aufs Neue. In wessen Kleidern hatte ich gelebt?

Ich hielt mich an einem Felsvorsprung fest und strich mir über die pochende Schläfe.

Nein. So weit war ich dann doch noch nicht.

2

Am nächsten Tag beschloss ich, ins große Schlafzimmer umzuziehen. Jede Veränderung braucht Zeit und günstige Umstände, die genau ineinandergreifen. Ich trug das ein oder andere Blümchenkleid herüber. Das war noch nie mein Geschmack gewesen, sondern eher der von Cornelia, ich liebte schwarze Etuikleider und weiße Blusen. Dann einen grauen Mantel, den ich nur zu besonderen Anlässen trug, ja sogar ein Voilekleid, das noch aus der Zeit stammte, als Cornelia geheiratet hatte.

Die Hochzeit!, dachte ich laut. Die musste trotz Mamas Tod gefeiert werden und war nur um einen Monat verschoben worden, der Trauer wegen. Erschöpft wühlte ich in den neueren Sachen und suchte nach etwas, das sich für so einen Anlass eignete. Das Bild, das ich nach außen hin abgab, gefiel mir nicht mehr. Diese Kleidung machte mich alt, alt und verbraucht. In einem vergilbten Pappkarton bewahrte ich die Kleider meiner Jugend auf. Ich hatte sie gehütet wie einen Schatz.

Ich zog ein schwarzes Etuikleid heraus und probierte es genauso aufgeregt an wie ein Teenager. Ich strich den Stoff über den Hüften glatt und drehte mich, um meine Kurven im Profil zu bewundern.

»Gar nicht so schlecht!«, flüsterte ich kokett.

Dann räumte ich alles in den Karton zurück und trug

ihn hinunter ins große Schlafzimmer. Ich war gerade dabei, Mamas Schränke zu leeren, nicht um ihre Kleider zu entsorgen – das hätte ich nie übers Herz gebracht –, sondern um Platz für meine zu schaffen, als ich hörte, wie jemand energisch an die Tür klopfte. Eine aufgeregte, heisere Stimme rief den Namen meiner Mutter, Panik schwang darin mit.

»Was zum Teufel …«, schimpfte ich. Die Leute hatten einfach keinen Respekt mehr, wenn jemand trauerte.

Ich sah mich einer jungen Frau um die zwanzig gegenüber, sie hatte langes schwarzes Haar und fantastische türkisfarbene Augen. Sie erinnerte mich stark an Rosetta als junges Mädchen.

»Ihr seid doch die Tochter von der Margiala, nicht wahr?«

Ich sah ihren hoffnungsvollen Blick und starrte dann auf den Boden mit den angeschlagenen Fliesen. Weil ich dachte, sie wäre gekommen, um mir ihr Beileid auszusprechen, bat ich sie herein.

»Nein, Signora, dafür ist keine Zeit. Es geht um meine Schwester. Sie bekommt gerade ein Kind, aber es gibt Komplikationen. Sie verliert so viel Blut. Bitte, Sie müssen uns helfen. Ihr seid doch die Tochter von der Margiala oder etwa nicht?«

Daran, dass sie mich mal mit »Sie« und mal mit »Ihr« ansprach, merkte ich, dass sie aus einer altmodischen Familie stammte, dass es bei ihr zu Hause noch genauso lief wie früher und dass sich trotz der Krankenhäuser, die bei uns Einzug gehalten hatten, bei uns manche Dinge eben nie ändern.

Verblüfft sah ich sie mir genauer an, ihre hochgezogenen Brauen in Erwartung der einzig möglichen Antwort. Aber ich war nicht die Margiala. Ich hatte ihre Gabe nicht geerbt, auch wenn diese Leute sie mir zuschrieben. Für sie war klar, dass ich als Nachfolgerin meiner Mutter hier wohnte, dass ich tun würde, was sie getan hatte. Da begriff ich, dass man bei manchen Dingen gar nicht wissen muss, ob man sie hat. Man hat sie einfach, sie gehören mehr oder weniger zu einem. Wie oft hatte ich die Mama dabei beobachtet, wie sie mit Schwangeren umging? Wie oft hatte sie mir genau erklärt, was zu tun war?

»Eine Minute!«, rief auch ich jetzt aufgeregt.

Ich ließ sie im Flur stehen, neben der seltsam braunroten Anrichte, die nie ersetzt worden war. Ich eilte zum Kommodenspiegel und stützte die Hände auf das polierte Holz zwischen Glassturz und Elfenbeinkamm. Kurz sah ich mein Spiegelbild forschend an, mein mahagonifarbenes Haar, meine immer noch vollen Lippen. Ich suchte nach etwas, was mich mit meiner Mutter verband, wühlte, ja scharrte regelrecht danach. Aber ich konnte nichts von der Margiala an mir entdecken. Ich war nicht sie, und dass die anderen im Ort erwarteten, ich würde sie ersetzen, verschlug mir beinahe den Atem.

Atemlos ging ich zu der jungen Unbekannten.

»Hören Sie, Signorina, ich komme mit, aber zwei Schritte von hier wohnt Dr. Iacobellis. Er ist ein hervorragender Frauenarzt. Ich bin mir sicher, dass er Ihnen helfen kann.«

»Aber ich …«, erwiderte sie fast schon ohne jede Hoffnung, »aber sie …«

»Los, los, wir haben keine Zeit zu verlieren. Ihre Schwester geht vor!« Mit diesen Worten riss ich sie aus ihrer Erstarrung: Egal, ob nun eine Margiala zugegen war oder nicht, ihre Schwester ging vor.

Hastig eilten wir durch den alten Teil des Dorfes bis zur Piazza. Kurz darauf folgte uns Dr. Iacobellis, ein untersetzter Mann mit roter Nase und aufgedunsenen Wangen – keuchend wegen der Hitze. Wir erreichten ein kleines gelbes Haus hinter der Kirche. Was für ein seltsamer Zufall! Dorthin war ich immer mit Mama gegangen, als meine Schwestern und ich noch klein waren, um eine Kerze für die Madonna anzuzünden. Anschließend forderte uns die Margiala auf, für die Seelen der Verstorbenen zu beten. Eine Frau meines Alters machte uns auf, Schweißperlen auf der Stirn und rote Flecken am Hals. Die Verwirrung oder vielleicht auch Enttäuschung stand ihr ins Gesicht geschrieben: Sie hatte nicht mit einem Arzt gerechnet und auch nicht damit, dass die Tochter der Margiala kalte Füße bekam. Mit einer raschen Geste, die gleichzeitig als Gruß diente, gebot ich ihr zu schweigen, noch bevor sie drauflosplappern konnte. Sie sah mich schief an und ließ dann Dr. Iacobellis herein.

»Platz da, Platz da«, sagte sie, damit die Comari, die sich im Zimmer drängten, zur Seite wichen. »Lasst den Arzt durch.« Da quetschten sie sich an die Wand, um eine Gasse vor der Schlafzimmertür zu bilden, hinter der die arme Gebärende vor Schmerzen stöhnte.

Sie schauten auch mich an, während der Arzt eintrat. Ich hielt mich hinter ihm, blieb in der Tür stehen und ließ die vielen Frauen auf mich wirken, die sich vermutlich von meinem Blick eine Antwort auf ihre Fragen erhofften.

Aber die hatte ich nicht. Ich wusste nur, wer ich war und wer meine Mutter gewesen war.

Ich verabschiedete mich mit einem Kopfnicken und ging in die Kirche nebenan. Ich musste für die Seele der Verstorbenen beten, für Mamas Seele … und für meine!

3

Noch am selben Abend kam Rosetta zum Essen. Draußen war es noch warm, aber es hing bereits eine herbstliche Kühle in der Luft. Mamas Beerdigung hatte dazu geführt, dass wir uns einander wieder angenähert hatten, uns wieder als Schwestern fühlten.

Ich jätete gerade Unkraut, als sie kam.

»Hilfst du mir?«

»Siehst du denn nicht, wie ich angezogen bin?«

»Ich habe ganz vergessen, dass du den Garten immer gehasst hast.«

»Die Mama hat mit der Hacke gejätet.«

»Und ich nehme die Hände.«

Ich wischte sie mir an der Schürze ab und ging ihr entgegen.

»Es riecht nach feuchter Erde«, sagte sie und schnupperte.

»Ich habe gerade gegossen. Aber bist du nicht ein bisschen zu elegant angezogen für ein Abendessen bei deiner alten Schwester?«

Sie zuckte nur mit den Schultern und schwieg. Rosetta hatte seit jeher Wert auf Eleganz gelegt, darauf, gut auszusehen. Sie liebte alles, was schön war – schöne Dinge und schöne Menschen.

Sie schien sich aufrichtig zu freuen, mich zu sehen.

»Komm, gehen wir in die Küche.«

Ich hatte ihr Lieblingsgericht, Rouladen mit Sauce, gemacht, nach dem alten Rezept, mit Salbei und Pecorino. Manche Dinge dürfen sich einfach nie ändern. Sie kam mir ein wenig fehl am Platz vor, zwischen all den Küchenutensilien, Töpfen, Schöpflöffeln und feuchten Dämpfen.

»Du müsstest hier mal gründlich aufräumen«, sagte sie, während sie sich umschaute.

»Ja, das müsste ich.« Doch ich tat mich nach wie vor schwer damit, dass das Haus jetzt mir allein gehörte.

»Die Sauce ist köstlich. Du kannst inzwischen besser kochen als ich.«

Wir lachten beide und dachten daran zurück, wie die Margiala mir verboten hatte, mich in der Küche um die wirklich wichtigen Dinge zu kümmern. Cornelia und ich waren nur für einfache Handlangerdienste zuständig gewesen.

»Du warst immer ihr Liebling«, murmelte ich und schluckte eine dicke Nudel mit Sauce hinunter. Doch während ich lachte, begannen meine Augen zu zittern und füllten sich mit Tränen. Sie blieben dort, während der Mund nach wie vor versuchte zu lächeln.

»Fehlt sie dir?«

»Ich denke schon«, stammelte ich und warf hilflos die Arme in die Luft, weil etwas in mir sagte, dass mein Schmerz, mein Verlustgefühl noch eine andere Ursache hatte.

»Morgen fahre ich zu meinem Sohn nach Mailand. Ich werde eine Weile dort bleiben.«

Ihr Sohn Vincenzo war Anwalt geworden und lebte schon seit Jahren in der großen, immer weiterwuchernden Stadt. Er kam nur noch selten her und blieb dann höchstens zwei Tage.

»Dann hast du dich also für die Stadt schön gemacht?«

»Nein, für mich selbst«, erwiderte sie lächelnd.

Diese harmlose Bemerkung machte mich sprachlos. Ich fiel in eine Art Loch, und ihre Worte gingen mir nicht mehr aus dem Kopf, summten darin herum wie ein Bienenschwarm.

»Für mich selbst.«

Wir aßen auf, und Rosetta half mir beim Abwasch. Wir blieben lange nebeneinander stehen, die Hände in der Spüle, und lachten – über einen Teller, der uns entglitt, oder über einen hartnäckigen Saucenfleck, der einfach nicht weggehen wollte.

Dann setzten wir uns in den Innenhof, um die Stille des Gartens zu genießen. Sie nahm den Stuhl mit dem Blumen- und ich den mit dem Schmetterlingskissen.

»Das war Mamas Lieblingskissen«, sagte ich.

»Zu dieser Jahreszeit lässt es sich hier gut aushalten«, seufzte sie.

Haus und Garten spiegelten meine seelische Verfassung genau wider. Sie benötigten dringend einen neuen Anstrich beziehungsweise ein paar fröhliche Farbtupfer. Ich hätte Rosetta gern gesagt, dass ich sie beneidete, weil sie stets ihrem Herzen gefolgt war und auf die Regeln gepfiffen hatte. Ich hingegen, die ursprünglich als aufmüpfige Rebellin gegolten hatte, hatte mich letztlich am meisten einspannen lassen. Und das lag nicht etwa an Mama, sondern ausschließlich an mir selbst und niemandem sonst.

Rosetta ließ die Beine baumeln, und ich tat es ihr nach. Wir sagten uns, wie sehr wir uns freuten, einander wiedergefunden, so gut gegessen und über die Vergangenheit geschmunzelt zu haben – darüber, was aus uns geworden war.

»Morgen wird auch wieder die Sonne scheinen«, ächzte sie und zeigte auf die Cirruswolken am Himmel.

Ich starrte ebenfalls nach oben, als wartete ich auf eine Himmelsbotschaft.

»Siehst du, ein bisschen eine Margiala ist auch an dir verlorengegangen!« Wieder lachten wir, lange und ausgiebig, ohne den genauen Grund zu kennen – aufrichtig und von ganzem Herzen, was uns einander näherbrachte, als es tausend Worte gekonnt hätten. Wir lachten über die Vergangenheit, über die Gegenwart und über die Zukunft. Und ich wusste, dass dieses Lachen für mich noch etwas anderes enthielt, eine neue Erkenntnis über die Verwandlung, die ich gerade durchmachte. Sie hatte noch keine konkreten Formen angenommen, machte sich aber bereits bemerkbar, rauschte wie Blut in den Adern und brodelte wie Sauce im Topf. Sie lauerte schon auf mich, wie der Herbst auf den Sommer.

Wir umarmten uns lange an diesem Abend, Rosetta und ich.

»Gute Reise!«, sagte ich schließlich.

»Die wünsche ich dir auch«, erwiderte sie.

Meine »Reise« hingegen erforderte Mut, Kühnheit und

eine gehörige Portion Wahnsinn, an dem es mir allerdings noch nie gefehlt hatte. Man könnte sie auch als Suche nach dem verlorenen Glück bezeichnen. Bei klarem Kopf verbrannte ich mich fast an diesem Wort, es verschlug mir den Atem und brachte mich beinahe zum Weinen. Hatte ich denn überhaupt noch ein Recht auf Glück? Was würden nur die Leute sagen und was die Comari flüstern? Ich hatte mich ein Leben lang an Regeln orientiert, die mündlich von der Mutter an die Tochter weitergegeben wurden. Und eine dieser Regeln besagte, dass man in meinem Alter nicht mehr nach Liebe Ausschau halten durfte. Dass die Liebe nur etwas für junge Leute war und dass es nicht jeder Frau vergönnt war, sie zu finden. Wieder musste ich an Rosetta denken, daran, wie sie zur Heirat gezwungen worden war. Hatte sie etwa die Erlaubnis gehabt zu lieben? Die »Regeln« hatten ihr genau das verboten, doch sie hatte ihr Glück anderswo gefunden. Inzwischen wusste ich, dass ich sie dafür nicht verdammen konnte. Während ich, die versucht hatte, diese Mauer des Schweigens zu durchbrechen und ausschließlich meinem Herzen zu folgen, unter schrecklicher Einsamkeit gelitten hatte: Das Kissen neben mir war stets leer geblieben. Ich hatte verzichtet, auf meine Träume, auf die Liebe, auf die zärtlichen Berührungen eines Mannes, darauf, zu erleben, wie ein Kind in meinem Bauch heranwächst. »Nicht mehr!«, sagte ich laut und schlug mit der Faust auf den Tisch. »Zum Teufel mit den Leuten!« Und die Heftigkeit, mit der ich das tat, hatte eindeutig den Mut und die Energie der Jugend. Ich musste wieder an die Diamante von früher denken, an die wilden

Wettrennen am Graben auf der Suche nach Tommaso, an das Angeln mit Pietro, an meinen frechen Pony à la Claudette Colbert. Genau wie die Margiala beschwor auch ich die Vergangenheit wieder herauf – allerdings, um zu mir selbst zu finden.

4

Am nächsten Morgen ging ich auf den Markt, mit einem ganz neuen Leuchten in den Augen, trotz der unruhigen Nacht. Was mich wach gehalten hatte, war dieselbe freudige Erregung wie vor einem Fest. Ich wusste nichts über Antonio. Er konnte geheiratet haben oder schon tot sein. Aber tief in meinem Innern hatte ich meine Jugend wiedergefunden. Und der Tod ist nichts für junge Menschen, auch nichts für Kinder – selbst wenn das mit Pietro und meinem Vater mich zu einer ganz anderen Überzeugung hätte bringen müssen. »Schluss mit den trüben Gedanken!«, sagte ich leise, denn hätte man mich bei Selbstgesprächen erwischt, hätte man mich sofort als verrückt abgestempelt. Es gab so viele ungeschriebene Regeln – viel zu viele, um sie alle präsent zu haben. Der ganze Ort wurde von diesen Regeln zusammengehalten. Man hatte keine ruhige Minute, wenn man sich den Regeln der Mehrheit nicht beugte.

»Und wenn schon! Ich tu schließlich nichts Böses … was sollen sie schon sagen?« Während ich darüber nachdachte, begegnete ich der Tochter von Comare Nenna sowie der Enkelin von Comare Antonietta. Ich sah ihnen verstohlen hinterher, voller Angst, meine innere Verwandlung könnte bereits sichtbar geworden sein. Hätte die Margiala noch gelebt, hätte sie bestimmt was gemerkt, denn ihr entging nichts. Sie war die Margiala. »Sollen sie mich doch in

Frieden lassen!«, flüsterte ich wieder. »Sollen sie mich doch mein Leben leben lassen.« Ich konnte mir jetzt schon vorstellen, wie sie mich hinter meinem Rücken als verrückte Alte bezeichnen würden. »Sie wird den Verstand verloren haben, genau wie ihre Mutter und die bemitleidenswerte Mama von Comare Nenna. Die Ärmste, als ob es in ihrem Alter nicht schlimm genug wäre, allein zu sein!« Ich sah sie schon vor mir, eine einzige Ansammlung von spitzen, gehässigen Zungen. Die Rebellion, die in mir tobte und immer stärker wurde, machte mir fast ein wenig Angst, denn sie gehörte zur jungen Diamante. Im Lauf der Zeit hatte ich sie vergessen.

An den Obstständen wimmelte es nur so von Händen, die nach den schönsten Äpfeln und weichsten Pfirsichen griffen. Ich fühlte mich nackt unter Blicken, die einst an mir abgeprallt wären, fühlte mich schuldig für etwas, das ich noch gar nicht begangen hatte – für etwas, das in meinen Augen, in meinem Herzen vielmehr eine Erlösung war. Die Tochter von Comare Nenna trat hinter mich.

»Und, wie geht es dir?«

Sie erwischte mich unvorbereitet, und ich befürchtete aufzufliegen.

»Was hast du gesagt?«, fragte ich zurück und legte die Hand schützend vor die Augen.

»Wie geht es dir?«, wiederholte sie lauter, da sie dachte, ich hätte sie bei dem Hintergrundlärm nicht richtig verstanden. Dabei verstand ich sie sehr gut, es war bloß so, als würden wir in diesem Moment zwei verschiedene Sprachen sprechen.

»Bestimmt fühlst du dich einsam in dem großen Haus.«

Jetzt ging es wieder. Unsere Gedanken waren erneut auf einer Wellenlänge, dementsprechend auch unsere Sprachen. Inzwischen hatten ihre Worte eine Bedeutung für mich, da sie meinen Schmerz direkt ansprachen. Natürlich fehlte mir die Margiala – auf die seltsame, einzig mögliche Weise, wie einem jemand wie sie fehlen konnte. Wir beide hatten uns immer nur aus der Entfernung beäugt und jede Zärtlichkeit aus unserer Beziehung herausgehalten. Was mir fehlte, war Lebensfreude, und darunter litt ich wirklich sehr. Was mir fehlte, war die Liebe.

Es vergingen mehrere Minuten, bis ich mich dazu durchrang, etwas darauf zu erwidern, und auch das nur, weil die Tochter von Comare Nenna bereits den Blick senkte, um mein Schweigen besser interpretieren und meine Gedanken lesen zu können.

»Geht's dir gut, Diamante?« Mehr als ihre Stimme hatte ich das Markttreiben im Ohr, die geschwätzigen Leute, ihre gespitzten Ohren. Gleichzeitig wollte ich einfach nur losrennen, den Graben entlang bis zum Strand, um mich dort von den Wellen liebkosen zu lassen, ihr Prickeln zu spüren und mich frei zu fühlen.

Aufgeregt verabschiedete ich mich von der Comare. Ich wusste, dass der Moment gekommen war, und bekam kaum noch Luft, trotzdem beschleunigte ich meine Schritte. Denn warum sollte sich meine endgültige Verwandlung ausgerechnet am Obststand vollziehen? Ich ließ die runden Äpfel in der Sonne liegen, wo sie von anderen Händen betastet wurden.

Während ich mir mit raschen Schritten einen Weg durch die Menge bahnte und die schwarze Tasche an meine Brust presste, sah ich viele bekannte Gesichter. Ich grüßte die alten und neuen Comari mit einem Nicken, hatte es so eilig, als kochte der Asphalt unter meinen Füßen. Es war ein wunderschöner Spätsommertag, und nichts wies auf die dunkle Wehmut hin, die sich schon in wenigen Wochen über alles legen würde. Dann würden die Bäume ihre bunten Blätter verlieren und zusehen müssen, wie die Erde das Farbenkleid anlegte, das einst ausschließlich ihnen vorbehalten war. Ich dagegen wollte nicht sein wie sie und am Ende ohne alles dastehen. Das würde ich niemals zulassen. Ich würde etwas völlig Verrücktes tun. Ich würde den Graben entlangrennen, keuchend, wie es meinem Alter entsprach. Ich würde die ahnungslosen Grüppchen aus alten Männern in den Altstadtgassen von Bari begrüßen, in deren faltigen Gesichtern immer noch die Unbeschwertheit der Jugend stand. Ich würde mich über all den bösen Klatsch hinwegsetzen. Ich würde zu ihm zurückkehren.

5

Im Rennen beschwor ich die Zeit von damals wieder herauf, seine heisere, tiefe Stimme, die bewirkt hatte, dass ich mich wie ein kleines Kind fühlte. Seine rauen, von harter Arbeit gezeichneten Hände. Eine Arbeit, die, wie sein Blick verriet, mehr einem Vergnügen glich. Leidenschaft. Seine von Farbe zerfressenen Fingernägel. Seine sonnenverbrannte Haut. Angesichts von so viel Schönem schien der Schmerz, der Affront, die Erniedrigung auf einmal kaum noch eine Rolle zu spielen. Ich dachte über die Vergangenheit nach. Über mich. Über ihn. Meine Schritte verlangsamten sich nicht, meine Beine zeigten keinerlei Ermüdungserscheinungen. Dabei hätte das eigentlich so sein müssen: Diamante war schließlich kein junges Mädchen mehr, sondern eine erwachsene Frau, wenn nicht sogar eine alte Frau.

Der Graben lag bereits hinter mir, genauso wie der Hafen. Auch das prächtige, majestätische Stauferkastell war mit den Jahren aufgrund mangelnder Fürsorge verblasst. Die Grüppchen alter Männer verweigerten mir ihre herzliche Begrüßung nicht, und Pflasterstein für Pflasterstein trugen mich meine Füße ans Ziel, folgten einem inneren Kompass, bis sie ihre endgültige Bestimmung erreicht hatten. Dort blieben sie stehen und spürten die Müdigkeit und das Alter. Ich atmete schwer, die Lippen bebten, und es fiel mir schwer, die Augen offen zu halten. Eine Hand, die mir vorkam wie ein Fremdkörper, hob sich und blieb eine Weile in der Luft hängen. Dann legte sie sich ganz langsam auf eine Tür, von der der Lack blätterte. Sie klopfte, während die andere die Handtasche fest umklammerte. Ich hatte die Tür größer in Erinnerung, aber vielleicht sah ich wegen meines Alters alles kleiner. Ich klopfte leise, zaghaft an eine abgeblätterte Tür. Ich hatte riesige Angst, wusste schließlich nicht, was mich dort erwartete. Irgendein Fremder oder eine brave Bürgersfrau um die sechzig, die mich als alte Bekannte ihre Mannes empfangen würde.

Was soll's!, sagte ich mir erneut und klopfte noch mal, diesmal energischer. Ich hatte nicht vor, für den Rest meines Lebens immer wieder »Was wäre, wenn?« zu fragen.

Leise Schritte waren zu hören, sie kamen von weit her. Das Herz schlug mir bis zum Hals, und der Kopf dröhnte. Ich hatte den Blick gesenkt, bis ich das Klirren eines alten, verrosteten Riegels hörte.

»Guten Tag«, sagte ich stammelnd zu dem Herrn, der mir aufmachte, und beschloss, endlich aufzuschauen. Und da traf mich erneut dieser Blick, der mich im Nu verwandelte wie der Schein einer Flamme, der alles beleuchtet und verändert.

Der Fremde sah sich einer Frau in der zweiten Hälfte ihres Lebens gegenüber. Ihr mahagonirot gefärbtes Haar war ein wenig vom Wind zerzaust, das Gesicht fülliger und die Schultern breiter als früher, wie auch alles andere. Er sah zahlreiche Falten vor sich, die die Augen umkränzten, und zwei tiefe Furchen zwischen Nase und Mund. Der Hals hingegen war so glatt und weiß wie vor vielen Jahren, und ich präsentierte ihn stolz wie das letzte Bollwerk einer bereits verfallenden Festung.

»Suchen Sie irgendwen, Signora?«, fragte er träge, als wäre er gerade bei seiner Lieblingsbeschäftigung gestört worden.

»Hier hat mal jemand gewohnt«, sagte ich und zwang mich, meiner Stimme zu vertrauen.

Er musterte sie stumm, diese Frau mittleren Alters vor seiner Tür, und neigte den Kopf, als wollte er sich auf das vorbereiten, was noch kam.

»Halb Fischer, halb Seemann und ein Herumtreiber.«

Er blieb, wo er war, die Hand am Türrahmen, als müsste er sich mit aller Kraft daran festhalten.

»Sprechen Sie weiter«, sagte er leise.

»Ich glaube, er hat einmal eine junge Frau geliebt. Sie haben sich mit Blick auf das Meer geliebt, sich nackt bewundert, während ihnen der Wind das Haar zerzauste.«

Die kleinen trüben Augen füllten sich mit einer weißlichen Flüssigkeit. Tränen vielleicht – vielleicht legte sich auch der Schleier der Erinnerung darüber, während das rechte Auge sichtlich zitterte.

»Wie hieß sie? Diese junge Frau, meine ich.«

»Das weiß ich nicht mehr. Es ist so viel Zeit vergangen … Und Sie? Wissen Sie denn noch, wie sie hieß?« Er schluckte und zog mit der Nase hoch. Schwer vorstellbar, dass sich ein mittlerweile alter Mann zu so einer kindlichen Geste hinreißen ließ und keine angemessenen Worte fand. Er schüttelte nur den Kopf und brachte etwas hervor, das sowohl Ja als auch ein Nein bedeuten konnte.

»Sie hat ihn geliebt und geglaubt, er wäre der Mann ihres Lebens, der sie für immer lieben würde – und zwar ausschließlich sie. Aber sie war noch jung, und wenn man jung ist, glaubt man vieles.« Mittlerweile weinte ich und sah dem Fremden in die pechschwarzen Augen, die mit der Zeit schmaler geworden waren, unzählige Krähenfüße bekommen hatten – für jeden Sonnenstrahl, der die Haut verbrannt hatte, einen.

»Ich habe sie auch geliebt«, brach er schließlich das Schweigen. Wir musterten uns einige Minuten und sahen uns tief in die Augen, um uns zu sagen, was damals nicht funktioniert hatte, ins Stocken geraten war und den Zauber zerstört hatte.

»Warum kommst du nicht rein, Diamante?«, stammelte er schließlich und löste die Hand vom Türrahmen. Ich war drauf und dran, auf dem Absatz kehrtzumachen, aber irgendetwas hielt mich davon ab. Ich wollte nicht länger davonlaufen.

Nie mehr.

Ich konnte mich noch genau an sein Zimmer erinnern, so als wäre es gestern gewesen, als wäre nicht ein ganzes Leben vergangen. An die wenigen, inzwischen verblassten Möbel und die bunten Blumen, die das kleine Fenstersims schmückten.

Er bat mich, an dem kleinen Tisch Platz zu nehmen.

»Wie ich sehe, hast du immer noch Freude an einfachen Dingen?« Lächelnd nahm ich mir einen Keks aus der Packung.

»Entschuldige bitte, ich bekomme nur selten Besuch.«

Er setzte sich mir gegenüber und ächzte leise, als er sich auf den Stuhl fallen ließ. Seine Haare waren noch genauso voll wie damals, nur weiß. Ich aß den Keks und warf einen flüchtigen Blick aus dem offenen Fenster.

»Man kann immer noch das Meer sehen. Zumindest hier ruiniert kein Schandfleck aus Beton mein morgendliches Panorama.«

Auch er drehte sich um, um auf das bedrohlich schwarze Meer zu schauen. Doch in der Ferne wirkte es ruhig und kristallklar.

»Von hier aus sieht es friedlich aus«, sagte ich und zeigte auf einen fernen Punkt am Horizont.

»Ja, es gibt immer einen Ort, an dem es friedlich ist.« Er legte seine Hand auf meine. Ich spürte, wie rau und knochig sie war – doch dasselbe konnte er von meiner denken. Ich ließ mir Zeit, betrachtete erst seine Hand und dann sein Gesicht, das von einer neuen Laterne vor dem Fenster beschienen wurde.

»Du bist immer noch schön«, sagte ich, während er mir über die Haut strich, als wäre sie eine zarte Blume.

»Wir haben lange gewartet, was?« Seine Worte waren kaum mehr als ein Flüstern und schienen ebenso an sich selbst wie an mich gerichtet zu sein.

»Du hast nie nach mir gesucht.«

Er antwortete nicht, sondern schüttelte nur den Kopf und drängte die Tränen zurück. Das ließ ihn verletzlich wirken, fast unschuldig. Ich atmete tief durch und sagte mir, dass der Moment gekommen war. Und zwar, um ihm zu erklären, dass ich ihn immer lieben würde. Dass ich nichts von dem, was zwischen uns vorgefallen war, je vergessen hatte. Dass er mir all die Jahre gefehlt hatte, und das Wichtigste: dass ich ihm verziehen hatte. Dass wir vielleicht zu alt und zu lächerlich waren, um es noch einmal miteinander zu versuchen. Oder dass uns das Leben vielleicht doch noch eine zweite Chance gab. Meine Gedanken überschlugen sich, für mein Alter ging mir das alles viel zu schnell. Antonio stand auf und stellte sich hinter mich. Ich spürte seine warmen Hände in meinem Nacken, dann auf meinem Haar. Langsam senkte er den Kopf, um meinen Duft in sich aufzunehmen. Ich drehte mich um, um auch an ihm zu schnuppern. Er roch nach Salz und Meer.

»Vielleicht ist es ja noch nicht zu spät«, flüsterte er, bevor ich meine tausend Zweifel vorbringen konnte. Und da begriff ich, dass er nach wie vor meine Gedanken lesen konnte. Er beugte sich vor, um mich zu küssen. Es war ein sanfter, zärtlicher Kuss, ein Kuss zwischen zwei alten Leuten, die viel verpasst, aber noch verwegene Hoffnung in den Augen haben. Es war nur eine ganz leichte Berührung, die allerdings ausreichte, um mich zu erschüttern – genau wie damals.

»Ich bin zu alt«, rief ich erneut, vielleicht auch nur, weil ich das Gegenteil hören wollte.

»Nein, das bist du nicht«, flüsterte er und küsste mich noch mal, aber anders, sodass ich mich wieder ganz lebendig fühlte.

»Ich habe ein großes Haus und einen wunderschönen Garten«, sagte ich leise, während ich seinen Atem auf meinen Lippen spürte. »Mit wunderbarem Oleander, Obstbäumen und Kräutern, die alles mit ihrem Duft erfüllen. Und ich lebe dort ganz allein.«

»Ich kann mich noch an dein Haus erinnern. Es ist, als wäre ich erst gestern dort gewesen.«

»Es kann auch zwei Leute beherbergen, aber …«

»Aber was?« Er musterte mich schelmisch.

»Von dort aus kann man nicht aufs Meer sehen.«

Er küsste mich erneut – auf die Stirn, auf die Lider, in die Mundwinkel.

»Das macht nichts.«

Am ersten Abend in unserem Haus servierte ich ihm Zitronenlikör – in braunroten Gläsern, die ich in der Anrichte aufbewahrte, genau wie Mama früher. Die ganze Peperoncino-Schote, die darin eingelegt war, hatte dem Getränk eine besondere Note gegeben – für alle, die kräftige Aromen liebten, war es unwiderstehlich.

Auf die Gebetbank hatte ich noch ein Foto von der Margiala als junge Frau gestellt, das ich aus einer ihrer Kommodenschubladen hatte.

Zum Likör gab es herzhafte *focacce*, wobei ich sorgfältig darauf geachtet hatte, dass sie nicht anbrannten – etwas, was die Margiala gehasst hatte. Ich hatte ein wenig Natron zum Teig gegeben, damit er besser aufging. Wir aßen im Innenhof, im Mondschein, bewunderten das Licht-Schatten-Spiel im Garten. Eine Lampe tauchte die gekalkte Mauer in warmes Licht, die unser Grundstück von dem von Comare Nannina trennte – besser gesagt von dem ihrer Enkel.

Antonio half mir beim Abdecken, ein erwartungsvolles

Leuchten in den Augen. Ich nahm seine Hand und zog ihn ins große Schlafzimmer. Ich spürte ein Kribbeln am ganzen Körper, wie ein verliebter Teenager. Als wir uns auf dem großen Bett liebten, das einst Mama gehört hatte, konnte ich die Tränen nicht länger zurückhalten. Ich wusste, dass mir der Mann, der auf mir lag, vieles genommen hatte – die rosige Zukunft, die ich mit zwanzig hätte haben können, eine Hochzeit und Kinder, ein Familienleben, in dem eine Frau Erfüllung finden kann. Gleichzeitig fühlte ich mich immer noch von dem beschenkt, was er mir gegeben hatte und noch geben würde: die Beständigkeit eines einzigartigen Gefühls.

Als er mich von hinten umschlang und ich seinen ruhigen Atem wahrnahm, den Duft seiner nicht mehr jungen Haut, schloss ich die Augen und dachte an die Diamante von damals zurück. An diesen schwarzen, tiefen Abgrund. Ich suchte in meinem Herzen danach, spürte aber nur eine intensive, tröstende Wärme. Als ich die Augen wieder aufschlug, huschte mein Blick rasch zum Foto von der Margiala auf der Gebetbank.

Wie jung sie darauf aussah! Ihre Augen strahlten, und sie hatte die noch vollen Lippen zu einem breiten Lachen verzogen. Auch ich musste lächeln, während meine Lippen wehmütig bebten. Denn wieder einmal hatten es die weisen Comari geschafft, mein ganzes Leben in einem Spitznamen zusammenzufassen. Die neuen Comari – Töchter und Enkel der alten Comari – hatten sich seit dem Tod der Margiala angewöhnt, mich Anita Diamante zu nennen, nicht »die Margiala«. Und das hatte eine ganz besondere Bedeutung für mich, weil der Name Anita am besten besagte, wie Mama als junge Frau gewesen war.

Natürlich würde ich den Schmerz nicht ungeschehen machen können, die Verluste und die Reue, die mein ganzes Leben geprägt hatten. Sie waren in mich eingeschrieben wie Narben, die hin und wieder wehtun, wenn das Wetter umschlägt.

Doch als ich sie an diesem Abend im Stillen berührte, eine nach der anderen, spürte ich keinerlei Schmerz.

Der Himmel war klar und von unzähligen Sternen erhellt. Der Mond war eine große silberne Lampe, wunderschön und faszinierend in seiner Unverrückbarkeit. Mein Schatz schlief neben mir, sein Atem nur noch ein leises Flüstern. Auch er träumte. Die Margiala schaute uns zu, schaute mich an und lächelte. Auch Agostino sah uns – ja sogar Donna Diamante mit ihren brennnesselgrünen Augen. Die Versöhnung schmeckte unglaublich süß. Von diesen schönen Gedanken ließ ich mich in den Schlaf wiegen – wohl wissend, dass auch am nächsten Tag die Sonne scheinen und ich meine Narben nicht mehr spüren würde – nie mehr wieder.

Dank

Ich möchte mich vor allem bei meiner Tochter Gaia bedanken, die sich als Erste geduldig die Geschichten von Diamante als Kind angehört hat und davon genauso gerührt war wie ich. Ich danke meinem Mann Michele, der die Idee hatte, einen Roman zu schreiben, der nach alten, lieb gewonnenen Kindheitserinnerungen schmeckt. Bedanken muss ich mich auch beim kleinen Daniele, dem Jüngsten der Familie: Auch er hat unwissentlich seinen Beitrag dazu geleistet, indem er mich gezwungen hat, die Schwangerschaft zu Hause zu verbringen. So konnte ich mich intensiv dem Schreiben widmen. Mein besonderer Dank gilt meiner fantastischen Lektorin Alessandra Penna und ihrer unglaublichen Sensibilität – danke, dass du mich trotz meiner Schwächen betreut, mich angeleitet und stets an Diamante geglaubt hast! Ein riesiges Dankeschön schulde ich auch meiner Agentin Maria Cristina Guerra und Serena Di Battista. Ohne ihre Arbeit und ihr Vertrauen wäre das alles nicht möglich gewesen. Ich stehe für immer in ihrer Schuld! Bedanken möchte ich mich auch bei Raffaello Avanzini und dem ganzen sagenhaften Team von Newton Compton.

Danke, danke, danke …

Ich danke meiner Freundin Orietta, dass sie immer an mich geglaubt hat, auch wenn ich große Zweifel hatte. Ich danke allen Frauen meiner Kindheit – ganz besonders aber meiner Oma, der Margiala, ohne deren Lebensgeschichte es diesen Roman niemals gegeben hätte.

Autorin

Rosa Ventrella lebt mit ihrer Familie in Cremona. Ursprünglich stammt sie aus Bari und ist dort in den 80er Jahren aufgewachsen wie die Protagonistin ihres Romans »Die Geschichte einer anständigen Familie«. Sie hat als Verlagslektorin gearbeitet und leitet seit Jahren kreative Schreibworkshops für Kinder und Erwachsene. Die Übersetzungsrechte ihrer Romane sind in 23 Länder verkauft worden.

Rosa Ventrella im Goldmann Verlag

Die Geschichte einer anständigen Familie. Roman
Im Schatten des Oleanders. Roman

Unsere Leseempfehlung

432 Seiten
Auch als E-Book erhältlich

Es gibt keine Zufälle, es gibt nur Zeichen. Davon ist die Hamburger Autorin Katrin überzeugt. Doch während sie Bücher schreibt, die anderen Orientierung geben sollen, steckt sie selbst in einer Lebenskrise. Bis das Schicksal auch ihr ein Zeichen gibt: Als sie einen Liebesbrief findet, adressiert an einen Filipe in Portugal, beschließt sie, dem Empfänger die Botschaft persönlich zu überbringen. Mit ihrer Freundin Julia reist sie auf eine idyllische Halbinsel an der Atlantikküste. Bei der Suche nach Filipe gerät Katrin unversehens in ein Familiendrama. Und findet etwas, wonach sie gar nicht gesucht hat …

goldmann-verlag.de

GOLDMANN